全國高等院校古籍整理研究工作委員會重點項目

浙江大學「211工程」三期「古代文化典籍整理、研究與保護」項目

義烏叢書編纂委員會
浙江大學浙江文獻集成編纂中心　編

朱鳳毛集

〔清〕朱鳳毛　撰
張磊　楊開滙　整理

中華書局

圖書在版編目(CIP)數據

朱鳳毛集/(清)朱鳳毛撰;張磊,楊開匯整理. —北京:中華書局,2020.6
(義烏叢書·義烏往哲遺著叢編)
ISBN 978-7-101-14582-3

Ⅰ.朱… Ⅱ.①朱…②張…③楊… Ⅲ.①古典詩歌-詩集-中國-清代②駢文-作品集-中國-清代 Ⅳ.I222

中國版本圖書館 CIP 數據核字(2020)第 091746 號

書　　名　朱鳳毛集
撰　　者　〔清〕朱鳳毛
整 理 者　張　磊　楊開匯
叢 書 名　義烏叢書·義烏往哲遺著叢編
責任編輯　劉　楠
出版發行　中華書局
(北京市豐臺區太平橋西里 38 號　100073)
http://www.zhbc.com.cn
E-mail:zhbc@zhbc.com.cn
印　　刷　北京瑞古冠中印刷廠
版　　次　2020 年 6 月北京第 1 版
2020 年 6 月北京第 1 次印刷
規　　格　開本/880×1230 毫米　1/32
印張 18¾　插頁 2　字數 278 千字
國際書號　ISBN 978-7-101-14582-3
定　　價　86.00 元

義烏叢書編輯部

主　　編　吴小鋒

副 主 編　周大富

成　　員　（按姓氏筆畫排序）

毛曉龍　金曉玲　施章岳　孫清土　張建鵬　張興法

傅　健　賈勝男　趙曉青　鄭桂娟　樓向華　劉俊義

潘桂倩

本書執行編輯　施章岳　趙曉青

總序

汩汩義烏江，從遠古流來，流過上山文化，流經烏傷古縣，流入當今小商品之都，流成一條奔涌着兩千兩百餘年燦爛文明浪花的歷史長河。

義烏江流域，山川秀美，物華天寶，文教昌盛，地靈人傑。自秦王政始置烏傷縣，兩千兩百多年的歷史時期，勤勞智慧的義烏人在此耕耘勞作，繁衍生息，改造山河，創造了璀璨的歷史文化。

義烏地方文化，是中華民族文化的組成部分，因其獨特的地理環境和歷史原因，又具有自身鮮明的特徵。

義烏文化的獨特性，體現在「勤耕好學、剛正勇爲、誠信包容」的義烏精神裏，體現在「崇文、尚武、善賈」的義烏民俗裏，體現在「博納兼容、義利並重」的義烏民風裏。義烏精神及民風、民俗遂成爲源遠流長的中華民族文化之泓泓一脈，成了中國歷史上不可或缺的一頁。千百年來，義烏始終在傳承着文明，演繹着輝煌，從而使義烏這座小城魅力無限。

義烏自古崇尚耕讀，特別是唐代之後，學風漸盛，素有「小鄒魯」之稱。自宋以來，縣學、社學、書院及私塾等講學機構多有設立，而「莅兹土者，莫不以學校爲先務」。故士生其間，勤奮好學，蔚成風氣，學有成就，燁燁多名人。並且，輻射出巨大的文化能量，不僅本地名儒代有，在浩浩學海與宦海中大展宏圖，而且還活動過、寄寓過數不勝數的全國各地的文化名人，從文人學者到書家畫師，從能工巧匠到杏林名家，其生動活潑的文化創造與傳播，綿延不絶的文化承續與傳遞，從來没有湮滅或消沉過。在博大精深的中華文化領域裏獨樹一杆頗具特色的義烏文化之幟，在優雅千載的儒風中誕生了許多屹立於中華民族之林的英傑。也正是文化底藴的深厚與文化内涵的博大，造就了令人神往的義烏，使其作爲中華文化淵藪的鮮明形象而歷久彌新。

歷史，拒絶遺忘，總要把自己行進的每一步，烙在山川大地上。

時間逝而不返，它帶走了壯景，淘盡了英雄，留下了無數文化勝迹和如峰的聖典。只有在經過無數教訓和挫折之後的今天，人們才逐漸認識到作爲一個複雜系統的組成部分，城市的各要素所具有的種種不可替代的價值和功能，它們飽含着從過去傳遞下來的信息，而《義烏叢書》正是記録這些信息的真實載體。

歷史是無法割斷的，許多古老的文化至今仍然在現實生活中發揮着重要作用。當我們向現代化的目標邁進時，怎樣繼承古老文化的精華，剔除其封建糟粕，在傳統文化的基礎上建立社會主義新的文化格局，是一個擺在我們面前與物質生產同等重要的任務。

一位哲學家曾經説過，哲學就是懷着鄉愁的衝動去尋找失落的家園。今天，我們正處於一個重要的歷史性轉折時期，越來越多的有識之士也開始意識到，對民族民間文化源頭的追尋迫在眉睫。鑒於此，我們編纂出版《義烏叢書》，具有深遠的歷史和現實意義：

搶救文化典籍，古爲今用 文化典籍中的善本古籍，是前人爲我們留下的寶貴精神財富和歷史見證，極富文獻價值和文物價值。義烏歷代文士迭出，著述充棟。這些歷經滄桑而幸存下來的「國之重寶」，或出於保護的需要，基本封存於深閣大庫，利用率甚低；或由於年代久遠，幾經戰亂，面臨圮毀。如今，《義烏叢書》編纂工作的啓動，爲古籍的保護與使用找到結合點，通過影印整理，皇皇巨著擇除世紀風塵，使其化身千百，爲學界所應用，爲大衆所共享；同時，原本也可以得到保護。真可謂是兩全之策，是爲民族文化續命，是爲地方文化續脈。

繼承傳統文化，發揚光大 在義烏歷史上，有許多人文典故值得挖掘，有許多可歌可泣的先進事迹值得記載。撥浪鼓文化需要傳承，孝義文化值得發揚，義烏兵文化應予光大。但由於歷史上的義烏是個農業縣，文化底藴雖然深厚，載入史册的却寥若晨星。而深厚的歷史文化傳統能孕育和産生强大的文化力，能爲塑造良好的城市形象提供重要基礎，這種文化力所形成的精神力量深深熔鑄在城市的生命力、創造力和凝聚力中，是推動城市經濟和社會進步的内在動力。因而，《義烏叢書》編纂者堅持傳統文化與現代文化相銜接，精英文化與大衆文化相兼顧，創作出義烏歷史上從未有過的文化系列叢書，既是精神文明建設的需要，也是物質文明建設的需要。

追溯文化發源，承前啓後 義烏經濟的發展，並非無源之水，無本之木。「參天之木，必有其根；環山之水，定有其源。」義烏發展的文化之源、義烏商業的源流之根、義烏文化圈的形成特質，包括宋代事功學説對義烏「義利並重、無信不立」文化精神的影響，明代「義烏兵」對義烏「勇於開拓、敢冒風險」文化精神的影響，清代「敲糖幫」對義烏「善於經營、富於機變」文化精神的影響等。因而，如何用文化來解讀義烏，也成了《義烏叢書》的重要組成部分。

廣義的文化幾乎無所不包，狹義的文化基本限於觀念形態領域。從以上包含的內容可看出，《義烏叢書》對「文化」的界定，似乎介於廣、狹之間，凡學術思想、哲學原理、科技教育、文學藝術等多個類别與層次，均在修編範圍之内。

幾千年歲月藴蓄了豐贍富饒的文化積澱。面對多姿多彩、浩瀚博大的義烏文化形態，我們感受到了其内在文化精神的律動。

保存歷史的記憶，保護歷史的延續性，保留人類文明發展的脈絡，是人類現代文明發展的需要。如今，守望歲月的長河，我們不能不呼籲，不要讓義烏失去記憶。《義烏叢書》卷帙浩繁，她集史料性、知識性、文學性、可讀性、收藏性於一體，以翔實的史料、豐富的題材、新穎的編排，全景式地再現了江南「小鄒魯」的清新佳景和禮儀之邦精深的内涵。走進她，就是走進時間的深處，走進澎湃着歷史的向往和時代的潮音的實地，去領略一個時代的結束，去見證另一個時代的開始。宏大精深的傳統文化曾經是，也將永遠是義烏區域文化賡續綿延的基石，也是義烏繼續前進乃至走在全省、全國前列的力量。在建設國際商都的進程中，搶救開發歷史文化遺産，掌握借鑒先哲遺留的豐碩成果，是全市文化學術界的共同期盼。因而，編纂這套叢書既是時代的召唤，也是時勢的需要。

習近平總書記近年來一直强調，文化自信是更基礎、更廣泛、更深厚的自信。我們認爲，地方文化是中華文化的本質特徵和根本屬性，是中華文化的重要代表。我們對地方文化源頭的追尋，正是爲了堅定我們中華文化的自信。這也正是我們編纂出版《義烏叢書》的主旨與意義所在。

義烏叢書編纂委員會

目録

虛白山房駢體文

一簾花影樓試帖律賦

虛白山房詩文外編

輯佚詩文

附録

前言

一、家世與生平

（一）家世[一]

朱鳳毛，字濟美，號竹卿[二]，又號蓮香居士，浙江義烏朱店人。生於清道光九

〔一〕關於朱氏家世，张璐《朱一新研究》有較詳細的介紹，南京大學二〇一一年碩士論文。

〔二〕《山盤朱氏宗譜》卷三十三《紳衿録》與《清代硃卷集成》影印同治癸酉科硃卷皆謂朱鳳毛「字濟美，號竹卿」，而朱鳳毛孫朱萃祥所撰《行述》（見《虛白山房駢體文》）則謂朱鳳毛「字竹卿，號濟美」，今從前者。

年己丑八月十六日丑時，卒於光緒二十六年庚子七月十二日寅時[一]，享年七十二歲。

朱鳳毛名微不彰，史書不載。欲知其家世，需求之宗譜。現存朱氏宗譜有：衢州博物館藏清道光十年（一八三〇）木活字本《山盤朱氏宗譜》；民國十八年己巳（一九二九）重修《山盤朱氏宗譜》；二〇〇八年重修《山盤朱氏宗譜》。其中衢州博物館藏《山盤朱氏宗譜》十九卷，現存卷四、卷九。道光十年朱鳳毛僅一歲，且其卷殘，不足徵稽，故本文主要以民國十八年重修宗譜爲依據，同時輔以二〇〇八年重修宗譜。

《山盤朱氏宗譜》（下簡稱《宗譜》）卷十七《行傳》及《清代硃卷集成》[二]記載了朱氏家族淵源，其上溯理學巨擘朱熹爲始祖。「朱熹次子朱野生朱鉅，朱鉅生朱淵」[三]，朱淵生朱權。《宗譜》卷十三《世系》以朱權爲第一世，並簡介其生平：

[一]《山盤朱氏宗譜》卷三十《行傳》。

[二] 顧廷龍編《清代硃卷集成》第三九七册，臺北成文出版社一九九二年版，頁八五。

[三] 張璐《朱一新研究》，南京大學二〇一一年碩士論文，頁八。

字廣術，號丹巖，行開六，以忠義聞，避元徵，高隱三山，建廟以居。元翰林直學士奏請立坊，以旌其門。

《宗譜》卷十七《行傳》介紹朱權：

行開六，諱權，字廣術，號丹巖。治《春秋》，中德祐丙子鄉試第十三名。景炎間，以阿朮圍揚，募義兵勤王，詔授都指揮使，後從台歸隐三山，建廟以居。及元，以忠義徵，堅辭不起，别見《孝義録》。生宋寶祐丙辰六月十六日，卒元元統甲戌十一月十一日。

《宗譜》卷三十三《孝義録》載：

開六諱權，字廣術，號丹巖，台之黄巖人也。德祐丙子，以《春秋》取解第十三名。時宋益王立於福州，改元景炎。公聞元帥圍揚，急募義兵赴揚。左丞相李庭芝聞於行在，詔授都指揮使。冬十月，會丞相文天祥兵於汀州。明年，取梅州、興化諸郡。五月，取會昌，軍聲大振。適文天祥與時宰陳宜中不合，并惡公，屢降劄切責。公度將相不睦，無以藉成功，遂棄職歸，旋隐居義烏三山下，自號三山隐士。作《憶宋歌》，手書文山《正氣歌》於壁，悲歌感慨，聞者泣下。

元世祖屢徵，不起。

《清代硃卷集成》稱其爲山盤朱氏「始遷祖」：

> 始遷祖，諱權，字廣衍，號丹巖，中德祐丙子鄉試第十三名，景炎間以慕義勤王，授都指揮使，後遷居義烏。〔一〕

從這些材料我們可以得知，朱權力護南宋，被詔爲都指揮使，但後慮及宋益王的小朝廷將相不合，無以成事，遂棄職遷隱義烏三山，即今赤岸山盤，「及元，以忠義徵，堅辭不起」〔二〕。朱權曾治《春秋》，以文取鄉試第十三名，其《憶宋歌》見《宗譜》卷十二《藝文類》，題作「三山隱士憶宋歌」，未署著者姓名，蓋爲後人所輯。又同卷録其一首《題黄巖森碧庵》，頗見其文才：

> 憶古曾登太白樓，欄干十二摩清秋。太白當年發長嘯，百篇斗酒思悠悠。回首復登逸少亭，茂林修竹乾坤清。逸少當年揮大筆，千軍一掃龍蛇行。筆神詩聖

〔一〕《清代硃卷集成》第三九七册，頁八五。

〔二〕《宗譜》卷十七《行傳》。

兩難學，構結茅庵傍林壑。斯庵森碧意何爲，避世塵囂甘寂寞。四顧森森碧樹叢，枝枝縈秀成虬龍。熙老於斯無外慕，清吟思入風雲中。既非太白樓可擬，又豈逸少亭堪同。生平願學文山翁，浩然正氣意無窮。庵也宜乎春，春有山花迎客笑東風；宜乎夏，夏有涼風灑樹緑蔭濃；宜乎秋，秋有黄花滿徑映簾櫳；宜乎冬，冬有地爐榾柮生光紅。四時之樂有如此，樂夫天命歸鴻濛。

詩之發端懷古抒情，嘗有猛志。奈何「筆神詩聖兩難學」，惟有構庵林壑，仿古人之避世隱居，於山光時候間寄寓胸中蕭騷之氣。其文氣暢達，不慚乎佳作之譽。

又有《挽仲文侍郎》一首：

渺渺康湖水，峨峨蜀野山。是翁原不死，脱骨此中間。草木春臺緑，蒻苔翁仲班。白雲傷北望，清淚更潸潸。

抒發亡國之恨，情真意切。

《宗譜》卷十三《世系》所謂「元翰林直學士奏請立坊，以旌其門」之「元翰林直學士」，所指即元代著名文學家黄溍，朱權與之交往甚密。黄溍是浙江義烏人，其在任翰林院直學士期間曾奏請朝廷爲朱權立坊，表彰其忠義。綜此可見，朱權可稱是朱氏一顯祖，文才彰顯。《清代硃卷集成》載：

二世祖，諱子文，字伯成，號成山。從學黄文獻公，同修邑志，以文學辟舉，不仕，有詩文傳世。

三世祖，諱仁潤，字彦德，號恒峰。以文學選爲江浙行省知防，有詩集行世。〔一〕

朱權之子朱子文曾從學黄溍，且朱子文與朱仁潤父子皆有文學之行，有詩文傳世。由此可見，朱氏家族之文學淵源久遠。

《清代硃卷集成》：「六世祖，諱兆彬，字朝巩，遷居朱店。」〔二〕「明永樂年間，朱權六世孫兆彬，由山盤遷居朱店，開創了朱店朱氏一脈。經過數代繁衍，其姓已成爲村中大姓，其村也由此而得名。」〔三〕自朱鳳毛三世祖朱仁潤之後，《宗譜》和《清代硃

〔一〕《清代硃卷集成》第三九七册，頁八六。

〔二〕《清代硃卷集成》第三九七册，頁八七。

〔三〕張璐《朱一新研究》，南京大學二〇一一年碩士論文，頁一一。

卷集成》祇大抵記載諸人輩分、名字、妻室子女、生卒年月，至十二世祖朱光宇方載其爲「飲賓」，十三世祖朱應芳爲「貢生」，十四世祖朱鴻紹爲「邑庠生」，十五世祖朱惟捷爲「邑庠生」，高高祖朱孟杞爲「邑庠生」，高祖朱宗城爲「宿儒」，曾祖朱豐肇爲「宿儒」，至祖父朱履郁則稍贈筆墨：

朱店中四十二，諱履郁，字從周，號雲間。道光丙申捐賑，邑侯給額「誼篤桑梓」，時年八十。道光甲辰，恭逢皇太后七旬萬壽覃恩，欽賜九品頂帶。著有《餘生偶寫詩草》一卷，别見《耆壽録》。生乾隆己丑十二月廿五日辰時，卒咸豐戊午八月十七日寅時。

娶清溪成氏，生乾隆戊子八月初九日丑時，卒道光乙巳五月初五日辰時。合葬三丫塘後山，象鼻形。

生一子雀。孚十六。〔一〕

《清代硃卷集成》載：

〔一〕《宗譜》卷二十八《行傳》。

祖諱履郁，字從周。年躋九十，恭逢皇太后七旬萬壽覃恩，欽賜八品頂戴。著有《餘生偶寫詩草》。〔一〕

二者記載有所出入，《宗譜》爲「九品頂帶」，《清代硃卷集成》則爲「八品頂戴」。朱履郁曾爲官府捐資充救濟金，縣令授額「誼篤桑梓」，義在愛鄉情深，可見朱履郁與地方官吏關係應當不錯。時又適皇太后七十壽辰，朱履郁以九十高壽受朝廷封賞，其在當時鄉間應有不小地位。又著有《餘生偶寫詩草》一卷，今雖未得見，但可知其有詩文之行，《宗譜》卷三十三《耆壽録》且載朱履郁「能詩精醫，求診者多應手即愈」。其能文能醫，可稱是當時鄉賢。

《宗譜》卷二十九《行傳》載朱鳳毛之父朱雀生平：

朱店孚十六，諱雀，字位南，生乾隆辛亥十月廿六日寅時，卒道光己酉十一月十一日巳時。貤贈修職郎，誥贈奉直大夫，晉贈中憲大夫。

娶成氏，生乾隆乙卯五月十五日□時，卒咸豐乙卯四月廿一日申時，貤贈孺

〔一〕《清代硃卷集成》第三九七册，頁八九。

人，誥贈宜人，晉贈恭人。

生一子鳳毛，師五十二，一女君逑，適倍磊太學生陳逢芳。

朱雀因子孫食禄受朝廷封號，在當時或也名噪鄉里。朱雀於道光九年（一八二九）三十九歲時方得獨子鳳毛，因艱於子嗣，其對朱鳳毛憐愛有加。或許，朱雀當時並未能知，朱鳳毛的誕生會使朱氏家族將來的發展出現重要轉折，朱鳳毛長子朱一新在朱鳳毛嚴格家教〔一〕的影響下成就非凡，在晚清學術史上塗上了濃墨重彩的一筆。

綜上，朱氏家傳遠至朱熹，再至「始遷祖」朱權，再至朱應芳、朱孟杞、朱宗城、朱豐肇、朱履郁，或一時巨擘，或一時鄉賢名士，或多或少在文學方面有所造詣或涉及。朱鳳毛近祖雖微名不彰，但世代積承，澤被子孫。朱鳳毛任十餘年學官，文學卓著，而其子朱一新更是著述宏富，教育與學術成績蜚然，聲名海内，次子朱懷新亦有著述，這些不能説與家庭教養没有關係。以此，我們或許可以在一定程度上窺知

〔一〕朱鳳毛所作《哭一新》其五云：「兒時課讀一青燈，儷句難工夏楚增。自悔少年殊卞急，耘瓜何事類狂曾。」其後小字曰：「八歲夜讀畢，令對七言，句必極工乃已，時得警句，否則撲責。」據此，我們可以窺見朱鳳毛對朱一新教育的嚴格程度。

朱氏以文學傳家的傳統。

（一）生平

朱鳳毛是一位名不見經傳的底層文人，關於他的資料極少，述其生平，其孫朱萃祥所撰《行述》〔一〕較爲詳細。朱鳳毛自幼聰慧，《行述》謂其「幼穎悟，比長，學爲文，多奇句，輒驚其長老」，略見其不凡。道光二十七年（一八四七），朱鳳毛十九歲，以歲試第五名被昆明趙蓉舫學政取入郡庠生，即所謂秀才。二十九年朱鳳毛二十一歲，以己酉科試一等第十五名補增廣生。

在清末内憂外患的社會環境中，洪秀全在廣西揭竿而起，揭開了太平天國運動的序幕。咸豐三年（一八五三），太平軍已攻克南京，爲輔助官軍與太平軍作戰，朝廷

〔一〕見《虛白山房駢體文》光緒十五年（一八八九）刻本後，爲朱鳳毛孫朱萃祥事後增補，許多同是光緒十五年刻本之《虛白山房駢體文》未見附有《行述》。

命各省組辦民團。但山程隔遠，消息不通，義烏地區並不以此爲重。直至咸豐八年太平軍攻克永康、武義，十年攻克嚴州、杭州，義烏民團方有所動作，「城中有團練總局，鄉間各設分局」〔一〕。然而，這些由當地紳士領導的民團訓練懈怠、紀律鬆散，甚至假以斂財，不分是非，以過境者爲奸細，捕殺二十三人之多〔二〕。十一年五月二十八日，太平軍李世賢所部攻克金華，五月三十日，陳榮等進抵義烏，兵亂四起。當時民團皆烏合之衆，遇事則散，太平軍得以長驅直入。面對兵亂，百姓驚散，一時出現「倉皇行李各奔波，挈女呼兒逐隊過」〔三〕的景象。作爲一位封建士紳，朱鳳毛却頗爲關心百姓疾苦，曾爲夜中逃難的百姓送上燃燭。爲避兵亂，朱鳳毛於南山構築茅屋，安排一家老小避居其中，其詩《避寇山中，築茅舍落成即事》即記當時之事。同治元年五月，時太平軍另一頭目李仁壽據永康三十里阬，與朱鳳毛所居廿八都毗鄰，時常至廿八都等地抄掠財物，廿八都村勇即前來驅逐。然而此時村勇尚未組成有組織的民

〔一〕黄侗《義烏兵事紀略》一九三二年印本，頁二二。

〔二〕黄侗《義烏兵事紀略》一九三二年印本，頁二二。

〔三〕《虚白山房詩集》卷二《辛酉六月紀事》，光緒十五年（一八八九）刻本。

團，惟恐一盤散沙不能持久，難抵太平軍劫掠，朱鳳毛遂毁其家産，捐其家資，組織諸村勇爲民團，祭旗義烏三山廟，「以軍法部勒鄉人子弟，曉以衛國家、死長上之義，示以步伐卒伍、攻取戰守之宜」，「鄉人子弟服其教而用其命，團勢大振」〔一〕，一改前述民團無組織、無紀律的風貌。自此，由朱鳳毛領導的義烏民團算是正式成立。

朱鳳毛親臨戰場指揮，其所領導的義烏南鄉民團作戰英勇，聞名於時，太平軍懼之。其曾與西鄉民團爲唇齒之依，共禦太平軍。時人有「畏南團如虎，而視西團如蜂」之説，爲當時民團作戰英勇程度和作戰風格的形象比喻。經年，太平軍退出義烏後，同事者上表朱鳳毛功績，朱以民團戰死者骸骨未收爲却，並埋葬戰死者，籌資立祠，以表諸人之功。朱鳳毛有感於兵亂對當時社會秩序的破壞和太平軍對普通百姓的屠戮，寫下《書金華咸同間兵事》《南山殺賊歌》《辛酉六月紀事》《喜聞官軍復郡城四首》等詩，對當時鄉兵之奮勇、戰事之慘烈、百姓之塗炭等作了形象而具體的描繪，堪稱詩史，是研究太平天國史、客觀認識太平天國運動的重要參證。

〔一〕《虚白山房駢體文》所附朱萃祥撰《行述》。

義烏太平軍戰事暫時平息後，朱鳳毛未曾輟學，雖「前後三赴秋闈不第」〔一〕，但以其文章優等、爲人謙遜受到老師器重。同治十一年（一八七二）以壬申科試一等一名考取府學拔貢。十三年，甲戌朝考二等第四名，授校官。《宗譜》卷三十三《紳衿録》載其後生平云：「歷署常山、新昌、龍游、仙居、石門縣學教諭，奉化縣學訓導。光緒元年乙亥（一八七五），敕授修職郎，誥封奉直大夫翰林院編修加三級。十年甲申，選授壽昌縣學教諭。十五年己丑，晉封中憲大夫四品銜，工部主事，歷遇覃恩加四級。十七年辛卯，潘嶧琴學使奏請賞加國子監學政銜加二級。」繼而，朱鳳毛於光緒十八年三月以病老辭歸。朱鳳毛任學官十餘年間，筆耕不輟，嗜學育人，訓勉後生，不以冷官作牢騷，爲人曠達，受同事者及生徒稱道。

光緒二十年七月二日，名揚海内的長子朱一新歿於廣州廣雅書院，年僅四十九歲。朱鳳毛至十一月始得其耗，白髮人送黑髮人，慟哭流涕，作《哭一新》五十首，感父子、家庭舊事，其情極哀。至二十四年，次子朱懷新又歿於廣東鎮平縣，年亦僅四十九

〔一〕見《行述》。

歲。二子相繼去世，給朱鳳毛帶來了極大打擊，傷神難抑。

晚清社會動盪，匪患四起。朱鳳毛晚年辭歸故里後，地方官員輒請其辦團練禦匪，朱鳳毛卻不顧病老，「慨然許之」〔一〕。匪患急時，浙署官員欲請其總理江常金衢四府團練，然而不期朱鳳毛已先於光緒二十六年七月十二日寅時因感疾數日與世長辭，終年七十二歲。嗚呼！此其老當益壯而不虞生靈之有數哉！

辦團練是朱鳳毛生平的主要事件之一，而其文學創作則是其一生另一值得特別提到的方面。朱鳳毛一生歷練，手不釋卷，筆耕不輟，在文學方面造詣不淺。其傳世詩文集主要有四種：《虛白山房詩集》四卷，《虛白山房詩續集》一卷，《虛白山房駢體文》二卷，《一簾花影樓試帖律賦》兩卷，詩歌約三百七十首之多，辭賦約六十篇。梁鼎芬在《虛白山房詩集》序言中謂朱鳳毛詩「陳君父之義，其言正；道朋友之情，其言長；譚鄉邑之事，其言實；敘家庭之樂，其言安。志貞而後作，境變而更工。坦直沖雅，從容悦怡，其爲詩也，幾於道矣」，評論公允。而其辭賦之屬則雍容典雅，

〔一〕見《行述》。

文采華茂，或也可稱清末文賦之佼佼者。

二、朱鳳毛的文學創作

（一）詩文集的刊刻與版本

朱鳳毛流傳於世的著作有四種：《虛白山房詩集》四卷、《虛白山房詩續集》一卷、《虛白山房駢體文》二卷、《一簾花影樓試帖律賦》（又名《一簾花影樓試律詩賦》）二卷。其版本情況如下：

第一，咸豐七年丁巳（一八五七）朱鳳毛自刻本虛白山房之詩文集六卷，書首以草書印書名「虛白山房詩草」六字，包含《虛白山房詩草》三卷、《虛白山房駢體文》一卷、《虛白山房試帖》一卷、《虛白山房律賦》一卷，本書統稱爲「丁巳本」。此本半頁九行，行二十一字，白口，單魚尾，左右雙邊，版心上方題寫書名，書前有丁巳年自序。

第二，光緒十五年己丑（一八八九）廣東刻本《虛白山房詩集》四卷、《虛白山房駢體文》二卷、《一簾花影樓試帖律賦》二卷，本書統稱爲「己丑本」。此本半頁十三行，行二十五字，黑口，單魚尾，四周單邊，版心題寫書名，前後無序跋。「戊戌六君子」之一楊鋭題寫書名。

一九五八年，朱鳳毛曾孫朱敘芬補鈔朱鳳毛未刊詩稿一卷，附於己丑本書末，名《虛白山房詩續集》。又在己丑本書前補鈔入朱敘芬所作《小傳》、梁鼎芬所作《序》以及其他數人題詞。

第三，光緒二十五年己亥（一八九九）廣東《端溪叢書》本《虛白山房詩集》四卷，本書統稱爲「己亥本」。此本半頁十一行，行二十二字，黑口，雙魚尾，四周單邊，版心題寫書名，前後無序跋。

其中，丁巳本刻印時，朱鳳毛年二十九，其所包含爲道光二十二年（一八四二）（十四歲）至咸豐七年（一八五七）（二十九歲）所創作詩文，未詳何人何地刻印。己丑本刊刻時，朱鳳毛年六十一，爲其子朱一新秉鐸廣東端溪書院時與弟朱懷新檢校其父朱鳳毛於光緒十四年（一八八八）之前所創作詩文而付梓〔一〕，「戊戌六君子」之一楊銳署。己丑本删改了丁巳本中大量詩文，其重新創作者甚夥。丁巳本今不易得，義烏市圖書館藏一册〔二〕，彌足珍貴。而己丑本則散布海内各大圖書館，流布較廣，且體類完整，爲今日我們易得之本、主要之本。而己亥本係梁鼎芬據己丑本重刻，編入廣東《端溪叢書》。梁鼎芬在爲朱鳳毛《虚白山房詩集》所作的序中寫道：

長君鼎甫侍御今主端溪講席，方刻全集，屬爲編校。余愛其詩，益敬其爲人，因遂重鐫之，以餉學子。

此序的落款時間爲光緒十五年己丑二月，時梁鼎芬已經離開端溪書院，移席廣雅書院，但他依然在從事《端溪叢書》的編纂與刊刻工作，並將朱一新父親朱鳳毛之《虚

〔一〕張璐《朱一新研究》，南京大學二〇一一年碩士論文，頁一三至一四。

〔二〕義烏市圖書館藏丁巳本有大量手寫批改，詩題下被注明「删」字的多不見於己丑本，經過修改的詩句大多數能與己丑本詩句相合，其字跡亦與朱一新筆跡相似，而義烏圖書館藏古籍有很大一部分又是來自朱一新約經堂藏書。據此，我們或許可以推測這些批改的手跡即是朱一新所爲（若不是朱一新所爲，亦當是朱氏父子中人所爲），但目前尚未有更直接的證據來證明這一推測。

白山房詩集》編入其中，其刊刻時間應距前述己丑本刊刻時間不遠。《端溪叢書》第一集第一册《孟子字義疏證》中的叢書小序曰：

光緒十三年番禺梁節盦先生主端溪講席，以書院餘款刊爲《端溪叢書》。甫一載，先生去院，義烏朱鼎父先生繼之，工未及竣，先生遽歸道山，刊貲亦告罄，手民中輟，忽忽六年。明年戊戌，維森來主斯席，懼存版坊肆，久且散佚，而二先生之志終不克竟也，商諸監院，節存餘款，又閲一年，始償舊值，取版歸弆院中，且印成書，資諸生誦覽焉。異日續有刊刻，積爲巨觀，尤所望也。光緒二十五年己亥二月番禺傅維森識。

可見《端溪叢書》並非一夕而就，自光緒十三年（一八八七）梁鼎芬開始主持編刻《端溪叢書》始，中間經過朱一新續刊，直到二十五年己亥傅維森方將《端溪叢書》續刻、印就。以此，論及《端溪叢書》本《虛白山房詩集》的版本問題，其雕版雖大致刻於十五年前後，但整部叢書是在二十五年己亥才最終完成的。爲了表述方便，不與前述己丑本相混，我們依然把《端溪叢書》本《虛白山房詩集》稱爲光緒二十五年之「己亥本」。《虛白山房詩續集》係朱鳳毛曾孫朱敘芬補鈔朱鳳毛光緒十五年以後創作的詩文。朱敘芬謂曾聞其伯父朱萃祥曰，二十六年六月，曾見朱鳳毛「自訂己丑以後詩以爲續集，手鈔成帙」〔一〕，但後散佚，今不得見。朱敘芬四處尋訪朱鳳毛己丑以後未刊詩文，稍有所得，隨即手鈔附入《虚白山房詩集》，名爲《虚白山房詩續集》，共一卷，今藏國家圖書館。

又，平江陳祖昭填詞《滿江紅》：「萍水何因，山城下、連來宦轂。傳鈔得、一簾花影，滿窗草緑。浩劫紅羊曾撇去，全斑蔚豹容窺足先生别有《唾餘集》四卷，不輕示人，惟昭得讀之。看篇篇、字裹挾風霜，焚香讀。」〔二〕其有所謂「滿窗緑草」者爲詩集名，據《清代硃卷集成》同治癸酉科硃卷，朱鳳毛著有《緑滿書窗詩稿》六卷。然《緑滿書窗詩稿》今不得見，臆測即爲《虚白山房詩集》未刊刻前之别名。陳祖昭詞謂朱鳳毛别有《唾餘集》不輕易示人，據朱萃祥所撰《行述》，亦曰别有《唾餘集》四卷，而朱鳳毛《在龍游與芑田書》云：「定文身後，敬禮誰知？籠壁榻前，江東已老。蜉羽

〔一〕《虚白山房詩續集·朱敘芬識語》，朱敘芬一九五八年鈔本。

〔二〕《虚白山房詩續集》，朱敘芬一九五八年鈔本。

一瘁，雞肋可惜。爰編詩文若干卷，其間涉僞體者，别爲《唾餘集》若干卷。」據此可知，《唾餘集》所收録乃朱氏自認爲食之無味、棄之可惜之詩文，其不輕易示人，蓋爲謙遜藏拙爾。《唾餘集》今未得見。

（二）詩歌創作

朱鳳毛傳世詩歌大概三百七十首，除去試律詩，其詩大抵有行旅、記事、詠史、感懷、詠物、題贈之屬。

其行旅詩蓋以應試、赴任等途中所見所感爲題材。有旅途中的清冷、寂寥、蒼茫以及驚奇等，如《晚泊》「水風涼似雨，村酒濁於泥」，《雨泊》「一僧扶杖歸，唤渡橋頭便」，《夜泊散步》「日落萬峰寒，門掩一村静」，《舟夜》「一夜西風緊，蘆花應白頭」，《夜泊崑山不寐》「空江聞鱅過，遠岸數雞鳴」，《出常山東郭村落，風景可愛，徘徊久之》「野翁醉提壺，少婦閑補衾」等，在一景一物中體現了作者在旅途中細膩的情感體驗，隱含作者對人生旅途的深沉思考。

其記事詩最值關注者爲其記太平軍攻入義烏之事。有如《辛酉六月紀事》《避寇山中，築茅舍落成即事》《南山殺賊歌》《喜聞官軍復郡城四首》《悲蘭江》《書金華咸同間兵事》等，皆記當時之事，其述戰事之緊急如「嶺上一聲鉦告警，千山風雨争馳騁」（《南山殺賊歌》），鄉兵之憤勇如「入穴狂探虎，翻山捷鬬猱」（《喜聞官軍復郡城四首》），戰事之慘烈如「狂奔無路如落井，血肉淋漓相藉枕」（《南山殺賊歌》），百姓之塗炭如「西舍全家病，伏盡未插秧」「東鄰盡室死，新麥無人嘗」（《書金華咸同間兵事》），雖略帶誇飾，但却形象而具體，觀者如臨其境。

其詠史詩蓋有感於歷史朝代之變遷、歷史人物故事之忠烈等。有如《讀〈十六國春秋〉》，「爲朱鳳毛研讀北魏崔鴻所著《十六國春秋》後所作」[一]，其對公元三〇九年至公元四三九年一百多年間「五胡亂華」歷史時期的一些戰亂和歷史變遷典故作了逐一評點，其中不乏真知灼見，如「由來黷武終亡國，豈在鮮卑掃墓人」（《前秦》）、「祇有崇儒清庶獄，貽謀差比譯經長」（《後秦》）等，皆中肯之談。又如《題〈希忠録〉》，褒揚金華浦江鄭洽保護建文帝朱允炆免於朱棣追殺的忠孝之舉，且道「史闕詩

[一] 張璐《朱一新研究》，南京大學二〇一一年碩士論文，頁一五。

堪補」，頗有史學研究之精神。

其感懷詩即情即景即事抒發願建功立業的遠大志向，亦悲夫志不得伸、生命無常的傷感。如《關山月》「願向吴剛乞仙斧，借儂飛夢斬樓蘭」，《秋夜》「何物酧知己？臨風看寶刀」，《觀巖棲草堂假山》「惜哉委廢園，寒翠溼烟篠」，《閑中作》「莫管蹉跎且行樂，西風吹鬢欲成絲」，以及《哭一新》五十首等，皆可求其心跡。

其詠物詩以客觀事物爲對象，表現事物之美。如《西湖雜詩》《獅子林》《余家虛白山房牡丹，二百年物也，比來客遊，花時不獲賞玩，適有送花者，爲賦此詩》《余既賦〈憶鴛鴦桃〉〈牡丹〉二詩，復取小園花木分詠之，成雜憶二十二首》《署後桃花盛開，因憶家園中千葉鴛鴦桃》《菉園雜詠》等，充分展現其吟詠之長。

其詩題贈者甚繁，多爲親朋好友往來唱和之作，訴其衷情。如《秋樵抱黄門之戚索賦輓章，書此以報》《或以王梅卿先生工詩賦，余亦喜駢儷之學，遂疑余號竹卿不爲慕藺之相如，即是争墩之安石，其然，豈其然乎，詩以誌愧》《訪芑田，方督小僮種菜》《純甫入都，至清江浦，寄書述途中登臨之勝，賦答》《贈陳佩甫時有處州之行》《請佩甫近詩感賦》《贈潘健生》《送學博王杏泉先生移官四明》《懷新春闈卷堂備，書此勉之》《題宋白樓同年〈湖東第一山詩鈔〉，並乞校余近作》《題陳子宣〈鑑湖櫂歌〉》等等。一些詩句雖有無聊贈答的嫌疑，但用梁鼎芬語，訴朋友之情，其言長也，非惟字句之多少，而在情誼之綿長。

須要説明的是，因爲詩歌本身具有多重屬性，以上分類往往互有交集，在此我們衹是根據詩歌主旨的不同加以劃分，且並不能完全囊括朱氏所有的詩歌創作，僅作爲我們認識朱鳳毛詩歌創作的一個大體分類。

朱鳳毛詩「善寫景煉句」〔一〕，以自然景物爲意象寄寓詩歌情感，略帶華辭艷藻之氣，而其淡雅、淒清者亦甚繁。其歷史、戰爭及抒發懷抱題材的詩歌則多沉著痛快，一脱纏綿柔弱之態，讀之爲之一振。吴京培《題竹卿年伯詩文稿》稱其「文字鬼神忌」，非純粹奉承之語。由此可見，朱鳳毛詩歌創作並不拘於一端，諸種風格兼而有之。其《雜詩十一首》〔二〕詩云：

〔一〕梁淑安主編《中國文學家大辭典·近代卷》，中華書局，一九九七年，頁七九。

〔二〕見本書《虚白山房詩文外編》卷二。

詩思忽不屬，經歲無一辭。興到偶揮毫，一夕成數詩。由來寫意趣，生氣須淋漓。情致苟不真，何以沁心脾？神韻苟不佳，何以光容儀？丈夫重獨行，作詩亦如之。神明古規矩，出入今藩籬。李杜韓歐蘇，主善無常師。我自用我法，破空方出奇。何哉拘墟者，門户爭嗤嗤。君豈無性情，而必依人爲？

此詩爲朱鳳毛詩歌中不多見的詩論，體現其詩歌創作的理論主張。朱鳳毛認爲，作詩要做到以下幾點：一、詩氣須暢快淋漓，詩氣活而意趣顯；二、情致要真，真實的情感是體現詩歌感染力的必要條件；三、神韻要佳，神韻是體現詩歌特質的必要條件；四、獨立無常師，明了詩法而不拘詩法，師法衆家而不拘門户，擁有獨立的創作法度，藉以「出奇制勝」。可見朱鳳毛並不排斥清代「性靈説」「神韻説」「格調説」等詩歌理論主張，且要博采衆長，以爲我用，不以門户之見抹殺詩歌所應具有的多重特徵和屬性，從而形成自身獨立的詩歌創作方法體系，實現詩歌創作的個性。以此，我們就不難理解爲何朱詩能够展現出華麗、淡雅、淒清、沉著痛快等諸種風格以及不拘一端的創作面貌。

（三）駢體文創作

清代處於駢文復興時期，重學識的社會風氣給駢文的復蘇帶來了契機，有清一代，駢文的作家數量及作品數量達到一個高峰。「清末王先謙編《駢文類纂》四十卷，歷代駢文作者共入選二百八十四家，而清代就佔了六十五家，將近四分之一。其他雖不稱家，但却有駢文傳世者更不可勝數。」〔一〕朱鳳毛是清代衆多駢文作家中的一個，其駢文創作不著，但已有相關著作關注到。《中國辭賦發展史》寫道：「道、咸時期單獨鐫刻和附詩文集刊行的律賦專集很多，一般皆平庸無奇，其中較著者有何盛斯《柳汁吟舫賦草》、孫纘《夢華賦鈔》、孫鼎臣《蒼莨詩賦初集》、黄富民《萍軒律賦賸稿》、王再咸《澤山賦鈔》和朱鳳毛《一簾花影樓律賦》等。」〔二〕张璐《朱一新研究》

〔一〕于景祥《中國駢文通史》，吉林人民出版社，二〇〇二年，頁八八三。

〔二〕郭維森、許結《中國辭賦發展史》，江蘇教育出版社，一九九六年，頁八四五。

以此認爲「朱鳳毛的律賦在同時代的文人中，已算出衆之作，值得我們重視」〔一〕。朱鳳毛自謂「喜駢儷之學」〔二〕，觀其《虚白山房駢體文》兩卷和《一簾花影樓律賦》一卷，蓋有賦、序、書信、像贊、傳記、祭文之屬，其行文對仗工整，用典極博，辞藻豐縟，文采華茂，文氣暢達，堪稱一小家。然而，朱鳳毛駢文用詞往往過於繁縟，典故過於冷僻，以學問作文學，往往使人耽於一詞一句而不得其所以，清人作文、作詩，常以此爲人詬病。

（四）文學交遊考

朱鳳毛所作題贈詩頗多，多爲朋友間往來酬唱及文稿作序、題詞之作。朱鳳毛作爲一個底層文人，其文學交遊的層次自然不高，除少数人因充任公職而在一地一時稍有名氣外，其餘多不甚出名，有些人連姓名都難以確定。兹擇其要者加以考述。

〔一〕張璐《朱一新研究》，南京大學二〇一一年碩士論文，頁一七。

〔二〕見《虚白山房詩集》卷三《余家虚白山房牡丹，二百年物也，比來客遊，花時不獲賞玩，適有送花者，爲賦此詩》。

樓杏春，字裴莊，號芸皋，又號粲花，生於道光十一年（一八三二）〔一〕，卒於光緒二十一年（一八九五），〔二〕義烏蘇溪鎮殿下村人（《清代硃卷集成》：世居義烏八都恬雅莊）。同治十三年甲戌科（一八七四）進士。著有《粲花館詩鈔》一卷、《粲花館詞鈔》一卷〔三〕。朱鳳毛詩文集中與樓杏春往來之作有《虚白山房駢體文》卷一之《樓芸皋〈戀花詞〉序》《樓芸皋五十壽序》，卷二之《與樓芸皋書》，民國壬子（一九一二）重修《釁東樓氏宗譜》卷三所載之《和芸臯同年京邸見寄三十述懷之作，效長慶體》。樓杏春詩詞集中與朱鳳毛往來之作有《粲花館詩鈔》〔四〕之《放歌·寄朱竹卿集句》，《粲花館詞鈔》之《選冠子·賀朱竹卿選拔》。其中《選冠子·賀朱竹卿選拔》作於同治十

〔一〕江慶柏《清代人物生卒年表》注：「樓杏春會試卷履歷，作生於道光十一年十二月十八日，公曆爲一八三二年一月二十日。」人民文學出版社，二〇〇五年，頁七九七。

〔二〕《清代硃卷集成》第三十六册，頁二三九。

〔三〕李靈年、楊忠主編《清人别集總目》，安徽教育出版社，二〇〇〇年，頁二三一三。《清人别集總目》未列出《粲花館詞鈔》一卷。

〔四〕民國二十二年（一九三三）義烏黄侗排印《義烏先哲遺書》本。

二年癸酉，是爲祝賀朱鳳毛於同治十一年考取府學拔貢而作。二人往來詩文，語多涉求取功名不得的落寞與孤寂，二人且又互相贊譽，互相鼓勵，表達雄心未泯的抱負。

梁鼎芬（一八五九—一九一九），字星海，又字心海、伯烈，号節庵、節堪、藏山等，廣東番禺人，清末民初學者、藏書家[一]。梁鼎芬光緒三年（一八七七）中舉人。光緒六年進士，授翰林院庶吉士，又於九年授編修。其性格剛直，不畏權貴。十年五月，因彈劾李鴻章在中法戰爭中的賣國行徑，觸怒慈禧，次年降官五級調用，其遂罷官南歸。三十二年，其又「面劾」慶親王奕劻貪得無厭，並與權臣袁世凱勾結，謂「奕劻、世凱若仍不悛，臣當隨時奏劾，以報天恩」（《清史稿·梁鼎芬傳》），膽量驚人。梁鼎芬以才學獲張之洞賞識，先後聘其爲廣東肇慶端溪書院山長、廣州廣雅書院山長。梁鼎芬「擅長詞學，詩文以悲慨超逸稱」[二]，有《節庵先生遺詩》六卷存世。梁鼎芬與朱鳳毛長子朱一新先後任端溪書院、廣雅書院山長，與朱一新交厚。光緒十五年朱一新、朱懷

〔一〕李玉安、陳傳藝《中國藏書家辭典》，湖北教育出版社，一九八九年，頁三〇一。

〔二〕《中國藏書家辭典》，頁三〇一。

新檢校刊刻父親朱鳳毛所著《虚白山房詩集》等，梁鼎芬蓋於時見朱鳳毛詩，慕其詩才，爲之作序，謂朱鳳毛詩：「陳君父之義，其言正；道朋友之情，其言長；譚鄉邑之事，其言實；敘家庭之樂，其言安。志貞而後作，境變而更工。坦直沖雅，從容悦怡，其爲詩也，幾於道矣。」因此，梁鼎芬在主持刊刻《端溪叢書》時，亦將朱鳳毛《虚白山房詩集》四卷刻入，二人以此爲題，互贈詩歌，即《節庵先生遺詩》卷一之《義烏朱濟美先生集題詞》與《虚白山房續集》之《酬梁節堪太史見贈》。民國己巳（一九二九）重修《山盤朱氏宗譜》卷十二《藝文類》附録有梁鼎芬所作《懷竹卿老丈》二首，皆表達對朱鳳毛仰慕之情。

宋棠，一名裳，字贈之，號白樓〔一〕，生於道光十三年十月二十五日〔二〕，卒於光

〔一〕《清人别集總目》頁一〇六三，謂宋棠「字白樓」。宋棠有《宋白樓自訂年譜》，光緒刻本。

〔二〕一説生於道光元年（一八二一）（《清人别集總目》頁一〇六三）。《清代硃卷集成》第三九七册第一頁謂其生於道光癸巳年十月二十五日，從此説。《清代硃卷集成》載其「著有《四書釋典》《經學吉光》《子史粹珍》《通鑑類鑰》《兩宋四六集腋》《湖東第一山文鈔》《閑閑録》，未梓。《湖東第一山詩鈔》已梓」。

緒二十七年，紹興上虞人，世居潘家陡。宋棠拔貢出身，重遊泮宫，授直隸州州判。著有《四書圖考》四卷、《兩論學庸典解》八卷、《經學吉光》六卷、《經世秘書》六卷、《子史粹珍》四卷、《通鑑類鑰》十六卷、《湖東第一山文集》五卷附駢體文一卷、《湖東第一山詩集》五卷附悼亡詩一卷〔一〕、《宋白樓大題文稿》二卷、《宋白樓小題文》二卷、《閑閑録》四卷，並主纂《古虞宋氏宗譜》（五修），分纂光緒十七年成書之《上虞縣志》。宋棠爲同治十二年癸酉（一八七三）科鄉試拔貢第一名〔二〕，與朱鳳毛同科。朱鳳毛《虚白山房詩集》卷四有一首《題宋白樓同年〈湖東第一山詩鈔〉，並乞校余近作》，謂宋棠「攜去叢殘稿，題來絶妙詞」，且句下作「君曾題余詩稿」小字。

朱錫安，字敦仁，號純甫，生於道光六年正月十九日，浙江義烏朱店人〔三〕。咸

〔一〕多見爲《湖東第一山詩鈔》五卷。

〔二〕《清代硃卷集成》第三九七册，頁一。

〔三〕《清代硃卷集成》第二五〇册，頁六九。

豐己未恩科舉人，官學教習候選知縣[一]。朱錫安乃朱鳳毛族人，「從祖」[二]。朱鳳毛詩文集中有《純甫入都，至清江浦，寄書述途中登臨之勝，賦答》《懷純甫》《純甫殁後，書籍盡散，聞之泫然》（以上《虚白山房詩集》卷二），《與純甫唱酬累日，再拈僻韻賦詩索和》《純甫亦以詩來，有宋及楚平之意，戲疊其韻要之》《純甫和詩有「衆鳥自鳴當自已，莫將楚語又來咻」之句，復疊韻嬲之》《再和》《三和》《四和》《再贈純甫》《與芑田、純甫劇談終日，將所言論賦詩奉粲》（以上《虚白山房詩集》卷三），《補謝純甫轉惠黄西瓜啓》（《虚白山房駢體文》卷二）等與朱錫安唱酬之作。二人關係緊密。

陳祖昭，字子宣，號楓江漁子，吴縣人，曾師從俞樾[三]。著有《西湖櫂歌》一卷、《鑑湖櫂歌》一卷[四]，光緒十三年（一八八七）刻本，輯有《浙江蘇郡同官録》，

[一]《清代硃卷集成》第三九七册，頁八九。

[二]《清代硃卷集成》第三九七册，頁八九。

[三]《清人别集總目》頁一三〇六。

[四]《清人别集總目》頁一三〇六。

光緒十八年刻本。朱鳳毛詩文集中與之相關的作品有《題陳子宣〈鑑湖櫂歌〉》《中秋夜，子宣招同徐順之、蔣望庭集葉采章蕿園，時子宣偕余寓園中，順之新自閩歸，采章明日有杭州之行，故詩及之》《謝子宣作畫》《子宣以客饋蟹見招次原韻》《送子宣解任回杭州》（以上《虛白山房詩集》卷四）、《陳子宣〈甕中天傳奇〉序》（《虛白山房駢體文》卷一》）等，擊節而歌，朋友之情純真。

朱錫猷，字芑田，恩貢生，候補教諭[一]。朱鳳毛族人，「從祖」，與朱錫安同輩[二]。朱鳳毛詩文集中與其相關的詩有《訪芑田，方督小僮種菜》（《虛白山房詩集》卷一）、《壽芑田五十》（同上卷二）、《與芑田、純甫劇談終日，將所言論賦詩奉粲》（同上卷二），駢文有《在龍游與芑田書》（《虛白山房駢體文》卷二）、《祭芑田文》（同上卷二）。朱鳳毛與朱錫猷交往甚密，詩文多涉平日聚談，人生雜歎。

沈景修（一八三五—一八九九），譜名維鑾，字勉之，又字蒙叔，[三]或作夢粟，

[一]《清代硃卷集成》第六六册，頁二一九。
[二]《清代硃卷集成》第三九七册，頁八九。
[三]《清代硃卷集成》第三九五册，頁一〇五。

號次蝯、蒙庐、汲民、蒲寮子等，晚號寒柯。浙江嘉興秀水人，世居王江涇鎮，後寄居江蘇盛澤鎮〔一〕。咸豐十一年（一八六一）拔貢〔二〕。歷任寧波、蕭山、分水、壽昌等地教諭。長於書畫，工詩文。著《蒙廬詩存》四卷、《外集》一卷，光緒二十一年（一八九五）年刻本，又有《井華詞》一卷、《聞湖詩三鈔續編》。民國己巳（一九二九）重修《山盤朱氏宗譜》卷十二《藝文類》附録沈景修所作《甲申莫春與竹卿同年遇於嚴州，昕夕相聚，笑言頗洽，作詩贈之，兼題其集》二首。

朱鳳毛詩文中涉及之人遠不止這些，但由於朱鳳毛所交往的人往往不是鴻儒名流，流傳的史料極其有限，其生平行跡及與朱鳳毛之往來往往難以查證，將來若有幸檢得相關資料再行補闕。

〔一〕《清代硃卷集成》第三九五册，頁一〇五。

〔二〕《清代硃卷集成》第三九五册，頁一〇五。

凡例

一、朱鳳毛流傳於世的著作有四種：《虚白山房詩集》《虚白山房詩續集》《虚白山房駢體文》《一簾花影樓試帖律賦》。其版本情况如下：

咸豐七年丁巳（一八五七）朱鳳毛自刻本虚白山房之詩文集六卷，包含《虚白山房詩草》三卷、《虚白山房駢體文》一卷、《虚白山房試帖》一卷、《虚白山房律賦》一卷，本書統稱爲「丁巳本」。

光緒十五年己丑（一八八九）廣州刻本《虚白山房詩集》四卷、《虚白山房駢體文》二卷、《一簾花影樓試帖律賦》二卷，本書統稱爲「己丑本」。一九五八年朱敘芬補鈔有《虚白山房詩續集》，綴於己丑本之後，同時還鈔有朱敘芬所作《小傳》、梁鼎芬《序》於書前。

光緒二十五年己亥（一八九九）廣東《端溪叢書》本《虚白山房詩集》四卷，本書稱之爲「己亥本」。

其中丁巳本刻印時，朱鳳毛年方二十九，未能囊括其一生創作。己丑本刊刻時，朱鳳毛年六十一，基本囊括了其詩文創作，且體類完整。而己亥本係據己丑本重新刻印，《虚白山房詩續集》係朱敘芬補鈔朱鳳毛光緒十五年以後創作的詩文。故本書以己丑本爲底本，以丁巳本、己亥本爲主要參校本，同時參校散見於各種宗譜及其他資料的有關詩文。

二、丁巳本之内容凡見於己丑本者皆出校，凡不見於己丑本者則按原先順序别編爲《虚白山房詩文外編》。朱鳳毛作品凡不見於其詩文集者則編爲「輯佚詩文」。有關朱鳳毛生平及詩文創作的資料匯爲「附録」，附於書後。其中附録一收録了《山盤朱氏宗譜》《義烏兵事紀略》中與朱鳳毛有關的詩文及其創作的背景事件，還有《粟香四筆》對朱鳳毛部分詩作的品評。根據對朱鳳毛詩文及其他資料的研究勾稽出其年譜，作爲附録二。

三、本書出校原則如下：

底本有誤，校本不誤者，徑改底本原文，出校記説明；異文兩通者，不改底本原文，出校；底本不誤，校本誤者，不出校。

底本中的異體字、古今字、通假字、避諱字，一般據底本迻録，不出校。較爲生僻者則改爲通行繁體，出校説明。常見的俗體字一般徑改爲通行繁體字，不出校。顯爲刻版之誤者，徑改。缺字用「□」表示。

虛白山房詩集

小傳[一]

朱敘芬

曾王父諱鳳毛，字竹卿，號濟美，姓朱氏，文公二十四世孫也，浙江義烏人。同治十二年癸酉拔貢，歷署常山、新昌、龍游、仙居、石門等縣學教諭，奉化縣學訓導。光緒十年甲申選授壽昌縣學教諭。曾王父貌癯而秀，聲如洪鐘，居恒無疾言遽色，弟子來請業者，但勗以强學力行，詞氣煦煦，若恐傷之。著有《虚白山房詩集》四卷、《續集》一卷、《駢體文》二卷、一簾花影樓《試帖》《律賦》各一卷。以光緒二十六年庚子秋卒，年七十有二。子二：長一新，由翰林官侍御，以劾内監李蓮英降

〔一〕此《小傳》及以下梁鼎芬之《序》，俞鍾傳、杜求煃、高鵬年、沈景修、湯佶昭、吴京培、陳兆賡、陳祖昭諸人題詞，皆爲朱鳳毛曾孫朱敘芬於一九五八年鈔入已丑本《虚白山房詩集》卷首。

官，後主講端溪、廣雅等書院，著有《拙盦叢稿》，國史儒林有傳；幼懷新，以進士官工部主事，尋改廣東知縣，所至有政聲，著有《惜餘芳館詩詞文稿》。曾孫敘芬敬述。

序

梁鼎芬

昔子夏曰「詩者，志之所之也」，又曰「情發於聲，聲成文謂之音」，聲音之微，可以觀志、觀世也。自風雅陵遲，作者不耀，辭人遺翰，間有雕采。但鋪詩景物，無端呻吟，粉墨青朱，叢龐罔序甚之。奏技於貴人之前，要譽於流俗之口。若源流清濁之所處，風化芳臭氣澤之所及，曾莫知之，亦居其間。於是行世愈富，詩教彌晦。斯風熾矣，我心閔焉。迨觀濟美先生之詩：陳君父之義，其言正；道朋友之情，其言長；譚鄉邑之事，其言實；敘家庭之樂，其言安。志貞而後作，境變而更工。坦直沖雅，從容悦怡。其爲詩也，幾於道矣。長君鼎甫侍御今主端溪講席，方刻全集，屬爲編校。余愛其詩，益敬其爲人，因遂重鐫之，以餉學子。復取先生之詩，與詩之爲教，幸較其旨如此。世有仲偉，必不二三吾言也。

光緒己丑二月後學梁鼎芬序於廣雅書院清佳堂

題詞

俞鍾儁變溪新昌

不羨仙鄉不醉鄉，胸羅錦繡口宮商。同門我幸蒹葭倚，此老才難斗石量。工部無言没來歷，髯蘇嬉笑亦文章。休論宿將雄詞陣，雛鳳聲清已玉堂。右題詩集。

拔幟搴旗萬里軍，庾清鮑俊六朝文。非關貌似兼神似，不屑人云亦我云。才子花生三寸管，天孫錦織七襄雲。擬將枕秘私鴻寶，夜半奇光到斗分。右題駢文。

杜求煃晉卿海寧

福與才兼擅，高名冠一時。情深偏愛客，官冷好吟詩。雛鳳清聲遠，猶龍意態奇。難忘知己感，激賞到蕪詞。

高鵬年 海坨

夢筆艷文通，奇葩奪化工。瓣香樊榭集，繼起竹坨翁。性淡官宜冷，才高遇未窮。達夫應退舍，甘拜下趨風。

沈景修 蒙叔秀水

寂寞山城把臂來，一編入手抵瓊瑰。身經離亂音流徵，氣得詩書子必才。文字精靈通沆瀣，風塵賞識契岑苔。蠹蟲會見成仙日，不枉年年費麝煤。

真珠爲屑玉爲塵，詩格清華鍊冶新。已分功名付兒輩，且拋心力作詞人。貧余一字糧能饋，享爾千金帚共珍。江上錦鱗三十六，相煩聞訊苦吟身。

湯佶昭益陽

三年拙官共深山，豪氣猶存鬢已頒。不賜櫻桃趨秘省，漫唫苜蓿傍鄉關。探驪禹錫珠先得，食炙文通錦未還。袖裏琳琅出相示，焚香夜讀月彎環。

生子當如孫仲謀，文壇飛將振箕裘。憂時諫草喧京洛，談道皋比向廣州。良史舊推彪固最，高名更説紀諶優。五男我愧陶彭澤，梨栗终朝覓未休。

吴京培[一]沅卿真州

文字鬼神忌，褫祜造化偏。人生慧與福，得天難兩全。識字憂患始成句，況復著

〔一〕吴京培詩又見民國十八年《山盤朱氏宗譜》（下簡稱《宗譜》）卷十二《藝文類》附録，題作《題竹卿年伯詩文稿》，題下有小字「甲申」。故此詩應作於光緒十年（一八八四）。

作傳。金紫包愚癡成句，況復科第綿。慧福罕兼備，而公乃有焉。公才本夙慧，倚馬如青蓮。六朝役足下〔一〕，百代羅胸前。公身膺百福，濟美如咸賢。老鳳氣蓋世，雛鳳聲聞天。我亦學歌詠，新鶯喉未員。何如慶餘集，深淺眉痕妍。我仕爲升斗，徒爲塵俗羈。何如紫陽治，政以木鐸宣。如公慧且福，官府而神仙。問公幾生修，乃結清高緣。懿哉鹿洞學，家慶長綿延。

陳兆賡〔二〕少白新安

焚香三復浣花牋，我亦甘爲弟子員。粉壁漫教書島佛，瓣宮何幸拜詩仙。文瀾回砥中流柱，筆勢雄飛下瀨船。造次般門輕弄斧，一窗風雨聳吟肩。

二十年前珂里遊，溪山如畫自春秋。良緣天假四明驛，大集人傳八詠樓。跨竈羨

〔一〕足，《宗譜》作「膝」。

〔二〕陳兆賡題詩又見《宗譜》卷十二《藝文類》附録。

翁真有子，登瀛舉國幾無儔。義方不負燕山叟，芝誥頒來尚黑頭。

經笥便便萬卷朱，乘槎直上斗牛樞〔一〕。階前寶樹森森立，掌上奇珍顆顆殊。石洞才名齊二宋，華川人物繼三蘇。捷音疊報稠州路，一片清聲聽鳳雛。

穠桃艷李滿庭柯，講學堂前載酒過。十里春風生泮沼，一簾花影捲湘波〔二〕。新詩醞釀唐天寶，勝地流留晉永和。大集有《蘭亭觴詠》之作。惆悵天涯感萍梗，青衫襟上酒痕多。

陳祖昭 子宣平江

萍水何因，山城下、連來宦轂。傳抄得、一簾花影，滿窗草緑。浩劫紅羊曾撇去，全斑蔚豹容窺足。先生別有《唾餘集》四卷，不輕示人，惟昭得讀之。看篇篇、字裏挾

〔一〕上，《宗譜》作「犯」。

〔二〕此句下《宗譜》有小字「先生著有《一簾花影樓詩鈔》」。

風霜，焚香讀。

知己感，同山嶽；酬唱句，同磚玉。又青蓮談吐，粲花芬馥。我輩祇求詩畫契，伊人早列神仙籙。把文章、經濟付兒曹，消清福。調寄《滿江紅》。

卷一〔一〕丙午至己未

雨泊〔二〕

溼雲忽迷空，遠峰青不見。樹影漸模糊，寒翠黏一片。半江雨氣濃，前山曳匹練。吠聲出烟林〔三〕，人家露新院。一僧扶纖歸，唤渡橋頭便。篷疏漏隙風，裹衾寒尚顫。酒價欺生客，村酤良不賤。隱隱蒼烟中，一星漁火見。

〔一〕底本及己亥本於每卷首第二行末皆有「義烏朱鳳毛濟美」七字，今皆删去，下同，不再出校。

〔二〕此詩見丁巳本卷一頁六。底本繼丁巳本增删补改，丁巳本詩順序多不能與之對應，故注其所在卷頁，下同。

〔三〕吠聲，丁巳本作「犬吠」，底本蓋爲對仗而改。

關山月〔一〕

大旗日落馬猶盤，翹首長天湧一丸。塞雁忽驚關月迴，盧龍空憶陣雲寒。譙樓笳起彎弓立，繡幕燈明拭淚看。願向吴剛乞仙斧，借儂飛夢斬樓蘭。

蘇臺楊柳枝詞〔二〕

浣紗溪上春光老，百花洲裏空芳草。惟有姑蘇金粉鄉，柳枝依舊丰姿好〔三〕。細雨

〔一〕此詩見丁巳本卷一頁四。

〔二〕此詩見丁巳本卷一頁一。

〔三〕丰姿，丁巳本作「風情」。

長隄夕照天，群花那得比纏綿〔一〕。風流如此真傾國，摇曳無端不計年〔二〕。梨雲破曉衣香膩，黛色新添微露漬。四面紅樓萬樹烟，有人慣看東風睡〔三〕。臺上藏春漾麴塵，灣頭銷夏罨芳津。鬧紅舸繞濃陰去，祇聽蓮歌不見人〔四〕。鵶夷一炬春無主，望帝春心歸杜宇。別館梧桐忽報秋〔五〕，長洲零落空芳杜。回首高臺事已非〔六〕，館娃宫亦臏殘暉〔七〕。烏啼舊苑花容瘦，鹿走荒階草色肥〔八〕。飛絮年年滿香陌〔九〕，翠烟如夢送春

〔一〕此二句丁巳本作「消受輕風更曉烟，長隄倒影舞蹁躚」。

〔二〕此二句丁巳本作「藏鶯院落憐今日，看馬樓臺憶昔年」。

〔三〕此二句丁巳本作「一片烟痕暈碧紗，斂眉慣向東風睡」。

〔四〕「臺上藏春……不見人」四句丁巳本作：「柔條怯瘦舞腰纖，春影離披入畫簾。曾解藏嬌濃碧護，曾從連理落紅黏。採香徑畔迷雲輦，響屧廊中拂翠匳。一棹蓮歌人似玉，蘭橈歸去蕩明蟾。」

〔五〕此句丁巳本作「花草吴宫翠一堆」。

〔六〕高，丁巳本作「亭」。

〔七〕亦，丁巳本作「裏」。

〔八〕階，丁巳本作「臺」。

〔九〕香陌，丁巳本作「城郭」。

歸〔一〕。春歸烟雨愁如織，到此攀條重歎息。依然眠起闘宫腰，不管興亡弔詞客〔二〕。金碧山川易效尤〔三〕，萬條又向隋隄植。可憐終古怨垂楊，一樣青青斷腸色〔四〕。鶴市雞陂蹟已陳，數枝空折江南春〔五〕。也嫌唐突西施否，楊柳無言衹效顰。

落花〔六〕

一春烟雨緑蘼蕪，又向黄陵聽鷓鴣。小徑飄來疑雪聚，曲闌深處倩風扶。青年遊子離家慣，白髮佳人曠代無。千古悲歡都易了，此生休恨委泥塗。

〔一〕翠烟如夢，丁巳本作「緑烟紅雨」。

〔二〕「依然……詞客」二句丁巳本作：「吴王當日亦英雄，初心豈遂安驕佚。奈他生性太風流，一享昇平便華飾。」

〔三〕金碧山川，丁巳本作「從古繁華」。

〔四〕此二句丁巳本作「可憐楊柳自青青，錦繡河山難再得」。

〔五〕此二句丁巳本作「獨上蘇臺趁曉晴，數枝攀下古時春」。

〔六〕此詩見丁巳本卷一頁五，作四首，底本删去後兩首。後兩首今收入本書《虚白山房詩文外編》卷一。

澹雲微雨記花晨，畫裏韶光鏡裏身。嫁與東風原薄命，送將南浦當離人。緑陰如夢迷三月〔一〕，紅豆相思了一春。也算歸根堪證處，掃除華豔悟天真。

團扇詞〔二〕

碧闌干外倚斜暉，午睡初醒暑氣微。花影滿身簾不捲，一雙胡蜨上階飛。

觀巖棲草堂假山

怪石招人遊，摩空出林杪。誰驅祖龍鞭，擲地恣奇矯。躨跜獸乍蹲，痀瘻人欲倒。苔合雲棧肥，樹迸石腴老。山腹忽中裂，入穴深以窈。返照不倒地，餘明對壁裊。森然冷光侵，石氣四圍繞。置身邱壑中，洞天不嫌小。横斜上仄徑，蛇行俯其

〔一〕迷，丁巳本作「圍」。「迷」字義長。

〔二〕丁巳本卷一頁一二有同題詩二首，今收入本書《虛白山房詩文外編》卷一。

腦。小閣枕池陰，孤村明樹表。依依平遠山，數峰入空杳。惜哉委廢園，寒翠溼烟篠。玲瓏借雲宿，峭折無人道。何況天下才，埋没知多少。

晚泊[一]

遠遠茅簷白，炊烟一翦齊。水風涼似雨，村酒濁於泥。晚渡呼船急，平沙落牽[二]低。客途吟已慣，覓句便登隄。

題畫[三]

沿溪一帶樹陰遮，約略烟村四五家。怕引漁郎漏消息，更無餘地種桃花。

〔一〕此詩見丁巳本卷一頁一五。

〔二〕牽，丁巳本作「縴」。縴即縴繩，與上句「船」字對仗，當以「縴」字爲長。

〔三〕此詩第一首見丁巳本卷一頁一五，第二首見丁巳本卷二頁七，題均作《題畫》，此處屬二詩合併。

海天長嘯亂雲開，龍子耕烟去不回〔一〕。一自仙人親指點，乘風飛渡到蓬萊。

七里灘〔二〕

萬峰壁立互回環，一幅帆開石罅間。嵐影壓篷舟亦重，烟痕抹樹港旋灣。賣魚船户争呼客，臨水人家半倚山。自擬雄心方破浪，釣臺雖過懶躋攀。

過錢塘江〔三〕

浪捲海門烟，蒼茫落照連。怒潮争齧岸，遠水欲浮天。帆飽風聲勁，江空塔影懸。西興官渡口，添出數峰妍。

〔一〕此句丁巳本作「休認桃源采藥回」。
〔二〕此詩見丁巳本卷一頁一六。
〔三〕此詩見丁巳本卷一頁一六。

桐江舟中〔一〕

沫濺一篙圓〔二〕，劃破琉璃鏡。返照閃江光，金紫摇不定。牽低掠浪花〔三〕，沙際認微徑。帆影蘆邊沈，人語烟中應。波痕遠接天，疏篷生薄暝。一幅江村圖，純以水墨勝。

半瓢居夜坐〔四〕

秋點迢迢漏漸長，吟秋人正坐匡牀〔五〕。小窗風急紙聲碎，空院月明花影涼。半榻

〔一〕此詩見丁巳本卷一頁一七，題作《桐江舟中作》。
〔二〕沫，原作「沬」，丁巳本作「沬」，兹據改。
〔三〕牽，丁巳本作「縴」。
〔四〕此詩見丁巳本卷二頁一。
〔五〕此二句丁巳本作「莫怪遊仙夢不長，閑居且自賦潘郎」。

茶烟縈畫稿，滿簾蟲語淡燈光。閑居别有安心法〔一〕，一卷《離騷》一部《莊》。

浮萍飛絮篇〔二〕

浮萍苦被風吹散，飛絮沾泥春不管。顧影原同連理枝，回頭不是宜春館。館裏情條踠地垂，臨歧一别又天涯。那堪萍梗飄零後，重憶桃夭燕婉時。嫁得書生貧亦好，甑塵生怕紅顔惱。衹爲牛衣對泣難，權作人家寄生草。行李蕭條賦北征，出門惘惘可憐生。閨中玉筯新婚别，望裏銀河故國情。長安豈料涼如水，羞向機邊歸季子。瞥傳家信太倉皇，琴絃已斷香心死。萬種風懷一夕消，泉臺無復見雲翹。燒殘絳蠟空垂淚，盼斷青禽不渡橋。客路何心工賣賦，窮途無計學吹簫。有客傳觀歎佳絶，攜手同歸登海舶。雲水蒼茫别一天，錦毹蘭燄開歌席。十隊鈿蟬繡幕遮，忽驚一樹故園花。

〔一〕此句丁巳本作「雄心却笑憑誰遣」。

〔二〕此篇見丁巳本卷二頁二，不見於己亥本。丁巳本行文與底本大異，蓋爲重刻時作者重新創作，故不再出校，今收入本書《虚白山房詩文外編》卷二。

流鶯引吭聲何似，海燕同巢記不差。韓重豈真逢紫玉？雲容可是餌紅霞。若非滿座纏頭錦，争認當年繫臂紗。琴意未通先轉盼，星眸也覺增淒戀。萍因絮果欠分明，兩不相知兩相見。此際胸春喚奈何，此時心緒懊儂歌。移宫换羽腸空斷，轉緑回黄恨正多。無端羽騎抄瓜蔓，兔脱匆匆踰垣遯。春歸忍奪紫鸞篦，花落難禁緑珠怨。纍纍貫索滿戈船，碎佩叢鈴慘不前。聽到啼聲淒切處，縱非相識也堪憐。前塵如夢成虚度，扁舟一葉還鄉去。唤人鸚鵡故窺簾，交頸鴛鴦遲合墓。爲感生前結髮恩，舊埋香處去招魂。模糊往事羞難説，生怕蕭郎淚欲吞。道是緑林蹂躪後，黯質已歸吒利手。方悟長條似舊垂，青青果是章臺柳。擕金重去贖文姬，樂仗分餘雁影稀。戰士鄉關紅粉杳，兒家門巷緑陰非。淡月啼鴉欲曙天，秋蟲吟後早鶯前。無言桃李空緘恨，遠道蘼蕪夢化烟。癡想玉簫生再世，那知破鏡誤當筵。銀箏侑酒清歌夜，回憶如何不黯然。雨雲如此真翻覆，覥面山河徒一哭。鴛牒猶虚半載聯，鸞膠知復何年續。信有人間薄命人，樓羅曆未註前生。白頭有約空團雪，青鬢逢秋易變星。莫唱東西溝水曲，香消酒醒不堪聽。

目疾〔一〕

少時稟素弱，所患惟病齒。眼光故自佳，明察及遠邇。疏朗閃流星，清澈湛秋水。洞垣雖無能，觀海頗自擬。忽然冒風邪，紅絲入眼底。眏疑繞碎珠，痛若刺飛矢。對日眉輒顰，見燈膜旋眯。愁看霧裏花，怕淅矛頭米。不見雖是圖，無覩空熟視。有客戲語余，觀人重眸子。君子視思明，女貞闚可恥。眇眇靈均愁，昭昭賢者以。胡爲子雙瞳，糊塗一至此。得毋心不在，或由視非禮。望道如未見，傳燈安可企。笑謂客胡然，時數有泰否。明孰如兩曜，浮雲尚霼䨴。清孰如寶鏡，纖塵有時滓。物久必生障，我目亦猶是。平生手一編，縱觀窮寸晷。過用神則傷，覃思味逾旨。儻爲左氏盲，麟經抉微指。即如克用眇，鴉軍冠諸李。聰明況互用，亢倉視以

〔一〕此詩見丁巳本卷二頁三，題作《目疾久不愈視物昏澀戲作一詩》，行文與底本和己亥本大異，今收入本書《虛白山房詩文外編》卷二。

耳。彼猶墨墨然，我豈倀倀似。刮膜可漸消，勿藥行有喜。欲返離婁明，姑徐徐云爾。若比仲堪憂，不食則吾豈。

題《唐六如居士集》〔一〕

江南才子早蜚聲，小刧龍華世累輕。縲紲原非其罪致，文章每以不平鳴。傷春中酒消奇氣，紅粉青山老此生。獨有佯狂能避禍，謫仙應憾夜郎行。

星纏風角絶躋攀，此集猶留豹一斑。詩思中年成弩末，禪心垂老破機關。半溪紅雨藏花屋，一紙黄金買畫山。不是琴堂來妙裔，茂陵遺稿孰增删。唐陶山爲吴縣時重刊全集。

〔一〕此詩見丁巳本卷二頁一〇，其版心頁碼誤作「九」。丁巳本題作「讀唐六如居士全集」，行文與底本和己亥本大異，今收入本書《虚白山房詩文外編》卷二。

秋樵抱黄門之戚索賦輓章，書此以報〔一〕

青青潘鬢乍成絲，含淚來徵弔玉詞。苦待郎歸留一面，怕聽君别鎖雙眉。愁如蕉葉心常捲，瘦到梅花力不支。惆悵落紅春去也，五更風雨葬西施〔二〕。

不堪腸斷數華年，兒女扶牀倍慘然。一語未商身後事，三生竟了眼前緣。淒清長簟涼如許，約略遺真瘦可憐。回首棧雲來萬里，家山何處泣啼鵑〔三〕。

〔一〕此詩見丁巳本卷二頁一一，作四首，底本存其一、其三，削其二、其四。其二、其四今收入本書《虚白山房詩文外編》卷二。

〔二〕此二句丁巳本作「短夢輕塵試回首，那禁嘗奠痛徵之」。

〔三〕此二句丁巳本作「爲問劉郎傷往賦，此中離恨幾時填」。

劍俠傳〔一〕

一腔熱血逢人灑，三尺寒芒帶笑看。到眼恩仇須了了，世間何物是儒冠！

秋夜偕同人攜酒登西巖玩月〔二〕

一生如此幾良宵〔三〕，相約攜尊度板橋〔四〕。樓閣凌空山似畫，星河倒影水同搖。問

〔一〕此詩見丁巳本卷二頁一四，爲組詩《理案頭所置書帙輒書一絶句》八首之第六。其餘七首今收入本書《虚白山房詩文外編》卷二。

〔二〕此詩見丁巳本卷二頁一四，題作「秋夜偕同人攜酒菓登月臺玩月」。

〔三〕此句丁巳本作「不隨采伴聽雲璈」。

〔四〕度，丁巳本作「過」。

天奇氣憑詩吐，呼月豪情借酒澆〔一〕。便擬御風乘鶴去，碧雲無際夜迢迢〔二〕。

遊齊雲寺道中作〔三〕

漸離塵境上雲梯，磴道盤空萬象低。一路水聲喧到寺，幾家茅屋俯臨溪。怪峰突起如猿踞，哀壑陰森但鳥啼。忽聽疏鐘林外度，僧樓高倚夕陽西。

維摩座〔四〕

上有飛猱挂樹之危巔，下有潛虯噴沫之沈淵。四山峭壁如斧劈，忽拓巖腰十丈

〔一〕借，丁巳本作「仗」。

〔二〕此二句丁巳本作「我是前身香案吏，廣寒高處度良宵」。

〔三〕此詩見丁巳本卷二頁一六，亦見《宗譜》卷十二《藝文類》頁三。

〔四〕此詩見丁巳本卷二頁一六，亦見《宗譜》卷十二《藝文類》頁四。

平而圓。篁篠翳一叢，石鼓排三箇。雲根縫裂疊神工，大書石上維摩座。峰巒八面齊安排，巧搆形似誰胚胎〔一〕。石筍淩空卓錐立，山根横踞積鐵堆。擁兵尸羅森武庫，負碑贔屭蹲瓊臺〔二〕。化工各自出手眼，一一生面巉巖開。不知御風到此是何所，但覺寥寥人跡松光石氣相環迴。山静似太古，日高聞晴雷。天憐奇境太岑寂，特遣一條龍語山之隈。玉龍蜿蜒擲天外，青山走入銀河界〔三〕。溪聲山色兩迷離〔四〕，兀坐無言鎮相對〔五〕。可惜雲空濛，不見羅漢峰。想乞剛風掃妖霧，萬山齊露青芙蓉。山靈怪我太唐突〔六〕，滃然雨意催遊蹤。急帶雲烟下山去，向人誇到兜羅宫。

〔一〕此句丁巳本作「千變萬怪何奇哉」。
〔二〕此句下丁巳本有「突起奇峰對峙若昂首，倏又平岡一縱低，裹溪瀠洄」句。
〔三〕走，《宗譜》作「飛」，「飛」字義長。此二句丁巳本作「萬馬奔騰發怒響，銀河直瀉三千丈」。
〔四〕溪，丁巳本作「水」。
〔五〕此句丁巳本作「憑虚頓作非非想」。
〔六〕此句丁巳本作「山靈摇首笑我太唐突」。

登八詠樓[一]

六朝渾似夢，樓尚俯雙溪[二]。落日群峰抱，炊烟萬瓦齊。赤章癡悔過，青鏤醉留題。不盡登臨感，關河正鼓鼙。

或以王梅卿先生工詩賦，余亦喜駢儷之學，遂疑余號竹卿不爲慕藺之相如，即是争墩之安石，其然，豈其然乎，詩以志愧[三]

平生小技悔雕蟲[四]，偏道邯鄲學步工。元白齊名知見譃，老韓合傳究難同。千秋

〔一〕此詩見丁巳本卷二頁一九。

〔二〕俯雙溪，丁巳本作「聳雲霓」。

〔三〕此詩見丁巳本卷三頁二。

〔四〕此句丁巳本作「子雲方悔擅雕蟲」。

位任江東置，一顧群誰冀北空。我讀《離騷》君飲酒，平分名士亦豪雄。〔一〕無端名共歲寒圖，訝道癯仙粉本摹〔二〕。李赤恐難如李白，楊青豈爲慕楊朱。心期自笑想非想，目論人疑觚不觚。誰識含毫邈然意，抗懷方與古爲徒〔三〕。

秋夜〔四〕

不知庭露溼，極目眺林皋。僵樹森奇鬼，奔灘吼怒濤。鵲巢憎月警，蟲語入秋高。何物酹知己？臨風看寶刀。

〔一〕「千秋……亦豪雄」四句丁巳本作：「前身自分非明月，稽首還宜拜下風。就使酒兵先比較，已將此著讓王融。」

〔二〕此二句丁巳本作「偶然名字兩相符，意外譽真有不虞」。

〔三〕此二句丁巳本作「到底聲華當自立，肯同蘿蔦要人扶」。

〔四〕此詩見丁巳本卷三頁八。

葉鶴年指畫仿米南宫山水〔一〕

淋漓元氣在筆先，滿堂動色寒悄然。空中雨意雲容聯，如遮布幔包長天，如潑漲墨淋層巔，不知是雲是野烟，模糊一氣相接連。老漁蓑笠急櫂船，蘆花深處争鷗眠。負鋤歸者嶺側緣，層椒隱隱露幾椽。一客荷樵林際穿，草鞵聲急如空懸。仄徑微轉危橋偏〔二〕，想當避雨茅廬邊。廬中人比雲更閑，開窗高詠《明河篇》。淡描濃抹仿米顛，更出新意超從前。以指代筆比筆妍，指與物化其天全〔三〕。神妙毋乃仙乎仙，誰與圖者葉鶴年。

〔一〕此詩見丁巳本卷三頁九。

〔二〕微，丁巳本作「一」。

〔三〕其天全，丁巳本作「全其天」。當以「其天全」爲上。

金秋槎病足戲贈〔一〕

行路難如此，平安託杖藜。倦爲牛馬走，怕聽鷓鴣啼。步月扶嬌女，折花呼小奚。坐言儒者事，何必定栖栖？

讀十六國春秋〔二〕

前趙

誰殘典午首興戎？烽火中原莽萬重〔三〕。文武一門俱絶藝，陰陽兩代有提封。青

〔一〕此詩見丁巳本卷二頁七。丁巳本作三首，底本和己亥本删改作一首，字句與丁巳本詩大異。丁巳本詩今收入本書《虚白山房詩文外編》卷二。

〔二〕此詩見丁巳本卷三頁一五，丁巳本詩題「秋」字後有「作」字。

〔三〕此二句丁巳本作「毫分赤白各英雄，烽火長安莽萬重」。

衣行酒悲司馬，白玉休符兆世龍。倘使太安能駕馭，狂瀾未必不朝宗〔一〕。

後趙

卓識居然論史編，破車快犢任流連〔二〕。霸才豈盡詩書出〔三〕，民命何堪土木捐〔四〕。棘子壞衣驚讖語，蓮花咒鉢幻空緣。青龍已换朱龍死，可惜英雄不再傳。

前燕

紫蒙遷後作燕王，旋徙龍城據朔方〔五〕。一戰威名收石冉，三朝天性愛文章。得圭

〔一〕此二句丁巳本作「借問墜冰沉醉後，醒來曾否悔搥胸」。
〔二〕破車，丁巳本作「如何」。
〔三〕豈盡，丁巳本作「不自」。
〔四〕何堪，丁巳本作「輕從」。
〔五〕徙，丁巳本作「築」。

幾詫山神賜，奉璽翻誇國運長。争奈評存恪先死，更從何處決興亡？

前秦

東海飛鱗迴絶塵，廿年軍國足經綸〔一〕。君臣魚水同西蜀，衣鉢龍驤付後秦。燕北山川歸唾手，淮南草木怵孤身。由來黷武終亡國〔二〕，豈在鮮卑掃墓人〔三〕。

後秦〔四〕

新平求璽太猖狂，禱像何殊奏赤章。兩字戰和燕晉魏，頻年勝負夏秦涼。燒門愧乏趨庭訓，遷户空籌保塞方。祇有崇儒清庶獄，貽謀差比譯經長。

〔一〕此二句丁巳本作「天意長安境界新，浮橋從此渡盟津」。
〔二〕此句丁巳本作「早知大度非良策」。
〔三〕豈在，丁巳本作「悔遣」。
〔四〕此詩丁巳本與之大異，今收入本書《虛白山房詩文外編》卷三。

後燕〔一〕

信陵英略早年推，重耳飄零晚始回。再造河山還故國，一生戎馬老雄才。滑臺落日邊聲壯，參合層冰戰骨堆。祇惜兒曹終不競，當年孤負濟河來。

南燕〔二〕

大風蓬勃鄴臺寒〔三〕，廣固城池草草完。賞以虛言調麴仲，死猶疑冢學曹瞞。時來冰合黎陽易，運去山留大峴難。懷古忽聞哀豔語，六朝詞客幾同看〔四〕。

〔一〕此詩丁巳本爲其十一，詩句大異，今收入本書《虛白山房詩文外編》卷三。

〔二〕此詩丁巳本爲其十三。

〔三〕此句丁巳本作「滑臺磐石未曾安」。

〔四〕此二句丁巳本作「祇惜刀環齊唱後，深宮能博幾時歡」。

夏〔一〕

西陲殺氣徧秦涼，三世風雲據一方〔二〕。國號居然追姒夏，碑文猶自擬陶唐。石疑野馬淘流水〔三〕，山閃群狐拜夕陽〔四〕。蕞爾可憐民力盡，年年土木又沙場〔五〕。

蜀〔六〕

等是流移六郡人，郫城一據出風塵。箕裘可紹偏傳姪，徭賦無多自足民。不作諸侯甘僭虜，互殘同氣負周親。太師勸進兒稱帝，慚愧區區草莽臣。

〔一〕此詩丁巳本爲其十六。
〔二〕此二句丁巳本作「長驅鐵騎據潼關，統萬城中土木荒」。
〔三〕野馬，丁巳本作「馬首」。
〔四〕群狐，丁巳本作「狐群」。
〔五〕此二句丁巳本作「回憶鄉關時極目，苛藍争不涕千行」。
〔六〕此詩丁巳本爲其六，詩句大異，今收入本書《虚白山房詩文外編》卷三。

前涼〔一〕

臣節恭如吳越王，五傳州牧始鳴鑾。誇將孔老資談柄，親把春秋付史官。覩下戈矛神雀擁，城中形勝臥龍蟠。報恩佳話堪千古，能博蛾眉死最難。

後涼〔二〕

凱歌長入玉門關，珍橐明駝絶域還〔三〕。此地五龍誇寶曆，有人萬馬擁金山〔四〕。醉中血劍琨華閣，還後頭銜散騎班。兄弟鬩牆妻死節，男兒那不愧紅顔〔五〕。

〔一〕此詩丁巳本爲其七。

〔二〕此詩丁巳本爲其十。

〔三〕此二句丁巳本作「葡萄美酒滿長安，萬里龜兹奏凱還」。

〔四〕此二句丁巳本作「麟瑞方呈金澤縣，虎符曾握玉門關」。

〔五〕此二句丁巳本作「誰料鬩牆偏啓釁，高陵遺詔涕空潸」。

西秦〔一〕

忽稱王爵忽侯封，伸屈觀時句踐同。兩世權謀饒偉略，十年戰伐掃群雄。白蹄秃髪方歸命，西虜東羌已伏戎。首鼠終招輿櫬悔，何如内徙免沙蟲。

南涼〔二〕

故鄉衣錦古來稀，草創涼州建節麾〔三〕。傳弟家風誇泰伯，生兒才調比陳思。羌胡接踵威方振，南北連兵戚自貽〔四〕。萁豆不然根蒂固，勝如諸國盡貔羆〔五〕。

〔一〕此詩丁巳本爲其十四，詩句大異，今收入本書《虚白山房詩文外編》卷三。

〔二〕此詩丁巳本爲其十二。

〔三〕此二句丁巳本作「西平稱後又河西，纔徙姑臧建玉墀」。

〔四〕此二句丁巳本作「輕身果中鄰封喜，束手俄看國祚移」。

〔五〕此二句丁巳本作「自起雄圖還自敗，何如不遺七千師」。

西涼[一]

陽關積穀酒泉銘，千里輿圖唾手成。誡子能援西蜀訓，寒盟竟召北涼兵。江山僻陋紆長策，詞賦流傳負盛名。留與李唐開社稷，一朝文物壯西京。

北涼[二]

蘭門期約巧傾擠，已拔臨松況鎮西[三]。仇怨借名兵易聚，神仙誣聖説無稽。蛇盤武帳恢疆索，狐入朝班動鼓鼙[四]。畢竟《漢書》非鑿空，滿城春水草萋萋[五]。

〔一〕此詩丁巳本爲其八，詩句大異，今收入本書《虚白山房詩文外編》卷三。

〔二〕此詩丁巳本爲其九。

〔三〕此二句丁巳本作「謙光殿上樹金雞，笑把頭銜换鎮西」。

〔四〕此二句丁巳本作「三河位本同旌節，一紙書應兆鼓鼙」。

〔五〕此二句丁巳本作「可惜房中留法曲，酒泉春草緑萋萋」。

北燕〔一〕

兩頭然蕓應童謡，神器何堪付斗筲。能重農桑知國本，不通盟聘失鄰交。稱藩猶豫終薰穴，奪嫡鴟張自覆巢。王氣和龍從此盡，百年焦土弔荒郊。

閑中作

一春無事愛閑居，湖海豪情逐漸除。剛惜分陰來日少，懶酬尺牘故人疏。夢魂公案參胡蝭，身世書叢老蠹魚。珍重平生《子虚賦》，莫教狗監借吹嘘。

砥室安排絶點塵，畫叉詩卷遣芳辰。鳥聲啼破五更夢，花氣釀濃三月春。心静何妨諸事擾，書多常與古人親。胸中五嶽平猶未，贏得尊前自在身。

清閑恰與性相宜，紅日當窗睡起遲。八口有緣都聚首，一年無日不開眉。婦知客

〔一〕此詩丁巳本爲其十五，詩句大異，今收入本書《虚白山房詩文外編》卷三。

到能謀酒，兒報花開解賦詩。莫管蹉跎且行樂，西風吹鬢欲成絲。

書湯雨生將軍絶命詞後，用趙甌北《弔湯緯堂》韻緯堂將軍祖爲鳳山令，死林爽文之難，長君荀業同殉

閑雲方愛六朝春，也共蟲沙墮劫塵。忠孝傳家三代節，林泉終老廿年身。詩留絶筆丹心苦，策上籌邊白眼瞋。報國無權酬一死，那禁孤憤暗傷神。

畫稿詩情滿彩箋，江南儒將豔流傳。素交松竹梅三徑，清俸琴書鶴一船。豈料白頭盟止水，金陵陷，投園池死。翻教碧血灑歸田。鬼雄英爽憑何處？仿佛靈旗怒雨邊。

舟夜

溪山如此好，抱月枕寒流。斷磬荒村寺，疏燈隔岸樓。星光多浴水，潭影半涵

秋。一夜西風緊，蘆花應白頭。

春日偶吟

情癡難遣是花前，肯以吟紅讓少年。三月香風胡蝶醉，一天絲雨海棠眠。狐疑史論書難據，狼藉春愁夢不圓。遮莫壯懷銷欲盡，隔牆閑聽十三絃。

題《希忠録》〔一〕

浦陽鄭公洽，義門沖素處士十世孫也，建文時翰林院待詔。靖難兵入，與諸從亡臣易僧服出鬼門，棲神樂觀謀所止。咸謂公家忠孝可恃，遂匿焉。俄有搆蜚語者，文皇遣捕其家。公匿帝井中得脱，旋隨駕遠遁。國朝康熙間，葉廣文建寓賢祠，祀方正

〔一〕此詩見丁巳本卷三頁一二，題中「録」字後有「三十八韻」四字。

學，以公與朱忠烈配焉。其族孫竹巖徵詩文，彙爲《希忠録》。余賦是詩。〔一〕

蒙難艱貞志，從亡險阻秋。兩朝遺典舉，一卷好詞留〔二〕。燕子剛符讖，鴟鴞倏變讎。削藩猜骨肉，跛扈釀優柔。白帽人争奉，紅髹篋暗抽〔三〕。蒼黄神器遜，慘淡鬼門由。皇覺傳衣鉢，朝元换冕旒〔四〕。南京王氣歇，東道老成謀。忠孝推臣族，覊棲解主

〔一〕丁巳本詩前小序與之大異，其文云：「浦陽鄭公洽，義門沖素處士八世孫也，爲建文時翰林院待詔。北兵入，内侍舁紅篋至，破之，得度牒并諸從亡臣姓名，公名在其中。相與易僧服，從鬼門出，棲神樂觀，謀所止。咸謂公家忠孝可恃，遂匿焉。俄有搆蜚語者，文皇遣捕其家。公匿帝井中得脱，旋隨駕遠遯。家乘以干禁削公名。洎萬曆詔復建文年號，雪死節諸臣，於是史仲彬《致身録》出，始知其實。國朝康熙年間，葉廣文建寓賢祠，祀方正學。先生遂謚公爲忠智，與朱忠烈公配焉。其從裔孫竹巖，司廳於道光二十五年，請諸縣從祀鄉賢，徵諸名士詩文彙之，顔曰《希忠録》。余景仰無已，爲賦是詩。」

〔二〕此句后丁巳本有此四句：「官是司鸞誥，文宜造鳳樓。甘臨疇表異，苦節始知優。」

〔三〕抽，丁巳本作「摟」。

〔四〕朝，丁巳本作「仙」。

憂〔一〕。龍潛蹤尚祕，狙伺勢方遒。貝錦讒工織〔二〕，藏機遠更搜〔三〕。堂中先墜額，舊有建文賜額，先一夕爲雷擊碎。廚內幸遺矛。堂中列廚二：左經史，右武器。使者閱左廚，謂右亦經史，遂置不問。舜井兵纔避，秦關路轉脩。寒燈湘雨怨，短角棧雲流。有恨天難補，無家足易投〔四〕。蔓憐抄景黨〔五〕，椎孰報韓仇。臨賀雖千晉，廬陵自改周。天心如悔禍，地道或宣猷。豈料身空致，終悲命不猶。關河離聚苦，師弟夢魂愁。老佛珠旋返〔六〕，孤臣擔始休。卌年枯熱血，萬里忍埋頭。冢少田橫置〔七〕，山無介子賙。滄桑沈

〔一〕此二句丁巳本作「臣族原忠孝，君恩試逗遛」。

〔二〕讒，丁巳本作「偏」。

〔三〕此句丁巳本作「遺簪更遍搜」。

〔四〕此句後丁巳本有此四句：「麟溪拌削籍，鶴慶且藏舟。久耐蒙塵恥，應思借箸籌。」

〔五〕此句丁巳本作「蔓皆抄景族」。

〔六〕旋，己亥本作「遊」。

〔七〕冢，原作「冡」，即「蒙」之俗字，誤。丁巳本、己亥本皆作「冢」，據改。下同者徑改，不出校。

浩劫，姓氏蝕荒陬〔一〕。事向陳編摭，功還隔世酬〔二〕。方祠筵甫配，欒社典重修。回首諸鵷鷺，甘心作馬牛。視豚難割愛，餓虎竟招尤。共喜新符剖，誰遑故劍求？伊人成獨往，豎子敢同儔？風節常垂範，雲仍待闡幽。神絃迎送曲，樂府短長謳。史闕詩堪補，靈來酹可羞。孫謀兼祖德，不負管城侯。

訪芑田，方督小僮種菜

侵晨叩柴扉，尋君無處所。疑作撫松人，或約看花侶。誰知正灌園，須也請爲圃。拍手一揶揄，生涯奈何許。斯民慚菜色，老人諱菜肚。園踏夙愁羊，蔬餘猶慮鼠。胡貪菜甲肥，竟伴園丁苦。先生啞然笑，所見何膠柱。英雄事韜晦，閉門劉先主。文士賦羈愁，小園庾開府。余何獨不然，道亦由行古。冬蓄儲晨霜，春韭剪夜

〔一〕氏，丁巳本作「字」。
〔二〕世，丁巳本作「代」。

雨。豆棚瓜架閑，秋涼風楚楚。君輩不速來，盃盤相爾汝。種任嘲十八，耦堪聯二五。無煩買求益，差喜窮能禦。況余號芭田，顧名義何取？群盜方縱横，蔓延遍寰宇。當道耒芟夷，肉食故不武。長揖軍門前，借箸氣一吐。安知新田功，不在一環堵。余聞笑置之，小摘聊同煮。咬根君自珍，知味吾何與？他日苜蓿盤，莫使儒同腐。〔一〕

〔一〕底本每卷末有「男一新、懷新校字」字樣，今皆删去，下不再出注。

卷二 庚申至癸酉

初夏

春去無人送，門關任客推。當風潮減礎，經雨緑添苔。樹瘦蟲偏蝕，花稀蜨不來。地幽兼性懶，懷抱向誰開？

亦厭悲歌苦，茫茫百感侵。酒空澆熱淚，詩偶露雄心。文字生涯拙，干戈歲月深。龍泉知我者，相對一沈吟。

竹山門歌弔山陰葛壯節公

酒座且勿喧，聽我歌竹山：

山門斗絶無人關，中有熱血凝紅殷。壞雲慘淡燐火碧，問誰曾此鏖觸蠻。抗首一歌飛將軍，征人那不凋朱顔。將軍才調兼文武，箭手射雕詩繡虎。起家曾領水犀軍，江面探丸方嘯聚。設囮廣捕緑林豪，假裝潛作瞿塘賈。不教一網漏纖鱗，千里商船無戍鼓。大旗高颭海雲秋，烽火連天殺氣愁。韜略可施偏掣肘，男兒未死肯回頭？怒叱白虹投袂起，投醪偏飲同袍士。虎落兵纔築土城，羊腸敵早窺孤壘。風帆獵獵乘潮來，火輪一炬沈紫灰。忽驚鐵騎繞山後，大呼突出山爲開。髑髏亂墮輕於葉，馬蹄紅滑人頭血。空拳不張鼓聲裂，將軍慷慨意轉決〔一〕。戰酣彭樂欲截腸，拳毆長儒都見骨。援兵信斷紙鳶風，百騎盤旋萬馬中。肉已尸陀林下積，陣猶羅刹島前衝。一揮李

〔一〕意，己亥本作「氣」。

奭無完面，被刺公孫竟洞胸。分將一死酬高厚，僵立尚叉雙戟手。喜見兒孫作國殤，誰知更有虞潭母。鄭重黄封下帝閽，淒涼碧葬慟軍門。殘屍馬革忠臣願，直蓋犀軒聖主恩。却憶當年作隝壁，斬山斷谷紆籌策。疇握中權奪之魄，惜哉不聽徙薪客。嗚呼！國家承平儒將多，輕裘緩帶争婆娑。英風千古誰不磨，滄海從此無恬波。唾壺擊碎唤奈何，酒闌愁聽竹山歌。

純甫入都，至清江浦，寄書述途中登臨之勝，賦答

便無離恨也情牽，攜手河梁況隔年。南浦銷魂芳草地，東風得意杏花天。名場梯欲淩雲上，客路槎應到日邊。爲報錦還須趁早，陌頭柳色正含烟。

郵程最好江南北，半在烟村水驛間。城郭緑楊螢苑路，畫圖金粉虎邱山。品茶蕭寺澆塵夢，貰酒旗亭破旅顔。不妒科名妒登眺，被君先占此躋攀。

丱角相依契最投，互摩詞壘騁驊騮。塵談每鬬翻瀾辯，鴻印同誇疥壁留。一白公

車催變豹，遂教里社少盟鷗。長安今雨交遊滿，可憶家園舊雨不？

附驥緣慳悵莫從，每於落月想音容。詩情別後和烟瘦，離思春來比酒濃。千里征塵愁鹿鹿，廿年交誼倚蛩蛩。知君吟罷還重看，猶是家書第一封。

辛酉六月紀事〔一〕

百尺嚴城雉堞高，屯營環擁簇弓刀。丸泥但使封魚鑰，鐵騎安能襲虎牢。隔岸雷轟飛礮火，滿街星散失旌旄。上游可惜空形勢，博得輕裝一味逃。

蟻聚蜂屯處處經，殺人如草燒如星。燄摩火宅飛灰劫，變相尸陀濺血腥。草穀打驚千騎疾，岡巒搜徧萬螺青。家園縱未遭兵燹〔二〕，已是酸心不忍聽。

〔一〕此詩又見民國義烏人黄侗所編《義烏兵事紀略》，一九三二年初印，次年重印（以下稱《義烏兵事紀略》），頁二八。

〔二〕燹，原作「燹」，己亥本作「燹」。《字學三正》：「燹，犬逐也。與燹别。」底本「燹」當爲「燹」字之誤，據己亥本改。

倉皇行李各奔波，挈女呼兒逐隊過。身外幾無餘地避，眼前惟有苦人多。荒街忍看零丁帖，茅舍欣同安樂窩。境已淒涼天更慘，蕭蕭梅雨奈行何？

不前番熏穴走城狐，差喜欃槍得早除。戊午初夏，石達開陷永康、武義，六月潰散。不信人生真到此，未知天意究何如。十年烽火紅巾滿，千里關山白骨墟。過盡昇平渾不覺，始嗟清福是閑居。

避寇山中，築茅舍落成即事〔一〕

亦愛家居好，風塵奈未安。不嫌藤峽峭，權置草堂寬。壁削巖千尺，峰迴路百盤。泥封函谷斗，棧迫劍門巑。因樹遮爲屋，依松縛作闌。拓基牢疊石，接筧巧承湍。瓦代茅偏省，牆圍土易完。奇杉窺檻外，飛瀑瀉簷端。鄰舍蜂房簇，村墟鼠穴攢。一家移草草，八口聚團團。水急夜逾響，山深秋早寒。雨圍叢篠黑，霜壓老楓

〔一〕此詩又見《義烏兵事紀略》頁一二八。

丹。穩任迷藏促，高憑劫火看。逋逃容藪僻，安樂得窩難。聊定蒼黄局，誰探赤白丸。勝如巖穴處，露宿更風餐。

懷純甫

他鄉都有别離憂，萍迹如君太浪浮。兩地烽烟驚隔歲，全家消息斷經秋。赤眉滋蔓兵無力，白骨撑麻鬼亦愁。聞道唐蒙持使節，從軍曾否筆輕投？庚申之變，君館唐給諫所，近有訛傳給諫帶兵赴衢者，故及之。

白雲村舍緑楊春，燈火平生笑語親。二十年來同調客，三千里外未歸人。驛前柳寄天涯感，鬢下桐悲劫後身。何日還鄉重聚首，一尊細與話酸辛。

過社旬餘燕猶未至

三月杏花稀，雕梁燕未歸。豈因巢木慘，也悔處堂非？城郭銷春色，乾坤隱殺機。主人門巷在，猶是舊烏衣。

萑苻

萑苻未靖早歸田，勃窣無端借病眠。新院樓臺方帀地，故鄉烽火忽連天。幾聞白馬刑雙㹸，可悔盧龍賣十年。自起銅山還自倒，將軍笑值幾文錢？

蹤迹飄零姓氏埋，訛傳義旅發天台。曹蜍久恨無生氣，安國何緣起死灰？撥亂有權難委數，養癰貽誤竟成災。併將家國無窮感，懷古蒼茫哭將才。

贈陳佩甫時有處州之行〔一〕

公子翩翩昔相見，風流文采人爭羨。草堂燈下忽重逢，鬑鬑已改蓮花面。車笠暌

〔一〕此詩又見《義烏兵事紀略》頁二一九。

違五載强，兩年中更變滄桑。乍經離亂難回首，纔訴衷情欲斷腸。自從去夏遭兵燹，豺狼當道恣蹂踐。千巖萬壑三家村，避賊猶嫌入林淺。忽聞賊騎來搜牢，竄兔亂竄驚鼯逃。脱身出險略喘息，瞪視無語蒼天高。倉皇行李委荒谷，攜家又覓他鄉宿。他鄉非有稻粱肥，聊學鷦鷯寄一枝〔一〕。往日揮金多似土，窮途行色黯無輝。元龍豪氣自千古，區區衣食何足數。義憤終教封豕擒，壯懷易激聞雞舞。秋山葉落霜華濃，括蒼首建迎師功。犁庭吉讖三秋日，賊營有「元年閏七月起勢，今年閏八月失利」之謡。破浪先聲萬里風。嗚呼！下紓家難上報國，丈夫貴自行胸臆。此去終邀青眼人，古來安有白頭賊！

讀佩甫近詩感賦

换却豪華結客場，哀絃急管譜清商。題多託意空搔首，詩到言情易斷腸。無以家

〔一〕寄，《義烏兵事紀略》作「借」。

爲拌殺賊，不如歸去夢還鄉。分明宮女談天寶，一曲琵琶兩鬢霜。

不須銅狄細摩挲，中夜聞雞每枕戈。戰地蟲沙親故盡，鄉愁狼藉淚痕多。縱橫才調看如此，破碎家山喚奈何。賸有崚嶒風骨在，唾壺一擊一悲歌。

燒殘蠟炬未成灰，賦出江南調總哀。離恨補還天已老，愛河劫盡水難回。何圖瑣尾無家後，猶有雄心傍醉來。珍重男兒好身手，艱危須仗出群才。

哭曉亭

驟聞凶耗尚疑猜，皋復頻呼竟不回。滿擬中年佳啖蔗，那堪末路劫成灰。詩人薄福三生定，知己如君幾見來？此後西巖風月好，更誰攜酒一登臺？

凌雲作賦願難酬，臨水登山愛薄遊。絶調香匳空寄恨，過時紈扇易悲秋。偶工方技都超象，無賴浮名漫應牛。誰似霜筠生性直，慣經風雨不低頭？

半生作達少垂青，讓與蓬壺識歲星。塵世鶺鴒行不得，仙鄉胡蝶夢難醒。生無一第呼天問，死有千秋占地靈。祇惜蓉城如念舊，誰扶鸞筆降雲軿？君善扶卟，其所請仙曰周清池，居雙峰。卒前三日，夢至一山，花木池臺迥非凡境。有古衣冠人，自言周某，邀君同居。君夢中許之，醒即自定死期，吟詩八章，留别親友而卒。

南山殺賊歌〔一〕

南山界義烏、永康、武義三邑，最著曰風阬〔二〕，爲三邑通衢。又西十餘里曰石柱巖，别徑數條，益峭險。壬戌五月〔三〕，賊目李仁壽率黨萬餘，攻處州不克，退屯永康三十里阬。食盡，偵我境完實，日遣騎過山抄掠。十二日賊二百餘趣我村，村人散伏林莽。數壯士大呼直前，四山響應。賊駭，捲幟遁。由是西南未被掠。諸村咸聚勇防守，賊自此出没山谷，倏東倏西無定所。或侵晨，或日中，或三四更，無定時。我勇隨方應禦，戰無不克。賊枵腹來往，一無所得，又多死傷，旋遁回金華掠稻，南山帖

〔一〕此詩又見《宗譜》卷十二《藝文類》，頁八。又見《義烏兵事紀略》頁二一九。

〔二〕「風」，《義烏兵事紀略》作「楓」。

〔三〕五，《宗譜》作「六」。

然。是役也，民氣之壯，賊鋒之挫，爲數百里内所未有。而仄徑巉巖，神出鬼没，無平疇馳突之利，事半功倍。詩曰：

快事無過殺劇賊，況兼地利助人力。南山横絶障我鄉，乍懾兇鋒此潛匿。隔山賊已垂涎早，日掠一村净如掃。我村未掠蓄憤深，安排耐我老拳飽。詰朝賊復踰風阬，何物鼠輩容横行。奮臂一呼四山應，賊出不意群相驚。前隊逡巡後隊走，義旗直指風阬口。捉生快比入苙豚，奔命忙於喪家狗。從此西南十數村，健兒争試好身手。有時夜度天龍山，頂踵潛接猿猱攀。忽然半天火炬殷，鳥槍早伏深林間，一槍一賊無生還。有時曉逼篁屏嶺，嶺上一聲鉦告警。千山風雨争馳騁，狂奔無路如落井，血肉淋漓相藉枕。峭壁纔容趾二分，横衝直上李摩雲。磴道盤空足徒跣，直曳長繩楊大眼。由來天幸出非常，殺賊團丁無一傷。絶壑幾填千百級，一旬連勝十三場。嗚呼！食毛踐土恩原重，義憤何人不氣涌。上報君恩下保家，何必英雄出將種。君不見南山勇！

喜聞官軍復郡城四首〔一〕

先聲真破膽，一夜忽城空。不道萑苻輩，全驚草木風。倉箱儲尚滿，樓櫓屹稱雄。螳拒仍無力，翻資殺賊功。

痛定重思痛，三年涕淚餘。村多灰變劫，人少鬼盈車。家具搬蕫鼠，驚魂漏網魚。銜泥今始穩，辛苦燕巢初。

不有鄉兵力，誰爲犄角勞。雷轟槍火迸，星雜燒痕高。入穴狂探虎，翻山捷鬭猱。匹夫能倡義，何必讀龍韜。

共擬家山破，誰知安樂窩。豳詩耕織譜，唐俗儉勤歌。地僻風猶古，天憐劫易過。桃源今不見，應似此中多。

〔一〕此詩又見《義烏兵事紀略》頁三〇，題作《喜聞官軍復郡城》，無「四首」二字。

清明日攜酒饌祭佩甫墓

三尺孤墳徧緑蕪，杜鵑花下雨如酥。九原知否同年友，來作君家墓大夫。
縱横酒國與吟壇，不解愁情衹解歡。豈料翩翩好公子，忽來此地葬衣冠。
去春猶灑思親淚，今日兼無作客身。君去年清明感懷云「思親淚灑斜陽冢，作客魂銷細雨程」。除却我來澆宿草，酒徒零落更何人？

郡城舟晚

烟波混一痕，江影欲黄昏。橋斷争呼渡，城荒早閉門。螢光低貼水，漁火遠浮村。莫問榮枯事，開顔仗酒尊。

登八詠樓

登眺無端眼欲紅，高樓斜颭戍旗風。三年烽火孤城後，六代江山夕照中。棧豆祗今悲牧馬，吟箋從古怨征鴻。憑闌別有傷心處，禾黍寥寥四野空。

悲蘭江

蘭江城外波縠肥，蘭江城内人烟稀。天陰怕聽怪鴟哭，巢破難留春燕歸。十五年中來四度，金迷紙醉行多誤。記事珠存我欲愁，夢粱録好誰能賦？上通閩粤下蘇杭，邑小偏能聚客商。江口連蟬輸百貨，步頭如薺列千檣。蜂房孔孔陳瑰異，燕巷條條開列肆。蠣粉牆圍井字高，蜃珧檻鬬冰紋麗。紈扇輕衫恣冶遊，牡丹春宴菊花秋。説書演史來茶座，按拍雛伶上酒樓。別有魚鱗蕩畫船，天妃宫下罥瓊烟。夢爲胡蝶何當醒？魂化鴛鴦便是仙。銷金窩唱無愁曲，禍福誰知有倚伏？三衢關隘忽傳烽，百里耰鋤争設局。沿江列炬駭然犀，逐隊刀光耀淬鶆。方道緑林清浙右，全凴白芀守河西。湯溪驟下金華破，門塞丸泥無一箇。將軍下令大搜牢，百道舳艫嚴水邏。倉皇虎口慘難奔，刀雨飛空白晝昏。絶地蟲沙罹浩劫，空江珠玉哭冤魂。紅巾踵入宰雞狗，疙瘩鄉兵化烏有。焦土全歸一炬中〔一〕，死灰叵耐三年後。我來草閣重徘徊，碎瓦頽垣見屢猜。完相惟留藥王廟，淩空祇有告天臺。兔葵燕麥春風裏，幾見遺民尋故址。縱使劉郎問種桃，更無東道捎行李。可憐當日舊繁華，萬户曾無百十家。青犢發機人作醢，白蜺嬰拂鬼盈車。兵劫纔完重疫劫，幾人能彀嘗新麥？城郭回頭换弈棋，滄桑轉眼成今昔。荒街草草架新楹，商賈喧闐又滿城。蕭瑟鄉關空作賦，江南愁絶庾蘭成。

舟行寓目

架得扁舟入葦叢，帶波水鳥掠蘋風。荒江林外征帆白，返照城頭戍旆紅。寥落田

〔一〕炬，己亥本作「烟」。

園兵後廢，蕭條村巷亂來空。行人争忍推篷看，衰草寒烟滿路中。

六月晦夜

一甌清茗小銀船，紈扇香風茉莉筵。螢火最宜無月夜，蟲聲多在欲秋天。村翁合眼談今古，稚女昂頭看斗躔。憶蒴潢池籌勝算，欃槍一掃又經年。去秋破賊砦，定議余家，後賊遠竄，皆是夜爲之倡。

贈潘健生

未相逢已見詩箋，不枉才名下水船。古篆兼摹花乳石，新聲重倚柳屯田。知卿亦是流連物，到處都留翰墨緣。莫管旁人青白眼，一窗燈火欲忘年。

頻年蹤迹等摶沙，北馬南船度歲華。對影與梅同比瘦，前身飛絮慣離家。天涯知己空芳草，客路逢君正落花。莫忘江城明月夜，緑尊紅燭醉琵琶。

聚首匆匆我已歸，問君猶自阻歸期。異鄉有伴惟羈旅，同調無多況別離。一掬青衫遊子淚，數行紅豆故人詞。樓芸皋贈詞極佳。那堪更送還家客，目斷雙溪打槳時。

純甫殁後，書籍盡散，聞之泫然

泉臺一去五年春，聽説遺編倍愴神。身後已成無用物，眼前聊救未亡人。賣來餬口都搜篋，窘到然眉幾代薪。賸有猩紅鈐印在，模糊如漬淚痕新。

聚如金屑散如烟，書味青燈記昔年。豈料今爲求米帖，更無人送賣文錢。瓊花竟斷三生種，子亦夭逝。玉潤空留半子緣。惱我牙籤多插架，也應徧讀趁生前。

書金華咸同間兵事〔一〕

金華自五季後，雖遭兵革，未經大創。咸同西戌間，人民盧舍蕩然孑然，創

〔一〕此詩又見《宗譜》卷十二《藝文類》頁四。又見《義烏兵事紀略》頁三〇。

深痛遲，情難已已。爰詮次所聞見，揭其大要，著於篇始。咸豐戊午迄同治癸亥，與兵事相終始也。不旁涉諸郡兵事，以題爲限制也。其間與軍報或不甚合，但期存真，不復續飾也。書義烏鄉團獨詳者，是時官軍在龍游，相距二百餘里〔一〕。環邑境皆賊，蠭屯螘聚，不可爬梳。而鄉勇奮於棘矜之餘，且戰且守，一邑肅清。其鄰境聞風起義者，且比比焉。故湯溪克復，諸邑賊皆𪒠竄，懼鄉勇襲其後也。得五言古詩十一章〔二〕，綜一千一百二十言。

舉酒忽不飲，未語先吞聲。孤懷一曳緒，思如春草生。承平二百載，老死不見兵。何圖及我身，青犢方縱横。臨歧幸脱兔，當道誇屠鯨。痛定重思痛，愴然百感并。四坐且勿喧，聽我兵間行。

粤西久跳梁，江南無浄土。遠處浙東偏，耕鑿庶安堵。𪒠聞鼙鼓來，風鶴駭士女。竄如焚林猨，匿如穿墉鼠。官軍示持重，鄰縣遥堵禦。奪人以虚聲，羽書日旁

〔一〕距，己亥本作「拒」。

〔二〕章，己亥本作「首」，《宗譜》亦作「首」。

午。賊退亟移屯，尾追誇飲羽。得毋大敵勇〔一〕，小敵怯如許。洛姬肚幾何？乃比宋公鼓。咸豐戊午四月，僞翼王石達開自福建竄處州，突陷永康、武義。官軍徧屯金華、義烏，無一卒入賊境。賊旋以孤軍無繼，六月遁去。

金華繁庶鄉，群賊久窺伺。建瓴控諸州，況據上游勢。前年纔染指，今欲行掉臂。庶賴城守嚴，樓櫓頗完備。樹樁設連營，環橋屯列騎。賊意難久持，輕兵一嘗試。堂堂灞上軍，怯戰同兒戲。開門揖令入，丸泥無人閉。壯哉一校官，千載有生氣。咸豐辛酉，僞侍王李世賢犯龍游。金華戒嚴，列營城南通濟橋。四月十七日，賊自龍游犯湯溪，十八日湯溪陷。十九日賊二三百人驟至橋南，守兵聞槍礮聲，皆亂竄，城門不閉。教授蔡公召南投署前古井死之，城遂陷。

賊始寇郡城，同仇有蘭溪。孤城一以破，勢殆成連雞。男婦鬨而走，千艘匿河西。方仗辟兵符，將軍爲提攜。豈知軍心變，周陸大合圍。入釜泣遊魚，搜牢駭然犀。黄巾乘其後，白芳無孑遺。居者飽蛇豕，逃者爲鯨鯢。胡不畏民謠，評量梳與

〔一〕毋，《宗譜》作「無」。

篦。蘭溪河西鄉團殺賊有聲〔一〕，張提督玉良威望素著。自金陵敗回後，軍心日涣。屯蘭溪，與民團積釁相仇殺，退次嚴州。無何蘭溪陷，張軍修前郄，襲民團，女埠上下七十里焚燬殆盡，諸避賊者千餘艘同被殺掠〔二〕。前知府程公兆綸往喻亂兵，戕其幕友〔三〕，張無如何〔四〕。惟王參將浮龍馭軍嚴，民團德之，所部千人，號奮武軍。張令以四百人守小方嶺，蘭溪既陷，腹背受敵，鏖戰十餘日，居民未遷者得從容避匿〔五〕，卒以衆寡不敵死焉〔六〕。張後亦戰歿於杭州。

百里無乘堙，兵賊互主客。城破賊不居，横馳風雨急。赴援雖慨慷，大局已瓦裂。轉鬭不得前，墨守苦無力。援兵復請援，烟塵日以逼。諸軍何籠東，三戰輒奔北。一陷浦陽城，再擾稠州驛〔七〕。龍蛇起殺機，從此無堅壁。郡城陷，浙東大震。巡撫

〔一〕《宗譜》無此句。
〔二〕「掠」字前《宗譜》無「殺」字。
〔三〕此句下《宗譜》有「血濺公衣，憤訴張」二句。
〔四〕此句《宗譜》作「張默無一語」。
〔五〕避匿，《宗譜》作「奔避」。
〔六〕焉，《宗譜》無此字。
〔七〕擾，《義烏兵事紀略》作「陷」。

王公有齡宴諸將，問孰往援，皆默不應。總兵文瑞請行，駐金華孝順街。王復令米興朝、吴再升、曾得勝爲後繼。至諸暨，而義烏陷，賊旋棄城去，三將駐義烏。已而孝順街兵潰，文退守浦江。都司劉嘉玉先營五攀嶺，亦潰入城，賊圍之。文縋書告急。王復令總兵饒廷選率衆六千來援，前鋒潰於鄭義門。文知無援，八月潰圍出〔一〕。賊連陷二邑，直逼紹興。

居民鳥獸散，賊計難售姦。乃假安集掾，誘使還家園。僞命置百司，名字污《周官》。按户編保甲，勒錢派門攤。呼蹴同狗彘，斬艾如草菅。伍伯妻强收〔二〕，摸金冢不完。中有亡命者，沐猴忽加冠。擇肥而寢處，鍛鍊横索瘢。魚肉苦無藝，獒嗾方多端。憤怒空髮指，奮飛無羽翰。留此有用軀，未屑將身拌。已矣勿復言，徒使催心肝。賊焚掠少息，簽里人爲鄉官，有軍師、旅帥、司馬、卒長等名〔三〕，藉以斂民財物，按户勒錢。領門牌，分屯、村、鎮，派民供給，勾土匪爲耳目，所在塗炭。

匹夫能倡義，激起一腔熱。況值三衢兵，連戰破遺孽。安史自相屠，正可施吾策。

〔一〕潰，《宗譜》作「衝」。

〔二〕收，《義烏兵事紀略》作「奪」。

〔三〕師，《宗譜》作「帥」。

始偕狼虎群，豢以防豖突。封豖既就殲，搏虎即入穴。疾馳驚破竹，掩取如揭鉢。賂馬虞不援，有烏楚將佚。或修偃月營，十里成一夕。或破摩雲寨，廿人走千賊。斬關虛無人，直竄桐江北。環境狙伺多，氣已先聲奪。草野雖無材，久沾數世澤。持此區區心，保家即報國。辛酉夏，義烏南鄉聚勇殺賊。九月縣城陷〔一〕。壬戌春〔二〕，永康、東陽、金華及義烏東鄉先後團勇俱爲賊破，焚戮益慘。時賊目陳榮據義烏，李世賢先赴溧陽。攝其事者僞剿天義劉政宏〔三〕，徵八邑屯賊犯衢州，榮憚行，屢受督責。遂合諸粵賊屯聚邑境，與楚賊相持。李，楚産；陳，粵産也。李仁壽者，世賢之猶子，率其黨屯永康三十里阬〔四〕。五月十二日〔五〕，南鄉人知賊攜貳，詭招榮假子助防急〔六〕，團勇禦仁壽，連戰四十餘日，仁壽遁走。乘間并攻殺陳假

〔一〕此句下《宗譜》有「潛伏深山，賊屢誘繳刀矛不應」句。

〔二〕「壬戌」上《宗譜》有「歷冬至」三字。

〔三〕此句《宗譜》作「攝其事者爲僞則天義」。

〔四〕《宗譜》該句末有「以逼榮」三字。

〔五〕二，《宗譜》作「一」。

〔六〕假子，《宗譜》作「義子」。

子〔一〕，夜襲三路營，殲焉。復慮楚賊議其後，詭以所奪陳馬爲賂，遜辭謝之，賊喜不爲備，遂得專事於陳賊。七月七日，擊賊荒山，陣亡三十餘人〔二〕。八月七日〔三〕，擊賊雅墅街〔四〕，賊悍甚，死傷略相當。鄉團更迭進攻，賊終日不得休，迺宵遁〔五〕。而西鄉同時築壘嚴守，壘爲賊破〔六〕，十餘里一夕繕完，賊錯愕不敢迫。每戰，賊輒張兩翼，選精騎爲衝鋒。鄉兵專以長刀斫馬足，馬踣人無得脱者〔七〕。賊愈憤，調悍黨千餘屯倍磊街〔八〕。西鄉人襲其營〔九〕，退屯雲黄山下〔一〇〕。復選壯士

〔一〕假子，《宗譜》作「義子」。
〔二〕《宗譜》無「七月七日，擊賊荒山，陣亡三十餘人」三句。
〔三〕八月七日，《宗譜》作「六月」。
〔四〕街，《宗譜》作「村」。
〔五〕迺，《宗譜》作「遂」。
〔六〕壘爲賊破，《宗譜》作「壘破」。
〔七〕此句下《宗譜》有「乃繫馬於外而步戰，復屢勝之」二句。
〔八〕「調」字上《宗譜》有「七月」二字。街，《宗譜》作「村」。
〔九〕此句《宗譜》作「兩鄉約夜襲其營」，且句下有「會江水盛漲失期，我勇死者百餘人」二句。
〔一〇〕「退」字上《宗譜》有「賊亦」二字。

二十三人先登破之〔一〕，由是粤賊屯城外者皆遁。閏八月初三夜，合攻縣城，火光達三十里。榮駭，竄嚴州。環邑諸賊無慮十餘萬，罔敢闌入，四境晏然。

北鄰蛾賊聚，西鄰虎視眈。老羆當道臥，蕞此猶能堪。夜斫北賊營，約束惜未嚴。詰朝賊薄險，一戰摧狼貪。誘敵設覆二，逐北退舍三。誰云此完實，西寇垂涎饞。肉薄爭峭壁，血雨殷層巖。敗犨疾風掃，駭獸長林殲。賊蹤日以斂，鄉兵日以添。爲官軍犄角，磨厲鋒逾銛。攻守亦有機，孫吳豈夙諳。書生口擊賊，制梃吾其慚。

楚賊偵鄉勇之逐陳賊也，始悔失計，亟謀擾我。時官軍攻湯溪急，僞戴王黄呈忠、僞首王范汝增、僞梯王練業坤麕聚金華，以救湯溪。慮我勇襲其後，分屯倍磊、田心、澧浦諸村，扼西南兩鄉之路而亟以大隊迫西鄉。十一月十一夜，兩鄉約攻倍磊，會江水盛漲失期，我勇死者七十餘人，賊遂分道深入。十三日，設伏俞村，天大霧，伏兵不出，賊亦不敢迫。然勢危甚，十六日合大橋、官幃諸村勇迎擊三丫塘，敗之，追奔十餘里，圍乃解。而西鄉遂爲所破，賊益萃於我，屢由馱嶺來寇，不得入。十二月初八日，賊大舉踰嶺，相持兩時許，知我勇堅不可攻，乃分兵，一由鮎魚嶺抄我後，一據虎車山以壓我。適我勇策應者至，先敗鮎魚嶺之賊，合隊鏖戰，久之，賊

〔一〕「復」字上《宗譜》有「西鄉」二字。「破」字上《宗譜》有「襲」字。

不支，乘勝逐北，截賊兵爲二。其先據虎車山者，潮湧而下，顛崖隊谷，斬刈無算，陣俘悍賊十餘人。自此金華東北鄉咸聚勇防守，賊亦以湯溪警報狎至，無暇回顧矣。〔一〕始聞大兵來，遊魂尚嵎負。湯溪一戰收，膽已落群醜。四壁驚楚歌，夜半驟而走。肅肅驚弓鳥，皇皇喪家狗。螳拒何無人，鼠竄胡能久。横刺輒洞胸，生擒甘俯首。間有漏刃者，迷道駭雜糅。鄉兵奮一呼，截殺常八九。快哉宿憤洩，精神重抖擻。從兹始安居，此身真我有。癸亥正月初十日，官軍殲賊湯溪。十二夜，諸賊盡竄。遲明，有逸賊自永康來，鄉兵截殺數十人，時猶未知郡城已復也。逃者資斧罄，得信争還鄉。歸來無片瓦，結茅依敗牆。斗米直逾千，畝田五百

〔一〕《宗譜》之小字注與此異者甚多，且録於此：楚賊偵鄉勇之逐陳賊也，始悔失計，遣其黨屯倍磊、田心諸村，扼西南兩鄉之路而急以大隊圍攻西鄉，苦戰月餘，爲所破。乃益增長圍以困我，我鄉兵夜襲之，復設二覆以誘之，俱不克，賊遂分道深入。十一月十四日，合諸村勇迎擊三丫塘，大破之，追奔二十里，圍乃解。而金華屯賊意終未已，屢由馱嶺來寇，不得入。十二月十日，大舉踰嶺，攻兩時許，知我勇堅不可破，乃分兵，一由鮎魚嶺抄我後，一據虎車山以臨我。適我勇策應者至，先敗鮎魚嶺之賊，合隊鏖戰久之，賊不支，乘勝逐北，截賊兵爲二。其先據虎車山者，潮湧而下，顛崖墜谷，斬刈無算，陣俘悍賊十餘人。自此金華東北鄉咸聚勇防守，賊進退失據，馴至敗竄。

强。賣田三百畝，不救八口荒。腐胔與人腊，縱横積路旁。屍氣蒸作疫，災厲安能禳。西舍全家病，伏盡未插秧。東鄰盡室死，新麥無人嘗。芃芃官道草，比人一尺長。虎狼遊通衢，搏噬争扼吭。天心本仁愛，兵後胡餘殃。豈其應刼死？天亦難主張！瘡痍起幾時？搔首問蒼蒼。

萑苻既浄掃，善後須籌計。殘黎獨何幸，重疊沾深惠。上藥施十全，舊逋放兩税。貸粟鮒能活，給種牛同畀。天亦憐孑遺，頻年補樂歲。胡爲申酉間，種種示災異。野水溢陂塘，賊未至時，諸邑池水驟漲。火光騰殺氣。辛酉初夏，夜有火光高數十丈〔一〕，聲如金鼓，自府城向東陽去〔二〕，腥穢觸人〔三〕，賊至後，火光過處，村舍皆墟。偶語觸前塵，怦怦尚餘悸。流民未繪圖，妖亂今補志。聊備輶軒采，忍揮少陵涕〔四〕。

〔一〕此句《宗譜》作「西鄉人夜坐，見西方火光高數十丈」。

〔二〕此句《宗譜》作「自府城頃刻至前逕，向東陽而去」。

〔三〕「腥」字上《宗譜》有「所過」二字。此句下《宗譜》有「鳥獸喙息」句。

〔四〕涕，《義烏兵事紀略》作「淚」。

送學博王杏泉先生移官四明

大雅扶輪仗主持，蕙江又見擁皋比。情深師弟難爲别，官近家鄉不算離。印雪事如鴻易過，先生在金華刻一章曰「雙溪鴻印」。愛花人與蝩争癡。一江衣帶盈盈水，猶想春風坐馬帷。

偶然作

不逐名場不隱淪，翛然塵外寄閑身。一池春水干何事，千古青山慣笑人。草竊蟲沙經浩劫，花飄茵溷任前因。萬間廣厦諸公在，讓我吟壇結構新。

不能飲酒愛持螯，短夢重尋首屢搔。白日西飛繩枉繫，大江東去浪争淘。穰田方笑豚蹄薄，索價空聞駿骨高。未遇鍾期聊爾爾，尊前肯賦鬱輪袍。

梅雨潺潺送柳風，虚窗鎮日緑陰中。居閑久已鄰潘岳，愛客何人似孔融？半世交遊陳迹少，一家詞賦賞心同。隱囊斜倚攤書處，花徑西頭小閣東。

斷雲明滅漏斜暉，新霽園林暑氣微。晶檻隔花蜂亂觸，湘簾窣地燕低飛。閑臨草帖書紈扇，怕近梅炎换葛衣。消遣風光殊不惡，避人何必定漁磯。

生性疏慵一味憨，心長争奈髮鬖鬖。中年哀樂宜浮白，名士風流每出藍。文字古人期不讓，功名兒輩付誰堪？放懷衹覺閑無事，錯被人誇蔗境甘。

秋夜步月

無意此間行，秋光好暫停。竹明喧宿鳥，林暗閃流螢。天宇浄如洗，山魂涼欲醒。前生與今夕，相對忽忘形。

壽芑田五十

瘦日銜窗簷鵲噪，故人喜有新詩到。開緘疾讀心茫然，轉把流光憶年少。少年意氣何豪雄，矯首便欲乘長風。同時落落三數子，唾壺擊碎刀光紅。就中早慧金安節，金秋槎。群從翩翩盡連璧。雲峰、純甫、藹堂。我隨驥尾君龍頭，六人遞減年差一。竝坐春風不計年，一編蛾術課丹鉛。讀書各自誇便腹，校藝曾經飽老拳。阿弟秋風折桂子，年年索米長安市。君也五嶽胸中摇，時望嘗黿一染指。妖烽忽墮天狗芒，東西兩浙烟塵黄。時無英雄恣豕突，坐使浩劫沈滄桑。君也枕戈暫投筆，團兵轉戰稱無敵。由來忠孝出名流，莫怪書生能殺賊。争桑都決笑談中，百里無官坐鎮同。兵銷喜過紅羊劫，事定誰論白豕功？文園仍理叢殘稿，歲星還遜侏儒飽。兩度西風席帽歸，吟秋潘鬢垂垂老。芑田芑田勿復嗟，不見朝露枯荆花。純甫、藹堂俱下世。珠光劍氣復安在？白楊蕭瑟啼寒鴉。君今樂事分甘足，諸子家風嫿耕讀。門前桃李多新陰，相對論文亦清福。齊雲寺名山翠撲面來，老僧解事呼新醅。人生快意不多得，一醉何惜傾千杯。與君重按金蘭譜，幾箇晨星幾黄土。思舊聊爲揮麈談，感懷不覺聞雞舞。五十年來一酒狂，年年錦字滿詩囊。莫嫌蔗境光陰老，記取黄花晚節香。

王子獻《鏡湖醉月圖》

對月不飲負月何，水中醉月清光多。鏡湖水月兩清絶，問誰攜酒相經過。湖中主人本狂客，當日酒仙推第一。眼花但知眠井底，浮觴幾見酹明月。中流一葉何翩然，有人豪飲鯨吸川。舉頭忽見冰輪圓，快酌一斗飛天邊。老蟾瞪視流饞涎，聳身同入壺中天。酒酣大笑抱月眠，玉妃屢唤不肯旋。淩波顧影争娟娟，白也觴月將千年。今之作者仙乎仙，遠山空濛枕烟睡。半隄衰柳扶殘醉，把酒還應醉問天。拔劍何須狂斫地，王郎乘興方御風。何時移入雲屏中？不知是水是烟是潑墨，但覺月光酒氣一片涵秋空。此遊欲奪賀老席，此圖落落留陳迹，江湖載月幾酒狂，一聲長嘯寥天碧。

卷三甲戌乙亥

甲戌三月廷試入都作

半生從未識離情，如此春光賦北征。南浦垂楊千里別，東風行李一船輕。明知白髮催人老，多謝青山送客行。轉瞬家庭仍聚首，長途那遣旅愁生。時兩兒會試留京。

刻翠裁紅二十秋，不能名士亦風流。烟花草草三春暮，江海茫茫一月浮。老去前程輸駿足，閑來結習寫蠅頭。出門莫道長安遠，水驛津亭好紀遊。

蘭溪早發

漸覺喧囂遠，江聲落枕邊。日光柔艣水，人語隔溪烟。雨過雙螺活，沙明一鷺拳。篷窗寒尚峭，擁被聳吟肩。

自嚴陵至富陽

林壑横春黛，樓臺倚晚晴。斷雲嚴瀨樹，斜日富春城。薄醉不成寐，長途方遠征。杭州應在望，屈指數郵程。

西湖雜詩

九曲橋通六角亭，一亭纔過一橋横。遊人不辨來何處，但覺空明鏡裏行。

碧瓦紅牆碎欲無，玉華遺址訪平湖。行人指點斜陽裏，一抹烟痕熨緑蕪。
千條楊柳罨長隄，貼水紅闌一翦齊。回首湖心亭上望，樓臺無數夕陽西。
平橋低跨小池隈，池上回廊漾碧苔。最愛憑闌看倒影，波心别有一天開。
斷橋西去裏湖間，不見遊船蕩碧灣。懶盡東風飛徧絮，一痕新緑上孤山。

獅子林

獅子奮神威，畫工不能像。何年化爲石，落此巨靈掌？蒼然萬嶙峋，咫尺無平壤。纔作盤蝸旋，忽又升猱上。鼷鼠入牛角，奇鬼攫蝄蜽。徑曲步難縱，巖傾頭怕仰。援手似可接，相隔乃尋丈。低頭胯下行，橋上聞語響。人疑觸觸生，天入非非想。補以一分屋，池波映清爽。滿庭歌吹喧，士女恣歡賞。邱壑雖云佳，尚多傴仄相。一笑出門去，湖山且駘蕩。

夜泊崑山不寐

本無愁可遣，不寐覺愁生。絲亂忽千緒，柝遒將五更。空江聞艣過，遠岸數雞鳴。記取今宵路，離懷繞古城。

津門道中遇會試回轅者

邂逅春明此路歧，一猶未到一先歸。馬牛本自不相及，燕雁何妨各代飛。千佛名經看有待，衆仙高詠和應稀。可憐我亦浮名誤，悔被緇塵黦素衣。

爲友人題雙頭牡丹團扇有贈

琴心何處寄相思？一握冰紈寫折枝。月自團圞花富貴，幾生修到竝頭時？

吴玉叔招飲陶然亭

車聲轣轆城南去，同向江亭結隊過。僧閣高收殘照迴，女牆晴擁亂山多。涼生叢葦思閑泛，秀愛疏花入醉哦。忽憶山村風雨夜，十年前各枕琱戈。玉叔，台州人，前董鄉團有聲〔一〕。余時亦治團而不相聞，至是始晤於京師〔二〕。

七月三日乾清宫引見恭紀

閶闔晨暉麗九霄，趨班釦砌列儀曹。龍顔咫尺天威近，螭陛森嚴地位高。蓬蓽幾人瞻帝座，姓名今日注丹毫。莫嗤苜蓿閑官冷，除授曾經御筆叨。

〔一〕董，己亥本作「督」。

〔二〕「余時……京師」己亥本無。

宿紫竹林聞鄰舍度曲

滚滚車塵卸蹇騾，迢迢秋色滿關河。西風海舶丁沽水，明月鄰牆子夜歌。燕北鄉心何處寄？江南艷曲可憐多。歸途乍聽猶難遣，争禁離人唤奈何。

重到杭州

浪花如雪片帆開，曾記春江此溯洄。風景不殊秋已老，湖山無恙我重來。寒潮浦口群船亂，落日城頭畫角哀。何必更增今昔感，霜螯黄菊且銜杯。

隔花曲集唐句贈太憨生

謝家池館花籠月，一院無人春寂寂。落絮遊絲亦有情，夭桃穠李遥相匹。一生一代一雙人，幾見星妃度襪塵。拾翠總來芳樹下，踏花同惜少年春。年紀未多猶怯在，當時可愛人如畫。楚腰纖細掌中輕，總把春山掃眉黛。美人懶態胭脂愁，嬌眼如波入鬢流。一笑有時堪解夢，漸來争禁不回頭。側近薦紅伴柔緑，驚起芙蓉睡新足。愁眉和笑一時開，料得也應憐宋玉。早是傷春夢雨天，東風沈醉百花前。眼前有景道不得，箇裏無窮總可憐。可憐樓上月徘徊，不及金蓮步步來。密葉藏嬌鶯唤起，夭花愁豔蜨飛回。虚生芍藥徒勞妒，兩情纏綿忽如故。無那春風欲送行，長吟遠下燕臺去。燕臺一去客心驚，悔不天生解薄情。行盡江南數千里，酒旗歌扇正相迎。滿庭新種櫻桃樹，洛陽無限紅樓女。一群嬌鳥共啼花，錦筵紅燭月未午。異鄉聞樂更淒涼，暮景離情兩不堪。閑凭玉闌思舊事，斷腸春色在江南。征人薊北空回首，君在江南相憶否？自從消瘦減容光，記得玉人春病後。海闊天長音信稀，塞鴻何事又南飛。遥知楊柳是門處，不改清陰待我歸。少婦不知歸未得，緘情遠寄愁無色。還應説著遠遊人，獨在異鄉爲異客。丹鳳城南秋夜長，本來銀漢是紅牆。機中錦字論長恨，樓上殘燈伴曉霜。莫是長安行樂處，今年春色還相誤。豈知孤鳳憶離鸞，故國關山無限路。别夢依依到謝家，春明門外即天涯。銜杯微動櫻桃顆，隔座剛抛豆蔻花。秋來見月多歸思，不語思量夢中事。忽到窗前疑是君，更爲後會知何地。舊來行處好追尋，中有佳人畫閣深。多爲過防成後悔，不將今日負初心。我亦爲君三歎息，花開堪折直須折。與君題作比紅詩，莫怨他鄉暫離別。逢花却又替花羞，欲采蘋花不自由。花若有知應悵望，傷心不獨爲悲秋。王涣　吴融　杜甫　張説　駱賓王　王初　萬齊融　白居易　方干　韋莊　杜牧　李商隱　李賀　李太元　羅隱　羅隱　李商隱　李賀　白居易　李商隱　韋莊　韓翃　李白　駱賓王　張若虚　李商隱　無名氏　韋莊　徐凝　王建　高適　李商隱　祖詠　顧甄遠　岑參　陶峴　丁仙芝　白居易　盧照鄰　岑參　韋莊　張佖　盧弼　韋莊　高適　劉長卿　崔鶯鶯　薛能　宋之問　皇甫冉　劉威　錢起　盧弼　温庭筠　白居易　白居易　沈佺期　李商隱　劉長卿　關盼盼　李頎　趙嘏　李商隱　李紳　張佖　劉禹錫　趙鸞鸞　馮衮　雍陶　崔珏　盧仝　杜甫　王仁裕　羅虬　韓偓　魏扶　温庭筠　杜秋娘　羅虬　高適　盧綸　柳宗元　温庭筠　李益

大雪行蘭溪道中

狂飆捲地恣怒號，沿途急雨傾天瓢。中宵雨細疑漸霽，晨起屋瓦堆瓊瑶。出門十里人跡斷，曠野四顧同雲交。粉蜨碎衣撲面舞，玉龍蜕甲當風鏖。玲瓏十萬散花手，

片片飛上寒梅梢。須臾雪止瘦日出，雙眸眩射晶光摇。忽如幻入玉壺内，寒威幾欲將身包。輿夫噤齘足屢滑，泥深没踝時沾尻。迷途淼渺無處問，向晚始有行人遭。嗟我飢驅出無奈，爾輩胡亦來荒郊？小橋茅店景清絶，一寒至此誰能豪？炊烟縷縷起屋角，茅簷凍滴淋征袍。天公怕嫌冷官冷，熱中未免心煩焦。故教歷盡風雪苦，使我鐵石心無撓。區區玉成差不負，冰心一片長持操。

雪夜宿衢州

行子慘不樂，殘冬猶出門。雪壓降酒力，風吼攬燈魂。薄宦原如客，孤悰誰與論？嚴城聽更鼓，轉憶在山村。

舟曉

人語起鄰船，殘更欲曙天。樹低斜隱月，江遠澹生烟。許國身無補，驚秋鬢有櫂。何當選絲竹，哀樂正中年。

出常山東郭村落，風景可愛，徘徊久之

春色忽到眼，欣然破羈愁。嫩晴媚林壑，翠滴不可收。竹徑掩門曲，柳絲蹤地柔。新緑盪江烟，空濛如水流。茅簷紅一角，中有花光浮。帆度虛窗陰，雞鳴短籬幽。野翁醉提壺，少婦閑補裘。依依村落間，夕陽爲遲留。我生習疏放，見此神夷猶。安得比鄰居，面江架小樓。漁樵恣所愛，老死吾無求。

清明日自衢州回常山

去年清明武林城，今年放櫂常山行。少時家居老行路，未識明年又何處。客路難將麥飯齎，雨絲烟柳故依依。東風錯認回船送，可惜征帆不是歸。

署後桃花盛開，因憶家園中千葉鴛鴦桃

未見夭桃色，春深尚不知。花中真豔品，意外得仙姿。膩粉嬌如滴，低鬟弱半攲。輕盈裊蟬翼，綽約暈燕支。境邃遊塵隔，牆高放蘂遲。剪綃初綴處，步屧乍來時。有恨難銷此，無言更昵誰？香從官舍度，根豈故園移。回憶雕窗下，群誇疊瓣奇。鵑將啼血染，鴛愛並頭垂。笑靨添霞媚，穠妝帶露滋。每愁紅雨落，甘爲紫雲癡。西日含顰態，東風薄命詞。浮蹤萍自誤，入骨豆相思。遠渡誰迎楫？成陰子滿枝。韶華人面改，消息客心疑。浪蝶狂休惹，流鶯罵轉嗤。嫣然爭忍俊，對爾欲忘飢。兩地腸空結，三生鬢已絲。劉郎歸去好，莫待買山貲。

常山道中

兩浙此西邊，千峰瀉一川。灘聲攙碓急，山勢得城圓。春水桃花浪，人家橘柚

烟。倩誰攜粉本，來畫夕陽天。

余家虛白山房牡丹，二百年物也，比來客遊，花時不獲賞玩，適有送花者，爲賦此詩

重臺千葉擁晴霞，記得開時妒檻紗。七世吉祥虛白室，一叢富貴牡丹花。能消豔福真傾國，如此春光不在家。誰信前生住瓊島，東風到處占繁華。

余既賦《憶鴛鴦桃》《牡丹》二詩，復取小園花木分詠之，成雜憶二十二首

瑞香

紙閣翠屏偎，春寒尚勒梅。忽聞龍腦馥，知有麝囊開。芬襲酴醾腊，鮮含荳蔻

胎。紫苞攢竟體，粉萼點香顋。蘂密珠毬簇，花團錦帕裁。風情朱茉莉，氣味碧徘徊。冷豔霜辰占，奇名露甲猜。芳宜清夢引，穠待曉妝催。圖畫難爲稿，形容苦費才。蕭齋猶暫屈，珍重住蓬萊。用李後主事。

杏花

曾記離家日，枝頭點碎紅。詩情春色外，客路雨聲中。村遠誰沽酒，天寒獨轉蓬。不如雙燕子，消息話東風。

海棠

塗抹新紅釀薄寒，年年小院婕成團。他鄉風信空題句，故國春陰又滿闌。破睡料無燒燭照，惜花可有捲簾看。憑君莫灑相思淚，恐化秋容別更難。

白芍藥

群芳讓爾殿東風，朗潤清華迥不同。拂檻乍凝晨露白，翻階如避夕陽紅。花雖可贈妝偏淡，春爲將離色早空。借問詞頭封送否？清標應在玉堂中。

榴花〔一〕

開過梅炎秋已高，紫雲樓閣憶迢迢〔二〕。亂噴猩血濃疑染，斜彈鴉鬟豔欲燒。絳樹漫誇裙影麗〔三〕，紅兒曾照眼波嬌〔四〕。護花旛子應無恙，莫使香魂阿醋銷〔五〕。

〔一〕此詩見丁巳本卷一頁一二。

〔二〕此二句丁巳本作「誰把珊瑚掛樹梢，妝成霞綺一條條」。

〔三〕絳樹漫誇，丁巳本作「紫玉鬬將」。

〔四〕曾照，丁巳本作「照得」。

〔五〕此二句丁巳本作「庭前茉莉知難比，不敢穠妝但白描」。

蛺蝶花

花底一生活，花疑爲蝶開。豈知香國幻，轉化替身來。粉翅枝頭顫，芳心夢裏猜。誰攜紈扇去，欲撲又徘徊？

珠蘭

裊裊雕闌外，亭亭鏡檻旁。珠兒真絶世，湘女本同鄉。脆葉描佳莽，柔莖簇穉棠。玲瓏千顆迸，綽約半叢長。魚子含胎細，鮫人織淚忙。露華零瀋碧，星點綴微黄。笑淺姿何韻，塵清唾亦香。窺簾眉月瘦，攜扇夢雲涼。棐几邀珍賞，蘭閨媚曉妝。玉纖簪鬢翼，弓步顫釵梁。顧我添清供，憐卿喜早防。秐紅冬設幄，瓷翠夏扶篁。穉穗冰甌浸，餘芬茗盌嘗。蕾疑開未破，斛許買親量。小别真彈指，相思合斷腸。一名斷腸草。香應將暑避，生祇爲花狂。臭味同心久，情懷記事詳。何當還合浦，紉佩寫秋芳。

白蓮

風露寫娟娟，凌波思渺然。涼痕秋在水，月曉淡於烟。空色能參佛，繁華不羡仙。瑶琴彈一曲，何處有塵緣？

合歡花

千絲粉白散蕤勻，葉葉黄昏併一身。欲折花枝分寄遠，不知誰是合歡人。

月季

粉牆西去小樓東，錯認玫瑰孕綺叢。紫玉最宜殘雪映，絳綃慣受夕陽烘。自憐短鬢星星白，慚對長條月月紅。安得與花同不老，一年無日不春風。

鳳仙

簫去秦臺鳳已仙，彩雲一簇幻花天。三秋鑠日嬌微倦，五色烘霞媚可憐。清夜搗來金蘂膩，春痕染出玉葱鮮。但呼好女應無匹，指甲如何更鬬妍。指甲花紅過鳳仙。

芭蕉

一片涼陰羃碧烟，晶窗新劄紫雲鮮。客來乍見呼奇絶，知是丹霄是緑天。客中薄醉暗銀釭，抱影同眠夢不雙。夜半瀟瀟驚忽醒，錯疑涼雨臥蕉窗。

老少年

雞冠老葉同紫，鶴頂新枝對紅。我正偷閑欲學，可能如爾還童。

還魂草

龍湫深處槁千霜，涓滴纔施翠異常。何必蓬萊求妙藥，山家自有返魂香。

葡萄

冰綃步障剪春碧，鮫人灑淚海宫涇。是誰眠夢水精迴，偷捲龍鬚串瓊粒。天風吹墮無雷村，萬顆猶綴殘綃痕。鱗鱗凍雲緑無暑，瘦蛟蟠冷玻璃魂。絡藤移植書畫舫，銀鸞千葉當屏障。俗眼豈識真珠肶，但詫草龍結珠帳。露華錯落風颼飀，酒酣小坐如深秋。戲滴繁星嚼滿口，醉魄嚇醒千年酒。

柳

粉牆一片緑雲遮，隔斷紅樓不見花。衹有書聲遮不得，累人遥指問誰家。
流鶯乳燕語芳春，新樣眉痕展翠顰。一面東風千點絮，可憐惱殺倚樓人。

任人攀折泥人窺，鎮日臨風弱不支。最是永豐移去後，恨烟羣雨有誰知？曉風殘月短長亭，此味年來已慣經。畫裏家山春不管，教吹羌笛與誰聽？惆悵春歸我未歸，板橋流水倍依依。樹猶如此人何處？不及群鶯自亂飛。

黄楊

黄楊似老儒，勉力圖發軔。欣欣方向榮，三年屢逢閏。鮎魚上竹竿，進步亦云僅。同列有桃李，成陰纔轉瞬。笑汝微乎微，老幹名空震。終歲無寸長，入林常見擯。維翰半人耳，胡能蟄蟲振？秋風掃群柯，黄落幾難認。豈如眇少者，後凋猶足信。翹材遜棟梁，得壽逾菌蕣。寄語弱植流，未可恃躁進。

西峰寺

一徑入雲去，緑陰如水流。花光浮客院，嵐翠溼僧樓。勝地閑人集，塵容瘦佛愁。誰知官道左，蘭若轉清幽？

登塔山

振衣長嘯躡天風，千嶂投西一水東。明滅江山飛鳥外，高低城郭夕陽中。遊人尚炷香烟碧，福地難逃劫火紅。惟有鐘聲兼塔影，滄桑不與夢粱同。

趙忠簡公墓

落照平蕪叫杜鵑，騎箕人去有荒阡。丹心不改餘生日，赤手能開半壁天。遺䏁祇今留遠道，常山後裔已盡，六世孫質翁總管泗洲，家焉，守墓遂無人。孤亭何處没寒烟？公於黄岡山建獨往亭，今廢。流傳也要佳山水，不見西湖岳墓前？

鐵筆歌謝徐檢齋鐫印

倉帝造字筆鋒折，怒擲鴻濛驚列缺。紅爐陶冶三萬秋，化作錚錚一枝鐵。鐵精光怪筆力超，奇古百倍昆吾刀。何年飛入徐生手？混沌鑿破蟲魚號。靈光一片指非指，興到斯冰活腕底。使刀如筆風雨疾，是鐵是刀還是筆？砉然奇珍落眼前，賈胡入肆流饞涎。勁如劍斫珊瑚鞭，快如冰裂琉璃川。奇偶錯落疏密聯，新禾垂穎紛翩翾。瘦蛟蟠屈遒而堅，蛛絲細縈蚊脚偏。露之湛湛星綿綿，二十六字朱文妍。疑沁上古心血鮮，自言邇來得良譜。師法莫如兼博古，徐鉉落墨求中鋒。世南學書時畫肚，可知能事無常師。部居別白嚴分歧，我今得此鈐紅芝。輝我尺幅昌我詩，生也磊落青雲姿。丈夫印綬多纍纍，安用篆刻雕蟲爲？他年金印大如斗，投筆元天六丁守。

送許琢雲同年之新城校官任

輕裝一葉下杭州，五月征途徧海榴。別我情懷濃似雨，照人意氣爽於秋。西湖又踐尋詩約，東道難爲易地謀。初得信云署義烏篆。莫笑山城風景別，鼍江從古出名流。

同趨薇省聽宮鴉，朵殿摛詞燦筆花。八斗才呈天咫尺，五雲班擁日光華。簪毫漫羡留青瑣，問字聊欣設絳紗。祇恐廣文氊未暖，匆匆行色又公車。

猶記良宵綺席開，清尊紅燭共徘徊。故人忽帶春風去，冷宦兼無舊雨來。萸酒光陰君未返，桂香庭院我遲回。人生良會誰能定，何處重逢更舉杯？

題袁子梁所藏美人撲蜨圖集飛卿

燕釵拖頸抛盤雲，藕腸纖縷抽輕春。春風幾許傷心事，楚女含情嬌翠嚬。紅珠斗帳櫻桃熟，覺後梨花委平緑。蛺蜨雙雙護粉塵，雀扇圓圓掩香玉。昔年曾此見嬌嬈，抱月飄烟一尺腰。雲髻幾迷芳草蜨，愁紅帶露空迢迢。今來看畫猶如此，還似昔年殘夢裏。侍女低鬟落翠花，黄鶯不語東風起。

離燕篇哀宋常山義婦王瓊奴

瓊奴名潤貞，年十四，通詩詞，妙音律。同里徐苕郎、劉漢老争求婚，母令詠壁間畫，徐詩先成，遂字焉，且招至館中。母偶疾，苕郎入問。見瓊奴，欲試其才，封紅箋遣婢傳致。拆視，空紙也，題詩還之：

茜色霞箋照面赬，玉郎何事太多情？風流不是無佳句，兩字相思寫不成。

劉爲却婚，故恨徐刺骨，誣以陰事。徐戍遼陽，瓊戍嶺表。老驛卒杜某亦常山人，哀瓊奴，假驛廊舍焉。吴指揮者艷瓊色，謀篋室。瓊奴爲《滿庭芳》詞以自誓：

彩鳳分飛，文鴛失侶，紅雲路隔天台。舊時院落，畫棟積塵埃。漫有玉京離燕，東風裏，似訴悲哀。人已去，捲簾情重，空屋亦歸來。涇陽憔悴女，不逢柳毅，書信難裁。歎金釵脱股，寶鏡離臺。萬里遼陽何處？郎去也，甚日重回？丁香樹，含花到死，肯爲别人開。

無何莒郎往南海取軍，投驛中，獲相見，杜爲畢姻。吴假逃軍名，杖殺之。適御史傅公按部，瓊奴泣血訴冤，置吴於法營。葬畢，自沈冢側池中。傅爲請於朝，旌曰「賢義婦之墓」。常閲《宋詩紀事》載瓊奴詩，乃檢《常山志》，無其名。嘉慶十六年，知縣陳玭重修，始採名媛璣囊語入藝文。後爲雜記，亦無有詠之者。墓在異鄉，事隔數代，美才奇節湮没不彰，可慨也。取詞中語賦詩哀之〔一〕。

〔一〕此句下己亥本有雙行小字：「按：此官制與宋不合，姑據雜記存之。」蓋重刻所加也。

妒花風雨攬春好，燕子未歸春已老。北去愁同鶗鴂飛，南來更比征鴻早。新巢纔定不多時，半面東風遽別離。今日空聞歌紫領，當年曾説繫紅絲。紅絲翠幕江南路，粉額塗黄腰約素。水樣芳齡比麗娟，玉人小字宜瓊樹。聯珠綴玉擅歌行，摘粉搓酥妙倚聲。月下吹簫招彩鳳，花前度曲囀新鶯。新鶯乳燕偏殊衆，鳩媒争説冰人夢。何物寒鴉想竝棲？有人射雀偏能中。鴛鴦待闕正春賖，烏鵲填橋未日斜。豈料晨風工伺隙，翻教多露怨無家。風波轉瞬天涯渺，郎戍遼陽妾嶺表。一生斷送可憐蟲，萬里分飛同命鳥。何處雲山是故鄉，千行珠淚九回腸。瘴雲誰共鸞鸞度，塞月空勞燕燕望。寄人籬下淒涼色，詎料鵂鶹苦相逼。賤妾由來有故雄，武夫豈許求新特？梨花庭院舊樓臺，別恨喃喃細訴哀。遮莫海天飄泊久，雙棲猶盼早歸來。刀環未卜音塵絶，忍死吞聲自嗚咽。戍婦歌謡黄鵠風，流人刁斗元菟雪。未了姻緣一綫牽，捧符剛到嶺南天。徐郎破鏡欣纔合，王樹烏衣痛不還。烏衣那更遭羅網，例竟門中合歡杖。縱使沈冤雪覆盆，撫膺一慟何堪想。回首香閨識面初，檀郎曾試女相如。紅箋小幅緘空札，錦字新篇代報書。無端遠譴來邊鄙，孤雛忽墮樊籠裏。襳褷瘁羽妾何言，忍累稿砧由我死。犵草蠻花慘不春，哀蟬落葉總傷神。餘生涕淚心頭血，故國關山夢裏身。擇婿翻多無限恨，覆巢空有未亡人。早知如此家山破，悔不當初問水濱。臨流腸斷箜篌曲，墓上應生連理木。鴛冢冰霜北闕褒，鵑魂風雨南荒哭。生不雙飛死並頭，玉京孤燕共千秋。斜陽細雨蘼香地，猶自年年訴舊愁。

出西郭至太平橋

車聲來不斷，直上玉山行。橋西界玉山縣。楚越方言雜，東西界水横。人家多土屋，官道半山程。彷佛天津路，黄塵馬首迎。

題畫

萬翅寒鴉幾樹楓，青山都在板橋東。有人欲寫秋光好，指點斜陽入畫中。

卷四 丙子至戊子

懷新春闈卷堂備，書此勉之

前寄闈藝來，兩卷共一束。閲之未終篇，門外聞剥啄。云是報泥金，汝兄登榜獨。人望二龍奢，我願一夔足。求益非買菜，得隴敢望蜀？無何得家書，汝亦幾中鵠。斷流鞭已投，踢城韡可蹴。將渡佛海筏，輒迴神山舳。天門騰八翼，珊網疏一目。飄茵忽墮溷，雄飛變雌伏。相去一間耳，惜哉手翻覆。不然聯袂登，又作郊祁續。回憶八年來，升沈如轉轂。泮林方集鴞，野苹同宴鹿。再懸堇父布，三刖卞和玉。前易後却難，進鋭退亦速。豈爲竿頭高，故作文心曲？春闈仍轉瞬，夏課須便腹。莫以勞薪久，而疑退筆禿。莫嫌鼠搬薑，而諉魚緣木。科名自有時，學問當早蓄。先樹幢精進，姑披鎧忍辱。鷹隼倘出塵，熊魚兼遂欲。不見沈攸之，恨不十年讀？

贈朱東谷即送回桂林

是何丹青百十幅，幅幅別開生面目。滿堂動色相咨嗟，紙尾誰知署東谷。東谷英俊姿，一出凡馬空。賤子乃愕散，小技慚雕蟲。君方隨宦遊雷封，余亦驅車過剡中。偶然相逢沃洲舍，握手一笑情相同。君家嚴君今召杜，公餘更復精鑒古。燕寢凝香雅對時，法書名畫紛難數。翩翩公子顧陸儔，邀我登見南山樓。君署樓名。桂林新舊十六景，江山名勝窮雕鎪。寫生百紙更奇妙，間以山水人物神夷猶。黄鶴樓，桃花嶺，嵐光水氣摹仙境；洞庭月，滬上花，空明綺麗無纖瑕。忽然素壁變江浦，風荷花葉淩空舞。忽然堂上生長松，雲篆丈二驚蟠龍。吾曹意氣本通脱，況復君才擅三絶。終朝看畫足徜徉，那計人生有離別。關河九月天氣涼，秋風歸櫂催行裝。相見何晚相思長，君知良會不易得，解衣槃礴追倪黄。贈我通靈入妙之畫幅，索我東塗西抹之篇章。我無繞朝策，君有長吉囊。春明門外杏花發，老夫翹首江天望。歌亦不能盡，畫亦不可再。風雨懷人各一天，吟詩讀畫遥相對。

濯纓亭 褱先文公像，旁有隱岳洞褱諸天相

與佛分千古，山川借重名。儒風諸老倡，落日一亭横。繞磴秋花野，環池古蘚平。先芬慚莫繼，瞻拜不勝情。

題寓齋壁

滄海横流去住難，鵲巢猶得借閑閑。新昌無學舍，寓祇園庵。身居竹露桐雲内，地界儒星佛日間。問路有人尋止水，出入必經止水廟。彈琴無客聽高山。不因洪邁談天口，岑寂何由一破顔？

少年意氣劇縱横，本擬鵬摶萬里程。千墨磨人成短夢，一廛還我了餘生。修羊漫把荒莊誚，社燕剛辭舊壘行。贏得幽悰塵境外，頭銜心迹占雙清。

一上高城百感催，側身天地久低徊。山川興廢增陳迹，婚宦消磨老俊才。旅思西風新玉笛，鄉心落照古金臺。時一新在京師。雪泥且爲留鴻爪，知有何人拂袖來？

珠溪早行

不辨珠溪路，燈光引客程。曉風平野峭，殘雪亂山明。津樹朦朧影，村雞斷續聲。板橋霜葉響，聞已有人行。

留别童鏡涵

緋桃含笑柳烟碧，細雨輕陰作寒食。如此風光劇可憐，況兼邂逅都難得。三年三見越王城，一笑相逢握手迎。試院應官同聽鼓，廣場賭酒快飛觥。豪氣當年猶未減，才名豈慮蚍蜉撼。每聞雅謔解人頤，不顧雄談破鬼膽。休文沈丹卿學博。有約踏青遊，隄上香車鏡裏舟。茶座諧詞調打鵰，酒徒新令鬭潛虬。歸來旅館重開宴，同心三五殊留戀。人生良會本無多，知否歡場能幾見。春城二月杏花飛，把晤還愁會面稀。桃李新陰君又徧，萍蓬浪迹我方歸。思歸衹覺還鄉好，惜别翻嫌歸太早。君言孔李是通家，莫使雙魚沈遠道。君家棨戟久盈門，賤子區區豈足論。各有後昆聯榜末，交貽行卷記巢痕。臨歧索我新詩句，走筆匆匆爲君賦。一昔同寅易别離，半生知己逾親故。此後相思夢化烟，重逢何地復何年。殷勤記取西興路，剪燭紗窗聽雨眠。

戲作俳體《題鍾馗像》爲李菽畦

世間奇醜真無比，惟有魁星與子同。一主文衡一不第，教人何處問天公。角黍蒲觴半日緣，匆匆一别散如烟。門神未免私相笑，輸我瓜期尚一年。菽畦以未滿三月回籍，余亦卸署篆。

題宋白樓同年《湖東第一山詩鈔》，並乞校余近作

名世談何易，如君信足傳。才華同榜獨，風雅一門全。尊甫齊雲先生著《南樓吟

草》，兄笠耕有《皂湖山人詩鈔》，滌人有《湖東草堂吟鈔》。創論驚詩史，清遊快地仙。新吟如束筍，應許誦花前。

攜去叢殘稿，題來絶妙詞。君曾題余詩稿。尹邢逞避面，混沌爲書眉。喜有同心雅，能無翕羽資。小文如許定，舍子更貽誰。

留别洪申培

送春時節賦歸與，爲憶年來識面初。開宴每分駒父座，望衡同寄雁王居。飛飛忽作離巢燕，策策將稀逐隊魚。未識履綦星散後，蕭齋風月又何如？

平生意氣劇難忘，脱穎毛錐肯處囊。北海好剛多激越，東坡怒罵亦文章。癖殊互作韋弦佩，痂嗜頻叨翰墨藏。西抹東塗吾老矣，柯亭慚愧遇中郎。

閑評物理悟窮通，塵障消除萬念空。富貴可求須福命，屈伸能當即英雄。安知失馬非吾幸？何必憐蛇與衆同。花落鳥啼春不管，一般榮悴付東風。

行行岠蹷久相依，秦越何堪視瘠肥。伸汝眉頭時事改，照人肝膽世情非。重來紫陌桃千樹，老去金城柳十圍。莫待加餐憑尺素，一尊相對送斜暉。

寄懷宋時樵丈

安穩桐江十載居，才名清福兩乘除。滿庭風月閑無價，隔岸江山畫不如。紅杏家聲工翰墨，緑醅酒伴狎樵漁。滄桑浩劫春明夢，付與回頭落照餘。罨畫溪邊漲緑波，一樓烟雨聽漁歌。山川名勝官俱到，詩酒生涯興不磨。爲我寄愁天上好，呼來如願醉中多。即今嚴瀨登臨易，懶著羊裘奈爾何。

杜晉卿《秋樹讀書圖》

紅樹醉斜陽，暝烟赴寒緑。微風忽蕩之，紫翠滿林屋。幽人愛清曠，寫此寄靈矚。詩興浩然來，長吟手一軸。秋光翦入卷，欲攬不盈掬。添我著畫中，與君相對讀。

題小螺盦病榻憶語

落葉蕭蕭風打門，窺檐月瘦寒蛩喧。叢談一卷展未半，滿紙秋聲啼斷猿。生小聰明豔人口，相呼采伴針神久。詠絮能除脂粉痕，寫生更妙丹青手。香山垂老猶無兒，愛撫金鑾當衮師。避劫紅羊憐繞膝，相攸碧鸛喜開眉。春來小病虛佳節，玉魚好爲祛煩熱。豈知藥店失飛龍，幾日香桃憐瘦骨。料理詩囊倦繡初，評量畫扇聚珍餘。柳魂梅影詞剛識，沈李浮瓜願總虛。皆本事。仙人惝怳蓮花兆，畫人零落梅花稿。彌留猶自慰親心，爲道新居天上好。腸斷靈椿已白頭，不堪回憶舊紅樓。芳齡逝水三生恨，老淚臨風萬種愁。悲來歷歷思談緒，蕉心抽盡蠶絲吐。遺編空有返生香，靈藥難留長命縷。早識曇花一霎開，彩雲何事下瑶臺。芙蓉埋玉青山幸，環珮歸魂夜月哀。十九年華如電速，金環轉世虛禖祝。老去蘭成喚奈何，那堪重賦哀金鹿。數行涼墨灑啼痕，付與秦嘉代感婚。添幐緑楊圖一幅，繡簾燈影爲招魂。

夜泊散步〔一〕

日落萬峰寒，門掩一村静。犬聲吠過橋，隔林露燈影。長隄偶然立，愛此清絶景〔二〕。惜無素心人，一賞秋懷冷〔三〕。回首忽流光，片月上松頂。

題徐順之行看子

横槊功名霹靂弦，封侯骨相面如田。誰知儒將風流甚，拜石看花意灑然。

〔一〕此詩見丁巳本卷一頁一《雜詩三首》之第二首，無此詩題。其一、其三收入本書《虚白山房詩文外編》卷一。

〔二〕此二句丁巳本作「惜無雲林筆，狀此蕭疏景」。

〔三〕此二句丁巳本作「且吟輞川詩，一寫秋懷冷」。

題畫

歷歷江村烟樹微，迢迢洲渚水雲飛。高樓鎮日無人到，惟見風帆一葉歸。
盤空磴道上茅亭，隔岸烟村敞畫屏。讓與中流人自在，扁舟飽看數峰青。
巖倚樓臺樹掩扉，此中高臥足忘機。故人家在雲深處，指點山翁入翠微。
城外桃花遍水濱，東風三月緑楊春。踏青都過紅橋去，怪底湖中不見人。

題陳子宣《鑑湖櫂歌》〔一〕

漁謳縹緲竹枝清，散作春風滿越城。試向賀家湖子去，何人不愛櫂歌聲。

〔一〕此詩又見光緒十三年（一八八七）刻本陳祖昭《鑑湖櫂歌·題詞》，頁二。其作七首，《漁謳》左有：「移宫换羽「西湖詞又鑑湖詞，佳話零星入品題。天與風流一枝筆，朗唫好徧浙東西。」《采葛》左有：「移宫换羽唱回波，百首新翻水調歌。怪底丹青閒不寫，畫圖争及好詩多。」

采葛歌成吴苑沼，冬青引出宋陵荒。殘山賸水春婆夢，留與詞人弔夕陽[一]。

磨完盾鼻灑吟箋[二]，古蹟流風信手編。想見指揮如意樂，筆端横掃四千年。法夷擾浙，君佐韓軍門晉昌幕成此。

生小蘇臺金粉中，故園景物勝江東。錦囊應爲添佳句，不采吴歈采越風。

畫舫烏篷鏡裏舟，十年陳迹幾句留。而今袖得新詩本，處處湖山恣臥遊[三]。

中秋夜，子宣招同徐順之、蔣望庭集葉采章菉園，時子宣偕余寓園中，順之新自閩歸，采章明日有杭州之行，故詩及之

一年明月中秋好，一生幾見中秋老？老顛豪興忽飛騰，不覺酣呼玉山倒。埋頭詩

〔一〕留與詞人，陳祖昭《鑑湖櫂歌·題詞》作「留爲前朝」。

〔二〕灑吟，陳祖昭《鑑湖櫂歌·題詞》作「即題」。

〔三〕此句下陳祖昭《鑑湖櫂歌·題詞》有雙行小字：「丙子戊寅間，余權新昌縣教諭，曾三至鑑湖。」

畫陳去非，彩箋粉筆無停揮。鵲巢我已愧鳩占，鸞廡君更同駢枝。蟲天寄居如己宅，居停翻挂西泠席。陳郎興發招酒徒，客作主人主成客。皓魄當空雲四開，滿園花木明琪瑰。良宵如此不痛飲，月亦笑我非仙才。鴞炙魚羹鬬食譜，茶有新經酒大户。管絃嘹喨歌遏雲，拇陣縱横手點雨。五人同調各因依，一送將行一遠歸。惟有蔣家三徑好，年年故里玩清輝。清輝衹合分圓缺，何事人家照離合？狂吟搔首問青天，舉杯欲聽姮娥答。

謝子宣作畫

我生愛畫手偏拙，胸中邱壑空奇絶。每逢高手贈丹青，槃礴居然吐鬱結。雉皋山人別兩年，烟巒花鳥留清妍。仲又樵。老彭墨梅雪琴尚書沈聾蟹，沈惕之生氣遠出秋毫巔。明窗展玩添遐思，此外誰堪供墨戲？天公憐我太寂寥，揭來又遣神仙尉。處處春風聞櫂歌，君作西湖、鑑湖櫂歌二百首。麝煤十笏人同磨。溪山點筆妙無盡，棲毫猶溼新詩多。愛我狂吟爲我畫，睫巢分寄東西廨。君居名睫巢。斗大山城容二豪，縱談不覺乾坤隘。芙蓉紅艷野菊幽，滿園如畫斜陽秋。湖光十景客横卷，贈西湖十景册。花影一簾人倚樓。爲余作《一簾花影樓圖》。對此茫茫憶東谷，桂林朱達卿。當年贈我牛腰束。同是風流筆一枝，天涯春草如袍緑。祇今誰復陳郎儕，相賞風塵笑口開？半黠半癡名士氣，一觴一詠酒人懷。桂林山水蘇臺柳，相逢合向君低首。卿言此境亦復佳，宦囊羞澀奚囊厚。冰甌滌筆且隨緣，秋禊圖成便聽泉。君邀同人修禊，作《白艾秋禊圖》，復爲楊鶯谷學博作《筆花清署聽泉圖》。近水問誰先得月，乘風誤爾畫淩烟。彭沈頹齡朱仲遠，欲寄相思憑粉本。勸君作達須及時，對酒當歌未爲晚。明年春水正生初，一幅生綃當鯉書。君自看詩儂讀畫，不知清興又何如？

子宣以客饋蟹見招次原韻

山城缺水鮮，難望朶頤樂。食指偶然動，佳招正臆度。誰何投轄豪，家風君繼作。意外得爬沙，客中填欲壑。借花佛可獻，對菊酒先索。嘉貺忝一再，殘秋破寂寞。饞客涎欲流，厨娘見亦愕。腥漉井華澄，溼解寒蒲縛。知味醯薑芼，選腴玉金錯。色鬭鸚嘴鮮，紋擘虎斑薄。膩膏溢圓筐，巨螯佐清酌。漫愁蟛蜞誤，不數蝍蛆躍。有客語老饕，尊前莫大嚼。此物性陰寒，過嗜防作惡。不如和飴蜜，入甕醉桑落。庶持吏部手，免曳伏波脚。笑謝客何拘，珍品此最約。河豚值一死，安及雪螯斫。矯揉加糟餹，風味轉不若。米藕儲禁方，何嫌致牝瘧。溟海方横鯨，跋浪掀地絡。莫謂彼無腸，戈甲森然著。揚波或效尤，朝食先滅却。爲問江湖使，横行可如昨？

楊鶯谷贈竹扇

比檳榔滑比蕉新，持贈居然雅絶倫。祇道銀光裁便面，那知玉版證前身。微涼招得能醫俗，妙畫鐫來更入神。同作嚴陵江上客，高風好訪釣臺春。扇面刻漁翁披裘垂釣。

聞道

聞道瑶池勝景開，十洲佳氣滿娥臺。觚棱霄漢凌波起，仙仗星雲入畫來。西苑宸遊青雀舫，南山獻壽紫霞杯。天家教孝崇頤養，華祝誰堪掞藻才。

昆明曾記漢時功，七萃環屯士氣雄。電掣雙輪飛鷁首，雷轟萬火撼鮫宫。由來廟算欽神武，軫念戎韜采鬼工。百尺碉樓矗雲表，先皇威略定西戎。

萬國車書共一家，采風使者賦皇華。撈奇快讀《夷堅志》，鑿空争乘博望槎。難測天心姑静待，誰開世運轉窮奢？犂軒自昔多奇幻，莫爲區區技巧誇。

黄河滚滚太驚秋，十五連城一霎休。吹海黑風蛟蜃舞，排空濁浪鬼神愁。負薪空下淇園楗，汎粟争輸絳水舟。財力東南今漸盡，可憐猶代發棠謀。謂江浙助賑。

身世蒼茫覺漸非，年來都未解征衣。越臺秋色催人老，燕市鄉心逐雁飛。骨肉離家三處隔，夢魂經歲九原稀。長女亡已一年。不如一醉渾忘却，叢菊初開蟹正肥。

菉園雜詠

菉園

王芻鵖脚莎，《爾雅》苦難讀。主人以自名，名園不嫌複。生意藹庭除，過雨净如沐。我雖蟲可憐，寄居亦清福。去角予之齒，熊魚無兼欲。芙蓉滿牆頭，下有詩人屋。朝靄颺茶烟，人語出深緑。相思寄空江，欲采不盈匊。

九曲徑

黄河落九天，一曲浩千里。取此入壺中，將毋工縮地。當門障花籬，籬盡闌三四。對面隔幾重，徐行爲花避。繚曲肖文心，蕭疏見畫意。如珠蟻孔穿，吾其爲蟲臂。

藏春隖

杜鵑送春歸，鶗鴂留春住。我替東君愁，畢竟藏何處。主人啞然笑，指點桃源路。春色如美人，藏嬌惟此固。籬缺雲根眠，樹短粉牆護。蜂蜨莫亂飛，鄰家春早去。

睫巢陳子宣寓此

鯤鵬神變化，彭殤齊修短。芥子須彌藏，莖草金身滿。天地一指耳，何論蚊睫誕。

我身本非真，此巢見亦罕。巢外鳥啼花，巢中人弄管。聞有葉下蟣，每生輒九卵。同居不識面，毋乃先生懶。先生笑捧腹，小言夫豈但。漆園蝸角國，唐勒蠅鬚館。

勺泉

適意忘形骸，豈在物大小。清泉雖一勺，寄興江湖渺。倒影秋花明，灌畦寒菜飽。何時最移情？日落霜天曉。

潄芳廬

士衡作文賦，翩翩方少年。今我來桂村，種種驚華顛。明知炳燭晚，不敢春花妍。見獵尚心喜，思補文字緣。明窗几復浄，對榜慚前賢。

方雅言餽水結石菊花

平生花石最難忘，誰遣蕭齋野興長？雪浪平分一卷瘦，秋容忽訝滿庭芳。雅宜硯北添清供，漫羡籬東采晚涼。説與主人應不負，米顛陶醉任評量。

甕天歌爲蔣望庭作

媧皇補天，未到天際國，妙手已空石五色，七十二化通精靈。戲取摶人，黄土爲埏埴。陰陽熾炭洪爐鎔，陶冶土火成圓穹。凡骨不能到，但許酒旗星謫遊其中。躍入壺中呼不起，頭上青天一張紙。長春國自有乾坤，可惜臣門竟如水。誰何一蔣濟，摇筆能散珠？酒徒名士憑人呼。自從談摩天上修羅兵火劫，甕無完牖繩無樞。有時耳熱歌烏烏，酒星大笑真吾徒。糟邱合與斯人共，擲過陶輪任君用。自喜長居小有天，人言誤走吟詩甕。甕亦不抱漢陰之奔忙，天亦不談鄒衍之荒唐。奮髯箕踞一長嘯，春風醉舞三千場。人生何必木天走，且盡牀頭一壺酒。況此非非非想中，醉鄉已入無何有。興酣擁鼻時吟哦，古來罋谷輸卿多。却愁酒狂臥甕側，難容鼾睡將如何。蔣侯聞之，笑酌叵羅。臣本酒中仙，得居安樂窩。三十六重人天色，慾無此界；十二萬年水火風，劫難消磨。區區蠻觸争，咄咄醯雞歌。大人先生付一吷，安能妨我幕天席地長婆娑！且莫杞憂爲我惱，請君入甕休嫌小，天若有情天不老！

送子宣解任回杭州

再見知何日，同居祇半年。官貧分手易，吟苦寸心憐。宿慧生花筆，輕裝載石船。攜壽昌水結石最多。西湖春正好，莫忘睫巢眠。

李文甫小照

一往自高邁，斯人何灑然！冷官眉宇古，循吏子孫賢。令祖無齋先生入國史《循吏傳》。石瘦目三品，茶香手一編。南湖烟雨好，應勝五雲巔。君籍嘉興，司訓分水。五載梅城遇，忘言契獨深。應官同聽鼓，感事欲投琴。交澹情懷永，年高氣識沈。披圖一相對，長保歲寒心。

續集己丑以後〔一〕

自東陽至新昌道中雜詩

路出東門地勢開，川原平遠水縈迴。旁人莫笑書生弱，曾向橋邊叱馭來。東陽城東有叱馭橋。

半嶺空濛漏夕暉，我方出岫汝偏歸。白峰嶺有亭曰「歸雲」。那知此老閑雲似，舒捲無心澹不飛。

茅屋環山水繞村，一株老柳臥牆根。年年青眼看人慣，有幾還家幾出門。

綽楔巍峩遍道旁，長留姓氏幾滄桑。風雲際會冰霜節，付與行人話夕陽。

〔一〕此《續集》一卷，爲一九五八年朱敘芬補鈔本。

寒鴉古木點蒼烟，一帶嵐光紫翠鮮。行徧長亭三十六，好山都倚夕陽天。

酬梁節堪太史鼎芬見贈

當代論奇節，誰存國士風？時清容直道，年少矢孤忠。短夢浮雲過，高懷朗月同。中流須砥柱，憑障百川東。

偶動烟波興，渾忘侍從臣。鳳池三世入，龍性幾時馴。都講傳經志，名山養望身。年來遊屐徧，何似越臺春。

長吟貽我句，三日口猶香。詞翰兼雙絶，關河惜一方。詩傾劉氏梓，君以拙詩刻入《端溪叢書》。拙欠魏公藏。惟有春明路，南雲矯首望。

幽居即事

鏡晃疑通路，花多不辨香。俗塵三斗撲，仙□一壺藏。生白新書庫，吟紅古錦囊。此間堪送老，何必鄭公鄉。

乍喜新晴好，還愁苦雨頻。雲孤閑似我，春老懶於人。骨肉驚存殁，詩書守賤貧。風花紛過眼，珍此歲寒身。

六十自壽代宋時樵文作

不求巧宦不歸田，遊戲天真老少年。笑我難爲名下士，任人唤作酒中仙。風流豈敢誇圖畫，陶寫何須仗管絃。回首前塵歌一曲，自家哀樂自家傳。〔一〕

書味髫年記最深，青燈一榻伴孤吟。埋頭細補三餘課，繞指誰矜百鍊金。服古縱教慚腹笥，知音曾許賞牙琴。區區科第非難事，何限平生破浪心。

瑣院風簾寂不譁，憑誰妙手擅裁霞。一枝未奪蟾宫桂，六出猶開蕊榜花。小技雕蟲方自愧，虚名嚇鼠有人誇。出門從此應西笑，去看蘆溝曉月斜。

〔一〕第一首與第二首之間天頭注：「考此詩乃作於選拔以前，當時已被删去，今録此，誤也。」

相隨桃李試春官，旗鼓場中一據鞍。滿擬雄心先脱白，誰知換骨未成丹。鵠飛祇覺歸裝駛，蝇凍仍從故紙攢。但得他年休點額，鮎魚上竹敢辭難？

重向春明賦壯遊，神山依舊引回舟。軟紅三載留人住，大白千場恣我浮。旅館秋風孤枕夢，深閨明月大刀頭。燕臺解語花多少，難寫鄉心萬種愁。

頻年作客感勞薪，孤負長安六度春。風漢料無高第福，月娥況愛少年人。不如歸去杜鵑語，無可奈何蟣蝨臣。苜蓿一盤氊一片，燈窗還汝苦吟身。

一樓烟雨聽漁歌，烟雨樓在嘉興。差勝憑欄俯碧波。碧波亭在處州。罨畫溪邊春漲闊，溪在長興。落帆亭畔夕陽多。亭在蘭溪。山川名勝官俱到，詩酒生涯興不磨。笑問束脩羊有幾，安排花下酌紅螺。

也從蓮幕暫棲遲，禪榻茶烟颺鬢絲。借箸偶緣知己感，操刀那有受辛辭。酒邊説鬼狂饒舌，燈下談詩妙解頤。不是鼓鼙來動地，依劉應作十年期。

蟲沙遍地慘腥風，烈火炎岡莽萬重。奮臂一呼争殺賊，裹瘡百戰早傳烽。兵銷喜過紅羊劫，事定誰論白豕功。到底冷官餬口好，行裝何惜太匆匆。

語兒亭邊半載餘，亭在石門。蕭蕭薄宦又桐廬。滿庭風月閑無價，隔岸江山畫不如。跌宕老懷千日酒，消除清福半牀書。富春縱有羊裘在，未暇登臺訪老漁。

浮生茵溷漫相猜，世事乘除付劫灰。爲我寄愁天上去，呼他如願醉中來。酒人風味雙螯足，詞客光陰兩鬢催。趁此嶺梅香徧候，歡場多遺玳筵開。

少時意氣似雷顛，轉瞬桑榆倍惘然。六十平頭還故我，一官著脚送流年。緑蓑烟雨漁樵伴，紅杏家風翰墨緣。倘使拋磚能引玉，朵雲定捧衍波箋。

附宋時樵先生七十自壽詩四首 敘芬案：先生名斤，義烏人，咸豐亞元。歷任長興、蘭溪、嘉興、處州、石門、桐盧等校官。生平所作盡已散佚，存者惟此而已。茲附録於此，藉知其概焉。

閱盡滄桑歎息長，但憑落拓送流光。愁來惟有酒能敵，興到不知詩更狂。壯歲功名鮎上竹，暮年呫嗶鼠搬薑。秖今一事差堪慰，對客猶誇鬢未霜。

蕭齋結構異塵凡，小小軒楹映碧嵒。本是飛鴻留雪影，可憐巢燕苦泥銜。予於同治十年經手文廟工程，至光緒二年而止。山前雨意滋春圃，樓外烟光挹遠帆。一榻蘧蘧清夢足，填胸俗慮已全芟。

蔣徑開時露氣收，綠苔處處屐痕留。簾櫳四面添幽趣，風雨三生契舊遊。敢謂文成鐘可叩，每欣客至轄常投。最難忘是行窩設，幸與群英樂唱酬。文廟勸捐，四鄉周歷殆遍。

徙倚庭前盼夕暉，故鄉雲樹久相違。縱教終歲銜杯好，祇覺微官戀棧非。蘭茁漸看青欲蘸，松高彌望翠成圍。未知蔗境能甘否，信手拈毫且一揮。

王芷生小像貌兩亡室其中索題

芳草天涯爲底忙，拈花人已隔紅牆。年時鶴背雙飛去，誰是吴兒木石腸？

春光移入畫圖中，花影摇摇未洗紅。紙上相逢應一笑，幾年不見欲成翁。

亦羨鴛鴦亦羨仙，琴絲如水柳如烟。遊仙何必他生卜，一卷丹青便補天。

早梅

空山流水易銷魂，春信傳來氣轉温。半面淡妝窺小院，一枝冷艷逗前村。月明籬角難描影，雪滿牆頭不見痕。意欲巡檐相索笑，防寒猶自閉重門。

題《雙溪送别圖》恭送繼紹庭良大公祖榮陞觀察入都覲見

來何暮也去匆匆，不忍離公忍送公。一路福星行色壯，萬家生佛感恩同。名臣朗抱三秋月，廉吏輕裝兩袖風。今日歌驪無限意，丹青易寫曲難工。

雙溪深尚遜恩波，兩度甘棠蔭最多。山爲後隆培地脉，嚴禁金星山轟石燒灰礦。車無申訟飲天和。案無留牘。張弓法自蘇威減，減正賦盈餘。横舍才俱董相羅。麗正書院課士視如子姪。借問同時賢太守，可能來此聽謳歌。

豈徒惠澤足淪肌，文采風流冠一時。詩格三唐傳嫡派，書家兩晉得師資。銀横姻締丹霄迥，璇萼輝聯赤紱宜。早有才名膺簡在，榮除端不藉門楣。

留行無計敞離筵，好是新涼順水船。宦海摶風程九萬，帝京就日路三千。星軺聊復調初軔，露冕何妨選一錢。願祝此圖如嚆矢，酬庸指顧畫凌烟。

秋病

笑余防病似防秋，秋到年年與病謀。殘菊蕭疏無可瘦，芭蕉破碎不禁抽。隨身藥餌供常饌，放眼雲山入臥遊。去便翛然留亦好，此心久矣任虛舟。

和張丹邨作楠金華新樂府八首〔一〕

拜三佛

南海西天遠猶至，儂家幸居三佛地。明月巖，雙林寺，豬頭和尚更靈異。士女雜

〔一〕此作又見於《宗譜》卷十二《藝文類》，頁三九。其題作《和金華新樂府》，題左有小序：「昔張丹邨觀察作《金華新樂府》，自言柱促絃急，欲使聞者知戒。今閱數十年，習俗所沿，變本加厲。戲取其中八題和之，仍其題不襲其文。鄉里情形宛然在目，多觀察時所未有者，觀察幸毋哂其俚也。」

沓來燒香，三日喫齋戒葷腻。今生拜佛早修爲，來生好種富貴基。旁觀無言心贊歎，明心見性思皈依。佛言汝家各有雙，老佛晨羞且不繼，拜我亦何益？佛言汝曹自有十三經，但持孔子戒，勝誦大小乘。

上方巖

上方巖，拜胡公，公今血食方巖中，行縢輿馬紛西東。八月朔開殿門早，進香須進頭香好。弓鞋躑躅嶺盤紆，至誠感神神我扶。不信但看同行諸姊妹，笑語偶喧譁，嘔吐殊狼狽；不信但看路畔年少郎，清齋偶破戒，腸沸如縮湯。君道神靈是木偶，神有故事君知否？蛇嚙藤，馬飲泉，由來靈蹟家家傳。願神佑儂賜吉籤，憐儂破甑久已無炊烟〔一〕。上山步嫌遲，下山願纔了。神許開葷快一飽，酒肉淋漓玉山倒。百里行程扶杖來，明朝歸去輕於鳥。

〔一〕無炊烟，《宗譜》作「炊無烟」。

賽神會

賽神會，神聽聰，人畜無災年歲豐，非神之賜爲誰功。十年一賽有成例，今年更比往年費，豬羊肥腯酒醴馨。村巫擊鼓摇空鈴，高蹻盤〔一〕舞錦繡亭。絲哀竹濫喧諸伶，烟火熖爚飛流星。觀者疊肩汗雨淋，男婦羅拜誇神靈。却笑諸神猶倮立，丹青未繪泥胚涇。

鬬牛

田間賽神誰要著，鬬牛不多神不樂。鳴鉦前導雙綵旗，金花額插紅背披。牽謁叢祠换首鎧，數人狙伏場邊待。初鬬牛力全，烏獲扛鼎兀立堅。再鬬牛氣奮，鉏麑觸槐突擊憒。一牛忽逃人叢開，四蹄電激聲喧豗。勝者設筵賀者來，親翁歡飲轟如雷。前

〔一〕盤，原闕，今據《宗譜》補。

後買牛主互以親翁相唤。軒眉攘臂恣品目，養牛也要牛料足。渠但一壺酒，一盆粥〔一〕，安敢我牛東參未完龍眼續。

改葬

朽骨最能佑孫子，不關天理關地理。我家祖墳想不佳，不然富貴胡未來？人言江右葬師至，君須改葬請擇地。葬師登高豁兩瞳，川原百里盡眼中。誰爲白虎誰青龍，羅盤顛倒争談鋒。某處出鼎甲，某處當大拜。區區丁財兩旺何足言，信口胡柴不知怪〔二〕。開山扦穴擇日移〔三〕，旁有孤墳主人疑。葬師摇首道勿慮，此亦當年儂葬墓，而今已絶無人祔。

〔一〕盆，《宗譜》作「盤」。

〔二〕此二句《宗譜》作「區區飽暖添丁地，一笑君何耳目隘」。

〔三〕擇，《宗譜》作「揀」。

柩前婚

阿兒議婚阿父死，竟變新郎作孝子。孝子無計萱堂愁，謝媒須過三年憂。媒曰易耳何必惱，吉凶禮可同時了。不宴客，繁費少。不失時，添丁早。趁此兩全機最巧，柩中人知亦稱好。紅燭高燒送洞房，暫抛孝子作新郎。旁觀私語欠利市，媒人雙手摇不止。君不見東鄰某翁富甲村，兒女滿前已抱孫，當初翁亦柩前婚。

溺女

生男算我兒，生女爲人婦。我兒不嫌多，人婦或嫌醜。生來即賠錢，貧家奩贈胡能厚。不如一溺用辣手，省得他時怨阿母。况復懷中免乳花，明年便可茁蘭芽。不然抱養他人女，轉眼虀湯好作家。牀前一瓶水，呱呱啼不止。似言母亦女兒身，阿婆不溺今溺人。

招夫

夫亡子尚幼，家事無人理。生前恩愛豈忍忘，奈此呱呱復何恃。鄰人爲儂謀，招夫養前子。一舉成兩便，金華鄉俗古。如此靈前共奠合卺杯，與君耦俱無嫌猜。呼兒拜父兒口哈，相見不相識，笑問阿母父從何處來。郎帶資來作孤注，資財漸盡成陌路。兒今長成請郎去，到底新人不如故。

生月倦憩

茶烟輕漾月空濛，人在微醺淺睡中。最是夢回無意緒，滿闌花影半簾風。

步葉子俊學博見懷原韻

當年學舍快論文，佩實含華迥不群。祇道詞章清浣月，誰知義氣藹如雲。松楸未掃留陳迹，苜蓿雖寒少俗氛。却憶荆□分折後，對牀何日共云云。

定陽高座我曾先，甬上分襟又五年。生怕老來辜絳帳，不如歸去謝青氊。思兒遠道裁書札，愛客看花費酒錢。安得與君重把晤，駐顔相約種芝田。

壬辰三月，乞病還山，留别諸同人

一肩行李半肩書，抛却寒氊賦遂初。惜别争禁憐惘惘，留行猶自勸徐徐。休文瘦後圍都減，莊舄吟成思有餘。壯不如人今老矣，肯教戀棧再躊躇。

久無奇氣鬱青霞，孤負頻年擁絳紗。薄宦浮沉聊寫意，新詩豪放未名家。論交尚欲披肝膽，説士誰能惜齒牙。笑指頭銜與心迹，一條冰是舊生涯。

薦剡方叨黼座知，去冬潘嶧琴衍桐學使保舉，蒙恩賞國子監學正銜。掛冠人訝問歸期。漸看世味同雞肋，豈有才名炫豹皮。載石裝應償夙願，攜壽昌水結石。買山資待辦何時。一枝歌詠昇平筆，留譜田間擊壤詞。

題襟當日富琳琅，雲散風流事不常。老馬識途甘伏櫪，杜鵑勸客好還鄉。重來未必桃花認，歸路偏争柳絮忙。祇隔蘭江衣帶水，尺書珍重莫相忘。

題畫鍾馗

是何目努鬚蝟磔，伏翼飛飛劍光溜。叱聲疑出虚堂來，忽訝老馗當面立。挈瓶山鬼獻媚多，紅榴緑艾争旁羅。倘捫皤腹一長嘯，容卿百輩將如何。即今盛世無妖魅，重午年年暫遊戲。主人解事傾蒲觴，勸爾笑顔且一醉。

輓金臨川

幾曾夢想到如斯，病太無端死尚疑。猶自南皮歡讌客，不遑東首臥延醫。狂呼草聖書千卷，豪勸花神酒一巵。此後風流更誰繼，黄鑪重過淚空垂。年來風鶴費周章，纔報平安便告亡。一局棋驚翻手雨，三條燭賺滿頭霜。蕭蕭座上金蘭散，漸漸階前玉樹長。地下也知遺憾少，祇愁無後魯靈光。

哭一新觸緒悲來，不能自已，成絶句五十首〔一〕，事見《節略》及《輓聯》者不再注

三十年來未斷腸，餘生私計得徜徉。不圖庾信傷心淚，翻到頹齡灑萬行。

回憶高堂棄養辰，重闈猶憾欠遐齡。汝今又少十年算，蒲柳竟先秋早零。先君歿時年五十九〔二〕，先祖八十尚在堂。

四十九年如一夢，電光石火忽輪回。無端離合悲歡事，萬感紛綸觸緒來。

鄰兒苦讀舌難調，隔座偏能背誦饒。惹得先生爲狂喜，逢人誇説阿龍超。

〔一〕一九五八年鈔本脱最后两首，僅見四十八首。今據金華侍王府藏光緒二十二年七月刻本《拙盦叢稿·佩弦齋雜存》附録《哭一新》（下称「《雜存》附録」）補。朱懷新撰《答朱一新文及挽聯集》光緒刻本所收録《哭一新》題下小字標作「四十六首」，實則録五十首。《雜存》附録《哭一新》與《答朱一新文及挽聯集》所録《哭一新》爲相同刻板印製，惟題下小字有「四十六首」與「五十首」之不同，觀其印跡，《雜存》附録中「五」字略有修改跡象，「首」字上空一字，蓋爲後印剜改更正所致。故《哭一新》應爲五十首。

〔二〕「君」字下，《雜存》附録《哭一新》有「子」字。

兒時課讀一青燈，儷句難工夏楚增〔一〕。自悔少年殊卞急，耘瓜何事類狂曾。八歲夜讀畢，令對七言，句必極工乃已，時得警句，否則撲責〔二〕。

小少荒山弟妹俱，往來侍母備薪儲。最難一卷隨身讀，避寇三年未廢書。

每逢文戰集英流，雜遝魚龍出一頭。講院斜陽瑣闈月，此中曾占十分秋〔三〕。己巳肄業，詁經精舍徐壽蘅學使出經史、詞章數十題，兒初到省城，與諸名士聲氣未通，篝燈起草，卷厚寸許，學使取超等第六，評爲「一日千里，必可大成」。秋課裒然舉首。庚午，與次兒懷新同肄業精舍，遂同領鄉薦。

長安索米本來難，三載青氈未破顔。歸路迢迢關塞隔，夢魂飛不到家山〔四〕。辛未下第，留京至癸酉，皆課徒自給。

我方槖筆試金華，汝傫薇廳掌白麻。七十二沽秋水碧，一輪海舶共還家。甲戌下

〔一〕增，《雜存》附録作「曾」。
〔二〕則，《雜存》附録作「輒」。責，原作「則」。
〔三〕句下《雜存》附録無小字注。
〔四〕句下《雜存》附録無小字注。

第，納資爲内閣中書舍人，余適廷試入都，仲秋共乘輪船旋里。

出門惘惘各西東，遊子征衣密密縫。對我臨行無别語，五花先博紫泥封。乙亥春，余赴常山，兒入都供職。

鏡裏芙蓉曉日開，紅綾宴罷賦歸來。可憐半世爲喬梓，此是還鄉第二回〔一〕。光緒二年丙子，恩榜進士館選。

病中最恨海難填，兩度醫誰奏十全。不是同懷殫智力，玉樓早赴十年前〔二〕。己卯秋，得疾發狂，日夜喧聒，大致不出「民窮財盡，爲洋人所欺」諸語，懷新在都設法伴歸。壬午夏，復患溼疾，幾殆，亦懷新延醫久治始愈。

輿圖中外晰纖毫，夕桀重差校算勞。心血當年空耗盡，何曾一日試鉛刀。

史館回翔又幾秋，董南齊轡豈能儔。衹緣不負鄉先正，文苑儒林各一流。修史時，

〔一〕句下《雜存》附録無小字注。

〔二〕句下《雜存》附録無小字注。

撰金華張丹邨作楠觀察[一]、義烏陳西橋熙晉太守二傳[二]。

星驛初乘使者車，楚材敢道盡披沙。不名一藝差堪慰，樸學詞章總國華[三]。乙酉爲湖北副主試，以經史、詞章、算術取士，多卓卓者。

關心時事首頻搔，誓斬長鯨息海濤。三疏縱難酬宿願，已聞天語得榮襃[四]。典試復命，蒙召見，詢及前此疏中事。垂簾以來，典試回京者鮮得召對，都人以爲異數。

玉宇瓊樓一曲歌，高寒正慮月中多。聖明自是憐忠愛，記向詞臣問老坡。降官後，上語侍臣，有朱某語自不差之諭，故引坡公事。

郎署寧容偃蹇身，扁舟南下味鱸蒓。難忘補報涓埃日，廊廟江湖豈異人。

眷念庭闈奉旨甘，半年家食敢遲耽。爲償知己三秋約，一棹西風到嶺南[五]。張香

〔一〕作楠，原爲小字，《雜存》附録無此二字。

〔二〕熙晉，原爲小字，《雜存》附録無此二字。

〔三〕詞，《雜存》附録作「祠」，「祠章」不辭，《虚白山房詩續集》作「詞」是。句下《雜存》附録無小字注。

〔四〕句下《雜存》附録無小字注。

〔五〕句下《雜存》附録無小字注。

濤制府函聘主講兩粤端溪書院。

我生詩癖兼文癖，敝帚千金愧篆雕。不分災梨三兩卷，一時傳過海天遥。在端溪刻余詩文集，江陰金湝生同轉采入《粟香四筆》，番禺梁節堪太史刻入《端溪叢書》。

頻年廣雅與端溪，到處南針爲指迷。豈有朝宗兼衆派，虚名已徧粤東西〔一〕。己丑移主廣雅書院，講求經史理文之學，院規整肅。

榜花貢樹各題名，兩省龍頭未老成。争説魯公衣鉢好，公然門下放門生。湖北所取士周小璞編修辛卯典試粤東，揭曉後，率榜下士肄業書院者十八人進謁。是科廣西肄業亦中六人。兩省解元及兩省優貢生正副十人皆院中肄業生。壬辰恩科、甲午正科，廣西兩解元皆肄業院中也〔二〕。

廿五年中五度歸，織烏未滿一年飛。人家聚散知多少，誰似吾兒見面稀。

苦勸羊城去寫憂，蘭溪相待爲停舟。早知此别成終古，悔不同行作粤遊。

精力銷磨暗自傷，壯懷虚願問誰償。衹因家國無窮感，風雨淒其話對牀。

〔一〕句下《雜存》附録無小字注。
〔二〕皆，《雜存》附録作「均」。

爲我菟裘小築工，半籌赤仄半雕櫳。豈知兩載空辛苦，華屋山邱一瞬中。余建約經堂，兒節省脩金寄充資費，門窗之屬皆來自粤東。堂成不及見矣，痛哉！

鴨爐鴝硯問雞彝，小小軒窗位置宜。爲問新巢今已定，啣泥秋燕又何之？

空煩好友爲招呼，路近堪迎二老俱。天遣此生艱一面，不教移席主蕪湖[一]。甲午夏，應袁爽秋觀察蕪湖中江書院之聘，欲於次年迎養院中。

自輓聯成便返真，灑然來去了前因。傳聞身死頭還熱，知是生天是轉輪[二]？六月二十四日偶感微疾，七月初二忽語懷新云：「頃集『撒手白雲堆裏去，回頭四十九年非』二語以自挽，汝謂何如？」懷新謂神智湛然，何至如是！酉刻溘然逝矣。亥刻遍身皆冷，頭仍熱。

白雲親舍眼常穿，滄海藩封心久懸。自憾君親都未報，何能瞑目赴重泉[三]。彌留時猶以高麗爲京師屏蔽，必不可棄。迎養終成虚願，爲言殮時雙目未瞑。

撒手塵緣已六如，聊憑歸夢告妻孥。夜臺尚有烏私願，怕我悲傷夢轉無。萃祥赴

〔一〕句下《雜存》附録無小字注。

〔二〕句下《雜存》附録無小字注。

〔三〕句下《雜存》附録無小字注。

省試初到，夢其父云：「今科題『父在觀其志』二句，汝不能作，亦不必作。」其母亦夢告別。

前年有弟下燕臺，似爲鴒原急難來。纔免生離偏死別，罡風一起便分開。

門徒奠送各汍瀾，夢想何曾到蓋棺。見説哭聲齊震耳，滿城驚看白衣冠〔一〕。粤俗凡祖父母、父母外，喪不衣白。出殯日，門生白衣冠送者幾三百人，哭不絶聲。見者群詫爲異事。

靈前風雨助蕭騷，疑有神明念故交。莫歎山河成覿面，蓉城或去代人庖〔二〕。學使徐花農來弔，風雨大作，登車雨遂霽。挽聯有「身後猶能致風雨」之句，跋云「憶按試所到，凡展謁古名臣祠，必有風雨」，故云然。

已聞噩耗偏寰區，吉語還來近日書。祇爲秋冬無惡識，幾番疑實復疑虚〔三〕。懷新以事起倉卒，慮得信余等或有意外變，姑以「絶而復甦，僅右手風痹，不能作字」爲言，故十一月始得凶耗。

忽傳遠訊怕開封，淚眼模糊看未終。一字一驚腸一斷，更無一語已癡聾。

〔一〕句下《雜存》附録無小字注。

〔二〕句下《雜存》附録無小字注。

〔三〕句下《雜存》附録無小字注。

駭絶親鄰雜遝來，共言往事爲唧哀。人人欲唁從何唁，翻自吞聲屑涕回。

百日纔招萬里魂，魂兮知否返山村。衰翁無福空多壽，阿孀從朝哭到昏。

許多心事待商量，曾語歸途早束裝。今日繐幃垂淚對，白頭同受一爐香。

半生愁與鬱爲緣，苦累斯人不永年。除却同根連理樹，伊誰能補鏡中天？

無數家書手蹟留，如聽絮語話從頭。塵函滿篋人何在？不待開緘淚迸流。

新鐫手著未盈箱，翻擷頻添淚數行。怕聽無聊相慰藉，享年雖短享名長。

曾修家乘手親編，類例精詳體制嚴。尚爲志書修未得，有人深惜郭文廉[一]。《義烏縣志》未修。

我愛香山汝長公，取資雖異本源同。如今衹有欒城在，翹首天南盼斷鴻。余於詩喜香山，兒喜坡公，均取其辭達。然坡晚年推重香山，謂忠愛之意溢於言表，又未嘗不同也。

道韞王郎合共居，相逢免寄大雷書。九原若問余消息，爲道衰頽百不如[二]。余長女卒數年，壻亦以七月卒。

〔一〕文，《雜存》附録作「又」。句下《雜存》附録無小字注。

〔二〕句下《雜存》附録無小字注。

長念東瀛撻伐師，彌留猶憾捷音遲。他時寰海清如鏡，合報泉臺一展眉〔一〕。時高麗尚未定。

終身孺慕不求名，至性無他衹一誠。恨我緣慳留不得，此生已矣祝他生。
長眠蕭寺一棺孤，風雪殘冬已滿途。聞道廣州天氣暖，輕寒曾入殯宫無？
佳城何處卜牛眠，歸骨鄉關動隔年。安得同塋長聚首，一家離恨補生前。
懶撚吟髭已數秋，悲來下筆不能休。西河過後東門達，更有何人解遣愁？

聞兩粵人士以一新粟主入嶺學祠感賦

書來悲喜若爲情，身後重邀月旦評。俎豆崇祠分一席，丹鉛講舍證三生。全謝山先生康熙間徵舉博學鴻詞，入翰林，以劫。時相之招改知縣，不赴。主講端溪書院。後卒於揚州，爲七月二日粵人祀於嶺學祠。一新出處略同，卒亦同日，故粵人謂謝山後身。中年坐使叢蘭敗，

〔一〕句下《雜存》附録無小字注。

公論難於竹帛榮。不意頽齡親見此，感懷惟有淚縱横。

天涯有弟效趨蹌，感舊能無憶對牀。生欠蕭循還梓里，死猶朱邑祀桐鄉。棲神異地來難必，歸骨同舟痛未忘。老我自憐還自慰，幾人萬里得烝嘗。

東瀛

東瀛烽火照甘泉，海水群飛忽變田。自主原爲圖益地，陰謀早欲舞刑天。維新島國方張日，積弱藩封内亂年。畢竟中朝容大度，防營未肯遽開邊。

樓船横海日逍遥，荼火軍容勝算操。天府水衡千億擲，賢王金鐀十年勞。不爲戎首轟雷擊，豈有兵機掣電逃。訝道將軍偏愛士，飛傳新令解連艘。

援兵屯卒盡籠東，内渡能留幾選鋒。竟使句驪無浄土，翻教遼海陷崇墉。白頭持重哥舒翰，碧血捐生鄧子龍。曾是留都根本地，陸沉何日復提封。

珍重春來鴨緑波，洗兵辛苦挽銀河。重瀛輕割膏腴地，三窟新翻得寶歌。怪事深源書咄咄，和戎魏絳善多多。五千萬索金繒費，笑問完顔值幾何。

側身滄海正横流，豈待人言始欲愁。斫地悲歌呼越釀，仰天長嘯看吴鈎。燎原誰熄花門焰，伏莽難消草澤憂。投筆英雄何處是，男兒争不博封侯。

檢一新殘帙，有「抗疏傳經兩無據」七字，爲足成之

未能赤手捕長鯨，十載空談紙上兵。海外文章蘇玉局，關河身世庾蘭成。磨驢陳迹還重踏，仗馬隨班豈合鳴。抗疏傳經兩無據，蓋棺依舊一書生。

閲一新去年六月二十八日所寄信，淒然成此

二十三日病，二十八日切令懷新作家書，尾段自綴二百餘字，七月初二日遂不起。

客秋扶病寄雙魚，瑣語零星尚自如。草草家書留一紙，此書書後更無書。

惆悵人間曲可哀，西風又送一年來。自知相見無多日，不用焚緘到夜臺。

惲次遠侍郎彦彬督學廣東，以廣雅書院肄業生請表揚一新具奏，奉旨宣付史館，列入《儒林傳》，加五品銜，感恩恭紀

意外承恩遇，傳來感不禁。新銜轉郎署，佳傳寵儒林。黄壤容光照，緇幃麗澤深。全歸無缺陷，歎逝漫沾襟。

輓丁松生丙司馬

太息斯人不少留，盛傳陰德徧杭州。萬家佛競同聲祝，半世身兼爲國謀。但有大工皆擘畫，斷無善舉不親籌。居然天缺都堪補，奢願真償白傅裘。

生平施濟數難窮，蒼赤幽明被澤同。薄海安懷儒者願，斯民飢溺大臣風。始終如一勞偏耐，鉅細咸宜論自公。不待袁安爲載筆，天章稠疊奬元功。

亂後重完四庫儲，最難拾自劫灰餘。廣搜海内單行本，愛刻人間未見書。風雅衹當餘事作，高懷肯戀好官除。慈祥廣達兼淵博，試問名流若箇如。

愧我神交未識荆，卅年同調久心傾。每詢兒輩覘風格，時讀叢書見性情。蒙贈新刻叢書十餘種。並世空教爲後死，如君纔算不虚生。眼前修短渾閑事，留取千秋不朽名。

朱敘芬識語〔一〕

朱敘芬

曩嘗聞之趾呈伯父諱萃祥，伯祖鼎甫公之子云，猶憶庚子光緒二十六年六月，大父坐碧紗㡡中自訂己丑以後詩以爲續集，手抄成帙，逾月而遽棄養。帙中哭叔父詩諱懷新，即余之大父也。亦有數十首，吾猶及見之，而今盡亡矣。伯父之言如此，余乃徧走故舊家訪求之，東一鱗，西一爪，有所得即録而存之。今爲編次其先後，以成此續集一

〔一〕此題爲整理者所加。

卷，雖非全豹，或可藉此以見一斑焉。其光緒己丑所鐫之本竟徧覓不能得，亘十年之久，最後覓至陳壽松君處始得之，承其慨然惠贈，至足感也。余遂補入續集，而鄭重寄藏於北京圖書館中，藉存文獻云爾。

戊戌仲秋下浣曾孫敘芬敬識。

虛白山房駢體文

卷一〔一〕

秋思賦〔二〕

遠樹兮寒流，若有人兮陌頭。挂曲瓊兮罥影，滯錦字兮緘愁。大漠驚沙之磧，危

〔一〕今依全書整理體例之需刪去卷號前「虚白山房駢體文」七字。駢體文兩卷於卷首第二行皆有「義烏朱鳳毛濟美」字樣，今皆刪去，下同。

〔二〕此篇亦見丁巳本卷四頁一，題後有「有序」二小字，其序文云：「歲壬子，余以事冗，不獲應鄉試。兀坐中夜，悄焉寡歡。感古作者，類自託於怨女思婦，以抒其纏綿鬱抑之衷。是用端牘珥筆，綴爲兹賦。詎云辭近旨遠，發乎情止乎禮義，抑亦形勢者善思，不自知其辭費也。於時秋也，遂以秋思名篇。其詞曰。」

闌望遠之樓。〔一〕鴻雁難度，關河已秋。兒家夫婿，何日封侯？夫婿遊兮不歸，秋柳老兮萋萋。驚短笛之嘹亮，想寒笳之慘悽。心懸邊塞，膽怯空閨。帶長腰瘦，黛斂眉低。誰爲含愁獨不見，爲君起唱長相思〔二〕。幾斷柔腸，懶移香步。情條夜抽，憤泉朝吐。望稾砧兮山上山，紉蘭佩兮渡旁渡。感白露之早零，歎青春之又誤。昔之鬬草嬉春，賞花行樂。對撼金鋪，交藏翠箔〔三〕。連臂蹋歌〔四〕，竝肩申約。蟾紅嚙鎖之香，鮫碧輕絲之幕〔五〕。謂釵股之常留，庶琴心之永託。素手一分，朱顔非昨。曾日月之幾何，遂塵凝於繡閣。紅妝二八兮捲晶簾，素娥三五兮窺綺筵。大刀唱兮心折，錦衾爛兮情牽。含珠淚其誰訴，背銀釭而欲眠。未免雁柱停搊，鸞機罷織。擁髻啼哀，回身

〔一〕以上六句丁巳本作：「若有人兮陌頭，渺含思兮登樓。憑欄一望，惟見遠樹寒流。即平原而如此，況遠道兮霜稠。」

〔二〕爲君起唱，丁巳本作「却教今日」。

〔三〕此二句丁巳本作「對鎖銀鋪，交貽金錯」。

〔四〕蹋，丁巳本作「蹈」。

〔五〕此二句丁巳本作「微雲翡翠之爐，曉日猩紅之幕」。

影側〔一〕。對菱鏡而自憐，繫藕裙而無力〔二〕。音書斷兮遼西〔三〕，魂夢通兮塞北〔四〕。借鴛枕之綢繆，就龍城之消息。郎如歌憶漢月，人地同圓；妾願唱感庭秋，關山相憶。惝怳迷離，如或見之。半宵因果，一縷情絲。憐楚楚之態弱，怪珊珊之步遲〔五〕。緗情昵其醉帶，碧寤却其寒幃。荒雞忽唱，孤鸞各飛。被温一半，燭燼雙枝〔六〕。寂然無語，惆悵多時。於時烟昏積林，風乾剪葉。閃螢倏流，寒蟹低泣。紗明鎖格之窗，屏掩合歡之榻〔七〕。獨旦誰依，百端交集。況寒砧與霜杵兮，雜夜漏而彌長；歷春宵與夏晝兮，又商飆之送涼。渺伊人其何在兮，惜瑶草之徒芳；譬泥金之盼捷兮，同心曲之徬

〔一〕此句丁巳本作「卸鬟影側」。

〔二〕繫，丁巳本作「解」。

〔三〕音書斷，丁巳本作「書難寄」。

〔四〕魂夢通，丁巳本作「夢或遊」。

〔五〕珊珊，丁巳本作「姍姍」。

〔六〕燼，丁巳本作「盡」。

〔七〕屏掩，丁巳本作「香燼」。

徨。共明月兮隔千里，望美人兮天一方。余情信其愔嫕兮，願如《國風》之哀而不傷。心不灰而夜涼，鬢未霜而秋老。冀遊子之早回，祝遠人之永好〔一〕。玉關生人撲征塵，寒衣免寄臨洮道。管教相見補相思〔二〕，燈下眉痕爲君掃。

王梅卿《吟紅山館詩鈔》序

同抱詩魔之癖，生不逢辰；除將文友之交，世誰知己？忽傷宿草，遽敗叢蘭。虎賁而猶想音容，馬鬣而每多憑弔。何況眼前伯道，禖祝無靈，身後中郎，文姬尚少。對吟風之妙句，如見生平；仗立雪之門徒，爲謀剞劂。吾蓋讀梅卿先生詩集而滋感焉。

先生胸際藏珠，夢中吞篆，領袖詞客，頭銜醉仙。臨帖十三行，鵝真可換；讀賦

〔一〕遠人，丁巳本作「情郎」。

〔二〕補，丁巳本作「换」。

一千首，蟲亦工雕。抗吟而啼鳥如膺，得句則庭花争舞。會啓翹材之館，遂膺拔萃之科。懷短策而北征，向長安而西笑。雖錦標未奪，依舊青衫；而彩筆留題，居然黄絹。每當渡憑鷗唤，夢怕雞催。驛路風沙，撲塵三斗。虹橋烟柳，飛雪千條。先生則懷古蒼涼，緣情綺靡。繪旅況於曉風殘月，消壯懷於對酒當歌。聽隔座之檀槽，花應遮面；贈當筵之錦字，詩亦纏頭。未嘗不紅豆一抛，朱絃三歎也。然而青箱家世，紅友生涯。搔首蒼茫，久厭逢場之劇；畫眉深淺，已非時様之工。徒使蓮幕相招，蘭亭小駐，衣空作嫁，扇欲悲秋。將詩寫工部之牢騷，借酒澆步兵之塊壘。迨至客裝一卸，鄉夢重圓。而飛龍生藥店之悲，病鶴少葫蘆之血。瓊花種斷，詩草愁多。所存末卷，半是病中吟也。嗟乎！壯不如人，應笑伯龍之鬼；古而無死，何愁長吉之仙？假使先生蓉鏡簪花，木天掞藻，章分雲錦，曲詠霓裳，豈不更窮力追新，和聲鳴盛？而乃文偏憎命，窮益工詩。鑠院秋風，寂寂鹿鳴之宴；金臺夕照，蕭蕭駿骨之場。鄭虔三絶而未就廣文，阮瑀一生而竟終書記。降沈宋蓬瀛之格，作儲王郊野之吟。目論者遂以小碎薄微之，以側豔疑韓偓。豈知采春囉嗊，半是知音，商婦琵琶，原多寄慨。感中年之哀樂，陶寫何妨；肖當境之情懷，取攜即是。試挑殘燼，重展遺編。涼瀉秋心，豪添酒趣。江山屑其古涕，風雨助其哀吟。醒亦能狂，笑畫旗亭之壁；呼之欲出，如調流水之絃。以擬古人，無慚作者。夫縟采工於獺祭，而明月何以悟前身？奇響發爲鯨鏗，而羚羊何以喻挂角？碭駭雷霆之手，流連光景之詞。各滌靈襟，同歸絶調。何必皋牢河嶽，蹴踏雲烟？斫長劍而高歌，擊唾壺而欲碎，而始謂之金鏗擲地、珠唾隨風也哉！

僕少年慘緑，早日垂青，和聳詩肩，吟誇仙骨。江東無我，一時都讓謝莊；冀北空群，千里曾逢伯樂。方喜侯芭載酒，緣結前生；何圖敬禮定文，責歸後死。更無老手，誰登銅鉢之場；倘欲招魂，此是金輪之呪。

《同岑遊草》序〔一〕

三秋雲物，登臨快詩酒之豪；一片宫商，文采得江山之助。值玉山之倒座，正金

〔一〕此篇見丁巳本卷四頁四。

海之成編。藉此心傾，敢爲喤引。當夫盍簪喜筵，拄笏貪看。去屐齒而裝輕，挂杖頭而錢足。臺空俯水，闌影如浮；樓迴依山，嵐霏欲合〔一〕。問雙檮於斷塔頹垣而外，殘劫飛灰；弔六代於蒼烟夕照之餘〔二〕，墜歡如夢。斯時也，魚貫遞引，螺旋漸高。殘滴半林，隱見深緑。暮靄四野，虚涵遠青。鐘閣雲其不飛，梵答泉而時咽。烏帽出没於樹杪，青鞋彳亍於巖扃。落唾九天，振衣千仞。健争樵步，倦借僧棲〔三〕。人未識張筠之是地仙，而但疑靈運之爲山賊也。既而松枝代麈，竹葉開樽，獻奇懷於岫巔，挈全領於囊底。狂應喝月〔四〕，空中之星斗皆摇；豪可問天，筆下之烟雲入化。何限浪淘人去，空對山川〔五〕；果然語入秋高，衹談風月。蠣牆拂浄，揮毫而腕颯如飛；驪頷探

〔一〕此四句丁巳本作「臺因近水，淩空之欄影如浮；樓是依山，入畫之林霏欲滴」。

〔二〕夕照，丁巳本作「暮靄」。

〔三〕「魚貫遞引……倦借僧棲」諸句丁巳本作「行空類棧，登峻同梯。晚奏風琴，晨開雲畫。深竹無縫，面染蔚藍。飛泉忽噴，眼摇虚白。猿影幾如其健步，鳥聲時暢其閑情」。

〔四〕應，丁巳本作「疑」。

〔五〕對，丁巳本作「弔」。

餘，擲筆而頭還屢掉。束牛腰之長卷，紀鴻爪之前因，即今遊草之所存是也。今夫山水移情，勝調絲竹，文章假我，多在林泉。凡有境號神明、峰稱縹緲者，未攜謝朓驚人之句，空負許詢濟勝之情。一自收蘿趣於烟毫，貢嵐姿於霜楮。奇如讀畫〔一〕，静可眠琴。林霏盪其曠懷，山緑奪其秀語〔二〕。激清商而長嘯，萬壑争流；撫如意以高歌，衆山皆響。山靈知己，非偶然也。然使元子聲雌，仲宣體弱，擲地乏興公之金石，談天無鄒衍之禆瀛，則雖望峰息心，觸岫延賞，而誦秦碑者，舌空撟而不下，舉周鼎者，臏已絶而難支，其能披圖窮五嶽之形，作記肖廬山之面乎？諸君知其然也！龍文扛鼎，牛弩摩天。刻畫山眉，雕鑱地肺〔三〕。讀《秋聲賦》，金鐵皆鳴；歌《楚辭》篇，竹石俱裂〔四〕。

〔一〕「奇如」上丁巳本有「然後」二字。

〔二〕此二句丁巳本作「會心作濠濮上觀，相賞有松石間意」。

〔三〕此句下丁巳本有「得意而筆歌墨舞，彈毫而石破天驚」句。

〔四〕此二句丁巳本在下二句「巖岫……行間」之後，作「讀《秋聲賦》，書堂之金鐵皆鳴；歌《楚辭》篇，釣臺之竹石俱裂」。

巖岫盤旋於腕下，風雷騰踔於行間〔一〕。登高能賦〔二〕，斯之謂矣。僕被恥蒙頭，屐同行脚。奇句未摩夫俊鶻〔三〕，前歡肯讓於爽鳩〔四〕。珠玉見而穢形，烟墨驅而紀迹。懷人風雨，想一笻閑倚之吟；飽我雲烟，當四壁臥遊之畫。

樓芸皋《戀花詞》序〔五〕

紅蓮渌水〔六〕，空留阿軿之題；禪榻鬢絲，誰醒揚州之夢。絶世之聰明如許，無限低徊；中年之哀樂偏多，正宜陶寫。然而西陵松柏，結易同心，南部烟花，記須妙

〔一〕此二句丁巳本作「遂使風雷騰踔於行間，巖岫盤旋於腕下」。

〔二〕「登高」二字上丁巳本有「傳曰」二字。此句後丁巳本有「可爲大夫」句。

〔三〕「奇句」二字前丁巳本有「愧」字。

〔四〕「前歡」二字前丁巳本有「豈」字。

〔五〕此題樓杏春《粲花館詞鈔》作「戀花集序」，民國二十八年（一九三九）印本。

〔六〕渌，《粲花館詞鈔》作「緑」。

手。往往紅綃寄淚，錦字緘愁。詩題照春之屏，書掌傳芳之使。棲鳳鳥則東風擡舉，識黄鶯而缺月重圓。倘非刻翠之仙才，終負比紅之絶調。粲花主人，侯鯖妙裔，揮麈名流。詩骨裁花，吟魂冶雪。一枝丹桂，早攀蟾窟之秋；十載青藜，重踏燕臺之月。偶思閑寫，愛詣平康。花含笑而春生，玉入懷而冬煖。未免人生行樂，我輩鍾情，渡挽銀河，漏添海水。到處蓮房之夢，願作鴛鴦；一生花底之緣，化爲胡蜨。柳枝結帶，乞義山贈詩；孫綮擘箋，爲宜之題句。每至緑幺低按，絳蠟高燒，揮烟墨以如飛，答香絃而欲語。描將翠黛，留雲借雨之歌；譜入紅牙，殘月曉風之唱。擊節則鶯花亂下，催酒而銀筝不停，幾欲老是鄉之温柔，戀鏡湖之春色矣。春風一別〔一〕，流水三生。吹夢西洲，送君南浦。有情誰遣？無語相看。明知映面桃花，佳人難得；可奈前身柳絮，遊子何之？縱崔護之重來，恐雲英之已嫁〔二〕。垂楊門巷，當年曾繫玉驄；芳草天涯，何處重逢金犢？加以青琴薄命，紫玉成烟，裙霞黦而壞蜨飛，闌月

〔一〕別，《粲花館詞鈔》作「度」。

〔二〕此二句《粲花館詞鈔》作「縱慘緑之再來，恐小紅之已嫁」。

沈而啼蛄弔。尋春較晚，成陰緑葉之枝；淒恨不勝，滿地紅心之草。其冶遊而翠謔也如彼，其傷别而銷魂也如此〔一〕。宜其迴腸蕩氣，減字偷聲。但知紅豆之相思，不管青山之冷笑也。嗟乎！船唇馬足〔二〕，陳迹都非。歌扇酒旗，墜歡不再。惟此一編之白雪，調來三歎之朱絃。遂令蕩子相呼，恨人自署。如粲花者，負其磊落英多之氣，屈之塵囂骯髒之中。犢鼻風流，誰憐才子；羊頭奇遇，悔覓封侯。秋駕三年，春明一夢。崚嶒傲骨，豈彈鋏之能甘；辛苦折腰，又烹鮮之有待。銷旅況於單衫小扇，寄幽懷於鬢影鬟絲。以妄塞悲，破涕爲笑，詞雖絶妙，戲却逢場。不過借纏綿白紵之歌〔三〕，寫牢落青衫之感已耳。必欲指麗辭爲爨本，尊笨伯以儒宗。哀此情癡，閑之名教。則靈均香草，本是寓言；彭澤閑情，何傷白璧〔四〕。參空色相〔五〕，一場春夢之婆；勘破情

〔一〕銷魂，《粲花館詞鈔》作「魂銷」。
〔二〕船唇馬足，《粲花館詞鈔》作「南船北馬」。
〔三〕白紵之歌，《粲花館詞鈔》作「紅袖之思」。
〔四〕本是寓言；彭澤閑情，何傷白璧，《粲花館詞鈔》作「彭澤閑情，皆風雅之無傷，亦寓言所不廢」。
〔五〕參空色相，《粲花館詞鈔》作「而況參空色相」。

禪，四壁秋波之畫。不必休文懺綺，法秀拈槌。而第觀此集之因文生情，即可知他日之以詞悟道也。余與粲花芹香同采，枌社相依〔一〕。百里近交，但裁短札。十年重見〔二〕，依舊狂奴。猥貽金粉之編，來索玉臺之序。自笑一池水皺，何事干卿；却緣滿席花飛，不禁忍俊。呼之欲出，絶勝寄畫之崔徽；歌也有思，請學狂言之杜牧〔三〕。

陳少白《吏隱廬詩集》序

一官匏繫，中年感哀樂之多；千首珠零，好句得江山之助。古之人宦途未遂，文譽先馳。寶劍名篇，金荃著集。佐鳴琴而彈古調，搊素箏而詠秋風。往往要路傾衿，名流避席者，何哉？位由人定，業自我精，實至則名歸，去角則與齒也。而況棠陰蔽芾，本超棲枳之倫，藻思芊綿，久擅哦松之妙者乎！小白陳君，環珠瑞室，驚座

〔一〕枌社相依，《粲花館詞鈔》作「葭溯空殷」。
〔二〕重，《粲花館詞鈔》作「相」。
〔三〕《粲花館詞鈔》篇末署「同治辛未九月五指山樵朱鳳毛」。

精苗。以白嶽山民，慕黄車使者。清詞麗句，早壓時流；痛飲讀騷，争呼名士。寫畫景則林花欲語，怨王孫而芳草相思。元龍占百尺之樓，肯除豪氣；司馬賣千金之賦，且作貲郎。際海水之群飛，值岫雲之始出。封狼踞而當道，飛鳥返其故鄉。甘草埋名，籧篨匿迹。天醉難問，詩窮益工。雖李蓴乞師，未酬壯志；而楊璇破賊，已掃妖氛。甫跨西江，旋來東浙。報綱官之最，豈慮增虧；持船算之籌，不煩格納。每至水程波輭，官閣花開，琴言緑陰，茶悦清夢。府僚和太原之作，蓮幕垂青；贊公飛謫仙之觴，綺筵浮白。或盍簪而雅集，或贈策而將離。長言則下筆難休，醉墨則題襟幾遍。碧紗籠去，方誇奪錦之才；黄綬除來，又入炊粱之夢。今夫戈不舂黍，稻不爲蠶者，當官之器使也；和光同塵，被褐懷玉者，貴我之知希也。以君激昂使氣，磊落見才，斫地能豪，補天有志，使其遭景拔電飛之遇，副烟高風逸之懷，唾下九天，集成一品，豈不甚願？不然而或膺畿赤綰銅黄，絃歌未聞，枹鼓旋作。宓子賤之治事，未免瘁臞；陽道州之催科，恐書下考。又安能手推霹靂，腕脱烟雲？今者以東野行歌敵南樓清詠，本流未大，儘唱渭城，陳牒原稀，不勞張旭，詞客三上，酒徒一中。竹枝朗誦，恍與中山之遊；有琉球竹枝詞。花門許丞負余余不負丞，墨磨人人復磨墨。

留，時寄少陵之慨。謂洋務諸詠。不圖詩史竟在書生，宜其烟墨横驅，風流自賞也。然而牛刀小試，鶴俸無多。屈千乘才爲五湖長，得月而樓非近水，夕陽而時漸黄昏。撐傲骨以難降，避尊拳而不較。狄公被妒，幾遺滄海之珠；梅福雖仙，猶署抱關之草。近稿名《抱關草》。長篹生竟牀之感，金環虚再世之緣。關心者兩地慈烏，繞膝者一雙暮鸚。不信鳥難共命，獨活空留，更兼蟲是，寄居横流。叵耐既烟視媚行之不屑，復歌離弔夢之重經。其能無氣餒風雲、腸回木石也哉？而君天弢自解，靈府無虧。王晞之論熱官，思之爛熟。韋敻之於委化，常事何悲？方且集堯叟之驗方，刊《濟生雜録》。闡微之之劇韻，官閑宴客，雅近巴東，病假敲詩，不殊商隱，故能肖形賦物，即事成吟。懷人迷遠夢之烟，題畫滴棲毫之露。寄秋心而緘怨，結春思以飛香。有嘉祐之清，而加之綿麗；得香山之達，而輔以雕鎪。所謂寫實追虚、切今鑠古者，非歟？僕一見傾心，半年聚首。官齋燭跋，太末裾聯。讀流風迴雪之詞，誰如希範；知霖雨奔山之操，我愧鍾期。弁言聊託於墨云，離緒已催夫櫂發。明日臨歧握别，漫同《江賦》之銷魂；此時擊節高歌，且作《漢書》之下酒。

《卧雪山房唱酬疊韻詩》序〔一〕

卧雪主人，錦心霞絢，瑶想天開〔二〕。藻以速而彌工，花乍催而競放。多文爲富，本饒抽簹之才；餘事作詩，早擅奪袍之技〔三〕。爰乃走虎，僕贅鴻賓。鉢未停敲，筒争飛遞。分景宗之韻〔四〕，競病都佳；和元相之詩〔五〕，車斜愈妥。刻母猴於棘刺，奔渴驥於毫端。集有四家〔六〕，緡爲一卷。夫詩因言志，體本緣情。鬪東野之雞，僅登尾帙；

〔一〕此篇見丁巳本卷四頁三。

〔二〕此二句丁巳本作「心皆錦粲，骨是花栽」。

〔三〕早，丁巳本作「便」。

〔四〕此句丁巳本作「景宗賦沈約之韻」。

〔五〕此句丁巳本作「樂天和元相之詩」。

〔六〕四，丁巳本作「三」。

祭義山之獺，未竭心裁〔一〕。似乎險韻之聯吟，難語修詞之大雅。然而唱予和汝，曾詠風詩，鬬角鈎心，終誇絶藝，因難見巧，化腐爲奇〔二〕。譬如鄧艾裹氈，獨縋絶壑；張衡製曲，最善同聲。韻數見而尤鮮，禮無來而不往。今諸君緣隙奮筆，比景共波，嚼墨一噴，成文三唾。禰正平，文無加點；傅武仲，筆不能休。倚天用長劍之揮，狹路快短刀之接。紀昌發矢，飛衛觸之而無差；秦國遺環，齊后椎之而即解。累十二而丸不墜，高下因心；更十九而刃如新〔三〕，躊躇滿志。賡唱無已，篇章遂多〔四〕。每於鴻製之餘，輒附鯫生之作。僕也車前牛鐸，律偶應於黃鐘；江上龍吟，歌已慚於白雪。秦武鬬孟賁之力，未免絶臏；韓非附老子之名〔五〕，居然合傳。强污佛頂，聊同皇甫之前

〔一〕此句丁巳本作「未算頭籌」。
〔二〕「然而唱予和汝……化腐爲奇」諸句丁巳本作：「然而倡予和女，曾詠風詩，制勝出奇，方摧文陣。必使襲舊少雷同之語，而後標新多月異之文。」
〔三〕新，丁巳本作「初」。
〔四〕此二句丁巳本作「虀辛都妙，莩甲偏新」。
〔五〕「韓」字前丁巳本有「而」字。

軀；愧乏仙才，所望徐陵之藏拙。

翁壽生《雪鴻小影》序

樂哉遊乎！騎款段以衝烟，策扶留而踏月。數峰展黛，青靄如招。一舸嬉春，緑波相送。觸豪情於紙上，時奏古懷；飛逸興於吟邊，忽來新賞。江山助我，風月依人。然而屈指名區，回頭陳迹，胸中邱壑尚鬱嵯峩，眼底雲烟易歸縹緲。則夫分題寄意，即事傳真，如壽生此圖者，其殆將霧豹之斑文以寫雪鴻之幻影也乎？夫其書讐埽葉，夢解餐花，選腴則縟旨星稠，得句則清詩雪艶。題來人面玉簫宛轉之緣，引崔護事作《桃花緣傳奇》。勾起秋心金縷玲瓏之曲。固已鑪錘在手，錦段探懷，呼温造爲可人，目微之以才子。而乃桂枝早擢，杏苑遲留。風帆飽而鷁首輕，星飯稽而騾綱驟。出門西笑，慣經索米於長安；彈鋏東遊，權作依蓮之短簿。往往一笻紅葉，三尺烏篷，但愜心期，輒誇眼福，錦囊拾去，粉本摹來。見者幾忘爲五嶽之真形，尚擬諸十洲之仙境也。徒觀其攀雲葛嶺，步月松山，明湖泛秋，石梁觀瀑。蹴風水黑，火輪飛擘海之船；浴日波紅，金焰絢流霞之彩。吟到中華而外，詩境争奇；人來罨畫之中，倦遊亦壯。若是者其豪興與遊。宜其或遥情弔古，曲徑探幽。訪天台之溪，臨流惆悵；問雷塘之路，照影徘徊。窆石誰封，何日重摹鳥篆；釣臺可上，幾人解著羊裘？謁岱宗而玉試温涼，睠靈嶽而柏奇龍鳳。若是者其古蹟與遊。宜至如平楚秋林，夕陽如畫，前村精舍，晚課何書。春風燕市之場，烟花絲竹；夜月虎邱之影，燈火樓臺。未嘗不緩任垂鞭，釃思載酒，消受一分之清福，能禁幾箇之黄昏。若是者景與人又與遊，宜然而致極。幽奇勝賞，競傳康樂。事非叢集，快人誰識？元康當君之客博興也。嘯聚營魂，突來群醜，梟鳴牙上，蟻附城根。順昌當兀朮之軍，直欲韡尖踢倒；劉發限長沙之地，難容舞袖回旋。君乃借箸代籌，乘堙扞衛。水能却敵，決隄當一面之衝；雨爲洗兵，衣製耐兼旬之守。卒使籠東變色，逐北宣威，嚴解圍城，功收幕府。綜斯閱歷，寫以丹青。行路三千，儼鬚眉之故我；標題十六，證山水之前因。今復奪錦，摛才烹鮮，試效鐸辭東浙，綬綰西江，境隨年積以彌多，圖爲官尊而益顯。則此小影也，前塵如夢，勝境紛來，其他時卿月之濫觴，而當日客星之終局也已。僕盍簪未久，贈策將離，以韋叡之同鄉，索士安之短引。蓬山衣鉢，共溯淵源。君會試與一新同榜，其座主與余朝考時同。蕭寺齋厨，迭相賓主。君前爲新昌教諭，余接其任，亂後學舍未復，寓祇園庵，今君重來同寓月餘。雪泥無恙，爲君書健藥之眉；雲路方新，報我試栽花之手。

陳子宣《甕中天傳奇》序

夫流徵寡里人之和，折楊致魁士之譏。雅俗共賞之文，其惟樂府乎？然而歸昌奇律，罕製新聲；伴侶淫詞，每登俳調。花驚郎目，遊仙之春夢何多；語解人頤，涉俗之夏雲太幻。託儀身於粲者，幾協丹朱；誣影事於古賢，易淆黑白。塵談厭聽，木伯羞看。則且縱目寰中，舉頭天外，借驚世先生之筆，寫憑虛公子之廬。洗將俗耳箏琶，壺天不老；露出枯腸芒角，酒國長春。如甕中天者，洵爨本之標新，傳奇之別致也已。則有元龍妙裔，驚婕奇才，夢回月府，霓裳知音。自許家住蘇臺金粉，顧曲原工。暢名士之胸襟，抽下官之手版。偶臨白艾，時擘紅箋。媚晚花娟，籠晴樹瘦。碧雲初合，今雨忽來。其中有振奇人焉蔣濟，酒徒任華，詩伯愛茲。容膝戲爲題眉，麴秀才大；好家居瓦學士，不愁跌倒。真箇拓開酒國，自有乾坤；恍如擲過陶輪，依然世界。甕天之名所由起也。於是曲翻啖段，拍按新腔。仗媧皇爲補苴，使酒星得安枕。靈通七十二化，拾摶人之土以陶成；界出三十六重，測渾天之儀而懵若。隔紅牆於銀漢，騰白醉於金鑼。墜可以曉人勿憂，渴可以請君先入。伊誰卧甕，何妨鼾睡糊塗？有客談天，試聽宫商節奏。縱使圃宜樊柳，鄰或争桑，頂生王謀帝釋之天宫，公孫黑伐良宵之壑谷，而酒魔一去，歡伯旋歸。醉即堪休，不管如天事大；居之何陋，但逢美醖心開。分黍翁鬱婦之居，别成小有；縱壺腹井眉之謔，日飲亡何。幻此烟雲，付之絃管。采和則方歌踏踏，昌黎亦自詫奇奇。帝江之歌舞誰知？祇應天上；稗海之臼窠盡脱，不讓人先。嗟乎！連犿無傷，書原瓌瑋；觭偶不忤，人謂聖聰。苟曠劫所同情，豈吾曹而異致？君則無多鶴俸，小試龍媒，棲枳猶卑，粲花空妙，而能不書空咄咄，入想非非。官本神仙，自無凡語；氣豪湖海，舊有家風。於哀絲豪竹之場，成石破天驚之作。聽鈞天之徵羽，君且隨夢蜨而升；開新甕於牀頭，我亦快醯雞之舞。

徐順之《一帆花石圖》序

嵐翠如滴，舟行自閑。畫意蕭疏，宦囊風雅。則順之守戎，《一帆花石圖》也。君移汎柯城，解維艾水，裝輕一葉，詩成七言。其僚友陳君子宣，惜贈芍以將離，欲攀條而不得，采君妙句，寫此新縑。或謂如廉吏之清標，或以爲名流之結習。請操栗尾，爲表松心。君不見太末城邊，語兒亭下，兵雖雨洗，戟未沙沉。記紅羊換劫之年，正青犢乘堙之日。君以射生之官健，當亡命之姎徒。破迷魂壘之堅，寒毛惕伏；催著翅人而出，戰血交飛。馬足一官，虎頭萬里。但馳羽檄，安用毛錐！而乃儒將風流，才人跌宕。文通而兼武達，兩石不如一丁。潘令栽花，雅得園林之趣；米顛拜石，還留書畫之題。銅鉢敲詩，銀鈎點筆。雲因歌遏，月有杯邀。幾同盧惁居官，愛靈昌而不返；豈意元賓徙職，指兖郡以榮歸。當年紫邏秋風，枕戈待旦；今日綠波春水，衣錦還鄉。且茵溷之隨緣，奚菀枯之足較。惟此數枝露萼，一握雲根，久洽心期，得饒眼福。花如解語，不妨到處藏春；石果能言，爲問何時填海。則是圖也，壯心未已，長物無多。其借品花選石之才，以寫兒女英雄之照也乎！子行矣，夕陽一幅，新漲三篙。悟後之色皆空，談罷之頭猶點。回憶酒酣喝月，秋老穿雲，峰五洛三，靈譚鬼笑，鴻泥一過，驢跡都陳。賴畫卷之長留，溯伊人而如在。送君此去，剛逢花信之香風；訪我重來，莫負石交之粉本。

《平望宋氏重修宗譜》序

甲戌季春，余北上戒途，友人宋某以重修家乘屬弁卷端。宋故吾邑望族，某又翹楚而忝葭莩者也，敢摛速藻之詞，勉副倚裝之請。見其支分派合，綱舉目張，仿古眉山，具堪取則，問今肉譜，誰與争長。撫此一編，實兼二美。夫阮分南北，貧富懸殊；裴號東西，燕涼迥隔。集豪宗於仙李，誰鬭魚川；問屬籍於諸韋，羞稱黄犢。往往一睽桑梓，各樹枌榆。卜鄰而久已離鄉，數典而居然忘祖。鴟夷去越，便號陶朱；張禄入秦，誰知范叔。宋氏故居吴郡，遷籍華川，猶沿平望之名，不改姑蘇之舊。入烏衣之門巷，仍是謝庭；問青箱之世家，可知王氏。不必門顔歸厚，山改後隆，而里舍常傳石室之居，雞犬競識新豐之市。此一美也。其或鋪張門第，附會膏粱，桑依柳而寄生，蔦施蘿而同命，勢必鶴兼梅種，狐帶令頭。分梁公之告身，榮誇狄棐；詭汾陽之後裔，拜下崇韜。有玷清門，何裨新牒？宋氏向遭兵燹，惟賸宗圖，沿波討源，修廢興墜，而能不攀顯秩，獨溯前修，法古史之闕文，成一家之實録。觀其自序有云情殷收族，故事鄙瀆宗，必欲葛蔓成虆，瓜皮搭李，則肇封微子旁支，分先聖之尊，累葉軒轅華胄，亦帝王之後，舉世攀附，莫之與京。雖語似詼諧，而識殊高卓。此二美也。今者一綫繩繩，添丁不少；百年鼎鼎，算亥偏多。或薤露之旋傷，或桃蕡之新賦。不勤采掇，曷聚宗盟？然而劫慘紅羊，灾罹青犢。妖鳥鳴而遽成焦土，沙蟲化而倏變遊魂。田宗之鐵籠争途，羅氏則衣冠埽地。若斯譜者，恐六丁之攝，能無散作秦灰；問二酉之藏，誰暇收同魯壁。而乃雲礽遞嬗，風景無殊。歲一星其已終，食千指而逾盛。藻芹春雨，年年鸞噦之鳴；禾黍秋風，處處豚蹄之祝。遂使祖庭繼美，宗牒流光，排比得人，纂修不紊，求之晚近，蓋罕其儔。以視前此之殘帙，僅存椎輪。有待其美備，又何如耶？至於綸言世守，祖德能承，櫝有楹書，圖傳兆域，全編具在，奚事揚葩，遺澤方長，可知後葉。科名鵲起，早誇二宋之先聲；族籍蟬聯，應勝三吴之舊録。

重刻《傅大士語録》序

上章執徐之歲，月在畢相，傅姓以大士語録板燬，匃貲重刻，而屬余序之。蓋自金人入夢，寶相留真，塔建赤烏，經馱白馬，魏晉以降，象教滋興。澄什來而神異昭，支慧出而微言顯。宗風雖暢，佛日未宏。惟大士生自四天，證從十地，法相不動，妙香自聞。開達摩東渡之先聲，修祇夜南翻之正覺。從此甘露降樹，黄雲覆山，門任槌開，經隨輪轉，救衆生苦，兜率遲歸。繼七佛蹤，釋迦早引上善；宗其不著，至理悟於無生。而是録也，計籌度人，對機立教。法乳一滴，天花競飛。爲暗室而懸燈，置恒河而寄水。久已機鋒勘破，音樂摇空。乃元談屢輯於二樓，而浩劫不遺於雙樹。修羅雨仗，難留貝葉之書；啖摩降灾，兼壞麻沙之本。同歸一炬，幾終二星。幸而喜捨檀那，重摹蓮偈，鳩工甫蒇，龍衆欣瞻。凡夫甃硯褐心，銅鐘九乳。金銀寫經之卷，水火鎮山之珠。猛上人彌勒織絲，張僧繇菩薩畫像。亦既聚如雹露，散作雲烟，祇此一編，依然千古。傳向劫灰而後，仍渡迷津；讀從飯石之旁，倍珍靈蹟。昔長法嗣焚身入滅，次則灌頂通微，六世孫元朗禪師，定慧雙修，空有皆捨，衣不傳而無垢，燈以續而長明。今雖種種塵因，遥遥華胄，而剖同功之繭，可補水田，采紫蘭之村，即成香國。七尺之楊枝易茁，一家之勝果重圓，洵可施柰爲林而拈花微笑者矣。顧或者謂大士虚懷爲本，亡相爲因，諸法則不有不無，正理則非長非短。今乃立語言而垂教，示色相以參禪，得毋多緇流影附之詞，非白學真如之舊乎？不知普照者圓珠，堅持者定力。證菩提之智智，皆本善法爲資糧；超解脱於非非，先以滕身觀諸色。如大士對梁武所云，乃言辟支後之浄覺海，非言精進時之堅固林也。而況言癡法痕，出自悟迷之表；一花半果，拾從話墮之餘。僧以此爲導師之化城，佛以此爲普賢之願海。亦猶周容設空，假逞辨才而論三宗；摩訶得聲，聞贊經義而明百法。不得謂本因無文字，遂等諸瞎棒之鋪張也。或又謂釋氏類編，幽元洞達，梵文秘笈，微妙難參。何以五痛三盲，坐禪菜食，行路而徒歌難易，出家而僅辨形聲？果靈指之奚標，問真言其安在？不知慧業，雖能成佛，凡夫端賴指迷，天下識窟少而愚相多。故語録植善根而敷經教，誠使羶蛾離談，智慧開芽，貪嗔癡三業俱清，根塵識一絲不挂。一旦風忘離合，雲化癡愚，梅子熟時，木樨聞後，本來無物，燒木像而皆空，如是我聞，倒刹竿而亦得。與《魏書》所云：其間階次心行，等級非一，皆藉微而爲著，緣淺以至深，若符節也。此大士度人之苦心，顧可以執文而滯相哉！某生同梓里，少謁蓮臺，未觀龍樹之衣，曾聽魚山之梵。檀雲初地，隨緣則到處能參；花雨諸天，結習則何年始浄。勉循群諸，弁此叢談。佛頂雖污，塵心不染。愧乏碑文奇麗，偶同饒舌於雙林；大士雙林寺碑，徐孝穆撰。欲知法相圓明，早喝當頭之二偈。

馮倬雲六十壽序

公真健者，繭絲保障以俱優；歸亦飄然，野服角巾而如故。際此庚寅之降，適當甲子之週，棠久芾於清陰，菊益香於晚節。公孫爲博士，雖六旬而有少容；范武受徽言，過三篋而無慚色。則惟倬雲先生爲難能矣。先生鯉庭扇芬，鴒原競爽，生而羸弱，長更矜莊。縑素横經，能傳聖譯；紨紅刊誤，解作音臣。甫采魯芹，旋分虞粟。神魚跋浪，數行淡墨之題；秋隼出塵，千佛名經之選。正擬神山咫尺，夢繞春明；其如人海浮沉，身羈夏課。紘幺徽急，誰知碧玉之音；酒醒燈殘，幾揾青衫之淚。喜勞薪之無恙，重上征軺；訝幸草之空存，可憐焦土。在先生以爲水流花去，鳥換春歸，崔拱之不願選人，鄧仲華但期文學矣。豈知臘盡春回者天之運，陰消陽長者易之機。阮瑀幽棲，非焚山則不出；季子捭闔，得飛鉗而後光。於是日下承綸，雷封捧檄，未臨渝水，先試吴平。虞詡至而蟻賊消，宓子來而陽鱎屏。伍符尺籍，朱墨必親；稿税租車，黄白無舛。沈秣陵案精甲乙，宋伏波帽辨丙丁。鋤豪則湔許三年，尾青可輟；校士則群空一顧，汗赭無遺。果邀當道之知，上達九重之聽。嗣宗越司馬之職，故纔辭墨綬而遽擁朱轓；孔奮以武都爲家，故自出浙東而不離江右。共指干雲之直上，不難捧日以高飛。而乃民借綦殷，公歸不復，鳥收倦翮，鼓打回帆。爲松菊作主人，與漁樵分半席。某山某水，兒時之遊釣難忘；非隱非仙，終日以圖書自樂。既享地行之福，益熙天布之春。待炊七十家而晏子食無留肉，專城二千石而秉之性好通財。蘇涸鮒之呴濡，忘子鵝之芥蔕。衣錦還而更親舊雨，下車揖而重見高風。味愛分甘，自得右軍之養性；天能與直，宜酬刁肅以長年也。某飫聞治譜，未遂傾衿。采薇致先輩之恭，敬梓盡同鄉之誼。稱觴廣座，喜延星紀於桑弧；懸鏡虚堂，早樹風聲於花縣。他日口碑傳後，猶徵蠶績之歌；有人腰笛來前，欲獻鶴飛之曲。

翁以金六十壽序

聞之昔矣，披鹿裘而行樂，處雞窠以忘年。千尋壽木，林居之不老；卅家甘菊，水飲者延齡。眉梨耋鮐，瞑蹎職植，命非不永也。而無方而富，識者輕之。研元牝以窺門，漱丹華而點汞。吐納新故，道引以養和；解釋心神，遊初而鞭後。日魂月魄，風輪水樞，視非不久也。而棄事遺生，儒流外之。若乃王澤非貴，渾元不遊，冰作頭銜，年躋耳順。希蹤葛老，功多立長命之原；養望芹宫，事暇得散仙之福。如以金翁君者，兹其選矣。君稟經製式，執圓用規，雄白能知，雌黄自泯，文中子爲表爲内，李仲元不惠不夷。今年陽月，爲六十壽辰。和神當春，童顔無恙，非關倖致，厥有由來。試取八觀通貴之徵，以合三壽聲聞之説。夫方瞳玉面，自有仙姿；金齒鐵牙，夙推壽相。要必提養生之印，始能得却老之方。君慧本犀通，采難豹隱。賈生見召之日，早擷魯芹；老泉嚮學之年，旋分虞粟。其間刑天肆舞，踐土同仇。團黔首爲夜飛，滅赤眉而朝食。旅燕歸而巢痕換，青蚨去而塵累多。幾疑瘦損帶圍，健憑藥裹。乃自騷寅以降，迄今周甲之初，腰脚不減於丁年，坐卧常逾於午夜。竹頭木屑，綜理如陶。廢舉興生，雍容法孔。鋭銀不已，楝檖無前。而氣海常温，靈宅春滿。不聞養命養性之劑，自無積微積損之端。其足以致壽者一也。神仙功滿三千，方登紫府；寒士恩周八百，況在蒼生。古之人山號後隆，田呼續命。陽報每當身受，陰德豈僅耳鳴？君疏水鴻陂，鳩民雁澤。救翳桑之餓，米盡通腸；免斷竹之傷，楬皆掩骼。鼠尾揭帳，魚鱗校圖。宫牆聞絲竹之聲，古社復枌榆之舊。而且豐糴儉糶，接新倈荒，仿勸課於義倉，置社司於賓化。任奉化時勸積穀。既賙梓里，復沛棠陰。雖白雲在天，非夸高誼；而甘霖徧地，總是生機。其足以致壽者二也。若夫樝梨濟美，棠棣言情，史不絶書，世何多覯？或情殷戲綵，而靈椿已摧；或學想遺經，而析薪莫荷。天倫之樂，自古爲難。君逮事重闈，習聞庭誥。伯歌季舞，公悦嫗歡。讀公雅之書，無忝爾祖；得令文之絶，能世其家。堂前之古硯方傳，掌上之明珠又耀。一夔已足，三鳳齊飛。蔗境留甘，松格鍊古。上則顯揚遂志，紫誥鸞回；下則色養思柔，白華烏哺。凡人世難兼之盛事，皆此身親受之龐褫。有和氣以致祥，自在躬而提慶。其足以致壽者三也。方君之在籍辦團也，大帥嘉其義勇。奏擢崇階，使其借水揚鬐；乘風振翮，撞烟樓而直上。奮雲路以騈馳，則三旌可換屠羊，百里豈能棲鳳。復何必回翔碎職，優穩閑曹？豈知春夢婆催，早醒富貴；秋風客老，祗愛蕭閑。横經來蛾術之徒，藻芹同采；款户有雞棲之客，苜蓿分餐。碧紗未籠，青燈有味。甘受瘦羊之號，恥論白豕之功。較之宦海風波，帝江歌舞，孰羸孰絀，何去何從？而況儒以道得民，丹青甚染；仕而優則學，朱墨常銘。浴素陶元，葆沖養福。天半之朱霞自在，閑中之白日都長。其足以致壽者四也。加以言爲蘭臭，心比竹虚，虎尾懲偷，豚肩習儉，學勤運甓，測交斷金。經可撼龍，而不以堪輿炫俗；樓能造鳳，而未嘗文藝驕人。此又温仁受福之别占，誠信延年之餘緒也已。僕未工算亥，忝附同寅。以班笱居後塵，慕采薇稱先輩。劇談則抵哺忘飯，小睽則隔日尋蹤。敬禮定文，必推子建；衛玠談道，絶倒王澄。來牛去馬之場，輭紅厭踏；酒賦琴歌之地，醉墨猶酣。借僎爵以祈黄，表徽言於行素。此時拜手，修趙孟一獻之文；他日期頤，上延壽百家之繇。

樓芸皋五十壽序〔一〕

夫四達八窗者，才之表；六喜三福者，德之符；轀名絆義者，壽之通；積耳盛肩者，禄之引。是以少如來五歲〔二〕，才語駴於徐陵；多太公二年，奇文侈於梁灝。沈驎士書成燈下，白香山畫入屏風。自來盛世之耆英，皆出文人之慧業。然而夕陽雖好，已近黄昏；舊雨無多，誰知清尚？後進則冰襟相對，贈言以塗附爲工。失虎賁之典型，耀麟楦之文采〔三〕。則夫花封仙吏，艾服中年。先東坡一日而生，同遭磨蝎〔四〕；吸

〔一〕此篇又見《甕東樓氏宗譜》卷三，民國壬子（一九一二）重修本。其題作《芸皋大兄大人五旬榮壽序》。

〔二〕少，《甕東樓氏宗譜》作「小」。

〔三〕此二句《甕東樓氏宗譜》作：「隱僻徵詞，學絳縣之老；恢奇聳聽，争黄帝之兄。虎賁未具其典型，麟楦幾嘲其文采。」

〔四〕同，《甕東樓氏宗譜》作「曾」。

西江萬頃之水，小試烹鮮。如吾友芸皋樓君者，惜别三秋，相思千里。試序君卿之行素，以當文季之祈黄，可乎？

蓋君四海彦威，三生杜牧。文章則映日可見，意氣而淩雲不凡。方其芄賦觿辰，蘭芬綺歲。賈生十八，便舉茂才〔一〕；何偃一雙，同稱博士。時加目色，漸結心知。偶曠歲而相逢，輒聞言而絶倒。先鞭早著，出門西笑之情；古硯親傳，視寢南陔之暇。往往慧驚神口，詩雜仙心，烟墨驅才，旌旂變色，難銷豪氣。宫商且付，推敲未到。中年哀樂，已須陶寫。貽來錦段，報去襜褕。方期縱白馬之談，忽漫遇紅羊之劫。枕金戈以待旦，馳鐵籠以塵霄。子建轉蓬〔二〕，中郎爨竹。此一時也。氛清霧市，兵洗天河，鴞室幸完，燕巢重補。欲問前身之月，俄生翻手之雲〔三〕。鄧析强證其毛鬚，上駢禁生其耳目〔四〕。忌之者交推田甲，灰豈重然；愛之者陰相庖丁，芒猶慮頓。雖尊拳不

〔一〕舉茂才，《釁東樓氏宗譜》作「擅秀才」。

〔二〕「子」字上《釁東樓氏宗譜》有「遂使」二字。

〔三〕此二句《釁東樓氏宗譜》作「前身之月可問，翻手之雲又生」。

〔四〕此二句《釁東樓氏宗譜》作「不難閉户而學種蕪菁，直恐齎書而謗生薏苡」。

較，雞肋或比於伯倫〔一〕；而擲面無言，牛背誰甘於夷甫？君則風簫一過，冰炭俱融。擊黑卵如投虛，笑黄鬚爲木强。迹其犀然〔二〕以後，溯乎蛛靡之初。雲烟落紙以如飛，酥粉啼春而欲醉。依舊華言風語，疵任吹毛；肯教烟視媚行，柔如繞指。狂生比鄙，風漢呼劉〔三〕。猶龍可以踞觚，司馬何妨滌器。木屑竹頭之兼綜，赭莖黑秀之相宜。臣本布衣，願異日無忘故我；士非畫餅，豈此中甘老雄才？此又一時也。然使朱博奮髯，粗豪自負；王琨回面，迂腐堪嗤。徒知唾月而推烟，未免驚鴛而打鴨。君以心影三中之客，當楞嚴十種之仙。種花福於東風，祝來紅豆；泥棠顛於西月，聘到緗梅。何嘗不綺語讖愁〔四〕，蘭膏紀豔？紅樓笑指，踏花驕駿之香；羅袂無聲，落葉哀蟬

〔一〕伯，《甕東樓氏宗譜》作「季」，當以「伯」爲是，「伯倫」爲晉劉伶字。

〔二〕犀然，《甕東樓氏宗譜》作「燃犀」。

〔三〕此二句《甕東樓氏宗譜》作：「一時目論者幾欲以狂生誚鄙，風漢呼劉矣。而乃子正興豪，妙筆妙舌；普濟才大，入細入粗。」

〔四〕讖，原作「懺」，《甕東樓氏宗譜》作「讖」。宋劉克莊《仲晦昆仲求近稿戲答二首》其二有「綺語預愁無間獄，綸言見笑當行家」之語，朱氏「綺語讖愁」之語類此，今從《甕東樓氏宗譜》改。

之曲。而泡露已參空色，國風可比温柔。願作醒狂，不爲熱熟〔一〕。今且班玉筍，領銅符，辭浙東，宦江右〔二〕。莞夷吾之禺筴，爲尹鐸之繭絲〔三〕。但推和者好粉之心〔四〕，自無怠政曰穈之誚。回憶東山絲竹，即是蒼生；飽看南浦風烟，定多清製。此又一時也。或謂君穆行克敦，天性不飾，春暉戲綵，夜雨聯牀，生性聰明而斷金汎愛，持躬儉素而侊飯留賓。胡乃略懿行而不書〔五〕，借景光而載筆，事取乎鏤塵吹影，體乖於頌柏銘松？縱妍手之無慚，將介眉之奚取？不知春規秋矩，史臣圭臬之文也；比事屬辭，吾輩雲霞之契也〔六〕。今余與君將蚓投魚〔七〕，如蠅附驥。管子以隰朋爲

〔一〕此二句《釁東樓氏宗譜》作「但作次公之醒狂，不爲陳繹之熱熟」。
〔二〕宦，《釁東樓氏宗譜》作「來」。
〔三〕此二句《釁東樓氏宗譜》作「始則以夷吾司禺筴，行將以尹鐸爲繭絲」。
〔四〕但，《釁東樓氏宗譜》作「儻」。
〔五〕懿行，《釁東樓氏宗譜》作「淵懿」。
〔六〕吾輩，《釁東樓氏宗譜》作「故舊」。
〔七〕余，《釁東樓氏宗譜》作小字「鳳」。將，《釁東樓氏宗譜》作「比」。

舌，文摯見龍叔之心。寄剪水之詞，呼之欲出；鬭粲花之論，聽者忘疲。當此臘尾迎梅，春光洩柳，甘蟲夢而婦如影響，奏鶴飛而客亦清狂。無天上之寄愁，且人生之行樂。勸君盡一杯酒，醉容遥酬乎韓棱〔一〕；爲卿唱百年歌〔二〕，豔福争輸於康海。如欲暖姝經術，邳張達尊，美意者延年，修道者養壽。正恐季咸不足見德幾之示，疏屬反將失懸解之真。是不特以螻蛄壽大椿〔三〕，而且以蟪蟀域良友也。抑余更有進者〔四〕，非敢新鉶始發〔五〕，遽勸善刀而藏；實緣尺素相貽〔六〕，早有投簪之約。他日秫栽彭澤〔七〕，花

〔一〕酬乎韓棱，《釁東樓氏宗譜》作「酌於韓稜」。
〔二〕卿，《釁東樓氏宗譜》作「君」。
〔三〕《釁東樓氏宗譜》無「是」字。
〔四〕余，《釁東樓氏宗譜》作小字「鳳」。
〔五〕始，《釁東樓氏宗譜》作「乍」。
〔六〕緣，《釁東樓氏宗譜》作「因」。
〔七〕栽，《釁東樓氏宗譜》作「留」。

滿河陽，來暮騰歡，去思遺愛。味山谷致差之苦筍，留召公曾憩之甘棠[一]。收帆順風[二]，濯纓清水。蒼髯未老，白首如新。相望兩地以非遥，此樂三公而不易。衡門訪我，重開話舊之琴尊；息壤期君，請視祝延之嶠矢[三]。

〔一〕留，《覺東樓氏宗譜》作「過」。

〔二〕「收」字上《覺東樓氏宗譜》有「儻能」二字。

〔三〕底本原於卷末末行有「男一新懷新校字」七字，今删去，下同。《覺東樓氏宗譜》於文後有如下内容：時光緒六年歲在上章執徐涂月北斗降日，勅封文林郎翰林院編修加一級前中書科中書癸酉科拔貢朝考以教職用年姻愚弟朱鳳毛拜撰，賜同進士出身誥授朝議大夫江西候補知府年愚弟葉如圭敬書。

卷二

同人結詩課啓〔一〕

閉門覓句，端賴精思之詣微；蹋壁爲文，豈待同聲之相應。然而姚廷岳牧，喜起賡歌，宣聖門牆，興觀垂教。同居桂邸，應劉詫其古歡；並聚蘭陵，元賓傳其絶唱。醉後蘸題襟之筆，寸管如飛；興酣催擊鉢之聲，萬花争舞〔二〕。能爲專對，良由三百之

〔一〕此篇見丁巳本卷四頁一二，題作「同人結詩社啓」。

〔二〕此句下丁巳本有此四句：「類皆不持寸鐵，各惜分陰。申成約而無辭，徵罰例而交警。」

誦詩；不解高歌，空負十千之沽酒。所慮者琴材難遇，筆陣誰豪〔一〕。上尾平頭，沈家令空言奚補；雙聲疊韻，王元謨何物能知。一壞於制藝之膚庸，一誤於考據之餖飣。袖手挾兔園之册，豈暇推敲；埋頭箋蠹簡之文，何知風雅。眼纔如豆，例古學於堂蓑；心本塞茅，笑苦吟爲風漢。尚謝草江花之未辨，問僚丸越劍之誰工。即或八韻新拈，五言舊襲。而夜來月滿，難賡崔曙之珠〔二〕；江上峰青，莫鼓湘靈之瑟〔三〕。孫伯魚得人間烟火，雅製全無；康崑崙彈淫調琵琶，正聲何在？試問專門重衣鉢，而何以十日當天？衆體具縚繩，而何以八風掃地？豈非珍藏鼠璞，誤同懷寶之迷，枯守蟫編，不受盍簪之益哉？無惑乎審音者等諸自鄶無譏，觀禮者歎爲既灌而往也。夫訂

〔一〕此句下丁巳本有此句：「謝逸三生，僅傳蝴蝶；崔郎一去，孰賦鴛鴦？」

〔二〕珠，丁巳本作「火珠」。

〔三〕瑟，丁巳本作「水瑟」。

金蘭之簿，用誌清襟；宴桃李之園，先徵佳作〔一〕。葫蘆依樣，笙磬同音〔二〕。管公明旗鼓相當，白太傅郵筒不斷〔三〕。助得詩腸鼓吹，各濬靈機；洗將俗耳筝琶，自成馨逸。以及賦騷論議，蔚爲詩國之附庸；書啓箴銘，兼作文壇之飛將〔四〕。共享千金之帚，互爲一字之師。評下丹黄，圍加朱墨。爲魏公而藏拙〔五〕，未免矜嚴；託子建以定文〔六〕，何妨潤飾。從此公輸規矩，各施刻鵠之匠心；不知王濬樓船，誰是探驪之妙手。

〔一〕此句下丁巳本有「於今爲烈，振古如兹」句。

〔二〕此二句丁巳本作「爰將笙磬之同音，畫就葫蘆之依樣」。且句下有「佳題分命，倒懸么鳳於桐枝；險韻重拈，巧刻母猴於棘刺」句。

〔三〕此二句丁巳本作「白居易郵筒不斷，管公明旗鼓相當」。且句下有「蛾眉鬥少婦之妝，猿臂競通侯之射」句。

〔四〕此句下丁巳本有此四句：「洵是多多益善，斗酒而自有百篇。豈虞戛戛其難，五日而僅成一水？」

〔五〕「爲」字前丁巳本有「徐陵」二字。

〔六〕此句丁巳本作「丁廙託陳思定文」。

徵朱烈女詩啓

夫字翦皮金，争重琅琊之紙；壁留指粉，猶傳金媛之書。大抵暇豫吾吾，孀雌落落。雖遭家之不造，實函夏之無塵。故當煢獨以茹悲，猶可從容而就義。若夫存亡呼吸，兵燹倉皇，木是女貞，棋偏劫急，願代摩敦之死，抱蘐背以猶甘，長捐哀壑之生，碎荼心而更苦。如朱烈女者，可不勉爲喤引，表此心儀也乎？夫其胄葉標華，畹蘭滋秀。前身月魄，寫出幽姿；小字雲翹，招來仙侶。哀親侍藥，雞唱曉而未眠；弱弟牽衣，雁隨行而不斷。年十八字於吴，蓋同邑舊族也。烏鵲填橋，未聯嘉耦；紅羊換劫，忽嘯營魂。媻摩則火宅飛灰，刀鼻則尸羅變相。巖棲谷汲，便成安樂之窩；湮哭乾啼，争匿逋逃之藪。女乃先期矢志，對母陳詞：謂史慕垂青，甘作香心之殉；倘璧遭玷白，何堪靦面而生。女伴方訝其不祥，母氏亦聞而未察也。妖氛驟合，荒途載驅。旋蟻層椒，竄雉叢薄。搜牢騎促，漏網魚危。露轉徙以通宵，星縈惶而逼曙。纔冀驚魂之少定，猝聞阿嬭之哀號。寸草心摧，願替修羅之劫；柳枝力弱，遂逢吒利之災。血濺衣而呼曙風酸，頭懸軛而箠鞭雨下。恨難持李氏斧，斷臂自裁；誓不絕温母裾，甘心同盡。無如賊徒蠭擁，當道狼貪。迫程清以陟獨山，挾野女而經荒谷。人疑羽化，忽撒手於懸崖；仙豈肉飛，竟捐軀於絶壑。墮水之飛鳶乍跕，腐衣之壞蜨難留。疑竇女之重蘇，覓猶迂道；憤徐娘之效死，怒更殘形。蓋至暴骸暑中，掩骼旬後，而投巖之絳雪，面尚如生，墜樓之緑珠，心終不死也已。嗟乎！謝芳華於稚齒，有恨難言；剖孝竹之苦心，舍生亦樂。念罔極德終難報，代作珠沈；況此身義不俱全，甯爲玉碎。陰崖斷壑，長留熱血之腥；哀雁嗥猿，慘助幽魂之哭。狂飆怒號，山鬼晝嘯。邈彼英爽，陟降在兹。今者輶軒采風，絲綸焕日。標烏頭於棹楔，妥馬鬣之崇封。回憶灑淚竹枯，飄茵花墜，髫悲墮馬，裙絶留仙。方疑崖是捨身，重泉賫恨；誰識地名全節，終古流芳。此亦闖史所希聞，女箴之創見也。所願探驪才子，造鳳詞人，同表風徽，各噓烟墨。或體工樂府，仿小吏於廬江；或譽重騷壇，比妾心於古井。千言黄絹，試誦邯鄲孝女之碑；三歎朱絃，待看陸海貞孃之詠。

謝子壯惠茶葉啓〔一〕

蒙惠新茶一串〔二〕，芳融蘭桂，細迸槍旗〔三〕。皺來緑甲之痕〔四〕，舌尖化雀；餉到紅丁之種，翼脆同蟬。果然東白之仙姿〔五〕，不數團黄之妙品。想其梨雲膩後，穀雨晴初，茗園肥而冬甲新抽，茶歌起而春光正老。忙殺十尖雪指，籠角芽堆〔六〕；焙成萬疊雲腴，竈觚香溢〔七〕。汲新泉於石銚，煎活火於竹爐。固已味解餘甘，功堪破睡；而君

〔一〕此篇見丁巳本卷四頁一四。

〔二〕此句丁巳本作「蒙惠香茶一角」。

〔三〕「芳融蘭桂，細迸槍旗」二句丁巳本無，而作「白瑩銀葉，緑碾金英」。

〔四〕緑，丁巳本作「紫」。

〔五〕東，底本原作「來」，今據丁巳本改。東白，蓋東陽東白茶。

〔六〕籠角芽堆，丁巳本作「籠滿堆芽」。

〔七〕竈觚香溢，丁巳本作「香宜團餅」。

啜偏知趣〔一〕，鬬亦能豪〔二〕。爲魯公而滌煩，慮相如之消渴。遠分珍品〔三〕，用致殊頒〔四〕。鬢絲禪榻之旁，花風輕颺；酒雅詩瓢而外〔五〕，荷露同烹。信七盌以蒙頭，一甌之暈乳也已〔六〕。僕癖如甘草〔七〕，代笑苦荎，試院曾煎，山扉待瀹〔八〕。萬首之詩才清澈〔九〕，苦口何妨；五千之文字玲瓏，枯腸正潤。琖浮澹月，待看金殿之承恩；盌引碧雲，先仿玉川之拜賜。

〔一〕知，丁巳本作「解」。
〔二〕豪，丁巳本作「工」。
〔三〕遠，丁巳本作「特」。
〔四〕用，丁巳本作「遠」。
〔五〕雅，丁巳本作「椀」。
〔六〕此二句丁巳本作「信百戲之能施，一詩之可幻也已」。
〔七〕如，丁巳本作「同」。
〔八〕丁巳本無「試院曾煎，山扉待瀹」句，而作「七椀籠頭，一甌暈乳」。
〔九〕澈，丁巳本作「雅」。

補謝純甫轉惠黄西瓜啓〔一〕

緑衣黄裏，中瓤替猩血之紅〔二〕；蜜理藍皮，香唾漬鸚唇之碧。移來西域，玳瑁同珍；饋自東家，瓊琚待報。答祖深之帛〔三〕，方對使以拜嘉〔四〕；種褚雅之園〔五〕，豈與人以解渴〔六〕。乃蒙餉柑推愛〔七〕，半李分甘，非乞醯以與鄰〔八〕，遂借花而獻佛〔九〕。凝之得

〔一〕此篇見丁巳本卷四頁一四。

〔二〕替，丁巳本作「换」。

〔三〕「答」字前丁巳本有「方將」二字。

〔四〕方，丁巳本無。以，丁巳本無。

〔五〕「種」字前丁巳本有「豈如」二字。

〔六〕豈，丁巳本無。以，丁巳本無。

〔七〕餉柑，丁巳本作「餘桃」。

〔八〕「非」字前丁巳本有「爲」字。

〔九〕丁巳本「遂」後尚有一「欲」字。

衡陽之鑼，轉贈市人；道安受鑿齒之梨，便分同座。不煩納屨，已見承筐。剖開蒼玉之瓶，瓠犀迸露；擘破黄晶之瓠，蜜蠟匀排。齒沁露而甘融，胸噤冰而涼透。禮先一飯，恩受兩重。雖折梅探驛使之春，一枝早贈；而謝柰上臨淄之表，七步難成。情不能忘，遲之又久。螺舟隔年而始至，雞籌失旦而纔鳴。莫嫌起草何遲，已是過時之花様。倘使發棠可復，請當今日之瓜期。

募修定力寺疏

城南定力寺者，始吴越時，今額則宋治平所賜也。千年古刹，五季叢林。騰慧日之輝，精嚴布薩；表棲霞之勝，供養雲烟。逮入國朝，更修淨土。廊舍回互，巾瓶住持。旁俯蕉山，天真罨緑；静依松徑，塵不飛紅。固宜香火之緣深，奚慮刹竿之脚倒？然而星霜更替，風雨漂摇。石證三生，幸免紅羊之劫；室留十笏，已非白馬之初。開竹院而破壁難參，蹈菜畦而斜陽亦老。不有作者，其何以興？成景上人卓錫，曾來打包漸熟。憫鐘魚之久歇，顧齋鴿而難棲。雖僧衲苦空，不礙蒲團枯寂；而佛家富貴，終須樓閣莊嚴。遠冀傳燈，廣爲拓鉢。伏願十方長者，二梵福人。簣可成山，金將布地。吹來海沫，即成大地之樓臺；擲過陶輪，依舊恒河之世界。從此檀那喜捨，婆心偏發乎大千；果能蘭若圓成，膜手何辭於合十。

在龍游與芑田書

別數月矣，謦欬猶昨，裘葛倏更，晚絮寒丸，諸惟珍攝。足下烟霞成癖，丹鉛養生，質虞寄之要言，乘少游之下澤，優游嘯傲，致足樂也。鳳自病痊，頓殊疇曩。沈腰轉瘦，衛體長羸，心懸旌以摇摇，髮亂絲其種種。入秋以後，舌本穢膩，未嘔長吉之心，豈峪趙鞅之血。收視返聽，廢書不觀。此樹婆娑，生意殆盡。嗟乎芑田！昔曹子桓有言：人至四十，便成老翁。以鳳較之，今又十年長矣。每念同門諸子，春滿靈宅，鳳獨清羸，纏綿藥裹，伊其相謔，宜先作古。乃甫逾强仕，先後殂謝。十年一瞬，四子九原。當時皆肉飛之仙，今日增腹痛之感。逝者永訣，生者遠離。既悼故人，行自念也。少壯家食，遲暮客遊。比來龍邸，今雨絶少。偶出登眺，野田彌望，界以荒城，歷歷征帆，蒼蒼殘照，江山明滅，村落依稀。雜感紛來，重復歸憩。鄰梵乍歇，疏鐘徐動，呼燈與語，任月來窺。碎葉打窗，狂飆捲瓦。吠影遠巷，招魂曠野。嚇鵰嘯鬼，與枕爲讐。魚不鰥而炯然，雞屢催而更醒。雲陰似墨，長夜不明，幾忘此身尚在人世。嗟乎芑田！出門惘惘，送客勞勞。石闕空銜，銅仙亦淚。況茲羸疾，重以幽憂。鳳獨何心，豈戀出岫之雲而忘還鄉之水哉？徒以飢來驅我，熱恥因人，債帥當頭，客星入命。愛子之別千里，中年之遇六張。不得不借潤修羊，聊資涸鮒。芑田視此，其以爲趙信之甘泉，抑老聃之苦縣乎？夫秋葉落，長年悲，傷歲不我與也。生無益於時，死無聞於後，又没世所深疾也。鳳素無遠志，矧逼頹光。上之不能曜日熙天，應期名世；次之不能鉤河擿洛，廁足儒林。惟此三筆六詩，飛翰騁藻。寢饋有素，源流略諳。覺妙悟之非遥，恨古人之不見。而緣情綺靡，文采葩流，金粉玉臺，殊慚大雅。滄桑一變，乾坤不春。燐閃新碧，劫燒沉紫。往往淚隨聲下，思逐悲來。滿目關山，水調之淒涼欲絶；側身天地，杜陵之感慨偏多。已而海舶長風，輪蹄曉月，徵歌燕市，拾翠蘇臺。訪殘局於柯山，記夢吟於天姥。短笻三尺，古錦一囊。改變徵之音，作勞商之唱。蓋至是而境凡數易矣。積三十年，行四千里。年進而才退，識高而趣卑。每欲窮極情變，牢籠萬有。登神峰之孤峻，淬陽劍而灌辟。返虛入渾，斂志詣微。落花無言，天樂自奏。此其志也。荏苒半生，蹉跎終古。既乏春華秋實之益，復遭芝焚蕙歎之悲。對此茫茫，能無僾悒？人有山林延賞，雲壑尋娛，屐齒纔通，忽逢殘臘，烟鬟半隱，已迫歸程。未有不指蘿薜而徘徊，聽風湍而返顧者。而況回翔藝苑，割據書城，坐消下坂之丸，竟廢及泉之井。定文身後，敬禮誰知？籠壁榻前，江東已老。蜉羽一瘁，雞肋可惜。爰編詩文若干卷，其間涉僞體者，别爲《唾餘集》若干卷。嗟乎！鬧來冬學，試求一字之師；唱向秋墳，如證三生之石。或者焦桐入聽，珍髦堪資。撫塵榻而高歌，可當《七發》；賦《長門》而肯賣，儻致千金。又何貧病之足云，而存殁之交感也？閑居無俚，聊相嗢噱。臨穎覼縷，無任主臣。

與樓芸皋書

芸皋足下，餐衞珍攝，吏民安燕，芳訊雨絶，曷勝眷然。僕食息無恙，近寓一門生小園，自外視之，繁花夾路，雜果垂簷，小沼疏籬，儼然圖畫。入其中則一畝環堵，三間矮屋，平行礙眉，欠伸打頭。梅炎藻夏，上蒸下溼。生徒門役，旬日不面。僚友而外，足音跫然。出既寡諧，居亦無俚。疏落程課，蕭寥筆札。一僕閑蕩，自起應門。冷況疑齋，生趣頓減。少習帖括，百無一能。近欲改圖，皤然垂暮。乃不自覺，延誤兒曹。父子兄弟，東西南北，或一年數見，或數年不見。駑馬戀棧，鮎魚上竹。宧情水淡，歸夢天遥。每見鄰舍農家，朝出力作，暮輒歡聚，偶或外詣，舂糧隔宿，程不越百里，期不逾旬朔，舉似儕偶，詫爲出門。吾輩費囊金，市別離，假蘧廬，求燕息，船脣馬足，吴樹燕雲，薄産行罄，謻臺高築，錯將鐵鑄，暗每珠投。豈求富可執鞭，已噉名如畫餅。此中甘苦，足下亦深嘗之，特君僅得半，僕攬其全耳。海闊天空，水流雲在。讀書何事，肯擾天真。拔薤種花，看君循績。蓴餐芰製，遂余初服。相勖寸心，各堅晚節。神交千里，不盡願言。

陳氏四世像讚

父稱宿儒，子有懿行。矯矯孫枝，見危授命。九原蒲首，四世儒冠。火色上騰，蔚爲二難。世嗣徽音，針神獨絶。胡漬血磚，乃見貞烈。金鑠而耀，玉礱益珍。鬚眉巾幗，卓然完人。無求生害仁，惟詩書之澤之深。嗚呼！此其型。

王鹿鳴先生像讚

豪眉白髯，貌何古也。正襟危坐，神何栩也。自我不見者十年，望之儼然。即之欲語也，尚有典型。誰與傳阿堵也，願寶之子子孫孫，一展卷如目覩也。

朱曉亭像讚

玲瓏其聲，土木其形。半癡半黠，亦狂亦醒。獨彈古調，自寫性靈。胡焦桐入爨，而復靳以遐齡。其諸西頭之文士乎，抑東方之歲星？

冰壺夫子像讚

儼然者，德之充也；褎然者，服之衷也。小心集木，老而彌恭也；虚懷若谷，動而常沖也。策勤以勵節，崇儉以圖豐也。雖公孫晚達，而儒名之翁翁也。坐我春風者六年，恒以莛而撞鐘也。一旦山頹，吾安從也？嗚呼！尚有典型，其求諸阿堵中也。

陳鍾甫像讚

其貌則癯，其迹則拘。其嗜讀則映雪之勤劬，慎言則防川之囁嚅。其孔懷肫摯，竝忘上留田之爲瘠爲腴。而胞與斯人之願，則又效緜薄而噓枯。吁！其斯爲君子儒！

毛烈女傳

烈女姓毛氏，同邑俞村人。織素清裁，説詩妙裔。證來月魄，前生桂窟之仙；修到冰心，終古梅花之骨。年十二歸王氏爲養媳。王故巨族，婿如椽，亦佳士也。蘭芽茁秀，槐陰分枝。方將證寶牒之雙鴛，駕銀河之靈鵲，而紅羊换劫，競避桃源，彩鳳分飛，頓愆花燭。倏鵶兒之軍至，喜蟻賊之群空。同牢則秋以爲期，却扇則春原不老。何意《摽梅》迨吉，鴻未齊眉，《芣苢》先歌，龍真出骨？白蜺嬰拂，魂遊紂絶之天；黄鵠傷離，腸斷陶嬰之詠。烈女則口銜石闕，淚化瓊瑰。匰主親營，塋周預卜。剪皮金之字，殮具藏身；拌羽毒之方，藥囊畢命。苦埋玉樹，遲遲穀旦之差；甘殉瓊枝，負負花朝之過。卒年二十有三，同治三年二月十六日也。古有青陵結恨，丹穴懷清，水惱公而渡河，山望夫而化石，要必曾歌跨鳳，始慟離鸞。若夫良席終虚，病成綿惙，嫁衣雖作，身未分明。即令鬆髻以終身，足慰蘪碪於没齒。而乃鏡鸞一破，蓐螘先驅，非我愆期，及爾同死。斟來鴆酒，三生少續命之湯；僵盡蠶絲，九死結同功之繭。始知采薇義士，不以避禄而偷生也；蒙袂餓夫，不爲嗟來而貶節也。女貞有操，更逾漆室之悲；夫死同棺，遂表春兒之墓。邑人士具牒請旌，屬爲立傳，適余成《朱烈女徵詩啓》，復綴此文。歎釵幗之聚珍，勝苕華之刻玉。同是陶鎔冰雪，貞心剖與人看；愧無歌哭文章，真宰訴而天泣。涼墨乍灑，奇香遠聞，嗚呼瑋矣！

祭丹峰族祖文

嗚呼！天道難知，人生何蹙。萬古永訣，百身莫贖。生不揚眉，死難瞑目。灑涕憑棺，爲君一哭。一門群從，共業縹緗。惟君才健，秀出班行。十盪十決，縱橫莫當。出其緒餘，雄霸文場。噦噦鸞聲，迢迢蟾窟。書曾十上，玉偏三刖。劍氣難埋，鼓聲未竭。言泉流吻，神鋒鍊骨。旋開絳帳，親課丹鉛。南針迷指，北轍途便。朱墨惟謹，青藍遞傳。春風一室，秋駕三年。豪擅文名，旁通方術。金匱精微，青烏瑣屑。推余大父，肱經三折。年時過從，每謙立雪。與余較齒，少君十三。與君論輩，呼余阿咸。君略輩行，愛與余談。風晨月夕，硯北花南。客秋語余，噩夢頻作。未識來年，吉凶何若。余謂此言，聊資嘔噱。豈其日中而虞夜壑？何圖冬杪，疾示維摩。履端招飲，漸致沈痾。洛姬肚大，華元腹皤。斯人斯疾，命也如何？余祖見背，君來屑涕。今臨君喪，豈勝歎逝！君治瀧岡，奠文余製。曾未十年，哭君兩世。從兄同病，先遊夜臺。余戲謂君，岌乎殆哉！唯唯否否，色然而猜。早知成讖，萬悔難回！昔共諧談，人誰不死。孰先返真，早博哀誄。君笑而言，請從隗始。此語竟酬，此生已矣。對牀風雨，破鏡冰霜。門庭蕭索，兒女淒涼。空呼負負，難問蒼蒼。死而有知，能無盡傷？我抱微恙，君醫借重。君去潛靈，刀圭孰用？四紀華年，一場春夢。微君之躬，而爲誰慟？頃有奇計，破涕爲歡。當請曉亭，爲君扶鸞。幽明消息，詩酒盤桓。一靈不昧，勝返魂丹。含酸莫伸，寓詞難吐。聊抒寸衷，少代尺素。宿草陳根，生芻薄具。蘭佩非遥，桂旌冀駐。哀哉尚饗！

祭某翁文

維武翁之含靈兮，直闇浮乎遊戲。逞雄辨如懸河兮，乃純終而騁駟。卑踸踔爲鄉尺兮，羈修翮於蘭江。龜燋契而下簾兮，雞瀹潁而談窗。嗟炊臼於中歲兮，幸驥子之成立。獨邈然其絶俗兮，羌望古而遥集。庶承歡於暮齒兮，泯雞蟲之得失。俄崑岡之烈燄兮，飛火宅之劫灰。歎桃源猶天上兮，曾不可以歸去來。具粱卵烼黄而卜之兮，曰新安爲少佳。避風塵之澒洞兮，聊安土兮徘徊。故園兮千里，欲寄梅兮無驛使。芳訊久其雨絶兮，詭三載之生死。乍妖氛之浄掃兮，擬豹息之還吴。悲訃音之倏至兮，已幽明之異途。荃方謂紅羊之避劫兮，胡青蠅之受弔也？豈能圜心而虚天下兮，反自昧乎巫陽之召也？憑生怛化忽其無常兮，又何握粟之能料也？不君委骨兮他鄉，子泣血兮道旁。死不知日兮，殯不知方。誓不返父櫬於家園兮，不忍觀國之光。言趣裝於江滸兮，得故里而歸骨。練時日而藏靈兮，卜泉臺之安宅。白楊蕭蕭兮，佳城鬱鬱。左糟糠兮右琴瑟，穀異室兮死同穴。渺山河於覿面兮，彌悵望於平生。進生芻之一束兮，聊鑒余之丹誠。奠椒漿而陳桂醑兮，冀少駐乎霓旌。嗚呼尚饗！

樓贈翁暨陳太宜人祔主祭文〔一〕

嗚呼！何泰元之不純命兮，驌光靈之迅馳。頹陽既夙掩其乾蔭兮，又重搕以金蘐之就萎。慟幽宮之永閟兮，穆懿範而難追。謹妥靈於匱主兮，潔椒蘭而薦之。維我翁之含章兮，景韶年之席厚。稟鯉庭之夙訓兮，抗雁行而居首。廣坐謝其紛志兮，絀乎若柳之生肘。拓文陣之雄師兮，早拔幟乎芹宮。玉雖獻而遭刖兮，卒毷氉兮秋風。彼康莊之騁逸足兮，尚跰躃乎三群之蟲。獿人胡不搆其雲屋兮，僅儒名之翁翁。天固鍾奇穎於佳兒兮，嗇於父者子之豐。果家駒之千里兮，早空群乎冀北。倏魚羊之食人兮，幾鑿坏以滅迹。塵坋方幸其廓清兮，幽明忽其頓隔。梁陰缺而未已兮，重酷以瓊枝之摧折。哀惸惸之鮮民兮，惟母教之是遵。警雞晨與雁夜兮，謇伫苦而停辛。自遊子之出門兮，望長安而西笑。撫衣綫之密縫兮，感春暉而待報。謂墨綬之分綰兮，可

〔一〕此篇又見《亹東樓氏宗譜》卷三，其題下有「烜九」二字。

以奉太夫人之板輿。何歸省之未踰月兮，復苫凷而居廬？甯不知風木之靡常兮，顧期貞壽於金石也。誠有慕於奉檄之禄養兮，逮生存爲慰藉也。便房閉兮風酸，繐幃淒兮月寒。啓佳城兮同穴，悵執紼兮汍瀾。奠塋周之鞏固兮，勒穹碑而書丹。奉栗主於先祏兮，庶尊靈之久安。託葭莩於末契兮，溯平生之芳躅。痛喬蔭之就頹兮，遽失陰於慈竹。憬素帷之飄颻兮，薦生芻之一束。靈彷彿其來格兮，幸鑒誠於醽醁。〔一〕

祭王鹿鳴先生文〔二〕

嗚呼！梁幹摧晨，槐陰凋後。生也有涯，死而不朽。翯翯先生，杖朝以走。爲士所宗，得天也厚。琅琊著姓，岐嶷夙彰。弱不好弄，長更知方。金心在抱，銅行彌彰。桂老愈辣〔三〕，松寒更蒼。公雅讀書，克償祖願。文淵敬嫂，正冠而見。内行克

〔一〕《贇東樓氏宗譜》文下題：「時同治甲戌年冬十一月年姻愚姪朱鳳毛頓首拜撰。」

〔二〕此篇又見二〇〇八年重修浙江義烏《鳳林王氏宗譜》卷七，題作《祭鹿鳴公文》。

〔三〕愈辣，原作「逾粹」，據《鳳林王氏宗譜》改。

敦，人言無間。忠信楷模，里閭冠冕。德堪激薄，學以愈愚。菑畬經訓，根柢程朱。發爲文章，含咀道腴。牛毛析理，麟角垂譽。飆於膠庠，方躋弱冠。入貢蘭臺，神魚跋浪。布勇再登，書空十上。旣氉秋風，嗒焉若喪。動而得謗，瑜不掩瑕。赤舌燒城，射工含沙。風摧琪樹，霜隕蘭芽。僉疑此時，心亂如麻。誰識先生，逌然任運。緑竹好修，青棠蠲忿。謂我先公，世有令聞。安知雪鏖，不爲雷奮。果然廿載，桐長孫枝。雙環耀彩，兩劍争奇。況值先生，重遊泮池。人之視之，吐氣揚眉。誰識先生，冰襟如故。胸懷坦白，貧賤行素。愛訪知交，殷殷把晤。爲地行仙，杖藜健步。憶開八秩，曾進蕪篇。德隅抑戒，爲公祝延。雲蟠壽字，日薄虞淵。人之云亡，胡不百年。馬鬣遲封，牛眠始卜。隔世滄桑，故廬喬木。執紼千人，生芻一束。靈其鑒兹，椒蘭薦馥。〔一〕

〔一〕《鳳林王氏宗譜》文末題：「朝考二等詢問教職壽昌縣儒學教諭加五級賞加國子監學正御世愚姪朱鳳毛頓首拜撰。」

祭芑田文

嗚呼！何大圜之夢夢兮，委圓顱於跐離？秋風敗其叢蘭兮，膏雨滋夫菉葹。雖彭殤壽夭之齊物兮，天道遠而莫知。邈黃壚之歎逝兮，聊貢憤於隃麋。昔夫子之挺生兮，值門祚之方盛。花萼編其三珠兮，式穀鍾其餘慶。曠然不可一世兮，著先鞭而自警。倏紅羊之換劫兮，罹青犢之驚飆。燹華屋爲焦土兮，斮長離作游梟。乾啼溼哭慘不終日兮，荃一呼而激同袍。團白芀以製梃兮，蹴黃巾而覆巢。猰貐駭竄而屏迹兮，官吏回翔而未集。紛四境之爭桑兮，强肉弱而誰戢。荃踔厲而風發兮，蘇里閭而完緝。俾鳧舄之新飛兮，奏藕絲之循績。際蘭臺之辨難兮，幸承恩於上頭。盼雕鶚之乘風兮，厲搏擊於高秋。布再登而韡十擲兮，荃獨申之以蹇修。曰長卿猶藉貲郎兮，余苜蓿乎何尤。少蹉局而需選格兮，俄問字之盈室。朱墨恣其點竄兮，青藍遞其輩出。羌鷹鸇之疾惡兮，紛要言之待質。彼投艱若置盂水兮，矧解此區區之蚌鷸。謂蔗境之晚甘兮，癖烟霞而薄醉鄉。胡沉疴以半載兮，漸形敝於五倉。罄蕿苓而罔效兮，呼皋復而徬徨。豈二豎之果難驅兮，抑十全之莫遇。焍黃卜而無憑兮，憯吾不知其故。溯群從之凋謝兮，年罕及於知非。蓀今已逾周甲兮，尚何戀乎塵鞿。況楹書之能讀兮，嶄頭角而交推。撒手而遊太虛兮，應早悟夫生寄而死歸。惟素交之汎瀾兮，痛九原之不作。數晨星而漸稀兮，嗟一个之又弱。渺覿面如山河兮，奠絮雞與清酌。靈迡迡而來格兮，其記否生前之酬酢？哀哉尚饗！

朱錦堂哀詞〔一〕

重光大淵獻之歲，月在畢辜〔二〕，於時積雪彌野，陰飆襲人。弔影寡歡，尠儔誰語。則有奓户入者，同里雲帆也。懭悢而坐，鬱伊而告曰：錦堂死矣！嗚呼！運遭磨蝎，難探璧沼之春；歲未逢雞，遽赴玉樓之召。弱先一个，別即千秋。鬼伯不仁，

〔一〕此篇見丁巳本卷四頁一五，題作「錦堂哀詞」。

〔二〕畢辜，丁巳本作「大吕」。

天心何醉！哀哉！

君諱元官，字錦堂，昆仲四人，君其季也。伯兄曉亭，挾謝脁問天之句，貢王郎斫地之哀，自命狂奴，人呼風漢。君抱景特立，和神當春，瑞兆角鈴，儇祛腰鼓。柳編緝舊，曾探玉海之藏；花樣翻新，巧擅金針之繡〔一〕。每至心歸天外〔二〕，思入雲中，九轉燒成，一篇跳出。元精貫其耿耿，餘刃游其恢恢〔三〕。凡夫筮有十祺，醫稱九候，七曜三科之論，一梟五散之經，靡不觸手生春，清矑閃電〔四〕。彬彬乎薛瑩之善居四五，霍王之無所短長焉〔五〕。已而花萼分編，虀鹽自理〔六〕。繼阿干爲家督，怕欺魄出鄉

〔一〕「伯兄曉亭……金針之繡」丁巳本作：「人親公瑾，如醉醇醪。世目房喬，當成國器。北渚秋蘭之宴，聲氣相求；西堂春草之吟，夢魂能助。」

〔二〕至，丁巳本作「當」。

〔三〕此句下丁巳本有「狐一裘而各純，雞千蹠而逾富」句。

〔四〕「凡夫……閃電」諸句丁巳本作「凡夫醫稱九候，筮有十祺，一梟五散之經，七曜三科之論，靡不清矑照灼，巧搰周流」。

〔五〕此二句丁巳本作「彬彬乎霍王之無所短長，薛瑩之善居四五焉」。

〔六〕此二句丁巳本作「已而荆枝各折，花萼分編」，且句下有「東南之孔雀徒飛，西北之浮雲已改」句。

評。海闊船孤，天寒袖短。燈窗照讀，市肆沽春。顧已尋涯，旷分殊事。冀仗勞薪之瘁，少回諫果之甘〔一〕。豈知百戰將軍〔二〕，未懸斗印；十年老女，空想金夫！叔譽五稱而五窮，堇父再登而再墜。區區者不余畀，難求如願於人間；倀倀乎其何之，竟作修文於地下〔三〕。嗚呼痛哉！夫臨喪能誄，可爲大夫。旌善書銘，無慚作者。切情善感，伊古爲難。然自青眼初垂，素心乍剖。君方曼倩上書之歲，走亦蘭成射策之年〔四〕。風雨相思，猶憐契闊；雲泥有約，無間升沉。而今者頓喪人琴，淒聞鄰笛〔五〕。

〔一〕「燈窗……之甘」諸句丁巳本作「在他人必將自甘小草，長作勞薪矣。而君樂以忘憂，行有餘力。邊韶便腹，頗有眠功。元之讀書，兼營家計。亦謂一頭之先放，庶幾八翼以齊飛。」

〔二〕豈知，丁巳本作「何圖」。

〔三〕「區區……地下」諸句丁巳本作：「如集於木，慮落落而無人知；薄采其芹，胡區區而不余畀也？如願難覓之人間，修文忽招於天上。五倉形敝，而未信明滛；三折醫來，而已驚解㑊。叢蘭騷怨，苯莒歌哀。催來吹婁之風，靈場宜夜；夢到遊魂之處，紂絶陰天。」

〔四〕走，丁巳本作「僕」。

〔五〕「風雨……鄰笛」諸句丁巳本作：「既風馬其相關，遂雲龍之角逐。冬盤留客，幾度清尊。春色惱人，兩行紅粉。而今日以江淹之一別，作秦失之三號。緣盡先生，天教後死。」

感斗酒隻雞之誓，腹痛難禁；念百人四馬之豪，心期空許〔一〕。撫今追昔〔二〕，泫然不知涕之何從也。其詞曰〔三〕：

璞玉未剖，芳蕤忽收。寂寂人笑，眇眇予愁〔四〕。中壽猶吝，三生易休。永無後會，難忘前遊。淑景扶翹，韶年席厚。累乏家鈐，遊惟文藪。趨步因師，寬柔集友。佳疑謝蘭，弱比張柳。風流自賞，霞綺新裁〔五〕。菑畬古訓，杼柚予懷。三隅易反，八窗洞開〔六〕。高掌遠蹠，人咸子推。顧我交遲，見君恨晚。未識大蘇，先呼小阮。筆硯欲焚，旌旗早偃。苔契同岑，蘭滋九畹〔七〕。驕花寵柳，乳燕新鶯。玉鈎賭酒，銀字調

〔一〕心期空許，丁巳本作「心知聊述」。

〔二〕撫今追昔，丁巳本作「含毫貢憤」。

〔三〕詞，丁巳本作「辭」。

〔四〕眇眇，丁巳本作「渺渺」。

〔五〕霞綺新裁，丁巳本作「雲量彌恢」。

〔六〕「菑畬……洞開」諸句丁巳本作：「踐人秋諾，登爾春臺。胸無城府，談或詼諧。」

〔七〕「筆硯……九畹」諸句丁巳本作：「有約苔岑，叨陪蘭畹。繡湖嬉春，蓉峰策蹇。」

笙。衣裳雲想，絃索風生。〔一〕至今回首，綺夢難醒。璘曜代馳，滄桑頓改。瑣尾畢逋，空拳漸餒。箸借一籌，利營三倍。玉壺買春，沽哉奚待！賜不受命，貨殖徒勞。相如消渴，滌器親操〔二〕。孤營三窟，誰拔一毛。自愧荒俎，無能代庖。今秋訪君，客來不速。牛炙先嘗，鵝兒正熟。伯歌季舞，東餐西宿。襟上酒痕，宛然在目。何圖此會，即是離筵。琴心泣雨，劍氣霾烟。飄零夢草，淒涼紡甎。〔三〕知君此去，含淚重泉。而我淒其，萬感交作。行每附驥，歸思借鶴。累君苦心，免我行脚〔四〕。余自郡城歸，君爲代賃肩輿。一别未遥，九原遽託。嗚呼錦堂，汝竟長辭！生死何速，幽明倏歧。早知永訣，争悔輕離。孤露西華，誰與扶持〔五〕？荒涼東郭，誰與遨嬉？天遠難

〔一〕「玉鈎……風生」諸句丁巳本作：「不我遐棄，與子偕行。誰能遣此，未免有情。」

〔二〕親，丁巳本作「難」。

〔三〕「琴心……紡甎」諸句丁巳本作：「何圖此别，渺隔人天。劍埋地底，鞭讓人先。對牀永隔，破鏡難圓。射雀誰選，童烏忍捐。」

〔四〕此二句丁巳本作：「是冬余遊郡城歸，苦無舟，君爲賃肩輿送至家。」

〔五〕與，丁巳本作「爲」。

問，命微莫知〔一〕。使此人亡，甯余料之。而止於斯，嗚呼噫嘻！

行述〔二〕

朱萃祥

嗚呼痛哉！先大父又棄不孝而長逝耶！自甲午以來，僅數年耳，先府君歿於粤，歸櫬甫窆，而先季父繼之。千里招魂，西河再慟。七十之年，何以堪此！然猶望稍延愛日，使不孝等得替先人少致其一日之養而竟不得遂，長使賫痛，以促餘景。天乎！何至此酷耶！泣念先大父立身行事，具有本末，其見於家庭之際，與不孝等趨侍之所知所聞者，尤爲真切，而無所文飾。知而勿傳，獲戾滋大。爰泚筆和淚，謹述其梗概焉。

先大父諱鳳毛，字竹卿，號濟美，浙江義烏人。考位南公，諱雀，貤贈文林郎，

〔一〕知，丁巳本作「推」。

〔二〕亦見《宗譜》卷五，題作《先大父竹卿公行述》，題下有小字「行師五十二」。

晉贈奉直大夫，累贈中憲大夫。妣成氏，貤贈孺人，晉贈宜人，累贈恭人。初，先曾祖艱於嗣，年至三十九始生先大父，以故憐愛倍至。幼穎悟，比長，學爲文，多奇句，輒驚其長老。年十九，昆明趙蓉舫學使取入郡學爲弟子員。再試優等，補增廣生員。旋丁先曾祖憂。時高祖年躋八十，尚在重闈，先大父昕夕侍膝下，伺候顔色。寢興動作，涼燠〔一〕饑渴，其所以體會之者，無微不至，蓋終其身如一日焉。

當咸豐庚辛間，粤逆擾吾邑，城陷於賊。先大父捐其家資，集所居十餘村爲鄉團，以軍法部勒鄉人子弟，曉以衛國家、死長上之義，示以步伐卒伍、攻取戰守之宜。鄉人子弟服其教而用其命，團勢大振。賊游騎四出摽掠，見輒殲之。賊大憤，怒擁全隊就逼。先大父親督團勇出禦，冒矢石，前死後繼，無少却，賊氣稍餒，遂引退。既而復至，如是者數。屢戰而屢覆之，竟不敢出。附近鄉堡藉以保全者數萬家。明年秋，官軍乘勢進攻，遂復縣城。同事者咸欲上其功於大吏，先大父泫然曰：「吾鄉里世安土樂業，不幸遇寇亂，賴鄉人子弟委血肉、冒鋒刃，出萬死之力以得同免於

〔一〕「燠」原誤作「煥」，據二〇〇八年重修《山盤朱氏宗譜》改。

難，今骸骨未集而吾敢因以爲功乎？」聞者咸嘆服不置，其議遂寢。事平後，醵金錢爲祠三楹於五指山之陽，祔陣亡諸義士。歲時致祭，既又念諸君保衛之庸、死事之烈，咸誌以詩集中，《書金華咸同間兵事》及《南山殺賊歌》皆當時紀實之作也。

同治甲子，應大興吴和甫學使歲試，以高等補廩膳生。前後三赴秋闈不第。而試於有司，輒冠其曹，教授王杏泉學博甚器重之。辛未，丹徒丁濂甫宗師巡試金華，見先大父卷，奇賞之，以置冠其軍。榜發後，以問教授王君，謂：「朱某此卷足爲九學冠，汝所舉優行，獨無其名，何也？」王君以屢舉屢辭爲對。覆試時招至座前，詢以王君所言，先大父肅然曰：「生實一無所優，故不敢冒此美名耳。」宗師笑頷之。次年，詔開孝廉方正特科，郡縣吏欲以其名上聞，先大父固辭曰：「此聖朝曠典，所以待篤行宏學之士，某何人，所敢膺此選？」其淡於仕進如此。未幾，以拔萃貢成均。甲戌，廷試二等，授校官。歷署常山、新昌、龍游、仙居、石門等縣教諭，奉化縣學訓導。光緒十年，選授壽昌縣學教諭。前後十餘年所至，勵學教士，未嘗以官冷生坎坷之感。十二年，先府君在諫臺以言事獲咎，改官主事。先大父亟致書云：「天子所命官一也，毋悻悻去朝廷，毋以敢言自負。」方旨下時，都人士之來晉謁者，見先府君容止自若，無幾微愠色見於顔面，人咸異之。抑知先大父平居手書「諄勉」，其以立品篤學相勖者固已久矣。十七年，學使潘嶧琴侍講上其學行，特旨賞加國子監學正銜。賢能之獎，士林羡之。而先大父以年老乞休，遂卸壽昌教諭，任二十年。

先府君主講粤東廣雅書院，屢謀迎養，以道遠不果。適袁爽秋京卿時方觀察蕪湖，延主中江書院，且貽府君書曰：「皖浙一程之隔，君可藉便爲迎養計。」先府君欲於冬間歸省再定去就，孰意事與願違，先府君竟於是年七月歿於粤東旅邸。先大父聞耗，作詩哭之，極哀。越六年，先季父攝粤東鎮平縣篆，以眷念庭闈，遂卸任之省，屏當公事，爲歸養計。方欲束裝就道，又以病終。時先大父已開七秩矣。每語人曰：「余往時以父子自相師友，自渠兄弟通藉後，宦游南北，數十年來僅藉幾行書以當晤談，今並此而無之，人生到此，能勿悲懷！」言畢愴然淚下。時不孝兄弟在側，均伏地泣，不敢聲。嗚呼！先大父神傷之疾始此矣。

庚子夏，北方拳匪倡亂，勢甚猖獗。吾浙衢屬江常一帶，閩匪亦乘間竊發，金華、蘭溪諸縣一夕數驚，吾邑壤地相連，避亂者接踵至。邑令汪公以上憲團練檄縣見示，欲以團事相屬，而懼以年老爲却。先大父獨慨然許之。於是號召鄰里，編甲伍，繕戎器，治守備，一如在咸豐間捍禦粵寇時事，且能於燈下作細書，函約同里諸君商酌一切。時方盛暑，秉燭揮汗至午夜不輟，人咸服其精神之矍鑠。乃以七月初七日偶感微恙，延醫診治，增減靡常。十一日，客來視疾，猶諄諄以團練事宜爲念。方冀藥石有靈，可以長留愛日，詎身既受勞，病由猝發，參苓罔效，籲禱無靈，延至次日寅初，溘然而逝。嗚呼痛哉！越數日，閩匪據江常，風信益急。金、衢、嚴、處四府，屬紳士趨赴省會，獻四府合團之議，籲請以先大父總其成。中丞劉公、廉訪榮公，先後馳檄，請募練鄉勇爲官軍犄角，諭以勉襄義舉，共濟時艱，詞意甚迫切。比檄書至而先大父已棄養十有餘日，不及見矣。齎志以殁，未竟所長，痛哉！

先大父貌癯而秀，聲如洪鍾，居恒無疾言遽色。其教於家也，慈厚有法，内外服其嚴而樂其通；其施於鄉里，人人皆得其情；其處同官，受盡言則告之過，不受則勿强也。當秉鐸壽昌時，不孝隨侍在側，見學官弟子來請業者，但勖以事親敬長、强學力行之道，詞氣煦煦，若恐傷之，間或以詩歌互相贈答。壽昌經兵燹後，文風不振，先大父日以提倡後學爲事，在任七年，始終一致，故既去而人思慕焉。居恒曠達，不以俗事自牽。酷嗜學，雖甚寒暑，未嘗釋卷。歷官七縣，不施章服，不張輿蓋，以一僕相隨，怡然自得。及歸田後，并其僕亦遣之去。里黨中有事相過從，每徒步獨行，見者不知其曾從大夫後也。先大父生於道光九年己丑八月十六日，卒於光緒二十六年庚子七月十二日，享年七十有二。所著有《虚白山房詩集》四卷、《續集》二卷、《駢文》二卷、《一簾花影樓試帖》一卷、《律賦》一卷、《唾餘集》四卷。配王氏，誥封宜人，晉封恭人。子二：長即先考，諱一新，丙子進士，翰林院編修，陝西道監察御史，奉特旨宣付國史儒林傳；次即季父，諱懷新，己丑進士，工部都水司主事，廣東鎮平縣知縣。女五：長適郡庠生陳名保彝，次適武生宋名德光，次適廪貢生傅名典修，次適太學生余名禔，次適邑庠生丁名玉璋。孫三：長即不孝萃祥，廪貢生；次芝祥，邑庠生；次芸祥，廪膳生。孫女二。曾孫三：長誦芬，次世芬，次祖芬。曾孫女七。

不孝萃祥，謭陋無文，重以苫塊慘哀，語多罣陋，不能揚先人於萬一。惟幸先大父遺書尚在海内，君子必有讀是書而知其志者。儻哀而賜之誌傳銘誄，以慰九原，不孝世世子孫死且不朽。

不孝承重孫朱萃祥泣血謹述

賜進士出身翰林院編修降五級調用世愚侄梁鼎芬填諱

一簾花影樓試帖律賦

一簾花影樓試律詩[一]

視履考祥[二]

行檢終身定，端資考鏡詳。黄離剛繼照，素履貴徵祥。但視芳蹤飭，懸知茀禄康。錯然能主敬[三]，俾爾必餘慶[四]。道在和而至，禎應主有常。霜凝初六慎，雲集滿

〔一〕卷首第二行有「義烏朱鳳毛竹卿」七字，今删去。下卷同此。丁巳本書名作《虚白山房試帖》。
〔二〕此首見丁巳本卷五頁一。
〔三〕主，丁巳本作「止」。
〔四〕俾爾，丁巳本作「休矣」。

千儹。不咥亨如復，其旋吉正長。光明欽帝位，獻壽頌無疆〔一〕。

晝日三接〔二〕

覲光承寵渥，晉接受恩覃。計日纔周一，瞻雲已覲三。輸丹宣德勉，行素省身諳〔三〕。肄雅宜鳴鹿，徵書屢駕驂。離明何待繼，乾晝可同探。帝自慾風警，臣蒙湛露涵。台星重煥彩，霖雨早施甘。拜手嵩呼後，蕃釐愧未堪。

〔一〕獻，丁巳本作「聖」。
〔二〕此首見丁巳本卷五頁二。
〔三〕行，丁巳本作「平」。

井收勿幕[一]

何處徵元吉，功惟上六全。于收占井養，勿幕引蒙泉。永少羸瓶慮，誰疑敝甕穿。鹿盧忙此日，象揜笑當年。清汲盤中水，圓澂鏡裏天。禽應窺古甃，鮒已射深淵。爲有源頭活，從教漱齒堅。聖朝宏受福，鑿飲亦欣然。

君子思不出其位[二]

態易風雲變，須防出位馳。糾繩嚴以範[三]，踰矩戒其思。魯頌無邪句，齊廷不歷

[一] 此首見丁巳本卷五頁三。

[二] 此首見丁巳本卷五頁三。

[三] 範，丁巳本作「位」。

時。芸田休我舍，越俎任人爲〔一〕。射鵠須防失，亡羊莫誤歧〔二〕。藉非棠棣僞，奚事澧蘭癡。止水明懷抱，兼山玩訓辭。好憑君子意，仰答聖皇知〔三〕。

説築傅巖之野〔四〕

軒冕泥塗日，偏勞物色求。君曾荒野遯，臣亦傅巖留〔五〕。小築方操版，翹材未作舟。畫圖通夢象，鼛鼓勉工鳩。雨待施諸夏，星先隱幾秋。其繩規則直，若藥瞑能瘳。釣渭前津導，耕莘後繼優。帝廷欣賚弼，文命對揚休。

〔一〕人，丁巳本作「他」。
〔二〕此二句丁巳本作「己鵠惟行素，心猿詎涅緇」。
〔三〕皇，丁巳本作「人」。
〔四〕此首見丁巳本卷五頁五。
〔五〕亦，丁巳本作「且」。

若虞機張〔一〕

政治堪通射，先幾貴預圖。箭良應用夏，機審試觀虞。招自皮冠待，張宜角幹須。弩牙持滿始，彄鼻挽强俱。但見弸中矦，難容彀率渝。流星遲赴的，圓月早彎弧。發定驅狐獲，占疑即鹿無。莫教輕決拾，省括式前模。

我姑酌彼金罍〔二〕

初無歡飲意，瞥眼覩金罍。怕憶人千里，姑斟酯一杯〔三〕。我心勞日月，厥像肖雲

〔一〕此首見丁巳本卷五頁五。

〔二〕此首見丁巳本卷五頁六。

〔三〕斟，丁巳本作「傾」。

雷。浮白宫娥送，酡紅侍女猜。聊將離緒遣，豈是酒懷開。香撲花缸末〔一〕，春生綺閣纔〔二〕。兕觥遲爾勸〔三〕，螺盞許誰陪。從古言情始，唐賢遜雅裁〔四〕。

瓊瑰玉佩〔五〕

寶氣瓊瑰耀，深情玉佩將〔六〕。送行新樂府，贈別古咸陽。永好珍貽玖，鏘鳴律中璜〔七〕。衝牙輝雜組，脱手壓歸裝〔八〕。豈等盈懷夢，相期比德臧。乘黄猶慊意，結緑快

〔一〕此句丁巳本作「漿合瓊相稱」。
〔二〕此句丁巳本作「山應玉半頹」。
〔三〕勸，丁巳本作「酌」。
〔四〕此二句丁巳本作「指日鸞旌返，從新倒緑醅」。
〔五〕此篇見丁巳本卷五頁七。
〔六〕深情，丁巳本作「鳴聲」。將，丁巳本作「鏘」。
〔七〕此二句丁巳本作「瑶或和琚報，瓚宜共珈償」。
〔八〕此二句丁巳本作「山元萌吉兆，水碧燭歸裝」。

傾囊。金玦思前事，珠旗指故鄉。如何沉白璧，舅氏轉張皇。

譽髦斯士〔一〕

廣譽真無負，時髦遹有聲。在宫嚴顯射，斯士荷陶成。璋奉峩峩彦，楨誇濟濟英。倬雲瞻百辟，惟月省諸卿。有處裳華詠，攸宜棫樸賡。於人觀所試，烝我竭其誠。尚父鷹揚績，曾孫駿惠情。登庸邀寵錫〔二〕，巖穴逮干旌。

於樂辟廱〔三〕

圜辟鴻儒集，臨廱鳳輦殷。於皇昭聖治，樂豈聚人文。取義分壅積，藏書重典

〔一〕此首見丁巳本卷五頁七。

〔二〕錫，丁巳本作「眷」。

〔三〕此首見丁巳本卷五頁八。

墳。規模天法遠，道德海流芬。教本同時雨，徵還待大昕。象璜看異類，鼍鼓聽宣賁。雅服冠裳匯，元音虞業聞。宸衷勤視學，多士盡含欣。

在泮獻功〔一〕

一聽鐃歌唱，旌旗擁泮宮。經横剛肆雅，琛獻此論功。獲醜歡呼處，圜橋列視中。聲聲鸞噦徹，蹻蹻虎臣雄。芹采環池緑，塵飛捷騎紅。選丁隆入學，洗甲快平戎。飲酒君侯止，銘勳戰士同。修文兼偃武，治定仰皇衷。

水昏正而栽〔二〕

未測昏黄候，何由動土功。栽陳堪卜築，水正恰當空。躔豈明河接，時剛淡月

〔一〕此首見丁巳本卷五頁八。

〔二〕此首見丁巳本卷五頁九。

籠。欲規繩則直，須視定方中。有耀三商見，無偏九坎同。地將承縮版，天爲示離宮。火致前番用，冬休異日工〔一〕。宸居欽建極，垂象法蒼穹〔二〕。

鶴有乘軒者〔三〕

除却鳴臯者，誰邀格外恩。昔聞鸞對鏡〔四〕，今見鶴乘軒。鳳輦名相稱，雞群品自尊。銜珠應照乘，取箭或回轅。露警朱輪溼，雲披白氅温。輿猳成衛俗，載獫似秦園。豈料犀軍入，難留羽客存。夫人魚饋後，舊事怕重論。

〔一〕異，丁巳本作「後」。

〔二〕蒼，丁巳本作「皇」。

〔三〕此首見丁巳本卷五頁九。

〔四〕鸞對鏡，丁巳本作「牛服軛」。

三周華不注〔一〕

不到華不注，雄心總未甘。背城違借一，挫敵倏周三。路比茅攢險〔二〕，峰如棣鄂含〔三〕。飛南同繞鵲，逐北肯停驂。避舍關風峭〔四〕，揮戈落日酣。虎牙圍列騎，蟻磨帀層嵐。鼓角連聞警，山川代抱慚。那知求丑父，出入尚能堪。

〔一〕此首見丁巳本卷五頁一一。

〔二〕茅攢，丁巳本作「攢茅」。

〔三〕棣鄂，丁巳本作「綺蕚」。

〔四〕關，丁巳本作「邊」。

翠被豹舄〔一〕

被舄華如此，祈招愧楚靈〔二〕。翠鋪真燦爛，豹飾更晶瑩〔三〕。繡袷應慚白〔四〕，絲絇早避青。背嵌殊翡色〔五〕，鞹誚異羊形〔六〕。藴碧肩還聳〔七〕，窺斑足暫停。羽毛鮮曜日，衣履綴零星。珠定相依久，祛曾學製經。揚鞭銀海裏，輝映倍瓏玲〔八〕。

〔一〕此首見丁巳本卷五頁一二。
〔二〕祈招愧，丁巳本作「南風笑」。
〔三〕此二句丁巳本作「翠真鋪爛漫，豹更飾晶熒」。
〔四〕應慚，丁巳本作「原殊」。
〔五〕殊翡色，丁巳本作「魚虎采」。
〔六〕此句丁巳本作「鞹異犬羊形」。
〔七〕還，丁巳本作「應」。
〔八〕瓏玲，丁巳本作「玲瓏」。

鸚鵡能言〔一〕

怪底防鸚鵡，前頭寂不喧。只緣禽太巧，更比鴨能言。紅豆窺人意，青春話旅魂。驚寒渾欲喚，訴夢待重論。牙慧誇新拾，心經把故温。三生工綺語，百舌愧塵根。豈爲聰明誤，從教色相存〔二〕。平安詢異日，猶自解銜恩。

行慶施惠〔三〕

辰極端居北，寅杓始指東。慶行崇式燕，惠保徧龐鴻。拜粟仁人厚，蠲租比户

〔一〕此首見丁巳本卷五頁一三。

〔二〕教，丁巳本作「何」。

〔三〕此首見丁巳本卷五頁一三。

同。有餘因善積，不費亦恩隆。雲爲呈祥麗，風真暢物融。登春時正泰，函夏賫何豐。令甲看森布，由庚驗棣通。綍綸頒詔後，望幸聽呼嵩。

鶡旦不鳴〔一〕

尋常聞鶡旦，清夢破疏鐘。豈料鳴終歲，偏教耐仲冬。五更將向盡，寸喙是誰封。樹底號寒慣，窗前唤曙慵。殘星低睒睒，報日失嚨嚨。漫作司晨想〔二〕，徒看健鬭容。烏空啼月落，雞獨唱霜濃。百舌無聲者，陰陽信類從。

〔一〕此首見丁巳本卷五頁一四。

〔二〕漫，丁巳本作「不」。

大昕鼓徵〔一〕

頒詔徵多士，臨廱仰大文〔二〕。鳳喈昕始透〔三〕，鼉吼鼓遥聞。圓辟晴暾上，圜橋曙色分。三撾如點雨，萬入待瞻雲。雷動喧經幄，霞開湧彩紋。催花聲漫擬，釋菜禮尤殷。〔四〕簨虡嚴諏吉，衣冠肅樂群。宸衷隆學校，芹藻永流芬。

〔一〕此首見丁巳本卷五頁一四。

〔二〕仰大文，丁巳本作「重考文」。

〔三〕喈，丁巳本作「鳴」。

〔四〕「雷動……尤殷」四句丁巳本作：「樂節逢丁肆，朝乾飭己勤。聲催雷響徹，禮並日華薰。」

剪髮爲髫〔一〕

胎髮鬅鬙裹，何時始弄孩。剪從三月起，髫作片雲堆。妙手容修乍，芳姿秀發纔。角羈休誤鬌，兒女試分猜。覆額垂垂盡〔二〕，韶顏漸漸開。當風雙總丱，指日兩髦裁。幾費良辰卜，相期稚子才。誰知成老大，轉瞬鬢毛催。

筮日筮賓〔三〕

冠禮由來重，端須卜筮神。承麻占吉日，涖事擇嘉賓。玉醴猶遲醮，瓊茅已早

〔一〕此首見丁巳本卷五頁一五。
〔二〕覆額，丁巳本作「短髴」。
〔三〕此首見丁巳本卷五頁一六。

陳。剛柔推後甲，則儆敬先申。吉並騷經選，情緣燕樂親〔一〕。靈蓍通内外，圓策協天人。八頌鴻儀定，三加雀弁新。他時看執筴，賜字及良辰。

雷聲忽送千峰雨〔二〕

萬木無聲際，陰雲一片封。忽驚雷百里，頓送雨千峰。雄逼層巒虎，腥噓絶壑龍。河流疑倒瀉，霆響欲横衝〔三〕。風滿樓三面，濤喧澗幾重。掣來飛電疾〔四〕，催遍溼烟濃。潑墨天無色，排青岫改容。陡然開夕照，依舊碧芙蓉。

〔一〕此二句丁巳本作「穀待聞雞旦，苹歌式燕晨」。
〔二〕此首見丁巳本卷五頁一七。
〔三〕此二句丁巳本作「阿香車乍轉，屏翳陣旋衝」。
〔四〕飛，丁巳本作「流」。

水面痕生驗雨來

細雨來無定，殷勤驗幾番。簷牙遲瀉溜，水面早生痕。萍破連根徙，荷欹帶葉翻。忽看圓暈盪，纔覺滴聲喧。鏡漾泡難數，珠跳點漸繁。微渦添半沼，涼意透重軒。待到開新霽，依然漏晚暄。芳田應灑遍，何必快傾盆。

畫出清明二月天

無數垂楊緑，清明淡沱天。二分春正好，一色畫堪憐。態度宜臨水，光陰到禁烟。踏青容我慣，潑墨問誰妍。西日剛千縷，東風又一年。與花添粉本，和絮糝香綿。渲染桃霞外，描摹穀雨前。鄜州城外路，遊賞付吟鞭。

春逢穀雨晴〔一〕

争怪春陰薄，良辰久望庚。棃雲剛破夢，穀雨忽逢晴。露漬花猶潤，烟開柳乍横〔二〕。采茶天氣暖，行李麴塵輕。新霽聽鸝館，斜陽叱犢聲。風和聯上巳，魂斷記清明。畫稿濃邊得，詩懷静裏生。鳳城輝舜日，時若頌昇平。

髑髏飲酒雪一丈

雪窖誰酣飲，琵琶不用催。酒澆肩髀冢，盌借髑髏臺。凍白堆盈丈，腥紅漬滿杯。模糊和霰嚼，慘淡噤風偎。燐火殘骸閃，邊聲畫角哀。沙場拌醉卧，烟磧盼春

〔一〕此首見丁巳本卷五頁一七。
〔二〕乍，丁巳本作「正」。

回。瑟縮人難勸，揶揄鬼亦猜。羊羔金帳底，猶擁侍兒陪。

淡妝濃抹總相宜[一]

妝抹兼濃淡[二]，都成絶妙辭。南屏看總好，西子比還宜[三]。柳彈輕描黛[四]，花明細點脂[五]。天然空色相，豔絶鬭腰支[六]。景更連三竺，圖應賽十眉[七]。淺深俱入畫，晴雨可尋詩。石浄紗堪浣，波平鏡乍窺。幾多青雀舫[八]，少伯屬伊誰？

〔一〕此首見丁巳本卷五頁一九。

〔二〕此句丁巳本作「澹抹濃妝裏」。

〔三〕還，丁巳本作「相」。

〔四〕柳彈，丁巳本作「嫩碧」。

〔五〕花明，丁巳本作「嫣紅」。

〔六〕此二句丁巳本作「效顰花靨媚，扶醉柳腰攲」。

〔七〕賽，丁巳本作「較」。

〔八〕幾，丁巳本作「許」。

載得金華一半青

林壑金華勝，扁舟盪碧灣。十千浮白醉，一半載青還。松嶺横新黛，蓉峰擁曉鬟。同摇雙槳月，未壓滿篷山。嵐翠霏微外，溪烟欸乃間。平分晴靄緑，不帶夕陽殷。船小何嫌重，囊空莫笑慳。蘭江東去好，無數畫屏環。

平原君斬美人頭謝躄者〔一〕

早識今須謝，當初悔倚樓〔二〕。爲嗤鄰叟足，竟斬美人頭。絲樣遲君繡，刀光對客

〔一〕此首見丁巳本卷五頁一九。

〔二〕悔倚樓，丁巳本作「莫笑休」。

抽〔一〕。翁毋慚勃窣，鄉已了温柔。跛鼈平生憾，驚鴻一旦休〔二〕。重酬應雪恥，豪舉不風流。公子推心日，寒門釋怨秋〔三〕。登臺嗤御者，同是快恩讐〔四〕。

鴻門宴〔五〕

千古寒心事，鴻門險孰同。倉皇驚舉玦，僥倖脱樊籠。樽酒方開宴，軍麾竟伏戎。恩讐雙劍下〔六〕，楚漢一杯中〔七〕。天意真龍屬，人謀畫虎空。閉關何鹵莽〔八〕，逃席

〔一〕客，丁巳本作「妾」。
〔二〕此二句丁巳本作「舊寵邯鄲罷，新妝粉黛收」。
〔三〕此句丁巳本作「寒家快意秋」。
〔四〕此二句丁巳本作「青娥知悔否，多事此登樓」。
〔五〕此首見丁巳本卷五頁一九。
〔六〕恩讐，丁巳本作「安危」。
〔七〕楚漢，丁巳本作「疑信」。
〔八〕此句丁巳本作「操刀遲割據」。

愧英雄。危局分羹似，前籌借箸工〔一〕。區區成敗論，未忍笑重瞳。

虞兮虞兮奈若何〔二〕

不盡虞兮感，重瞳竟至斯。有誰能遣處，無可奈何時〔三〕。鸞鏡情難捨，鴻門悔莫追。餘生拌馬革〔四〕，薄福累蛾眉。疊唱疑歌鳳，長辭等逝騅。英雄分手恨，兒女斷腸詞〔五〕。對飲金尊擱，相看玉筯垂。春風聽一曲，猶自舞花枝。

〔一〕此二句丁巳本作「度枉恢當日，歌憑唱大風」。

〔二〕此首見丁巳本卷五頁二〇。

〔三〕此二句丁巳本作「英雄分手恨，兒女斷腸詞」。

〔四〕拌，丁巳本作「拚」。

〔五〕此二句丁巳本作「有誰能遣處，無可奈何時」。

聞雞起舞〔一〕

中原方逐鹿，烈士忽聞雞。起舞添燈火，悲歌動鼓鼙〔二〕。英雄增激越，風雨助清凄。腷膊三聲報，縱横兩袖低。蓮花霜影外，茅店月輪西。壯志須身試，翰音恍耳提。鵬摶開道路，蠖屈忍塗泥。待看先鞭著，他年氣吐霓。

温太真僞醉以手版擊墜錢鳳幘

欲弭讒人口，何如倚醉優。絶裾驚慷慨，擊幘露權謀。纔握牙璋穩，佯爲手版投。精神空滿腹，指顧忽科頭。罵座喧浮蟻，當筵笑秃鶖。借端真快舉，作僞亦名

〔一〕此首見丁巳本卷五頁二〇。

〔二〕悲，丁巳本作「高」。

流。共訝高顏墜，應無倒執愁。丹陽從此去，偉績固金甌。

淩雲一笑

遺世談何易，還能一笑耶。淩雲看解脱，朝露謝生涯。跨鶴排空上，垂虹絢綵遮。癡人憐宿草，天女助拈花。撒手真無累，掀髯蔑以加。筆呵瓊島客，賦獻玉皇家。那惜騎驢墜，誰將翥鳳誇。投壺流電閃，上界亦喧譁。

沈初明經通天臺上漢武帝表

無限思歸意，高臺正兀然。蓬飄來異地，草奏上通天。盤折難承露，章陳早涌泉。每傷文士賤，遥冀武皇憐。詞采秋風振，鄉心落日懸。登樓王粲賦，廢苑太初年。南國今遊子，西京古望仙。故宫三十六，誰更弔寒烟。

唐舉子奔馳入京應不求聞達科

應舉尋常事，偏教耳食訛。奔馳無倦者，聞達不求科。只帶輕裝去，違防捷徑訶。高風諸葛仿，瞥電轉蓬過。西笑忙如許，東山望若何。循名知爾誤，薄宦累人多。充隱翻窠臼，移文愧薜蘿。安車能却聘，誰唱采芝歌？

白樂天作長恨歌〔一〕

一聽漁陽鼓，何人不黯然。恨真同地久，歌假樂天傳。桂殿涼如水，梨園散似烟。鈴聲寒夜曲，樂府懊儂篇〔二〕。遺事青娥説，新吟紫禁編〔三〕。秋空星有誓，春老海

〔一〕此首見丁巳本卷五頁二〇。

〔二〕此句丁巳本作「鈿合再生緣」。

〔三〕此二句丁巳本作「才子風情擅，君王月貌憐」。

難填。詩史千秋筆，仙山再世緣〔一〕。石湖如續此〔二〕，應亦爲華顛。

香山居士遺楊枝〔三〕

柔情忘不得，無奈遣楊枝。居士垂垂老，佳人豔豔姿。風懷難稱我〔四〕，雲鬟好憐伊。境豈生稊早，期防嫁杏遲。自慚添馬齒，争忍誤蛾眉。短髪看如此，長條屬阿誰。料貽紅粉處，的勝白家時。怪底香山集，詩歌半別離。

〔一〕此二句丁巳本作「遺事青娥説，新詩紫禁編」。

〔二〕此句丁巳本作「文通如賦此」。

〔三〕此首見丁巳本卷五頁二一。

〔四〕懷，丁巳本作「光」。

新婚别〔一〕

話到生離苦，深閨拭淚痕。況堪成遠别，正是賦新婚〔二〕。鴛琖剛同卺，驪歌已在門。東牀權坦腹，南浦黯銷魂。契闊頻年感，綢繆幾日恩。結褵紅葉句，分袂緑楊村。紫塞知誰返，藍橋忍再論。料逢垂老者，相對各聲吞〔三〕。

杜牧之當筵乞紫雲〔四〕

無計奈蛾眉，當筵浪吐詞。試將紅袖乞，不管紫雲嗤。買欠珍珠斛，歡傾玳瑁卮。霜威聊我霽，風骨爲卿卑。醉語難禁後，柔腸欲斷時。十年誰夢覺，千古此情

〔一〕此首見丁巳本卷五頁二一。
〔二〕是，丁巳本作「值」。賦，丁巳本作「慶」。
〔三〕對，丁巳本作「見」。
〔四〕此首見丁巳本卷五頁二一。

癡。緑葉嫌遲暮，青琴感別離[一]。勝他金谷客，强與索花枝。

樊若水量采石江

一闋家山破，長江已被量。險猶憑采石，兵早渡飛航。縋堞思投紡，盛沙笑壅囊。繩牽千丈闊，梭織一船忙。地似周天測，人疑捉月狂。奇才資敵國，妙算定浮梁。臥榻安容睡，奔流不用杭。秦淮衣帶水，從古閱降王。

短長肥瘦各有態[二]

各各揮毫態[三]，髯蘇論不虚。短長俱合度，肥瘦總工書。體恰封箋稱，才非襪綫

〔一〕琴，丁巳本作「樓」。

〔二〕此篇又見顧廷龍編《清代硃卷集成》第三九七册，臺北成文出版社一九九二年版，頁一〇七。其題爲《賦得短長肥瘦各有態》，題下小字「得書字五言八韻」。

〔三〕各各，《清代硃卷集成》作「欲識」。

攄。豬誰將墨誚，燕豈比環如。結構原無定〔一〕，丰神自有餘〔二〕。寸還同尺較〔三〕，古亦並今譽。朗潤懸珠後，盤旋振筆初〔四〕。笑他拘一律，辛苦辨蟲魚。

提筆四顧天地窄〔五〕

四顧蒼茫感〔六〕，全神付草書。雲烟揮欲滿〔七〕，天地窄無餘。快意縱横處，含毫睥

〔一〕此句《清代硃卷集成》作「舒卷真無礙」。
〔二〕神自，《清代硃卷集成》作「姿各」。
〔三〕還，《清代硃卷集成》作「應」。
〔四〕盤旋振，《清代硃卷集成》作「縱横落」。
〔五〕此首見丁巳本卷五頁二二。
〔六〕蒼茫感，丁巳本作「雄情盪」。
〔七〕欲滿，丁巳本作「正利」。

睆初〔一〕。藏鋒垂露似，行氣吐虹如。放眼空餘子，豪情薄太虚〔二〕。淋漓憑腕脱〔三〕，躅躇礙眉舒。醉墨雄千古〔四〕，高歌隘一廬〔五〕。晉唐遺跡在，傑構自堪攄。

庭際俯喬林〔六〕

不到高齋望，庭除翠影侵。閑來憑傑閣，俯視失喬林。繞砌環幽壑，登樓揖遠岑。置身淩樹表，放眼豁闌陰。木末風微度，階前籟久沉。平鋪餘靄淡，低漏夕陽

〔一〕此二句丁巳本作「酣暢含毫後，縱横落筆初」。

〔二〕此二句丁巳本作「得勢添豪興，摩空薄太虚」。

〔三〕此句丁巳本作「指揮容眼放」。

〔四〕醉墨雄，丁巳本作「舉目高」。

〔五〕高歌，丁巳本作「居身」。

〔六〕此首又見顧廷龍編《清代硃卷集成》第三九七册，臺北成文出版社一九九二年版，頁一〇八。其題爲《賦得庭際俯喬林》，題下小字「得林字五言八韻」。

深。景合垂頭瞰，人宜絶頂臨[一]。元暉詩句好，負手試長吟。

自起移燈照海棠

花影離燈遠，何由見海棠。試教移紫穗，自起照紅芳。猩血春痕黯，蚖膏夜色涼。愛看慵睡好，肯使代挑忙。檠訝摇青暈，箋應補緑章。勝他燒燭否，引我捲簾剛。篝火籠深院，堆霞映畫廊。有人還惜汝，只欠幾分香。

塞雁一聲霜滿天

塞雁何時到，長空此一聲。月華如水淡，霜氣滿天晴。砧杵纔停響，關山不計程。平沙餘嘹唳，萬瓦倍分明。涼露三更重，殘星幾點横。秋將蘆岸逗，人恰板橋

[一] 宜，《清代硃卷集成》作「原」。

行。大漠寒初迫，空閨夢乍驚。會當題塔去，朝旭上蓬瀛。

莊周夢爲蜨

夢裏逍遥趣，人間解脱方。魚曾知惠子，蜨又化蒙莊。栩栩三更後，沈沈一榻旁。往來香國幻，遊戲漆園忙。我相看無礙，天倪露不妨。因原非想到，空與色俱忘。秋水南華妙，春風北枕涼。漫將蕉鹿比，醒後但徬徨。〔二〕

〔二〕底本卷末末行有「男一新懷新校字」七字，今删去，下卷同。

一簾花影樓律賦〔一〕

一月三捷賦〔二〕以「戎車既駕，我武惟揚」爲韻，乙卯科試四名

仁者無敵，偏師獨攻。剋期制勝，計日成功。敵愾倍雄於將士，宣威早決於元戎〔三〕。將軍從天上飛來，狼烽掣電；妖氣向旄頭落去，鶴唳驚風〔四〕。一經朔望之更，

〔一〕丁巳本書名作《虛白山房律賦》。
〔二〕此篇見丁巳本卷六頁七。
〔三〕早決於，丁巳本作「首领夫」。
〔四〕「将军……驚風」諸句丁巳本無。

祥蕢纔换〔一〕；三見欃槍之掃〔二〕，破竹真同。昔周之征玁狁也，仍執醜虜〔三〕，不遑啓居〔四〕。城朔方而命帥，援焦穫而飛旟〔五〕。霹靂摧其將略〔六〕，風雲護其儲胥。直北窮青林之塞〔七〕，指南製黄帝之車〔八〕。從教六月興師，既成常服；會見三邊奏捷，畏此簡書〔九〕。然而時日太淹，芻茭終費。海不澆螢，兵難刺蜚〔一〇〕。倘沼吴期廿載而遥，取

〔一〕祥，丁巳本作「落」。
〔二〕此句丁巳本作「三奏疆場之凱」。
〔三〕此句丁巳本作「有征無戰」。
〔四〕此句丁巳本作「非種必鋤」。
〔五〕「城朔……飛旟」二句丁巳本無。
〔六〕略，丁巳本作「領」。
〔七〕直，丁巳本作「逐」。窮，丁巳本作「震」。
〔八〕丁巳本此句下有「翳窟中之狡兔，真釜底之遊魚」二句。
〔九〕「從教……簡書」諸句丁巳本作「縱教戍鼓鳴時，月馳羽檄；定見邊烽静後，捷報飛書」。
〔一〇〕此二句丁巳本作「邊警難除，我心莫慰」。

潞或踰年猶未。收兩都而稽十月，鐃綏聞歌；拔廣州而過五旬，鼓空作氣〔一〕。就使九攻制勝，書戰績而彌彰；終嫌四伐需時，覺武功之有既。而乃如飛如翰，是類是禡。積甲偏多〔二〕，彎弧無暇。月未易夫甲庚，捷遞傳夫郵舍〔三〕。再接再厲，戈驚落日之揮〔四〕；上弦下弦，箭速流星之射〔五〕。差似勝齊逐北，層巒倏見其三周；豈同伐鄭觀兵，兩載只勞夫三駕〔六〕。其三捷也〔七〕，戰壘揚塵，軍容似火。俘囚絡繹於車中，旗幟爭搴於道左。踰溝而誓掃鯨鯢，避舍而旋消幺麽。蟾光圓缺，纔看月琯之更新；虎旅騰驤，屢見捷書之報可〔八〕。倘致太平之雨，洗兵則三度沾衣；如逢占候之風，應角則

〔一〕「倘沼……作氣」諸句丁巳本作：「倘十年始可以平吳，終歲尚難於渡渭。」
〔二〕偏多，丁巳本作「未遑」。
〔三〕夫，丁巳本作「於」。
〔四〕此句丁巳本作「重揮落日之戈」。
〔五〕此句丁巳本作「屢速籥雲之駕」。
〔六〕「差似……三駕」四句丁巳本無。
〔七〕「其」字上丁巳本有「則見」二字。
〔八〕「蟾光……報可」四句丁巳本無。

三句報我。三箭揚威，三郊耀武〔一〕。夷吾何待於三驚〔二〕，楚室漫誇夫三户。月營移三處之屯，露布獻三番之虜。比武穆之擒楊太〔三〕，僅溢其雙〔四〕；笑齊師之伐燕人，可舉其五。曾記三年零雨，懷歸而猶感栗薪；那知帀月光陰，行賞而頻歌《杕杜》〔五〕。豈無《六韜》制勝〔六〕，四返矜奇。七縱七擒之效〔七〕，八戰八克之師〔八〕。孰若此運籌在握〔九〕，決策攸宜。耳不及疾雷之掩〔一〇〕，師真如時雨之施。欣看浹日功成，禽三驅而

〔一〕郊，丁巳本作「軍」。

〔二〕夷吾，丁巳本作「鬼方」。又「驚」字丁巳本作「年」。

〔三〕武穆，丁巳本作「岳侯」。擒，丁巳本作「討」。

〔四〕溢，丁巳本作「多」。

〔五〕「曾記……《杕杜》」四句丁巳本無。

〔六〕豈無，丁巳本作「彼夫」。制，丁巳本作「紀」。

〔七〕「七」字上丁巳本有「著」字。

〔八〕「八」字上有「致」字。

〔九〕孰若此，丁巳本作「非不」。

〔一〇〕「耳」字上丁巳本有「孰若此」三字。

勿失；却笑聞風遠竄，兔三窟而何爲〔一〕。陳俘銘方叔之勳〔二〕，伊人所謂；飛檄重枚皋之選〔三〕，吉士其惟。皇上乾綱合撰〔四〕，泰運呈祥〔五〕。近櫜弓矢，遠貢梯航〔六〕。九伐宣威〔七〕，何礙當車之螳拒〔八〕；七旬舞羽〔九〕，漫誇推轂之鷹揚〔一〇〕。行看書到甘泉，天威震疊；從此兵銷薄海，化日舒長〔一一〕。

〔一〕「欣看……何爲」四句丁巳本無。
〔二〕陳，丁巳本作「獻」。
〔三〕飛，丁巳本作「馳」。選，丁巳本作「望」。
〔四〕「皇」字上丁巳本有「我」字。合撰，丁巳本作「獨握」。
〔五〕呈祥，丁巳本作「方長」。
〔六〕此句下丁巳本有「表一善而勝殘去殺，用三能而除莠安良」二句。
〔七〕此句丁巳本作「聖域無疆」。
〔八〕拒，丁巳本作「臂」。
〔九〕此句丁巳本作「天威丕顯」。
〔一〇〕漫誇，丁巳本作「行看」。
〔一一〕「行看……舒長」四句丁巳本無。

畫橋碧陰賦[一]以「畫橋新緑一篙深」爲韻，乙卯科覆四名

金粉闌干，蔚藍世界。暖意方融[二]，韶光未邁。平疇之草色含嬌，曲岸則花聲喚賣[三]。陰連左右，迎暄而一碧難描；橋架西東，映水而雙清如畫。昔表聖之論詩也，謂纖穠之可愛，竝綺麗之當標。菁華抽其意藥，藻采襯其詞條。曲徑藏鶯而轉媚，落花依草而彌嬌。恍如金碧之遊，人遮樹影[四]；無數翠陰之護，春滿河橋。不見夫畫闌曲曲，碧漲粼粼。陰迷渡口，橋臥湖唇。樓臺淡冶，烟雨丰神。波涵有暈，天浄無塵。摹來粉本千重，景真秀麗；寫出詩情一片，調更清新。如此吟詩，自然絶俗。品擅芳腴，姿縈繁縟。錦雲繡霧，逸致如生；殘月曉風，幽懷頓觸。一掩一重之内，雁

〔一〕此篇見丁巳本卷六頁二一。

〔二〕融，丁巳本作「添」。

〔三〕岸，丁巳本作「巷」。

〔四〕影，丁巳本作「蔭」。

齒排紅；半晴半雨之時，鴨頭釀緑。三月濃春，一枝彩筆。水鏡神虚，山楹思逸。濃拖水墨之痕，澮寫丹青之質。橋邊膏膩，漾輕紋而虹板條條；陰外香浮，探韻事而馬蹄一一。是以品邀月旦，興擅風騷。綴鮮穠以成格，含潤滑以濡毫。春色增十分豔冶，詩心助無限雄豪。仿柳陰路曲之吟〔一〕，柔枝萬縷；擬明鏡彩虹之句，新水三篙。青綃斜曳，紅板低侵。嵐浮曠野，瀑濺遥岑。帽影鞭絲，騁懷觴詠；茶鐺酒榼，覓趣幽深。陰已滿枝，笑杜牧尋春之晚；橋堪題柱，作相如壯志之吟。

擬謝惠連雪賦甲子歲試一名

歲序晏，窮陰凝。瘦日韜景，凄飆撼林。梁王既使鄒生賦酒，枚叔賦柳。於是置飲於落猨之巖，高會於棲龍之岫。佳篇尋繹，清商迭奏。俄而珠塵霏，瓊霙灑，天同雲而不流，雪漫空而遂下。王乃歌維霰之什，披北風之圖，抽毫進牘，以命司馬大夫

〔一〕吟，丁巳本作「詞」。

曰：「曩者群賢分賦，吾子獨無，盍狀斯景，爲寡人娛？」相如曰：「唯唯。臣聞見晛詠於周雅，其雩著於《邶風》。廣延有青雪之異，嵰山進甜雪之供。齊侯出粟而民附，漢使餐氈而道窮。悉數之不能終其物也，而猶非體物之能工。若乃黍谷律窮，寒門燄迫。吴牛罷喘，火鼠潛匿。急景凋年，層陰峭夕。烟暝遥青，天低淡墨。鴉噪群而噤聲，禽瘁羽而無色。明積素於林表，曳匹練於巖側。始則回翔飄瞥，悠揚零亂。似密仍疏，將斜復斷。翦水瓏玲，鏤冰璀璨。既乃紛積荒郊，平鋪野岸。花攬空而作團，光皎夜而疑旦。每雜雨而連緜，忽因風而四散。爾其延緣屋霤，冪歷庭柯。瞥兮若天花墜，雜糅而紛羅。絮鹽交飛，瓊瑶碎步。朗兮若玉山行，輝映而回互。大地浮白，群山失青。皦兮若水精域，晃漾而晶熒。凍雲乍開，皓月冷照。璨兮若不夜城，光明而炫耀。或入幕而飆迴，或穿窗而烟接。或璧臺而侵裾，或玉除而印屧。乾坤一清，樓閣千疊。雖凝曜之不同，固幽賞之並愜。君王迺經梟渚，循鶴洲。宮曜靈，館忘憂。開園林之曲宴，參賓從之清游。舞交竿而縈袨，儷幽蘭而發謳。醉顔微醺，晶光眩眸。深三尺而不寒，諒無戀乎重裘。若夫泥淤窮巷，風饕破屋。大漠迷茫，長途瑟縮。煨榾柮而無燄，陷輪蹏而轉蹙。此雌風之憞溷鬱邑，夫何足語懿藩之遊目？」鄒陽聞之，循翫吟哦。停觴抽軫，爲白雪之歌。歌曰：「披翠幄兮矚層巘，思踏雪兮時未晚。美人兮不來，折梅花兮寄遠。庶故實兮今始，貽嘉名兮雪苑。」梁王曰：「善！足揜衆長。」乃命枚叔起爲卒章。亂曰：「天降時雪，四郊盈兮。薄不封條，曰登平兮。土膏脈融，宿麥萌兮。使稼耐旱，五穀精兮。錫爾豐年，瑞兆呈兮。豈惟潔白，表吾貞兮。」

許文懿公白省編賦以「晝之所爲，夜必書之」爲韻，戊辰歲試一名

昔文懿公志切賢關，戒嚴屋漏。克復功深，天人學究。常慮幾微之失，寡過未能；豈矜淹貫之長，多文爲富。一編在手，時流不假其提撕；三省吾身，夜氣常惺於旦晝。夫以學之貴自省也。性天不昧，心地無欺。觀人不如觀我，己知勝於共知。毋謂神其相予，可止則止；須識帝常臨汝，念兹在兹。果臻仁熟之時，自能無思也，無爲也；而課功修之密，必先慎思之，明辨之。然而迹鮮臚陳，事難枚舉。百感縈絲，千端觸緒。雲烟過眼之觀，天日盟心之語。非不心迹皎然，聖賢可許。而陳言不託之

毫端，往事不登諸寸楮。則雖賢欲思齊，記難清楚。月將日就，緝熙漸底於光明；雲散烟銷，事迹已忘其處所。公乃自精考課，自切箴規；毋自欺也，能自得師。心鏡虚懸，寸管細書之候；影衾不愧，一燈危坐之時。儼對越之常嚴，有本是之取爾。倘返觀之無術，雖多亦奚以爲？是編也，思戒弈鴻，香薰墨麝。坐忘等於顔齋，博綜殊於鄴架。不矜聲氣之同，奚貴辟書之下。顧藐躬之不材，懼令名之久假。凜十手之森嚴，警百骸之休暇。盤銘浴德，日新馴至於又新；火滅修容，卜晝必兼乎卜夜。蓋以道統仔肩，匡居抱膝。願窺泗水之牆，深入仁山之室。心翼翼以常存，膺拳拳而勿失。内省不疚，期有得於師風；退省無私，已不違於終日。開卷而果然有益，時惕冰淵；返躬而自問無慚，胥忘意必。故讀公之書者，釋文名物之辨，史家治忽之初。三傳則管窺有見，四書則叢説堪攄。固見其滴露程課，聞風起予；而此則收功返鏡，借鑒前車。格逾功過，陰惜居諸。惟修省之無已，斯成編之有餘。何殊清夜焚香，告天自警；差比終身投豆，排日堪書。士也金心在抱，銅行無虧。志勵磨硯，功深下帷。染有甚於丹青，絲繩待濯；課自嚴於朱墨，緗帙紛披。傳心法於前修，相與以有成也；勉躬行而實踐，時則勿有間之。

金華懷古賦戊辰歲覆二名

雲凝陰兮不流，風瑟瑟兮殘秋。主人遵徑曲，步城陬。攜蠟屐，策扶留。白衣之酒罷薦，青鏤之管未抽。蒼茫極目，懷古登樓。溯夫椓蠡巢穴之初，茹血衣毛之歲。遐哉敻乎！莫得而計矣。春秋分域，編隸越疆。孫吴建國，始稱東陽。燦金星之煥彩，争婺女之餘光。昭玉宇而同色，改金華而紀祥。江山名勝，代謝滄桑。人物千古，風雲一方。蓋自三國以來，閲千九百載，彌耿耿於迴腸。徒觀夫赤松凝青，芙蓉疊翠，三洞玲瓏，五泄幽祕。光鑠鍊丹之山，洞連煮石之地。昔之寶掌證因，指頭竪義。水停流而被禁，松化石而驚異。今則古刹雲頽，空山露漬。幻後羊留，餒餘虎棄。仙人去兮不還，佛輪轉兮誰置？縱插脚於紅塵，猶未抗其素志。至如一樓明月，半榻清風。燈輝寶塔，雪積長虹。面香左右，涵碧西東。忽玉階兮春草，又金井兮落桐。瀫水樓臺之表，繡湖烟雨之中。瞬異代其一瞥，結餘響於無窮。然而儇佛荒唐，風花綺靡。胸有千秋，目無餘子。徒夸誕之縈心，置德功而不齒。是何異珍棘林螢耀之光，而轉薄夫檮木龍燭之美也？君不見犯栽麑鹿，銜鼓傷烏。留贊引膝，子充捐軀。草檄之孤六尺，渡河之恨三呼。靡不蓋披肝膽，毀甚髮膚。草心圖報，蒿目相扶。鍾川岳之間氣，萃忠孝於一隅。動斯人之遐想，眄終古而長吁。又如百世儒宗，一州理學。伯恭精純，成父詳確。九賢人之遺像，四先生之先覺。鄒魯之小，誰如關閩之風未邈？遂使繼起者淬厲宰雕，沈潛孔卓。三魚躡蹤，五鹿折角。如可作於九原，奚江漢之待濯？復有青蘿遺宅，紫薇講堂。梧岡雄麗，淵穎騰驤。一瓢道人，二酉山房。堂存雅而鬱勃，集晞髮而蒼涼。往往山川跌宕，風月平章。烟波釣徒，江湖酒狂。雖勳業之未昭，偉文采而見長。故國黍離之感，一家楮墨之光。徒徬徨於雲樹，倏移換於星霜。古人不生，有願難必，悵觸前塵，感懷今日。閑挑起草之燈，醉點生花之筆。睠往哲而爲徒，恥噲等之造膝。上下千年，圖書一室。此中有人，呼之欲出。不知後之視今，亦猶今之視昔乎！徒令四顧邈然，對雲山而如失。

求茂才得遷固賦以「本求茂才，乃得遷固」爲韻，辛未歲試一名

擬乃於倫，見休恨晚。不料史才，竟歸文苑。緊韋述之呈材，得延清之褎衮。妙擅雕龍之筆，信垂露而非秋；濃薰班馬之香，尚流風其未遠。異代之替人已得，重紬金鐀藏書；韶年而史學能諳，如見葫蘆真本。夫以史之重遷固也，河東譽播，北地才優。騁古今而博覽，貫經傳以推求。質不野而辨不華，三千載精英悉聚；贍不穢而詳有體，十二傳綜核彌周。雖志寡紀繁，始失有王通之論；而精思實録，後儒無漢史之儔。若茂才者，豹采方騰，龍文甫就。尊其名則周孔難居，核其實則陳黄是究。光禄不能得，銓曹多右夫膏粱；秀才不知書，衆論難逃於悠謬。喜應名流之選，群推東閣英髦；敢將時彦之良，妄冀西京樸茂。本求文士，乃得奇才。古人可作，此事相推。玉已量尺，金堪築臺。何圖終賈，遠勝鄒枚。三十篇昭代春秋，居然作者；二十歲少年科第，如此通材。龍門之傳如生，不數當年之舊史；燕然之銘可再，應誇居上於後

來。蓋代才華，驚人文采。月旦非虛，風徽猶在。倘重作兩都之賦，見更超然；問誰成一家之言，績還嘉乃。繼子長稱良史，唐書已論有定評；爲班氏作忠臣，師古則注應加倍。且述也，少弱無聞，陋俛不飾。縱饒鳳閣之體裁，豈望麟編之羽翼。何意三長夙擅，幼學潛心；遂教廿載回翔，皇㦸稱職。國史成百有餘卷，書中之類例綦詳；藏本獻百三十篇，癸後之遺文盡得。萃諸子之纂修，存一朝之典則。視趙典辭茂才之舉，未免逃名；恐華嶠有遷固之規，遜茲生色。回憶蜚聲甲第，擢秀丁年。名流推轂，多士先鞭。經齒牙之餘論，儼衣鉢之曾傳。沈休文近謝馬班，謙詞奚補；李清臣不減史漢，美譽同延。雖非家學之淵源，亦如談後有遷、彪後有固；豈等文人之輕薄，而謂遷疏於固、固不如遷。方今倚馬需才，摶鵬得路。奇光儲珊網之珍，仙侶詠霓裳之句。士也手著高文，躬承恩遇。玉堂儤直，修書常值夫分編；金鑑陳箴，簪筆幸叨夫記注。行見夔皋吁咈，媲美唐虞；豈徒彪炳文章，希蹤遷固！

周穆王瑶華載書賦[一]以「書史十人，隨王之後」爲韻，壬申科試一名

千編祕册，十乘飛車。雲軿燕燕，仙仗魚魚。宛似追鋒之捷，迥非壓架之儲。紀程極丹徼而遥，遊徧寰區勝蹟；橐筆隨翠華之後，載來輿地新書。昔穆王之巡行天下也，造父御輪，耿倏按軌。春山勒縣圃之銘，漳水奏鈞天之技。不比五龍扶駕，雲擁蛟虬；即看八駿巡方，電追騄駬。固已傍氣乘風，波譎雲詭。周流八埏，咫尺千里。諏辰未暇，自多逐日之良；豎亥難詳，疑少書雲之史。徒觀其旍旆星梢，羽儀雲集。地軸逾遥，圖經宜輯。縱使翠龍驂乘，飛擁金輿；倘無朱雁興歌，增輝瓊笈。竊恐逍遥步輦，空隨征軸之雙；幾如縹緲蓬壺，難記仙洲之十。穆王乃挈良史，簡文人，奇迹紀，方策陳，在屬車後，爲載筆臣。樹以槐眉，蠵護弇山之迹；書之簡尾，虯蟠古篆之春。經億九萬里之遥，西極則全收行篋；溯三十二年之始，東歸而頓壯清塵。其

〔一〕此篇又見顧廷龍編《清代硃卷集成》第三九七册，臺北成文出版社一九九二年版，頁一〇一至一〇四。

載以瑶華也，聯鑣轆轆，壓軸纍纍。異金根之安聘，載瓊籍而飛馳〔一〕。隨黄金碧玉之車，滿裝寶帙；憶甜雪重霄之宴，曾飲瑶池。何殊紀里軒皇，仗行車而悉數；豈等負書風后，與荷劍而相隨。夫其奔戎捕虎，河伯沉羊。載玉萬隻，遺珠一觴。鴻毛罄徹，鳳腦燈涼。怪似嫏嬛之祕，珍如宛委之藏。非不異聞足駥，廣漠能詳。周地軸以遨遊，盡歸軒輊；綜山經之奥博，都入巾箱。記當年書讀葯邱，曾捧綸音於太史；問何日山登群玉，重探策府於先王。然而佚遊忘返，膜拜非宜。玩冬雪而凍人致慨，指春霄而方士呈奇。芍及誇轍轅之速，祈招來金玉之辭。雖復籤堆縹帙，旌結彤芝。却旅獒而未得，控乾馬而何裨。七萃馳驅，備歷邊陲之名勝；十人紀録，空傳古藻之紛披。爲載書而騁追風，未足多也；比吹笛之誇止雨，將焉用之。士有選勝良辰，探奇小酉。分子年之唾餘，以拾遺爲談藪。見夫古豔煸爛，奇情抖擻。萬歲冰桃，千常雪藕〔二〕。疑羽陵之避蠹，爲啓雲書；思鑾輅之騰驤，幾窮地紐。試問鸞蹌載道，廣輿而記盡寰

〔一〕載，《清代硃卷集成》作「置」。
〔二〕雪，《清代硃卷集成》作「碧」。

中；何如龍節徵材，賢士而載從車後。〔一〕

更香賦〔二〕以「金爐香燼漏聲殘」爲韻，壬申科覆一名

良夜沉沉，虚堂擁衾。金粟未灺，瑶觴罷斟。風閃而梧梢戛玉，月流而竹葉篩金。有氤氲之香氣，裊微篆於更深。爾乃薔薇馥遂，艾葉芳殊。霧籠麝腦，風盪蝦鬚。夕熏已换，朝爇曾無。伴有紅燭，燒忘翠爐。鬭蘅芬於金鈿〔三〕，代花漏於銅壺。促蝦蟆人静宵長，空庭早涼。蟲階細雨，鴛瓦新霜。雖五更之向曉，猶一炷之凝香。而並轉，焙鷓鴣而同芳。則有講帷暗披，書燈未燼〔四〕。猿乏報時之鳴，魚鮮知更之

〔一〕次行《清代硃卷集成》有句：「動墨横錦，摇筆散珠，詩佳原評。」

〔二〕此篇又見《清代硃卷集成》第三九七册，臺北成文出版社一九九二年版，頁一〇五至一〇六。

〔三〕蘅，《清代硃卷集成》作「蘭」。

〔四〕未，《清代硃卷集成》作「半」。

信。香乃節節匀排，心心相印。烟裊千絲〔一〕，痕留一瞬。欲問夜之何其，剔蘭釭而細認。至如山寺繙經，江樓憶舊。蚪箭遠沈，蟾輝斜透。羌伏枕而徬徨〔二〕，杳不知其何候。香乃息息檀薰，微微蘭臭。靜勝投籤，刻如記豆。數消息於餘馨，續分明於斷漏。斗轉兮參横，譙樓兮轉更。爐灰兮有燄，街柝兮無聲。數遠鐘兮幾杵〔三〕，每一縷兮斜縈〔四〕。殘蜨猶在，荒雞忽鳴。蓮籌屢報，香味逾清〔五〕。迢迢銀箭漏初殘，曙影朦朧怯曉寒〔六〕。留取數枝香穗好〔七〕，月明重爇與君看。〔八〕

〔一〕裊，《清代硃卷集成》作「結」。

〔二〕羌，《清代硃卷集成》作「每」。

〔三〕此句《清代硃卷集成》作「聽疏更兮幾點」。

〔四〕每，《清代硃卷集成》作「羌」。

〔五〕味，《清代硃卷集成》作「氣」。

〔六〕曉，《清代硃卷集成》作「悄」。

〔七〕穗，《清代硃卷集成》作「篆」。

〔八〕次行《清代硃卷集成》有評語：「音節俱古，神韻絶佳原評。」

春遊賦〔一〕以「三月春光嬌似畫」爲韻

春滿江南，風光漸酣。緑雲如畫，紅雨都憨。放鴿愛金鈴之脆，聽鸝攜斗酒之甘。不須拾翠園亭，闌憑六六；好是踏青天氣〔二〕，徑訪三三。時也輕霧徐開〔三〕，番風始發〔四〕。香徑則留春築臺，貴館則藏春有窟。聽荼蘼之院落，絃管初停；望楊柳之樓臺，鞦韆乍歇。紅板官橋而外〔五〕，鬬風景於六朝〔六〕；青旗酒店之旁，鬧鶯花於二月。

〔一〕此篇見丁巳本卷六頁二。

〔二〕踏，丁巳本作「蹈」。

〔三〕輕，丁巳本作「柳」。

〔四〕番，丁巳本作「花」。

〔五〕而，丁巳本作「之」。

〔六〕鬬，丁巳本作「方」。

迢迢春景，眷眷遊人。裙腰色淺，屐齒痕匀。人立斜陽，踏徧長亭之草〔一〕；馬逢舊路，蹴開淺埒之塵〔二〕。儘看水輭山温〔三〕，灣殊消夏；是處花欹柳犨〔四〕，曲譜嬉春〔五〕。則有詞人鮑謝，貴胄金張。魚鱗袍短，燕尾巾涼。隨盤馬客，過鬬雞坊。玉壺買醉，金勒開場。李司勳品畫分題，莫孤好景〔六〕；杜工部典衣劇飲，同賞晴光。最宜九陌塵輕〔七〕，領帝里鶯花之趣〔八〕；欲結五陵年少，醉南朝金粉之鄉。又或瓊閨鎖豔，金屋藏

〔一〕踏，丁巳本作「蹈」。

〔二〕蹴，丁巳本作「盤」。淺埒，丁巳本作「村落」。

〔三〕此句丁巳本作「此時日麗風和」。

〔四〕此句丁巳本作「幾處花明柳暗」。

〔五〕譜，丁巳本作「盡」。

〔六〕孤，丁巳本作「辜」。

〔七〕輕，丁巳本作「消」。

〔八〕帝，丁巳本作「北」。鶯，丁巳本作「烟」。

嬌。錦裙百褶〔一〕，羅襪雙翹。蛾眉月掃，蟬鬢烟描。碾將一路飛花〔二〕，香車低拂；露出半隄纖柳〔三〕，畫舫輕摇。望遍盈盈，巷口之小姑目斷；歸應緩緩，陌頭之遊子魂銷。春在鏡中，遊真畫裏。鬬草閑庭，賣花曉市。對囀鶯嬌，雙飛蝶喜〔四〕。一鞭杏葉之鞍，雙槳桃花之水〔五〕。莫不儷白妃青〔六〕，嫣紅姹紫。百五日韶光綺麗，好景多同；十二闌裙屐聯翩，閑情略似〔七〕。既而夕照山銜，暮雲樹挂。渡口船回，擔頭餳賣〔八〕。不如歸去，衣香人影之中〔九〕；未免有情，語燕啼鶯之話。此日遊成人海，蘸烟墨以裁

〔一〕褶，丁巳本作「摺」。

〔二〕飛，丁巳本作「春」。

〔三〕纖，丁巳本作「春」。

〔四〕此句下丁巳本有「南國佳人，西洲蕩子」二句。

〔五〕雙，丁巳本作「兩」。

〔六〕儷，丁巳本作「判」。

〔七〕略，丁巳本作「相」。

〔八〕此二句丁巳本作「久領清華，全消芥蔕」。

〔九〕中，丁巳本作「儔」。

詩；明年春滿天涯，又江山之如畫。

一月得四十五日賦〔一〕以題爲韻

月試無方，日增有術。按數雖虛，程功獨密〔二〕。文備載於《漢書》，事倍勤於織室。五紋添弱綫，夜如何其？一刻值千金，時哉勿失！暗續晨昏之數，日計不足而月計有餘；若論晦朔之周，未知其二而衹知其一。維時晷短風簷，寒凝雪窟。炭熾獸而熒回，隙過駒而倏忽。饔飧不暇，誰爲夸杖之追？櫛沐初完，又訝羲輪之没。四十刻晝當短至，難同化國之舒長〔三〕；三十日冬苦窮陰，徒惜田家之歲月〔四〕。豈知嚮晦

〔一〕此篇見丁巳本卷六頁四。

〔二〕獨密，丁巳本作「却實」。

〔三〕此句丁巳本作「惟有五時」。

〔四〕此句丁巳本作「倏過一月」。

能勤，羡餘在即。龜手宵忙，蚖膏夜織〔一〕。辟纑而何憚拮据〔二〕，篝火而不遑晏息〔三〕。信事半而功倍，漏溢更籌；翻積少以成多，時延晷刻。作一日三秋之想，猜隱語而無殊；恍五歲再閏之期，驗積分而恰得。其得四十五日也，候日再中，戴星治事〔四〕。揮戈同退舍之奇〔五〕，繼晷勵焚膏之志。俾夜作晝，日益旬而尚有贏餘；補短截長，月加半而適符位次。半月而成蓮漏〔六〕，惠休之漏可成三〔七〕；浹旬而畫花屏〔八〕，沈楫之屏堪

〔一〕此句丁巳本作「魚腸夜拭」。

〔二〕辟纑而何，丁巳本作「紡纑則不」。

〔三〕而，丁巳本作「則」。

〔四〕「候日……治事」二句丁巳本作「計日以行，戴星而治」。

〔五〕此句丁巳本作「執紝逾吹律之功」。

〔六〕半月而，丁巳本作「十五日」。

〔七〕之，丁巳本作「則」。

〔八〕浹旬而，丁巳本作「十一日」。

晝四〔一〕。按候而稽，積時可及。奇零漸增〔二〕，朒朓相襲。似一晦而二望，次月中分；綿五晝於十宵，三旬遞集。倘是四分甲子，已看花甲之兼三；再加一倍光陰，便抵春光之九十。向使寒畏霜辰，閑耽夜午。爐貪火鏡之圍，杼息冰機之撫。誰月將而日就，共凜偷閑；雖月要而日成，已遲作苦。而乃晦作明償，晝將夜補。業精於勤，效可立覩〔三〕。試合當朞之數〔四〕，八月而已得其全；若推大衍之辰〔五〕，帀月而只除其五。是知功戒怠荒〔六〕，志當專壹。即短景之無多〔七〕，自勤修之可必。徑量赤道，分四十五度而窺天〔八〕，尺按黄

〔一〕之，丁巳本作「則」。

〔二〕奇零，丁巳本作「零奇」。

〔三〕可立，丁巳本作「立可」。

〔四〕試，丁巳本作「算」。數，丁巳本作「日」。

〔五〕若，丁巳本作「數」。辰，丁巳本作「蓍」。

〔六〕戒，丁巳本作「無」。

〔七〕即，丁巳本作「雖」。

〔八〕此句丁巳本作「如衡四十五度而規天」。

鍾，準四十五分而協律〔一〕。預識潛添月額，必始基於分陰寸陰〔二〕；從兹永抱冬心，早增長於一日二日。聖天子玉燭調元，璇璣測度。月令修而歲紀無訛，日新勵而天章疊布〔三〕。豈僅職修蔀屋，展殘冬紉織之期？行看瑞獻蓂階，上復旦光華之賦。

安民則惠賦〔四〕以「安民則惠，黎民懷之」爲韻

會極歸極〔五〕，克仁克寬。與民同欲〔六〕，惟帝其難。作之君，作之師，群生在宥；無不幬，無不載，萬姓騰歡。其敷予心腹腎腸，知君子養民也惠；疇若予上下草木，

〔一〕「準」字前丁巳本有「若」字。

〔二〕分陰寸陰，丁巳本作「寸陰分陰」。

〔三〕勵，丁巳本作「盛」。

〔四〕此篇見丁巳本卷六頁九。

〔五〕此句丁巳本作「引恬引養」。

〔六〕欲，丁巳本作「樂」。

使天下之民舉安。昔禹之拜昌言也，謂夫民嵒可畏，民志宜伸。天無私覆，人有殊倫。永底蒸民之生，均希雨露；克開於民之麗，共荷陶甄。固宜綿區飲化，寰宇歸仁。各含哺而鼓腹，俾函夏之熙春〔一〕。況當人化其魚〔二〕，正望君如望歲；要使政除害馬，以斯道覺斯民。然而棼泯未除〔三〕，狉榛已極〔四〕。類分於兖冀徐淮，壤別以青黃赤黑。民居未奠，鞠人當繼以謀人〔五〕；民瘼初平，鮮食遞營夫艱食。何以普大順大同之化，共仰皇猷？恐難合不知不識之民，咸遵帝則。果其澤廣帡幪，道宏匡濟。寬猛兼施，德威並勵。隨刊則安土能敦，衽席則安邦可繼。老吾老，幼吾幼，安以彝倫；宅爾宅，畋爾田，安其樹藝。民惟邦本，庶幾治求治而安求安〔六〕；民罔常懷，惟觀懋

〔一〕此句丁巳本作「咸食德而飲醇」。

〔二〕化，丁巳本作「歎」。

〔三〕棼泯，丁巳本作「泯棼」。

〔四〕榛，丁巳本作「蓁」。

〔五〕當，丁巳本作「更」。

〔六〕庶幾，丁巳本作「業能」。

不懋而惠不惠。是則惠興耕鑿，惠切提攜。施惠愛於黄童白叟，普惠疇於黑齒雕題。堯舜其猶病諸，博施濟衆；民物吾同胞也〔一〕，漸東被西。子惠困窮，心誠求之如保赤；惠鮮鰥寡，爲爾德者徧群黎。撫我則后，與物爲春。無思不服，咸與惟新。一夫不獲時予辜，則解衣衣我，推食食我；四時之氣皆躬備，如春風風人〔二〕，夏雨雨人。金木土穀惟修，非聖人而能若是；鳥獸魚鼈咸若，有血氣莫不尊親。溺已溺而飢已飢，綏厥猷惟后；樂其樂而利其利，施實德於民。由是政嚴除莠，祀肇燔柴。裕民則九年水績，臨民則三尺土階。安不忘危，善政之九歌惟敘；惠不知政，濟人之一得難儕。浚明而三德日宣，以安爲悦；從欲而四方風動，惟惠之懷。皇上治隆巢燧〔三〕，德邁軒羲〔四〕。咸有一德，奉三無私。壽寓同登，陋小惠偏慈之術；福衢廣闢，樹久安長

〔一〕吾同，丁巳本作「同吾」。

〔二〕如，丁巳本作「則」。

〔三〕「皇」字上丁巳本有「我」字。

〔四〕德，丁巳本作「功」。

治之基。達聖聰於四岳九官，相與以有成也；廑皇衷於六府三事，惟時其教告之〔一〕。

姜母寄當歸賦〔二〕以「只有遠志，無有當歸」爲韻〔三〕

方物一封，家書片紙。壯士不還，衰親難俟。圖麟何日，漫希當面之將軍；繫雁剛逢，聊并苦心而附子。冀安居以燕息，子之還兮；伸返哺於烏私，母也天只。昔姜伯約之入蜀也，關塞途長〔四〕，家鄉隔久。投西而事本無心，望北而時還翹首。執鉞展登壇之願，生地堪依；倚閭少請粟之人，餘糧誰負？倘比孟仁作令，尚母鮓之難貽〔五〕；豈防徐庶依劉，訝母書之烏有。而其母則膝下蕭條，心中繾綣，陟屺嗟遥，

〔一〕此句丁巳本作「時則勿有間之」。
〔二〕此篇見丁巳本卷六頁一一。
〔三〕「韻」後丁巳本尚有「間集藥名成句」數字。
〔四〕途長，丁巳本作「居多」。
〔五〕難貽，丁巳本作「未遺」。

縫衣恨晚。諒知母春秋已老〔一〕，誰侍晨昏〔二〕？況寄奴消息全稀，未遑安穩。重樓極目，不堪益母以傷離〔三〕；没藥銷愁，且把當歸而憶遠。則見苗茁紅肥，紋兼黄膩。香含荳蔻之清，光暈茱萸之緻。每撫物以興懷，聊顧名而思義。北堂久别，恨未雪覆盆之冤；西蜀相依〔四〕，休再奮凌霄之志。想浮萍於萬里，曾否懷歸？附故紙之一函，翻勞遠寄。寄從天水，寄到成都。家山迢遞，蜀道崎嶇。歸尾同攜，願附驥早回行李；歸身若決，料扶鳩也免棲蘆。渾如遠道將離，贈之芍藥；倘慰慈顔無恙，視此文無〔五〕。向使家信傳初，鄉心濃後。常依寢室之萱〔六〕，不折離亭之柳〔七〕。則三十載龍争

〔一〕諒，丁巳本作「想」。

〔二〕誰，丁巳本作「莫」。

〔三〕以傷離，丁巳本作「而增悲」。

〔四〕相，丁巳本作「長」。

〔五〕「渾如……文無」四句丁巳本作「所期之子於歸，心相印可；不識小人有母，羹亦遺無」。

〔六〕寢室，丁巳本作「後寢」。

〔七〕離，丁巳本作「長」。

原上，遠志無聞；廿七年蝨處褌中，女貞可醜。又安能勢固兩川，威加九有〔一〕？解寄生於玉壘，棄暗投明；驚貫衆於金城，除殘去莠。莫誚出山小草，久馳駿望於中原；那知呼井芎藭，猶致廋詞於慈母〔二〕。或謂養虧天性，身戀名場〔三〕，徒流連於絶域，致睽隔夫高堂。而豈知姿原厚樸，才更奇良？拔徐質之螯弧，衞矛寡耦；破王經之烏合，没石稱强。卧龍倚任，司馬披猖。妖雲誰掃，愛日猶長。〔四〕既覆函其早達，思息轍其何當。但教移孝作忠，決明軍事；敢道違親徇利〔五〕，獨活他鄉？他若寄友而遠通芳訊，寄夫而預製寒衣。餉自道舒，怪交情之刻薄；餽從康子，存師誼於幾希。兹則物傳珍品，望切慈闈。想蓼蒿自恨青蒿，永違夏靖；奈寸草竟同枯草，莫

〔一〕此句下丁巳本有「揮返日戈，伸補天手」。
〔二〕「莫誚……慈母」四句丁巳本作「如或預知蕙問，亦堪捧檄以養親；不圖扁蓄柳丸，翻令登籠於慈母」。
〔三〕此句丁巳本作「仕玷官常」。
〔四〕「卧龍……猶長」四句丁巳本作：「非母儀之故隔，實歸計之未遑。」
〔五〕親，丁巳本作「君」。

報春暉。他年九伐銘勳，足表孤臣之義；此日一緘留意，曾期遊子之歸。

漁父再訪桃源賦〔一〕以「別有天地非人間」爲韻

福地幽深，洞天隔絶。花自緣隄，水仍繞穴。何人鼓櫂，沿舊路以躊躇；有客鳴橈，詣前林而探閲。詎料仙緣易盡，負此日之重尋；早知靈境難逢，悔當初之輕別。方漁父之初入桃源也〔二〕，網密兜花，篷陰繫柳。舟行紅雨之中〔三〕，身入碧山之口。忽驚雞犬聲聞，更愛桑麻俗厚。會逢其適〔四〕，百千枝雲錦剛縈〔五〕；借問何來，數百載風徽尚有。謝主人之禮意，去不忘情；訂他日之襟期，別應握手。於是尋舊徑，覓歸

〔一〕此篇見丁巳本卷六頁一三。

〔二〕方，丁巳本作「昔」。

〔三〕此句丁巳本作「屐臨翠黛之眉」。

〔四〕此句丁巳本作「適逢其會」。

〔五〕百千，丁巳本作「兩三」。

船。過水涘，歷山巔。心原了了，意尚繇繇。疏籬淺水之灘，從頭可想；芳草斜陽之渡，親口堪傳。歸告同人〔一〕，不信如逢三島〔二〕；更陳太守〔三〕，争誇别有一天。正欲重臨，忽膺奉使。勝境難忘，芳情如寄〔四〕。櫂再放夫波紅，帆再開夫浪翠。事非再世，景尚堪描；人豈再生，興原不異。憶到桃花爛漫，曾作閑遊；探來源水澄鮮〔五〕，還能默記。山溪彷彿，應留從入之途；雲水蒼茫，爲訪舊遊之地。爾乃認前蹤而關意，溯韻事而忘機。日遲遲兮欲待，雲黯黯兮重圍。前番記得分明，此間鼓枻；今日徒增想像，何處敲扉？曾否移情，顧寒流而脈脈；不堪回首，戀古渡而依依。空餘前路烟波，中心如結；省識去時風景，舉目全非。隔斷紅塵，憑誰問津。風懷依舊，雲物從

〔一〕此句丁巳本作「乃遍告夫同人」。

〔二〕不信，丁巳本作「競説」。

〔三〕陳，丁巳本作「悉陳於」。

〔四〕此句下丁巳本有「遂乃再動行旌，再乘遊騎」二句。

〔五〕探，丁巳本作「想」。

新。憐花鳥之多情，啼來徑曲；顧山川而增感，問諸水濱。恍如劉阮再來，桃澗難逢後會；何似崔郎再至〔二〕，桃花還豔來春〔二〕。回思物色清幽，景如戀我〔三〕；無那仙鄉杳渺，迹本離人。是蓋乍遊異境〔四〕，迥別塵寰。林花灼灼，流水潺潺。此處藏春，偶探靈窟〔五〕；當年避世，未出仙關。不過無心之遭遇，豈能任意而往還〔六〕。應知漁父有緣〔七〕，猶餘徜怳迷離之想〔八〕；試緬淵明作記，原在虛無縹緲之間。

〔一〕何，丁巳本作「宛」。
〔二〕還，丁巳本作「空」。
〔三〕如，丁巳本作「猶」。
〔四〕異，丁巳本作「仙」。
〔五〕此句丁巳本作「堪探元化」。
〔六〕此句下丁巳本有「兼柳緑兮桃紅，香浮暗淡；信流長而源遠，興足清閑」四句。
〔七〕應，丁巳本作「從」。
〔八〕徜怳，丁巳本作「怳惚」。

王子安序滕王閣賦〔一〕以「落霞孤鶩，秋水長天」爲韻

千古奇才，三層高閣。帝子遺規，才人傑作。拓基經三十五載，重壯觀瞻；成文有七百餘言，不煩繩削。博得詩王低首，江河同萬古之流；儘容綺歲揮毫〔二〕，珠玉快九天之落。昔閻伯嶼之修滕王閣也，丹青重焕〔三〕，烟景彌賒。曲廊腰而待屐，疏窗眼而籠紗。更上一層，天際之帆檣歷歷；俯臨萬井，城中之絃管家家。會當榜以松牌，歌留白雪〔四〕；誰是揮將椽筆，口嚼紅霞。迺有王子安者〔五〕，鯉庭垂蔭，鳳藻敷腴。省

〔一〕此篇見丁巳本卷六頁一四。

〔二〕儘容綺歲，丁巳本作「回思對客」。

〔三〕重，丁巳本作「倍」。

〔四〕留，丁巳本作「傳」。

〔五〕迺，丁巳本作「則」。

親交阯，假道洪都〔一〕。十三齡駒齒雖輕，虹饒奇氣；七百里馬當遠泊，風送長途。值閻公之開宴，正賓從之清娛。湘管排而碧架，剡藤擘而紅鋪。道諸君星宿羅胸，清言自綺；況此地風光滿眼，好景休孤。搜到詩腸，大有仙心之雜；弁兹卷首，漫謙佛頂之污。徒觀其避席相看，停觴欲訴。捷愧八叉，工輸七步。無景陵刻燭之才，少張祐生花之句。子安乃逸興遄飛，登高能賦。筆不停揮，語皆如鑄〔二〕。笑公等儼居席右〔三〕，錦却無多；快今番始處囊中，穎當立露。不是蜚聲末座〔四〕，安能起鳳而騰蛟；頓教袖手東牀，翻似膳雞之更鶩。然而青萍未試，白眼相尤。得句而吏胥競報〔五〕，吹毛而疵纇潛求。只疑童子何知，諸工鳳尾〔六〕；不道後生可畏，標奪龍頭。風雨驚飛，腕底

〔一〕假，丁巳本作「經」。
〔二〕皆如，丁巳本作「無煩」。
〔三〕席右，丁巳本作「座上」。
〔四〕蜚聲末座，丁巳本作「出身西掖」。
〔五〕競，丁巳本作「即」。
〔六〕工，丁巳本作「徒」。

之豪情溢紙；雲山經用，眼前之爽氣横秋。藻思泉流，清章雲委。儷白妃青，裁紅刻翠〔一〕。淩雲欲賦，憑闌而胸有千秋；流水纔彈，振筆而目無餘子。頓覺摛詞之妙，霞卷雲舒〔二〕；驚聞絶調之傳，長天秋水。九秋雲物，一片宫商。山川名勝，藻耀高翔。果然絶代天才，手能織錦〔三〕；争怪當筵地主，頂欲焚香。一序增輝，名字勝頭銜之貴〔四〕；三珠競秀，才華推腹稿之長〔五〕。迄今鴨闌鎖霧，魚鑰凝烟。古碣蝕莓苔之字，沿隄檥燈火之船。想者番物换星移，從新歲月；比當日閑雲潭影，依舊江天。君其仙乎，能描霽雨銷虹之景；後有作者，誰勝落霞孤鶩之聯。

〔一〕此句丁巳本作「圍珠繞翠」。
〔二〕此句丁巳本作「霧列星馳」。
〔三〕此句丁巳本作「心都製錦」。
〔四〕此句丁巳本作「勝地擅首推之景」。
〔五〕才華推，丁巳本作「雄才稱」。

前題〔一〕

客有彭蠡停橈，南昌躡屩。登廣潤之門，陟章江之郭。見夫一角高懸，八窗齊拓。獸鐶銅鋪，鴟吻金臒。穹碑兀然〔二〕，銀鉤錯落。一再摩挲，三百曲躍。主人告曰：「此滕王閣也，蓋創始於唐之親藩，而序則龍門王子安所作。

昔顯慶三年秋，子安以天南視寢〔三〕，河北乘槎。一帆風送，扁舟月斜。遥望層城，丹樓如霞。時則都督閻公，完修月之斧，載膾雪之車。客真不速，會本無遮。但見金迷簾額，碧燦簷牙。山色侵幌，江光照紗〔四〕。盪意蘂而舒藻，豔詞條而吐葩。蓋不待主人之請，而早欲文成渴驥，字綰秋蛇。公則酌而言曰：『僕以下走，承乏銅符。

〔一〕此篇見丁巳本卷六頁一六。

〔二〕兀然，丁巳本作「三丈」。

〔三〕天，丁巳本作「滇」。

〔四〕江，丁巳本作「湖」。此句下丁巳本有「一雙檀板，二八琵琶」二句。

樗材自愧，菲質難誣。然當春花媚座，秋月蜚觚〔一〕，江山奇勝，絲竹歡娛，未嘗不攜謝朓之句，擊王敦之壺。況斯閣也，天潢遺蹟〔二〕，水國名區，枕夷藉夏，襟江帶湖。以諸君聲諧鴻律〔三〕，詩探驪珠，彈丸信其脱手，色絲供其撚鬚，惟弁言之有屬，譬冠冕之相須。誰能模山範水，心苦詣孤〔四〕。如江淹之序雜體，元宴之序三都乎？』彼其心蓋爲婿也，命宿構而成篇，冀蜚聲於當路。果衆賓之嗒然，各躊躇而四顧。愧繡虎與雕龍〔五〕，懼刻鵠之類鶩。子安於是闢文壇，開武庫。藻思凝，詞源注。汩乎其來〔六〕，習焉若素。一時觀者莫不驚其振筆直書，下語如鑄，翩翩然佳公子之儔，飄飄乎讀大人之賦。而公顧未之奇也，方且命吏胥而口傳新句。南浦西洲，毫端盡收。高朋雲

〔一〕蜚觚，丁巳本作「當罏」。

〔二〕潢，丁巳本作「璜」。

〔三〕君，丁巳本作「公」。

〔四〕詣，丁巳本作「誼」。

〔五〕龍，丁巳本作「蟲」。

〔六〕此句丁巳本作「居之不疑」。

集，俊彩星稠。如顏公曲水詩序，揣稱而色侔〔一〕。驚寒雁陣，唱晚漁舟。風因籟發，雲遏歌流。如駱丞益州宴序，跌宕而夷猶。青雲自勵，白首何憂？終軍纓請，班超筆投。又如昌黎送邵南之序，吐虹氣而昂頭。其繁縟則鏤金錯采，其變幻則海市蜃樓。其豪健則鯤之擊水，其俊爽則鷹之脱鞲〔二〕。而其最驚人者，莫如秋水長天之警遒。芒角四映，秘思一抽。山川增色，天地皆秋。公乃愯然歎曰：『此天才也！觀止矣。花涌毫端，蓮開舌底。蜀錦舒而臨風，太阿出而湛水〔三〕。向疑蕙帶拖青，荷衣曳紫，縱度鴛針，詎嫻駒齒。毛略吹而見疵，穎未投而有泚。今而知瞿曇刹那，不足悟天龍之一指也；駑駘千群，不足敵麒麟之半趾也〔四〕。繼自今露盥瓊函，香薰綈几。將大書特書，歷千百年，與斯閣相終始。』」主言未既，客起而稱曰：「諒哉！名勝之賴

〔一〕揣稱，丁巳本作「稱揣」。

〔二〕爽，丁巳本作「逸」。

〔三〕湛，丁巳本作「如」。

〔四〕麟，丁巳本作「驥」。

傳於篇章也[一]。世之以閣名者多矣[二]，静宜避暑，高可延涼[三]。拓招仙於内苑[四]，聳環翠於崇岡。金釭耀其銜璧[五]，玳瑁飾其雕梁。舞小垂之珠袖，調新炙之銀簧。未幾而頹垣細雨，廢苑斜陽。蟾冷荒砌，烏啼早霜。豈真盛筵之難再，勝地之不常哉？蓋無鴻文爲之藻績，椽筆爲之揄揚也。今斯閣之縹緗所積[六]，不如天禄之琳琅[七]；襜帷所涖[八]，不及凌烟之冠裳[九]。而名顧與之頡頏者，徒以驅使烟墨[一〇]，蕭條衆芳。

〔一〕「主言……篇章也」諸句丁巳本無。
〔二〕此句丁巳本作「非然者」。
〔三〕此句下丁巳本有「徒誇晏飲，未奏篇章」二句。
〔四〕「拓」字上丁巳本有「彼」字。苑，丁巳本作「禁」。
〔五〕「金」字上丁巳本有「亦既」二字。
〔六〕縹緗，丁巳本作「緗囊」。
〔七〕如，丁巳本作「及」。
〔八〕此句丁巳本作「棨戟遥臨」。
〔九〕及，丁巳本作「如」。冠裳，丁巳本作「玉瑲」。
〔一〇〕「以」字下丁巳本有「子安」二字。

壽江山於終古，冠俊譽於皇唐〔一〕。飛閣翼翼〔二〕，大文煌煌。於以歎才人之不可測，而非下士之倒景能望。」乃爲亂曰：

燕石未剖，玉誰鐫兮？錦標未奪，龍孰傳兮？落落子安，三珠聯兮。登高能賦，翰墨筵兮〔三〕。長袖善舞，態蹁躚兮。天仙化人，偶示緣兮。如公肉眼，蟲可憐兮〔四〕。

重曰：檻外江流兮不復還，閣中人去兮今千年。吾將薦芳蓀以妥詩魂兮〔五〕，龍文百軸，虬采千篇。嗚呼！安得置斯人於高閣兮，與之攜樽酒而問青天。

〔一〕此句丁巳本作「節賓主之微長」。

〔二〕飛，丁巳本作「高」。

〔三〕此句下丁巳本有此四句：「如逢麯車，口流涎兮。左手畫方，右畫圓兮。」

〔四〕此句丁巳本作「安留連兮」。

〔五〕妥詩，丁巳本作「招返」。

潯陽琵琶賦〔一〕以「相逢何必曾相識」爲韻

一聲酸楚，萬緒蒼茫。絃幺徽急，曲短情長。棖觸華年，訴中懷之悽切〔二〕；蕭寥旅夜，感異地之荒涼〔三〕。恰逢秋月當頭，情無可奈；何必春風會面，識似曾相。昔白司馬之謫居潯陽也，思鄉夢遠，送客情慵。琴未彈夫憐子〔四〕，箏孰唱夫愁儂。村笛山歌，聽音已慣〔五〕；東船西舫，遣興誰從？忽聞龍撥彈來，移蘭橈而近泊〔六〕；試訪鵾絃響處，幸萍水之相逢。回燈開宴，對酒當歌。春葱抱柱，秋水橫波。萬喚千呼，纔

〔一〕此篇見丁巳本卷六頁一九。
〔二〕中，丁巳本作「衷」。
〔三〕異地，丁巳本作「老境」。
〔四〕未，原作「末」，據丁巳本改。
〔五〕已，丁巳本作「我」。
〔六〕移，丁巳本作「蕩」。

過畫鷁〔一〕；輕攏漫撚，暗蹙雙蛾〔二〕。訴將無限淒其，誰能遣此；聽到有心挑抹，輒喚奈何。那不魂銷，誰添興逸？夜色淒迷，商音蕭瑟。戛圓腹而無聊，贈纏頭而未必。只覺秋光似水，月魄空圓；可憐春夢如塵，風情怕述。買茶去也，枉翻舊譜於歸雲；行李依然，悔學新聲於昔日〔三〕。大抵舞衫歌扇，綠酒紅燈。鶯花易老〔四〕，風月難憑。妝淚啼紅，莫問門前之車馬；酒痕漾碧〔五〕，徒誇座上之賓朋〔六〕。抱綠腰而雖慣，邀青眼而何曾。蕩子婦寄懷檀板，宦遊人回首觚棱。相看賸柳殘花，淒涼如訴；試問哀絲豪竹，陶寫誰能。酸鹹世味〔七〕，冷淡風光。船空載月，鬢欲成霜。司馬乃悄然意失，

〔一〕「纔」字上丁巳本有「移步而」三字。

〔二〕「暗」字上丁巳本有「含顰而」三字。

〔三〕昔，丁巳本作「當」。

〔四〕鶯花，丁巳本作「烟波」。

〔五〕漾碧，丁巳本作「浮白」。

〔六〕誇，丁巳本作「來」。

〔七〕酸鹹，丁巳本作「鹹酸」。

默爾神傷。爲憐名士佳人，都經落魄；且把新詩舊曲，共寫愁腸。請今宵再理朱絃，感懷奚似；想何日重逢紅粉，觸緒交相。於是語語淒清，絃絃掩抑。宿鳥助其啁啾〔一〕，寒蛩添其愴惻〔二〕。揾兩袖龍鍾之淚，往事心傷；聽四絃狼藉之聲，離情目極。換得數行珠玉，箇中之客感頻添；傳將一曲琵琶，此際之旅懷誰識？

有田不歸如江水賦以題爲韻

蘇子瞻許國年深，思鄉情久。夙堅飲水之心，怕掣歸田之肘。歎塵緣兮未了，飽聽鵑嘌；計恒産兮何如，還同烏有。盟誓指一江之水，幸明神共鑒區區；絃歌爲三徑之資，豈我輩猶疑負負。方其遊金山寺也，鐘聲兩岸，塔影層巔。孤筇選勝，半偈參禪。江源從故國而來，波濤洶湧；田里以宦遊而隔，人世推遷。他時歸路蠶叢，好趁

〔一〕助，丁巳本作「添」。啁啾，丁巳本作「嘲啁」。
〔二〕添，丁巳本作「助」。愴惻，丁巳本作「啾唧」。

半帆之水；何日歸謀鶴俸，爲營二頃之田。豈不以官有常程，家無長物。必餬口之先資，始閑身之可乞。詎有七千堆穀，致煩交廣之持籌；倘饒八百株桑，儘向成都而投紱。視棄官如傳舍，於意云何；問生産於家人，歸歟胡不。歸遂初衣，勞人息機。退原須勇，遯亦名肥。愛三椽之小築，喜百畝之堪依。聊籌伏臘之貲，謀生有藉；且稅倦遊之駕，與世相違。山水方滋，不待懸車而息轍；江湖余樂，豈猶戀棧而忘歸？如使開軒面圃，帶月攜鋤。秋風場稼，春雨園蔬。耕桑可以勤婦孺，山澤足以樂樵漁。高臥爲羲皇上人，無事折腰之乞米；相賞有松石閑意，不妨安步以當車。而猶不我用我法，吾愛吾廬。一官羈絆，五畝荒墟。則水監當前，信誓可期諸旦旦；江神沿此，精誠早證於如如。心懸蜀道，夢落吴艭。披襟可示，對酒難降。淮徐之白浪滔滔，與聞斯語；南北之青山歷歷，只惜他邦。豈不懷歸，矢口未忘夫故里；有如此水，盟心肯負乎長江。無如一逐萍蓬，長辭桑梓。命磨蝎以常遭，味燒豬而空美。峨眉之別卅年，儋耳之行萬里。嘉陵江幼時初發，浪去争淘；陽羨田晚歲思售，河清難俟。徒使毘陵結買宅之緣，佳處有留庵之擬。漫道無田不退，枉嗤貪念於簪纓；即此有田不歸，亦託空言於烟水。然而樂土雖虚，急流可慕。厭踏軟紅，自安行素。贏得使君遺愛，甘棠遍樹於提封，不須致仕硬差，苦筍早謀夫退步。從古高風誰竝，只右軍誓墓之文；有人巧宦曾譏，陋潘岳閑居之賦。

團扇賦〔一〕以「團扇家家畫放翁」爲韻

新痕暈碧，圓影流丹。兜螢閃彩〔二〕，撲蝶成團。素腕恰倂其皎皎〔三〕，玉容殊稱其珊珊。願郎意之常圓，三生訂約；藴妾妝而乍掩〔四〕，一笑承歡。爾其製仿漢宫，式摹宋院〔五〕。蟾樣裁綾，鴛文疊練。流蘇低綴，攙倩雙鬟；玳瑁輕裝，遮宜半面〔六〕。豈只

〔一〕此篇見丁巳本卷六頁二二二。
〔二〕彩，丁巳本作「餤」。
〔三〕恰倂，丁巳本作「偏同」。
〔四〕乍，丁巳本作「半」。
〔五〕摹，丁巳本作「成」。
〔六〕「流蘇……半面」四句丁巳本作「揮憑玉手，影落三弓，媚約珠鬟，容遮半面」。

恩承太液〔一〕，波漬羅巾。定教寵渥昭陽，香融紈扇。圓宜寫月〔二〕，豔欲皴霞。酒痕涴薄，燈影籠賒。翠掩歌衫，取一樣同功之繭；紅偎舞袖，繡數枝得意之花。不堪老去辜恩〔三〕，詩題梁苑；曾是持來障面，曲譜王家。每當丁簾押蒜〔四〕，午院浮瓜〔五〕，香凝鳳篆〔六〕，聲静蜂衙。蕙質蘭心之品，槐陰竹里之家。纖手輕攜，倚紅闌而悄立；絳唇初點〔七〕，彈翠袖而低遮。添來舊恨新愁，銅烏漏轉〔八〕；惹得紅情緑意，寶鴨烟斜〔九〕。

〔一〕豈，丁巳本作「詎」。

〔二〕寫，丁巳本作「仿」。

〔三〕辜，原作「孤」，丁巳本作「辜」，二者古同，今爲避歧義而改。

〔四〕押蒜，丁巳本作「緺縠」。

〔五〕浮瓜，丁巳本作「無謹」。

〔六〕鳳篆，丁巳本作「獸炭」。

〔七〕初點，丁巳本作「微掩」。

〔八〕轉，丁巳本作「罷」。

〔九〕寶，丁巳本作「金」。

至若深院宵征，空庭夜話。羅袂無聲，玉繩低界〔一〕。喜簟紋之如水〔二〕，持可敲詩；妒燭影之摇紅〔三〕，揮宜讀畫。最是清風滿袖〔四〕，涼生溽暑之時〔五〕；却疑明月入懷，低下廣寒之拜〔六〕。所願對影雙圓〔七〕，含情畢暢。比翼常諧〔八〕，同心相向。差似妾心皎潔，雅意堪攄；攜來郎手團欒，歡情無恙。方謂七寶輕持，九華巧障。拍記蓮歌，香

〔一〕「至若……低界」四句丁巳本作「至若夜静宵深，情長態儂，來物外之清塵，去胸中之芥蔕」。
〔二〕此句丁巳本作「房以梨而幕以柳」。
〔三〕此句丁巳本作「簟如水而帳如烟」。
〔四〕最是，丁巳本作「祇道」。
〔五〕此句丁巳本作「欣燠熱之胥捐」。
〔六〕此句丁巳本作「禱廣寒而下拜」。
〔七〕雙，丁巳本作「長」。
〔八〕常，丁巳本作「久」。

描花樣〔一〕。雕闌品紫竹之簫，綺席對紅梨之釀。笛未倚於樓頭，砧遲催於隴上。非予美之誰倂，正幽懷之自放。無何涼生白露〔二〕，寒戒清風。香封錦篋，塵黯熏籠〔三〕。月有盈虛，訝炎涼之頓觸；情分愛妒，悟景物之原空。何況鴛鴦枕上，燕子樓中。聽殘吟蟀，盼斷歸鴻〔四〕。感容顏之易謝，惜時序之將終。回思庭蕙香初，紗猶障碧；不道井梧落後，紈已消紅。懷袖無緣，怕見悲秋之宮女；繡絲有樣，應憮入畫之詩翁〔五〕。

〔一〕描，丁巳本作「遮」。

〔二〕「何」字下丁巳本有「而」字。

〔三〕熏，丁巳本作「紗」。

〔四〕「聽殘……歸鴻」二句丁巳本作「送殘歸雁，盼斷飛鴻」。

〔五〕憮，丁巳本作「描」。

梅聘海棠賦〔一〕以「故燒高燭照紅妝」爲韻

名友因緣，癯仙恩遇。瓜葛相逢〔二〕，絲羅喜附。試問名於台嶺〔三〕，綵綫輕聯〔四〕；願同夢於羅浮，絳綃深護。倩誰點額，好偕命婦以催妝；與子同心，且伴高人而道故。則有梅林雪壓，梅嶺香飄。逗孤芳於野店，占春色於村橋。自憐玉骨冰肌，三生孰共；除却美人高士〔五〕，一顧難邀。臥雪多情，枉費紅羅之映〔六〕；銷寒無術〔七〕，何來

〔一〕此篇見丁巳本卷六頁二五。

〔二〕逢，丁巳本作「連」。

〔三〕試問名，丁巳本作「請結婚」。

〔四〕此句丁巳本作「紅燭高燒」。

〔五〕美人高士，丁巳本作「佳人逸士」。

〔六〕映，丁巳本作「艷」。

〔七〕銷，丁巳本作「消」。

絳蠟之燒。至若種嘉西府，豔壓東皋。紅葩吐錦，紫萼成條。擬臉波於粉杏，欺顋暈於紅桃。凝睇佯羞〔一〕，惺忪解語；亸身薄媚〔二〕，要眇流膏。每當豔質開時，容華絶麗；不待新妝試罷，品格原高。徒觀其倦態偎烟〔三〕，嬌姿鑠玉〔四〕。一則穠麗宜人，一則清芬絶俗。蘆簾冷倚，憑誰索笑於孤山；錦被紅鋪，只合消魂於巴蜀。而欲洽名士之情懷，聯好花之眷屬。則必薦以蘭佩蕙纕，襯以花茵蓉褥〔五〕。藍田誇種玉之媒〔六〕，紅葉譜鏤金之曲。奏緑章於海國，許訂蘭因；傳紅諾於梅兄，待然花燭〔七〕。其聘也〔八〕，李幐結褵，桃奴送轎。導言則菊婢彌工，掌判則楓人尤妙。商量聘幣，柳絲也

〔一〕佯羞，丁巳本作「羞佯」。
〔二〕薄媚，丁巳本作「媚薄」。
〔三〕倦，丁巳本作「媚」。
〔四〕嬌，丁巳本作「芳」。
〔五〕蓉，丁巳本作「草」。
〔六〕媒，丁巳本作「晨」。
〔七〕待然，丁巳本作「請燃」。
〔八〕「其」字上丁巳本有「則見」二字。

慣傳書；檢點聘錢，榆莢儘堪買笑。倘憐嬌而住屋，應依修竹之鄰；迨求吉而頃筐，詎致摽梅之誚。酡顏慵睡，最宜紙帳高懸；薄暈添妝，雅稱菱花對照。籬畔牆東，春心暗通。頓消蕙歎，聊達葵衷。夫占花魁，消受嬌嬈之麗質；子稱羽客，依然清秀之家風。請看玉照堂前，仙姿萼緑；敢道香霏閣上，薄命顏紅。則雖後先異際，清濁殊方。和臘雪而同開，首推幽艷；乞春陰而小護，幾殿群芳〔一〕。論月次則花期莫及，擬風標則花品相當。旖旎紅雲，共羨嫁資之厚；啾嘈翠羽，正逢報喜之忙。好教姑射情深，早傳采帛；莫使太真睡足〔二〕，半嚲殘妝。

寒梅著花未賦〔三〕以題爲韻

何堪異地，又值嚴寒。家書一札，旅思千端。幸見故園之親友，轉思別墅之盤

〔一〕幾，丁巳本作「肯」。
〔二〕使，丁巳本作「待」。
〔三〕此篇見丁巳本卷六頁二一三。

桓。花若有知，應惜經年之别；梅如無恙，還期後日之看。未知三徑誰開，在我猶難慰藉；倘有一枝早放，煩君爲報平安。猶憶雪中賞玩，月下栽培。敞疏軒而設席，臨高閣而銜杯。騎驢於華子岡頭，寒探玉蘂；放鶴在茱萸沜口，寒啄蒼苔。插銅瓶兮酒獨酌，眠紙帳兮琴與陪。方思茅舍竹籬，永住藍田之勝；豈必雲村月店，徒懷輞水之梅。何意身任羈棲，事難臆度，遠别鄉關，追思林壑。誰栽庾嶺之春，空負孤山之約。憶昔夕陽庭院，對我芳菲；而今殘臘光陰，知誰領略。關心梅蕾，問芳訊以無從；屈指花期，料春花之有著〔一〕。羈人情緒，高士生涯。寒生旅邸，寒逼人家。幾度猜疑，可有詩吟屋角；十分冷落，知誰笑索簷牙。料應籬下暗香〔二〕，依稀浮動；未識窗前疏影，曾否横斜。驛使難逢，疇寄草堂之語；鄉音未改，先談梓里之花。向使永住故鄉，常親嘉卉。傍亭午以句留，課園丁而灌溉。清芬沁骨，尋酒侣於襄陽；雅韻迎人，繼詩盟於鄧尉。豈不足以娱展卷之心，豈不足以領參禪之味？奈何意想徒勞，

〔一〕花，丁巳本作「光」。

〔二〕料應，丁巳本作「想當」。

猜詳屢費。又是綺窗日短，地脈回初；不知緑萼雲封，天心見未。所願鴉鍤輕攜，麂籬早護。寒艷重新，寒香又吐。雪踏溪橋〔一〕，月明村路。憶風情於東閣，未便探春；問消息於南枝，還應道故。此日徒增旅感，聊吟水部之詩；何時始遂歸心，爲續廣平之賦。

秋蟲賦〔二〕以「絡緯秋啼金井闌」爲韻

秋夜深，秋陰薄。蘭釭紅，梧葉落。忽響徹兮苔階，知蟲鳴乎草閣。纖月生兮窺畫檐，涼飆起兮動珠絡。宣滿腔之鬱伊〔三〕，破終宵之寂寞。始則聲起窮陰，吟來爽氣。繅車乍抽，石鼎徐沸。繼乃嘈雜三更，淒清一味。痛病夫之呻吟，泣嫠婦之歔

〔一〕踏，丁巳本作「蹈」。

〔二〕此篇見丁巳本卷六頁二八。

〔三〕伊，丁巳本作「攸」。

欷。醒短夢兮無聊〔一〕，感余懷兮莫慰。疏軒則送響蟪蛄，小院則低吟絡緯。唧唧啾啾，羇人自愁。河漢無色，關山已秋。閣寒鐘於古寺，和宵柝於荒郵。寄家書兮遠復遠，攪旅思兮休未休。夜長欹枕，人靜憑樓。又或君居塞北，妾夢遼西。披衣月瘦〔二〕，捲幔烟淒〔三〕。疏籬螢颭，碧甃蛩啼。間紡車而軋軋，和機杼以悽悽。金翦寒兮翻舊篋，稿砧遠兮怯空閨。欲挑燈而腸斷，羌對鏡而眉低。加以長門恩斷〔四〕，永巷夜深〔五〕。吹停鳳管〔六〕，冷逼鴛衾。奈蟲聲之幽咽，感秋氣之蕭森〔七〕。碧雲散兮何處，紅豆思兮難禁。粉漬搔頭之玉，光寒纏臂之金。啓琱籠而側耳，掩紈扇而驚心。慣引閑

〔一〕聊，丁巳本作「言」。
〔二〕瘦，丁巳本作「透」。
〔三〕淒，丁巳本作「迷」。
〔四〕恩斷，丁巳本作「秋老」。
〔五〕夜，丁巳本作「秋」。
〔六〕吹停，丁巳本作「涼生」。
〔七〕氣，丁巳本作「色」。

愁，能妨妙境。身倚窗虚，聲攙漏永。寒添落葉之村，淒入疏簾之影。衰草短兮護銀牀，涼露滋兮溼金井。莫不醉醒驚魂〔一〕，淚縈悲哽。遂乃搴翠幕，倚紅欄。笛微弄，箏罷彈。豆棚雨碎，瓜架風酸。愁支被薄，冷怯衣單。蟲語如訴，秋聲未殘。羌徘徊而不寐，忽雞唱乎更闌。

〔一〕醉醒驚魂，丁巳本作「意繞柔腸」。

虚白山房詩文外編

《虛白山房詩草》原序[一]

道光壬寅，余年十四，喜爲應試詩賦，於好古今體詩也尤至。咸豐丙辰，得詩四百有奇，刪存如左，如雞肋，然食雖無味，棄則可惜。同人多有嗜痂之癖，鈔胥不暇，聊以梓本代鈔，非敢云稿也。昔隨園序陶西圃有曰：「今甫開卷，而三十年之酒痕燈光，酣顔高歌，歷歷然如影尚存。」張船山則曰：「觀存者之有不必存，即知刪者之有不容刪矣。」今余存詩之意與隨園同，而自視欿然，誠有如船山所云者，二公真甘苦之言哉。丁巳冬蓮香居士自識。

[一] 此題爲整理者所加。

卷之一[一]癸卯至己酉

雜詩三首[二]

其一

男兒抱大志，力欲争上流。長風乘萬里，霜雕搏九秋。文章豈不佳，恥託雕蟲留。富貴豈不願，羞爲執鞭求。出身便名世，投筆當封侯。年少氣如虹，所至讓出頭。世果有青蓮，何必韓荆州。

〔一〕丁巳本卷一至卷三於每卷首行卷號前皆有「虚白山房詩草」字樣，今皆删去，僅存其卷號。丁巳本於每卷卷首第二行皆有「義烏朱鳳毛竹卿」七字，今皆删去。下不再出校。

〔二〕此詩原作三首，己丑本取其二，削其一、其三，今録其一、其三於此。題「其一」「其三」爲整理者所加。

其三

山川不得地，猶人未遇時。空有間氣鍾，而無盛名馳。峩峩五指山，巨靈一臂遺。高可抉雲漢，秀若凝仙脂。月出掌珠圓，雪堆指笋肥。惜在山村中，捧日無人知。雖則無人知，遭遇會有期。不得髯蘇記，誰信石鍾奇？不慕叔子名，誰登峴山陲？長嘯呼山靈，樽酒一慰之。後有文人興，傳汝猶非遲。

四月八日浴佛歌

我聞大乘解脱空色相，無樹無臺亦無量。一片空明絶塵障，胡爲乎醍醐一灌頂上圓，白毫放大光明拳。八功水未見沾溥，五香水已供雲烟，云爲牟尼始祖去垢參真禪。法輪一轉極樂國，脱離苦海波羅蜜。丈六金身瓔珞嚴，結習消除光四溢。檀林從此會龍華，都梁安息争盤拏。火眉散馥慈雲現，珠面凝輝法雨加。九根不著菩提鏡，一片空明原至性。頂禮願開甘露門，大千普濟塵緣浄。我無拈花旨，又無選佛場。平生擇術矜眼光，空王不事事素王。受孔子戒見羹牆，澡身薰沐懼不遑。自新日日盤銘湯，豈待四月八日纔試黄瓊漿。老僧招我拜佛母，一笑置之謝否否。我不佛謍無，汝莫争佛有，世尊雖好非吾偶。汝曹浴佛吾浴德，不必援儒來入墨。

采蓮曲

蓮葉滿回塘，蓮花生遠浦。紅情漾一川，對映溪邊户。妾家門向溪邊開，嗅香弄影空徘徊。自憐蕩槳嬌無力，笑傍花陰緩緩來。船移花下淹留久，欲打鴛鴦且回首。問郎底事住輕橈，此中情事郎知否。折花帶葉送郎船，爲訂歡情葉樣圓。觸得今番愁緒起，滿籃花片對嫣然。郎怯西風寒太早，妾怨紅衣顔易老。縱教結子在心頭，那解牽絲悲遠道。道云遠勞如何長，相思去日多。隔水盈盈聞棹歌，依稀一曲定風波。花爲四壁船三面，十里香風醉緑蛾。蘭橈蕩入香深處，微步淩波花解語。藻縟萍香不見人，相思滿載江南去。小婢催歸蕩白蘋，捲簾遥指月如銀。閉門莫續西洲曲，别有花前薄倖人。

秋露

白未成霜薄似冰，蟹天秋老曉風清。松梢鶴警寒無夢，花砌蛩吟健有聲。幽菊暗黏珠錯落，敗荷猶捧玉輕盈。自從天酒分嘗後，下筆都垂露點明。

秋風

更無風旨解温柔，團扇恩情到此休。吹斷寒碪千里思，送來長笛一聲秋。涼生古塞歸鴻急，信報空庭落葉愁。莫怪披襟多料峭，曾迎春色到皇州。

春江花月夜

春風吹皺緑江潭，夾岸春花鏡裏涵。弄水忽驚明月動，花陰月色滿江含。良宵難得春如許，爲愛清華縈意緒。江流浩渺無盡期，長檣鐵鹿時容與。虚度流光春復秋，離魂怕聽櫝聲柔。江南何處青油舫，江北誰家紅粉樓。樓前草緑裙腰道，蕩子不歸春已老。萬片何能並蔕開，一珠可有長圓好。清輝飛上碧闌干，應照離人素綺紈。庭外焚香春露溼，荼蘼架下帶愁看。花影扶嬌蹴蓮步，喃喃絮語低頭訴。願隨江月照君顔，不逐江花招妾妬。相思無那可憐宵，夢到郎船路未遥。紅雨三篙桃葉渡，緑波一棹木蘭橈。天憐眉嫵開妝鏡，人在烟江趁晚潮。一昔離愁花月夜，揭來都變水痕消。江頭皓月復西斜，可奈春歸正落花。賸有離情無限處，過江消息又天涯。

落花[一]

其三

飛茵落溷縱隨緣，争禁花期不惘然。舍北泥香銜燕子，江南春老感龜年。斜陽小

[一] 原作四首，己丑本取其一、其二（見本書《虚白山房詩集》卷一），削其三、其四，今録於此。題「其三」「其四」爲整理者所加。

閣無人地，細雨空廊薄暮天。再欲相逢須隔歲，輸他垂柳耐三眠。

其四

無計留春奈爾何，一枝玉笛唱回波。緑章草就陰難乞，青帝瓜期限易過。鳥爲送行啼不住，花如解語恨應多。他生願作司香尉，不許繁華付夢婆。

城西觀劇

滿場鼓吹太纏綿，引得遊蹤聽管絃。除却裙紅衫碧處，更無人倚畫樓前。
新聲遞奏想雲璈，竹濫絲哀調正高。怪底旁人齊目斷，笙歌隊裏一櫻桃。

雁字

鳳泊鸞飄迴不猶，天生特筆記春秋。臨池氣挾龍湫壯，書塔姿凝雁宕遒。萬古鴻文原有範，八方鳥跡已無儔。池塘影倒鵝同泛，可許籠來换幾頭？

八詠樓懷古

青山如幕江如帶，四圍濃入紗窗内。六代江山夕照殘，詩人尚有高樓在。我來倚檻欲摛詞，望古情深徒繫思。惜哉休文不再見，滿腔奇憤無人知。憶昔永明稱八友，蕭郎在前沈在後。步兵兼許校圖書，祭酒還蒙綰綸綬。宋書實録能幾何？西邸頭銜竟烏有。見説承恩却負恩，雨雲頃刻能翻手。鬱林宫闕成蒿萊，敬沖徒舉吴興杯。沈也一麾被褐來，東陽悵望空徘徊。會圃臨春風，登臺望秋月。落桐遺素懷，衰草悲華髮。一聲唳雁攪愁腸，回首王孫半存殁。既不能石頭義憤希袁劉，復不能馳檄宣城正列侯。徒然登樓題八詠，驚人無句偏傳留。建康平後巴陵阻，虚名實禍何關汝。可憐金酒一壺斟，了却殘棋徙鐘虡。昔爲僚友今君臣，懷中尺素臨軒與。家令何顔見妓師，瘦腰伏地空漣洏。噩夢難信天難欺，赤章讖悔來何遲。嗚呼休文一鑄錯，此樓亦復遭辱寞。人笑褚公齒猶冷，宅留江令景如昨。無福堪同李白樓，有人欲比揚雄閣。

題馬湘蘭畫蘭

春雨叢叢一箭開，數拳怪石小安排。自從寫入蕭娘手，婀娜風枝覺更佳。

一技成名自古難，紅鈐小字認湘蘭。世間多少閑花草，莫作倡條一様看。

秋蝶

無多樓閣剩斜暉，緑草南園事已非。蠹橘前身生本幻，鶯花回首倦應歸。吟來謝

逸留香札，老去韓憑褪粉衣。未免芳心棖觸處，儔伶幾度上堦飛。

遊古無相寺

見説前楹是廢基，苔痕沁緑上殘碑。而今盡改莊嚴相，也算空王得運時。

曾經大父養沉疴，蓮座蒲團熟識多。佛若解通人世誼，應懷眠食近如何。

繡川湖晚眺

斷霞明滅數峰横，湖上風光畫不成。遠浦船從烟裏出，滿隄人似水中行。山容染黛雙螺活，塔影凌虚一鏡明。聽得晚鐘聲起處，頓教心跡悟澄清。芙蓉含雨柳含烟，緩步淩波思渺然。雪藕人來初霽後，采菱歌唱晚風前。清流有影籠新月，遠水無痕浸碧天。何日一椽湖上住，移將圖畫到窗邊。

唐明皇教習梨園

紫雲一曲獨纏綿，從此深宮奏管絃。上苑看花催羯鼓，仙曹領袖選龜年。教將歌舞身忘貴，消得聰明境亦仙。衹愛梨園新調好，太常舊部散如烟。親撥檀槽冠部頭，三郎生性愛風流。賞花新製清平調，賜宴榮叨茉莉毬。絲竹陶情真有福，君王行樂太無愁。卌年恩遇千金俸，換得雷生一哭休。

除夕

紙馬裁成列竈旁，春糟狼藉薦壺觴。爲渠善奏人間事，今夜先教入醉鄉。
果然一刻值千金，紅燭都因守歲燃。誰道今人不如古，分陰我亦惜殘年。

聞臨家索債甚急感賦

星火臨門正索逋，低頭猶想勉支吾。一聲拍案顏俱變，嚇得貧兒半語無。
久思避債苦無臺，緊鎖愁眉鬱不開。已聽鄰家雞五唱，豪奴催促未曾回。
門外推敲聽不清，一聲剥啄一回驚。今宵自分無長策，但祝天光爲早明。
歡娛難得醉顏酡，索債惟聞唤奈何。絶妙送窮文一册，退之真閲世情多。

食田雞作

我不能效石季倫供鼎餗，登筵飽啖蓮雞肉；又不能遠遊潮州烹小鮮，再賦昌黎樹雞篇。徒然里居愛滫瀡，攙扠那得盡兼味。忽聞買雞將特殺，翻訝今朝何太費。急走厨房看瘦肥，誰知蝦蟇之屬名田雞。酒醯雜下調香屑，斯須登盤快餔餟。老饕一啖嘆珍羞，鮮於稻蟹腴於鰌。兩股軟脆拔其尤，恰如鼈裙羊簽鱸魚頭。且勿論雞肋一匙同魏武，雞蹠千數希齊侯。但願常得水雞，佐我盤飧，費恐比家禽，滋味猶見優。君不見緑衣入夢充御厨，錦襖勿脱嗤迂愚。古人先我快㕮咀，未聞盡如長吉身。清癯玉面狸金背，雀鴨緑頭鷺烏脚。豪門烹飪雖精良，簡便應教輸一著。朵頤豈暇辨官私，染指直將供大嚼。官膳如教日具雙，蟈氏應悔燒時錯。不必和羹侈食單，煎熬得法便加餐。除非子陽素抱井蛙見，同類相憐下箸難。

苦雨嘆

雨師得志天無主，天作黄梅天亦苦。頑雲不放金烏飛，讓與水龍快傾吐。去年梅雨猶間晴，今年梅雨無停聲。天低壓簷晝亦冥，一月不見青天青。有時斜紋如絲織，和烟蕩漾飛無力。有時急點如珠跳，簷牙萬斛傾波濤。前庭後庭盡變水，蝦蟇蹬目坐高几。水痕没屐渾滿街，敗葉塞竈燔無柴。衣經潮皺頻熨貼，書皆涴點無完帙。先生杜門不敢出，高歌逸詩雨無極。得非女媧鍊石鑿空同，彌縫罅隙非神工。至今十二萬年天運未行半，便見漏天一洩依舊都玲瓏。又疑明河暗被黄姑決，老龍神通收不及，直瀉銀濤作雨飛，不教天上留涓滴。不然五風十雨有定期，此意天豈未曾知。而况衛公未必常司雨，何以三十餘滴仍似青驄嘶。濛密已連番，農功不能作。新麥雖收稻未花，鱗原一片成溝壑。九叩公庭訴苦楚，請官勘災官不許。未聞齋社但催科，吏下窮鄉猛如虎。我欲左挽飛廉馭，右揮魯陽戈，雲梯直上追羲和，大呼屏翳收雲羅。爾今淫雨毋過多，留待焰摩天上洪爐恣乾炙，再來請爾傾金波。

楊梅

久無佳果佐香醅，一見楊梅笑口開。粟似細攢紅點密，漿經飽釀紫丸頽。龍睛摘處波沾指，猩血咀時暈透顋。愧乏君家聰慧質，敢同頌橘炫奇才。

團扇詞

粉竹輕紗色色妍，碧闌干外倚嬋娟。不須更仿同心樣，但願郎情似扇圓。
紅兒半掩唱回波，纖手争誇抱月過。見説團欒天亦妒，素娥猶恨缺時多。

七夕

一刻千金正此時，過惟覺速到嫌遲。訴將離緒猶難盡，那有閑情管巧思。

鵲橋架後渡雲軿，瓜果陳來露滿庭。巧若天孫猶有別，女兒偏喜拜雙星。

寄松巖并諸同人

小别芝顔已月餘，分襟難叩子雲居。料應試藝風簷暇，晴日登臨雨讀書。
碧雲如水滿天流，華月金燈照冶遊。可有哀箏兩行雁，萬花叢裏過中秋。
浮圖高絶好攀躋，大地毫光一覽低。我祝諸君無别語，望題名處與他齊。

菊花

東籬醉後賞如麻，千古喧傳隱逸花。老圃逃名名轉顯，當初應悔伴陶家。
易安比瘦淵明賞，更有韓公晚節伸。真是黄花大知己，名臣隱士與佳人。

郡城雜詩

古塔岧嶤入杳冥，江山一覽渺無垠。不須更作諸天想，我已人間絶頂人。
冶遊何處最魂銷，通濟橋邊蕩畫橈。美酒一巵歌一曲，風光真是可憐宵。
一戰文場拔幟新，索觀試藝往來頻。世間到底無真賞，榜上題名便動人。

靈雨庵燒香曲

曉日曈曨寶殿開，燒香女伴阿娘陪。惹人最是雙鬟好，引得遊蹤不斷來。
兒家癡願怕難償，稽首慈雲大士旁。頂禮多時猶未起，不聞私祝但聞香。
拈罷香筒甲乙籤，還教布施水精鹽。出門後遇一乞人，施鹽一盞。女郎心怯書生鬧，
纔上香車便下簾。

觀戚氏廢園中假山

奇石招人遊，摩空矗林表。昂然聳一峰，里外見了了。入門細探幽，未登頭屢掉。設想皆淩虚，取勢務求拗。石罅牢絡藤，徑仄亂迷草。山腰忽峆岈，一洞深以窈。請隧晉文貪，入穴吕蒙討。天光一線開，石氣四圍繞。有枰棋可彈，有案琴可抱。雖然膽滿身，仙窟坐原好。但恐死傷勇，幽宫閉難保。毋爲井底蛙，急作遷喬鳥。出坎身一輕，看山目易飽。想當結構初，匠心幾易稿。一假敵百真，人工奪天巧。置身邱壑中，洞天不嫌小。惜哉蹲廢園，寒翠溼烟篠。玲瓏有雲宿，奇妙無人道。何況天下才，埋没知多少。

試院雙柏行

凍雲蔽天密無隙，雙龍夭矯簷頭擲。東西横蹲兩古柏，童童翠蓋相對張。不知並立幾千霜，各占場中翰墨香。一株森立聳層翠，半空伸作拏雲臂。一株偃蹇蟠瘦蛟，橫踞軒窗勢欲包。不受漢臺選，不須殷社封，不同蜀廟摩蒼穹。但見精華磅礴久鬱積，化作文光射斗何熊熊。天生此樹原有意，道此本是衡文地。他時杞梓亦呈材，名節何嘗林木異。生就霜皮耐歲寒，勵將多士堅貞志。材大終須任棟梁，緣深並許參文字。樹人樹木想兼該，同受栽培成國器。君不見尚書省木有聲音，公門桃李誇雲臻。從來故國資根柢，喬木原堪比世臣。

病夜不寐口占

被薄寒如鐵，窗明夜有霜。秋風欺病枕，不許夢還鄉。
油燈倚壁黯無光，聒耳秋蟲徹夜忙。同此一輪明月照，客中多占十分涼。

觀潮行

江海奇觀俄頃變，臨險方知性命賤。我生未見波濤危，請言所歷。噫吁嚱！濤頭未到風先作，一船入艑千船泊。船中放眼猶嫌低，揀得高墩先立脚。初如一線飛鵝毛，海門種種現白毫。倏如百丈舒鮫綃，西興雲樹勢欲飄。一支隨後滚銀條，潮頭相去十里遥。攓身此際猶登高，海風雖寒不目逃。忽然一折回瀾交，駭浪倏忽衝連艘。圍墩四面皆狂濤，身如浮海蹲巨鰲，浪花點點濺我袍。同伴驚呼住不牢，回頭争欲登船艚。原船離岸已十丈，一傾一仄亂摇蕩。却望鄰船唤救人，船尾向天立如掌。倘在船中親履危，此時當作如何想。潮平相慶安舟居，驚魂幾嘆吾其魚。試一返躬問故吾，鋌而走險胡爲乎！王孫當保千金軀，江湖浩渺多畏途。豈惟江湖多畏途？風波平地無時無。

卷之二 庚戌至癸丑

水碓歌

化工巧被人工偷，折腰不屑五斗謀。軒波滚滚一閘收，水一入碓無平流。通水築一渠，枕渠架一屋，石碓兩三杵五六。運以轉輪貫横木，轆轤連接引機軸。忽然到堰波分開，鏗鍧滿屋轟顛雷。不聞有人聲，但見浪花捲雪砌磕而掀豗〔一〕。水勢激輪輪激杵，一杵纔仰一杵俯。杵齒循環無休息，香秔一鑿珠一粒。旁有小輪承磨盤，磨隨輪轉旋雙丸，珠塵玉屑飛成團。老翁相杵時左右，簸糠揚粃爲揎袖。隱隱荒村夜半舂，

〔一〕砌，疑爲「訇」字之誤。訇磕，亦作「訇礚」，形容聲大。

霜華寒縮燈如豆。春不必賃梁鴻巧，不必乞公輸，祇求杜預一運調水符。農功不違時，相需安排井臼，貴得其便耳。笑彼胭脂毀磑，胡爲乎舍君春堂業，聽我水碓歌，用力較少成功多，且求其逸，還知他抱甕老人奈我何。

浮萍飛絮篇

浮萍苦被風欺散，飛絮沾泥春不管。顧影原同連理枝，回頭不是宜春館。館裏情條踠地垂，臨歧一別杳何之。那堪萍跡飄零後，重憶桃夭燕婉時。得嫁書生貧亦好，甑塵生怕紅顔惱。幸留一線渭陽恩，且作他家寄生草。貧家牀席苦無多，惆悵天孫永隔河。冷蝶夢難同夏簟，靈犀心祇託秋波。功名情重女兒輕，北上皇都千里行。指望采桑歌陌上，五花封誥定分榮。長安豈料涼如水，羞向機邊歸季子。瞥傳風信故園來，琴絃已斷香心死。萬種風懷一夕消，泉臺無復見雲翹。窮途賣賦聊餬口，敢把黄金望阿嬌。有客傳觀歎佳絶，攜手同歸登海舶。雲水蒼茫别一天，樓臺到眼都金碧。黄巾雅重鄭康成，燈紅酒緑開歌席。席上千枝解語花，良宵大會正無遮。忽驚一樹桃花豔，舊雨依稀認不差。形見豈真同紫玉，歌殘依舊按紅牙。祇緣身入蓮花幕，敢認當年繫臂紗。琴意未通心早感，雙眸也覺增酸慘。却無消息漏當筵，相見幾回心轉淡。萍水因緣一笑中，人生何處不相逢。七年賓主真相得，誰信風波有萬重。無端羽騎抄瓜蔓，行李匆匆踰垣遁。回首烟塵慘淡中，烏雲亂綰殘妝褪。玉容零落委花鈿，貫索星臨古道邊。聽到啼聲淒切處，縱非相識也堪憐。渡頭少立癡如夢，還鄉恰有扁舟送。簾櫳如故笑言非，灑涕臨風時一慟。爲感生前結髮恩，思營窀穸妥香魂。糢糊往事羞難説，祇怕聽來淚欲吞。道是綠林求嘉耦，一朝紅粉歸烏有。方悟長條似舊垂，青青果是章臺柳。華堂一別信音沉，不識玉簫無恙否。再攜金去贖文姬，迢遞關河雁影稀。樂仗已經分賞久，更無彩鳳許雙飛。一夢驚回鬢已霜，自家錯過杜韋娘。樽前倘解通名姓，破鏡猶能合樂昌。悔煞周郎空顧曲，竟無一語到紅妝。金箏侑酒清歌夜，相憶如何不斷腸。況兼當日紅絲繫，萱堂恰是彌留際。福薄真難結好緣，除非鴛牒聯來世。世上兒郎多薄情，白頭吟就怨空庭。願將一拍淒涼調，歌與人間薄倖聽。

目疾久不愈，視物昏澀，戲作一詩

人身亦一天，惟目與日比。有如銜燭龍，明察及遠邇。翳余正法眼，本從雲水洗。覽可下數行，明亦燭萬里。眥裂怒或嗔，目成笑而起。遠矚與高瞻，於兹有年矣。忽然冒風邪，紅絲入眼底。䀹疑繞碎珠，痛若刺飛矢。對日眉輒顰，見燈膜旋眯。愁看霧裏花，怕淅矛頭米。如蒙嫁女綃，豈糊裝神紙。不見雖是圖，無覩空熟視。含哀致喪明，敢把西河擬。喪女後旋患目疾。視物皆如傷，頗覺文王似。安得效亢倉，達聰視以耳。有客戲語余，儀容貴魁偉。君子視思明，女貞闚可恥。墨墨君王憐，昭昭賢者以。胡爲子雙瞳，糊塗一至此。得毋心不在，或由視非禮。頗聞孟氏言，觀人重眸子。見君眊眩容，未免爲所鄙。又聞釋氏教，金篦先去滓。見君障翳縈，豈有傳燈理。我謂客胡然，時數有泰否。明孰如兩曜，浮雲尚靉霼。清孰如寶鏡，纖塵猶積累。何怪雙青睛，昭融難久恃。平生覽萬卷，朗徹同秋水。過用神則傷，覃思味逾旨。轉使收視中，慧燈光有煒。倘爲左氏盲，著書歎觀止。即爲丁儀耖，娶妻亦姣美。奇緣意外來，禍兮福所倚。况彼皆昏瞢，我則異於是。刮瘼可漸消，勿藥行有喜。欲返離婁明，姑徐徐云爾。若此仲堪憂，不食則吾豈？

與吴棟材别後，音問久疏，今春方欲修函通訊，而吴書忽至，兼惠藥物一劑，因答以折桂美人便面題詩五章寄之

武林分手各淒然，彈指韶華已二年。多少悲歡前日事，一齊飛上彩雲箋。
同揮銀管賦長楊，同入黌宫采藻香。慚愧争先先不得，祖生空自著鞭忙。
翹首霜鴻望幾回，瑶華喜見一函開。仲宣體弱渾閑事，猶累真長秤藥來。
欣聞慶榜選英豪，佳士揚眉第一遭。遥想九還丹正熟，飛仙定躡廣寒高。
轉盻秋來折桂英，相思何物表殷勤。聊憑紅袖纏綿意，借得仁風贈與君。

題吴拜臯寒夜客來茶當酒詩意小照

一幅輕綃遺雅懷，竹爐石銚早安排。青衣似向先生笑，問比樵青若箇佳。

翠竹蕭蕭古柏斜，一丸涼月曲欄遮。詩情怪底清如許，想爲前生愛飲茶。

君家舊是醉鄉侯，留客多應上酒樓。底事金貂猶未换，但餘破睡一冰甌。

風情我亦愛雲腴，休認盧仝作酒徒。他日閑雲如過訪，衹須解渴不須沽。

贈增宇上人

金粟莊嚴真寶主，維摩神悟無一語。苦空身與文字禪，原是旁門非法乳。上人悟此無礙機，一瓶一鉢津梁疲。五百銀錢廣布施，十八部經多闕疑。不願祕笈撿毘尼，宣廣長舌参三祇。但願供花效瞿夷，義漿仁粟繁且滋。俗子不知故，笑渠迷覺路。豈知佛法本圓通，不妨各自成禪悟。君不見給孤獨園建珠林，八十頃地鋪黄金。佛家富貴自無量，何必白足行乞冰霜侵。又不見周利道成通藴奥，僅持半偈拈花笑。與其瞎棒盲枷影附多，何如堅固林中面壁無言自高妙。吁嗟乎！針鋒一勘疑團開，海躍天翔衆理該，莫怪豐干饒舌來。

寄懷曉亭

斯人花月最關懷，瀟灑何曾著點埃。半世風流無俗態，萬言日試有仙才。降鸞駕偶揮銀管，打鴨詞兼仿玉臺。此際相思風雨裏，可能花葉送詩來。

金秋槎病足戲贈

王道自平平，蹣跚且莫驚。當車須緩步，折屐免虚名。學尚趨庭遠，尊甫令其隨侍外祖母。權休捷徑争。坐言儒者事，何必起而行？

步月探花興，無緣姑聽之。筵惟軟脚好，名與半人宜。中立何妨倚？横行且待時。不須愁躕躕，履錯想無疑。足容從此重，頗合古人情。蹇蹇王臣度，遲遲夫子行。師甯勞往教，妾自解宵征。我亦非王粲，無煩倒屣迎。

雜感

空談何必讀黄庭，世味深嘗眼獨青。名士果然如畫餅，知音難得在旗亭。事從過後才都見，勢值隆時話倍靈。悟得當前真切理，此言便是度人經。

立誠爲余寫小照，忽爲小兒一新污墨左頤，如畫鬚然，戲作歌誌之

我不知頰上添毫作何像，便覺神明更精爽。效顰千古良可嗤，不圖於我親見之。見之形似無不可，其奈畫中非類我。憶昔揮毫時，解衣磅礴裸。著我水邊花下坐，少

年丰致矜翩翩，鏡中相較亦云頗。忽然神筆來描摹，憑空結撰添髭鬚。雖未諸毛繞涿居，口邊早已歌烏烏。論貌是故我，論鬚非今吾。左輔有，右頤無，從何依樣畫葫蘆。祇好徐妃半面妝成瞥相見，驚喜過望真吾徒。侍兒回首似私語，未免嫌我老醜難歡娱。倘學真真相攜破卷各飛去，便置百家灰酒何處相招呼。旁觀笑不知，道此是兒戲。掉頭謝不然，此中有深意。術者相我無俗緣，長吉或恐成詩仙。我今鬚髯已如戟，未必嫦娥愛老年。同人笑我太媚嫵，幾誤留侯作好女。我今豪氣現鬚眉，天下英雄相爾汝。況聞高文良公遇吕翁，種鬚羅羅畫夢中。果然一品聲稱隆，我今畫裏將毋同。疑團種種都無定，姑妄言之姑妄聽。欲將是否問圖中，墨跡模糊仔細認。坐者誰子竹卿，畫者誰家立誠。縱教點筆無纖塵，不如眼前現化身。美鬚不必假孌臣，典型儼然老成人。如此豪舉真尊親，誰歟能者其一新。點睛不飛，添毫欲活。大家遊戲，小試神通。畫非點鐵以成金，詩亦抛磚而引玉。忽作髯張之態，不亦異乎；倘遺頭責之文，固所願也。

附和作

先生丰姿如叔寶，羊車入市容顏好。先生談笑妙解頤，清言亹亹玉屑霏。今日圖中瞥相見，飄飄逸致鬚眉現。君道故我即今吾，我道子面非吾面。是誰頰上爲添毫，更覺詩人意氣豪。憑空結撰非非想，畫工見識何高超。少年時，老年色，滿紙淋漓快潑墨；一邊有，一邊無，認來西子又麻胡。不必靈運長，不必劉方正，數莖撚斷稱詩聖。況君本自愛吟詠，吟成每想一字安，得留半面亦僅僅。雖然覓句拈髭良有以，今日尚非來日，是何人便識破機關，早把後來情態工摹擬。嗚呼！此事信可人，此畫真絶技。絶技人，誰氏子？君令郎，余高弟。（金濤）

玉樹臨風望若仙，緣何毛磔在脣邊？侍兒只怕私相語，這箇先生老少年。（吴維喬）

植之别後却寄

柳已垂垂花半含，離人滋味與誰諳？夢爲送别猶心碎，書是言情抵手談。訪李不教軒並過，留髭難得酒同酣。而今東望頻翹首，一抹春雲鎖蔚藍。

置身

置身恍在太初前，一片靈機漸自然。有酒學仙無酒佛，饑來喫飯困來眠。不經意句真天籟，没俗緣時便地仙。笑把菱花看骨相，封侯可稱面如田。

讀唐六如居士全集

少年提筆破空行，領袖江南早有聲。縲絏原非其罪致，文章每以不平鳴。豔詞花月張三影，狂客風流賀四明。萬樹桃花一才子，怪教兒女太多情。偶然遊戲亦超超，人是三吴品六朝。絶世聰明詩畫擅，平生福慧管絃消。秋風張翰因蓴去，春恨樊川仗酒澆。十院紅妝珠翠裏，占他多少可憐宵。星躔風角絶躋攀，此集猶留豹一斑。詩思中年成弩末，禪心垂老破機關。眼前紅雨千人石，身後黄金一紙山。難得奇緣逢異代，琴堂點筆爲增删。

寄贈何龜巢

相見纔傾酒數樽，公然席上想留髡。笑儂也是情癡者，不覺推襟一斷魂。丰姿雅稱坐羊車，竟體芳蘭浥露初。傅粉何郎尚如此，不知道韞更何如。君二姊一妹皆工詩。

一泓秋水剪盈盈，惹得情絲萬縷縈。同是青青張緒柳，可憐風韻却輸卿。問君何事竹林遊，送客偏慳一面留。料得箇中相避意，省儂一步一回頭。孤負招邀日幾回，停雲不見夕陽催。可知張敏相思苦，未免尋君夢要來。

難得同心兩少年，芳名恰稱並頭蓮。君名瑞蓮，余亦號蓮香居士。知君珍重花前約，留補三生未了緣。

秋樵抱黄門之戚索賦輓章，書此以報〔一〕

其二

棧雲楚雨耐晨昏，萬里同來視寢門。滿擬作羹親洗手，誰知剪紙與招魂。情無可訴書空寄，數有難回藥漫論。倘到望鄉臺上望，家山何處灑啼痕。

〔一〕原作四首，已丑本取其一、其三（見本書《虚白山房詩集》卷一），削其二、其四，今録於此。題「其二」「其四」爲整理者所加。

其四

離鸞一曲聽難窮，且莫低徊唱惱公。我輩鍾情聊爾爾，達人觀化本空空。瓊瑰夢裏懷應滿，婚嫁人間累未終。奉倩太癡莊太矯，憑君去取酌當中。

王生振聲與余素未謀面，枉寄詩賦就正，觀其錦摛霞駁，非咫聞者所能及也，詩以美之

班荆曾未接清談，早寄瑶箋叩指南。繡自鴛針絲更好，掣來鯨浪海同涵。目迷祇恐朱成碧，指顧行看青出藍。不是才華原綺麗，此中甘苦與誰探。

水碧金膏色色幽，平生滌筆在冰甌。如君豈敢誇高足，比我還應出一頭。已解成風斤善運，何須修月斧相求。淩雲他日憑誰擬，翹首鵬摶萬里秋。

陳虞卿先生招飲得遊湖山第一軒即事

三分水竹一分屋，城中那得山林福。忽然身到可勾留，旁有小額題曰可勾留。盡日湖山看不足。水木清華豁遠眸，借他風景一窗收。柳湖碧蘸簾波捲，花島紅連檻槅浮。對面玲瓏森寶塔，鱗簷撲地排樓閣。斜闢門前徑忽低，緑陰一片烟如幕。湖山全局總奇觀，望裏空明眼界寬。香茗一甌詩一卷，此身幾作畫圖看。遊情未了重開宴，五熟湯官供美膳。談鋒捭闔嚼紅霞，拇陣縱横酣白戰。獨有元龍豪氣馴，八分書最擅琳珉。酒酣示我遊山記，萬壑松濤寒逼人。嗣君竹友善八分，書以《遊八仙潭紀程》見示。勝境高懷兩難寫，主人况復耽風雅。留題遍讀畫中詩，一笑霜毫誰健者。

理案頭所置書帙輒書一絶句〔一〕

徐孝穆庾子山集

花團錦簇總清新，一代生才衹兩人。我亦喜談駢儷者，六朝人恐是前身。

爾雅

抹月批風頗自如，肯將瑣碎註蟲魚。衹愁錯把蟛蜞認，食蟹聊翻《爾雅》書。

〔一〕原作八首，己丑本取其六《劍俠傳》（見本書《虚白山房詩集》卷一），削餘七首。今録餘七首於此。

孫子吴子

行文消息用兵同，古法難拘在變通。我讀孫吴得文訣，臨機驅遣寸心中。

楚辭

能讀《離騷》能痛飲，古來名士便垂青。何如善體靈均意，人醉依然我獨醒。

史記前後漢書

眼光不受古人欺，青史陳陳半信疑。只有文章高妙處，忽然濃淡忽平奇。

穆天子傳

西望槐眉東兔臺，佚遊方慮未能回。看他黄竹哀民意，宜向祇宫獲没來。

李青蓮白香山詩集

清平調已傳妃子，長恨歌猶感後皇。争怪瓣香千載下，有人名字唤蓮香。余號蓮香居士，慕二公詩也。

遊古雲黄寺

翠竹千竿列寺前，數峰斜抱夕陽圓。禪門更得仙家福，萬壑重開一洞天。
好從鼻觀悟僧家，世界莊嚴景太奢。此處色香俱絶頂，鳳仙花間木樨花。
泉在山中味自佳，盧仝解事不須陪。詩才莫怪清如許，曾飲香茶七椀來。

夜坐南嶺玩月

既不能雲梯直上排天閶，廣寒宫裏聽霓裳。復不能四海遨遊一瞬息，朝發扶桑暮碣石。徒然鎮日窮躋攀，松崖石磴相回環。登臨豪興尚未已，天風吹上雲黄山。萬山插地地無縫，山支一氣如潮涌。入夜峰巒勢逾静，滿天星斗光疑動。此時乘月登山巔，俯視下界何茫然。江山歷歷漾空際，平鋪萬頃琉璃田。有如海上神山可望不可即，便思御風一舉羽化而登仙。遠山四望杳無際，烟痕一片如平地。花村犬吠無人行，誰識今宵懷古意。山靈無言應自哀，六朝雲物成蒿萊。經輪法藏安在哉？不如左持緑玉杖，右推紫鸞車，飛跨黄鶴淩仙槎。朗吟一過天雨花，雲中仙子紛如麻。送我夤夜還山家，毋使蟾光遥隔天之涯。

鐘潭

石罅激波響，奇山呼石鐘。不圖飛瀑注，潭亦藏金鏞。水底正鋪鐵，陡驚峽口空。低崖壁立險，沈沈如甕中。瀠洄蓄鋭久，水勢驕難容。一落千丈强，雷聲走隆隆。嵒巔戲投石，許久驚蛟宫。大聲吼蒲牢，水府疑鑄銅。倘中副車擊，吾欲愁潛龍。惜哉境寥寂，疏解無坡公。潭或比山奇，詩終遜記工。可憐抱璞者，曠世將無同。

郡城紀事詩

八詠樓前客寂寥，大洪山裏景周遭。儒家祇有清閑福，畢竟空王法力豪。

重來舊寓叩荆扉，不見當年謝翠微。自笑此身如燕子，巢痕無恙主人非。

戚氏園中片石留，舊遊零落幾經秋。而今細訴滄桑恨，石不能言也點頭。

持箋索字太紛如，滿幅雲烟快卷舒。紙尾苦教留姓氏，誤他想煞五雲書。

象聲聽罷又灘銀，簧燭高燒漏正長。一片性靈無處露，借他絲竹寫風光。

久想遊仙訪赤松，此來準擬拄吟笻。那知宋玉貪行雨，祇在巫山十二峰。

不教攜酒醉紅裙，便訪知交到夜分。莫笑行蹤無定在，半緣舊雨半朝雲。

怕受狂飆柳易斜，伊誰曾作魯朱家。阿儂便是司香尉，代繫金鈴護落花。

蛺蝶雌雄到處留，怕教春夢醒揚州。楊枝裊娜櫻桃滑，不信人間作客愁。

張氏海棠歌有序

癸丑，文宗案臨栖梧。廟側張氏有海棠一叢，仲冬寒沍，忽放二花，主人喜謂必有二人獲雋者。詰之，笑不答。已而寓中徐生試高等，其季亦入泮，群異之。主人乃言：昔丁未十月，吾邑陳佩甫、何崑山、駱韶九寓此，同入泮，花亦綻三朵焉。惜未有詠之者，因屬徐爲之記，余綴以歌。

水仙未放黄花過，摇落衆芳惟寂坐。忽見牆陰古海棠，春光早漏紅綃破。疑是深閨爲寫真，剪將彩纈鬬芳春。主人大笑客何俗，道有奇緣爲細陳。此花不願藏金屋，此花不豔神仙福。但看梢頭蕊吐紅，便如泮水芹摇緑。幾年佳客採芹香，幾度花開報吉祥。今日胭脂痕又綻，不知誰是緑衣郎。主人言罷客點首，靈種從來莫須有。不妨及第柳先知，且待登科榴驗否。果然名姓榜題中，博得當頭一點紅。雀弁高標銀閃爍，襴衫新製翠蘢葱。若依糕棗酬恩樣，合拜花神兆喜功。旁觀嘖嘖歎神異，請爲比例充其類。君不見金帶圍中開四枝，賞花座客共台司。又不見旌節花生王氏宅，勳名榮載蓬壺籍。海棠想亦是同儕，一笑疑團今始開。記得梅花曾聘汝，而今已占百花魁。

贈某校書

流水平街曲復斜，門前一樹粉梨花。歡今欲問儂何處，笑指桃源是妾家。灘簧小調最清妍，妙轉珠喉一串圓。聽到低聲媚人處，不禁腸斷想夫憐。聰明性格藕玲瓏，故向樽前唱惱公。争奈郎情如柳絮，隨風飄去又西東。送郎歸去語多時，不覺金蓮步步移。人影依稀行已遠，看他猶自立如癡。

喜王振聲入泮

作賦摩空早有聲，果然拔幟一軍驚。青箱家學從心得，白戰文章唾手成。年長陸雲纔二歲，品如趙雪已雙清。泮宫發軔猶初地，珍重鴛班奏漢京。

慚愧侯芭問字緣，子雲奇尚未能傳。已看技擅蟲雕巧，豈必癡憑獺補痊。成佛當居靈運後，著鞭常恐祖生先。教儂不敢呼桃李，便欲相攜步木天。

寄答何鼂巢

一枝斑管麝蘭熏，我亦朱藍幸附君。見贈詩有「素絲何幸附朱藍」之句。身比平原絲可繡，情如春水剪難分。神清衹擬何平叔，筆妙誰知谷子雲。争怪酒闌燈灺後，教人能不憶離群。幾回蕭寺訪蘭荃，醉换金貂列綺筵。少飲自慚蕉葉量，多情難斷藕絲緣。蒹葭乍倚人如玉，桃葉同迎態欲仙。赢得一場春夢醒，被人唤作杜樊川。與君曾約共船回，再訪雲扃叩不開。幾作尾生甘抱柱，就令心死肯成灰。催歸早已捎行李，惜别何堪聽落梅。回憶當初相見處，自家一步一徘徊。投瓊久未報琅玕，纔答新詩歲又殘。别後始知相憶苦，歡時早慮寄書難。東南孔雀飛何急，西北高樓夢已闌。但願春風如我意，年年替竹報平安。

卷之三甲寅至丙辰

排悶雜詩

緑陰如夢罨書堂，無計能消清晝長。忽憶此君醫俗好，自磨新墨寫瀟湘。
側臥匡牀手一編，倦來隨意枕書眠。看書惹起無端想，癡願憑他夢裏圓。
良友同心集二三，詩詞經史任君參。生憎俗物敗人意，除却時文不許談。
鎮日常將一卷俱，三唐小説及虞初。被儂瞞過旁人眼，祇道先生好讀書。
疏村雜樹間蕭森，霧影迷離雨意深。惜少雲林高淡筆，不能圖畫祇能吟。
積雨空庭暗影交，忽看紅日透疏寮。箇中滋味知何似，沉醉初醒病乍消。

陳孝子

父病願終侍，父殁長相離。生年六十猶孤兒，棺翣舉矣兒無依。父期馬鬣封矣，兒無見父時。殉親太甚，忘親太忍。幽宮一閉，松楸永冷。兒願依墓居，朝夕時定省，曰余不歸。無刺刺節哀，而請言葺茅廬，蹲父墓旁。空山無人，風雨荒涼。手築墓門土，血淚和土漿。家事毋溷公，若輩任鴟張。勺水不入分所當，敢勞諸君饋米相扶將。守孝完三年矣，廣文先生聞之，喜曰：惟邑以孝得名，惟汝無忝所生。命墨人鬃氏輪扁手，大書署牓垂其型。不必廢詩而如見先儀，不必讀禮而如親杖几。至性自天然，豈盡出經史。君不見陳孝子，孝子者誰氏？新洋其名萬溪里。

紫玉

紅豆相思一寸灰，夜臺寂寞變陽臺。早知倩女離魂巧，應悔如烟去不回。

李夫人

病中背面計原工，長使君王想玉容。憔悴倘從身後見，不知何術再彌縫。

尹夫人

紫禁當初避面嗔，一親丰彩暗傷神。笑他文士相輕者，如此虚懷有幾人。

文君

記得琴心一曲不，茂陵何事又勾留。請將依樣葫蘆畫，郎賦長門妾白頭。

木蘭

占得名花字最新，紅妝時帶戰場春。洗家娘子唐公主，從古英雄半美人。

莫愁

只提名姓也風流，湖水猶憑小字留。欲嫁情郎誰最好？端宜天子配無愁。

虢國夫人

騎馬宫門看早朝，倘施脂粉更應嬌。畫眉頗得吟詩法，不愛纖穠愛白描。

霍小玉

纔夢黄衫病已深，恩情何重命何輕。紅顔自古無佳耦，漫怨兒郎太薄情。

輓金臨川先生

幾曾夢想到如斯，病太無端死尚疑。猶自南皮歡讌客，不違東首卧延醫。狂呼草聖書千卷，豪勸花神醉一巵。此後風流更誰繼，黄壚重過淚空垂。

年來風鶴費周章，纔報平安便告亡。一局棋驚翻手雨，三條燭賺滿頭霜。蕭蕭座上金蘭散，漸漸階前玉樹長。地下也知遺憾少，衹愁無復魯靈光。

與純甫唱酬累日，再拈僻韻賦詩索和

才如蕉葉剥旋抽，筆下鼉聲響未休。自有王筠丸可轉，非關沈約集堪偷。小言解破車輪蝨，險韻能鎪棘刺猴。投李尚思瓊玖報，漫嫌屢作楚人咻。

純甫亦以詩來，有宋及楚平之意，戲疊其韻要之

正愁無計引詩魔，旗鼓相當樂有那。莫道行文曾敗興，催詩不比吏催科。前詩方到，適純甫改塾課，被余一阻，索然中道而廢。

純甫和詩有「衆鳥自鳴當自已，莫將楚語又來咻」之句，復疊韻嬲之

入扣絲方乙乙抽，錦機未斷忽然休。難邀君作聯珠和，豈慮儂將鑿壁偷。日課當如馮婦虎，夜行莫似楚人猴。想緣身自爲齊傅，先要防他衆口咻。

再和

斷水曾將刀自抽，如何下筆不能休。微詞料激元忠怒，雄辯殊非趙武偷。君似迅追秋兔鶻，我如遲駕土牛猴。於今又有詩仙到，正想揮毫共一咻。

三和

相如愛把祕絲抽，句縱驚人也不休。喜有鴛鴦針暗度，料無鸚䳇舌明偷。傷弓未

到繞枝鵲，應拍終如吹笛猴。我似淮陰多益善，楚歌可否更來咻？

四和

不圖乘矢一齊抽，未暇降旗豎乞休。詩到共驚前李速，格高疑被老元偷。才華炳作大人虎，規矩嚴於君子猴。始信賢豪難免俗，先生也自變呀咻。

再贈純甫

斯人風骨最峥嶸，年少曾無一艷情。詩鬬雄心嗔不讓，酒澆芒角撼難平。棲霞舊熟閑閑處，君曾讀書棲霞寺。臥雪新翻觸觸生。君名錫安，顏其齋曰「臥雪」，故以「熊安生事」爲戲。昨日鏡中眉共畫，不知若箇更傾城。

與芑田、純甫劇談終日，將所言論賦詩奉粲

天如不虛生我曹，讀五千卷如崔儦，封萬里侯如班超，致君堯舜身夔臯，否則飛昇白日淩丹霄。抑或賦賣千金字三縑，橫絕一代爲儒梟；不然遍插黃紫標虹霓，鼻息亦足稱雄豪。胡爲乎口食曹交粟，身住愚公谷，本無淮陰背，徒有邊韶腹。敢云相者但舉肥，幾等鄙人徒食肉。貴不能朱衣點頭臨，富不能黃金點鐵成。徒然鬱鬱久居此，百年一瞬難爲情。芑田顧而笑，生財有大道。但求石炭多，便抵金穴好。添薪何必仰古槐，積鏹幾同得橫草。時方開煤。斯時那不懷抱開，天生純甫來安排。沿村置水竹，選勝增堂齋。三層宏景閣，一條軟子街。我道先生位置此境亦頗佳，不如自操左券取諸懷。前身原是香案吏，置身高處宜蓬萊。落落寒士庇夏屋，熙熙民物登春臺。二十八宿羅胸臆，三十六爐鑄橫財。一笑善刀藏，浩歌歸去來，爲地行仙不染埃。范公義田阮裕車，一一義漿仁粟森布而旁推。然後東山絲竹遂初志，金釵十二羅珠翠。風亭月榭構玲瓏，臨水登山恣遊戲。翻瀾鬬諧語，刻燭徵詩章。富貴與神仙，

我輩分所當。少年意氣原難量，安知有此心，不即如願來相償。老天聞之大歡喜，閱人多矣無如子，急流勇退能知止。只愁今日寓言耳，貴來未必果如此，亟與好官一染指。書生大欲可知已，所不得者如此水。

王雲巖先生六十雙壽

玳瑁筵開記海籌，杖鄉風味稱扶鳩。銘松定擬多高足，攀桂曾登最上頭。艷絶文心裁作錦，生來豪氣爽於秋。浪將晚節黄花比，花有如君富貴不？

君家舊擅三珠樹，誰識荆花更鬭妍。伯子已登龍虎榜，仲兄同上孝廉船。巍科早掇由天授，清福能消便地仙。好備萸囊兼菊酒，霞觴斟滿待儔佺。

調琴鼓瑟久相宜，正值金妃設帨時。半世鹿車同挽手，百年鴻案况齊眉。庚申共守顔何藥，甲子重周鬢未絲。如此年華如此福，瓊膏争不晉千巵。

當年附驥早垂青，今日登龍拜歲星。福壽花開身食報，科名草長子傳經。受辛絶妙羅千首，算亥能工祇十齡。我比紫裘吹笛者，南飛鶴奏與君聽。

余丁未院試，寓何氏家，曾賦相逢四絶，去冬訪之，則庭院闃如，已移家他所矣。聞今爲李校書僑宅，校書與姜秋嵐有終身之約，秋嵐歿後，誓不復見客，故有末二首

釵掛臣冠跡未陳，如何不訪武陵春。桃花紅盡漁郎倦，讓與遊人去問津。
十年回首好風光，金屋誰家置海棠。曾否雙溪明月夜，有人閑憶到蕭郎。
聞道新來又麗卿，丰姿可似昔盈盈。東家何在西州杳，一樣閑愁訴不清。
紈扇淒涼已送秋，漫疑鄉是舊温柔。當年紅粉成灰未，借問如今燕子樓。

雜詩十一首

古稱不朽三，立言居末議。我道言最先，德功尚其次。至行雖肫誠，澤難過五世。崇勳雖炳麟，名難傳異地。倘非班馬才，奮筆爲銘識。安知千載上，有此勳業

異。夏商一千年，寥寥無幾事。朽矣人誰傳，爲少史筆記。

文人偶不遇，動云天忌才。天既畀才之，豈復遺之災。英雄負血性，出手爆如雷。閱歷日益精，才能日益恢。玉成意良苦，磨礪爲全材。其僅富貴者，不過芻豢媒。俗士争躁進，少挫志輒灰。區區數蠹魚，忌汝胡爲哉！

管鮑善結交，佳話傳千載。乃至視人國，亦以奇貨待。分事兩儲君，預結推挽緣。此囚而彼薦，易地則皆然。使其事一主，膠漆盟雖堅。一蹶倘不振，援手誰能延。始知推薦心，早在筮仕先。心惟鮑叔知，事與魏徵肖。此則賈三倍，彼乃婦四醮。徵初事竇建德，繼事李密，再事建成，終乃事太宗。區區責相桓，毋乃被仲笑。

吴越信鬼神，淫祀遍遐裔。燒香致虔誠，享禮極豐備。初疑何太諂，非其鬼而祭。豈知警愚頑，舍此難懲示。鄉校恣横行，彼不畏清議。法網雖森嚴，彼又肆無忌。怵以陰司律，尸頭執筆記。悚然心自寒，禍譴恐立至。敬神而遠之，所以稱爲知。

人生本空空，一過如浮漚。因空遂不節，衣食又難周。聖人商富教，先後理可求。顔子樂不改，恃有簞瓢留。何怪蚩蚩氓，轟然借箸籌。但其曠達懷，冰雪須堪侔。逸身以不殖，樂生以善謀。調停兩可間，適中庶無憂。若復工心計，戚戚無時休。畢竟守錢虜，爲誰作馬牛？

深源敗北征，謝朏隳晚節。在山位置高，當事聲名裂。始知石隱流，未必皆豪傑。能事本無多，借此可藏拙。烟霞倘終老，令人想功烈。所以嚴子陵，聲稱獨超絶。

少年侮淮陰，出胯闠市中。王楚倘殺之，詎非報復公。而乃置麾下，永使拜下風。醉尉呵李廣，路宿悲途窮。任之使銜恩，未必非建功。而乃直報怨，親試頸血紅。由來豪傑流，作事忌雷同。一生而一死，血性俱英雄。可知詩文家，摹仿終非工。

王質觀仙棋，俄已數世易。便活一萬年，僅抵凡人百。急持守佛戒，入定將千春。倘非磬出之，幾類活死人。學仙貪長生，學佛求懺死。祇此生死間，尚未脱然矣。圓寂佛坐化，尸解仙離形。求生究亦死，不過鬼稍靈。未生我安在，有生吾且樂。畏死念一萌，胸中已作惡。聽所止而休，生死跡何着。看破此機關，仙佛應悔錯。

詩思忽不屬，經歲無一辭。興到偶揮毫，一夕成數詩。由來寫意趣，生氣須淋漓。情致苟不真，何以沁心脾？神韻苟不佳，何以光容儀？丈夫重獨行，作詩亦如之。神明古規矩，出入今藩籬。李杜韓歐蘇，主善無常師。我自用我法，破空方出奇。何哉拘墟者，門户争嗤嗤。君豈無性情，而必依人爲。

古以儒爲戲，荒誕亦易傳。彎弓能射日，鍊石可補天。棄杖成鄧林，揮戈返虞淵。巢由視天下，不值一文錢。是即舜禹讓，餽贈亦偶然。種種語不經，奇謊風開先。後人惟瑣碎，唾餘拾陳編。説鬼記諸皋，志怪窮夷堅。比之古語誕，奚啻倍蓰懸。翻疑始皇燒，不爲無見焉。

豪傑吾不如，仙佛吾不喜。不談《青烏經》，不求丹穴里。酒不愛聖賢，曲不諧宫徵。棋局不知道，摴蒱不知齒。惟兹文字緣，歡愛入骨髓。偶然一卷開，一坐不能起。適意作草書，陶情參畫理。興來或效颦，自顧頗覺美。笑問我胡然，亦復忘所以。

修鎖月樓，詩爲鄭竹巖作樓爲尊甫姬山先生築

素娥貪向月中住，青瑣丹扉猶不顧。何時偷下廣寒來，轉被高樓鎖將去。樓中主人黄鶴仙，飛觴醉月自年年。閑裁雲錦供詩料，狂摘天星當酒錢。岳珂戴胄曹八斗，岳秋塘明府、戴東山太史、曹珩圃山長與姬山先生爲四友，今供主樓上。共愛樓居相替守。玉妃唤月月不歸，天上寂寥無此友。圓缺匆匆知幾回，主人已赴玉樓催。蟾蜍不待開窗放，謝却紅塵不再來。誰料佳兒風月主，家傳修月還留斧。七寶莊嚴不日成，天工也要人工補。青蓮依舊舉杯邀，道士無煩將箸取。不許人間漏影來，空閨省得牽離緒。我更發奇想，爲君次第招，捲幔入天河，飛簷掛斗杓，日將繩繫虹爲橋。居然斗室羅萬有，雖不得仙亦足豪。昔有鎖雲箭，氤氲絮氣隨弓現；今有鎖月樓，三千瓊界一樓收。此樓勝似戈揮日，兩代前身盡明月。祇愁久假胡不歸，桂宫欲按攘瑜律。

書懷

達人何必諱持籌，但要天機得自由。歡趣肯因兒輩減，詩名難向世間收。登臨有興思乘鶴，毁譽無端且應牛。未向胸中平五嶽，安知投筆不封侯。

花書

一字全無淡墨痕，時新花樣畫來繁。鴛鴦欲繡猶疑誤，幾次停針仔細翻。只宜壓線置蘭房，占得虚名誑玉郎。笑比健兒教射地，無書偏唤武書堂。

讀《十六國春秋》作[一]

後秦（其五）

初聞刺史鎮幽州，禪代俄將寶璽求。法説三乘經共聽，藩稱六國表曾收。燒門愧乏趨庭訓，遷户空煩借箸謀。倘使泉臺逢佛念，宫牆應悔不偕投。

後燕（其十一）

將軍行制盡投戈，割據其如短鬢何？垂老英雄恢版籍，庸才子弟玩山河。青龍幾把黄圖改，白鹿親隨翠輦過。笑問哭臨椒禁者，淚痕同灑是誰多？

〔一〕此組詩原作十六首，己丑本改其詩致文句大異者六首，今録此。題中「其某」之屬爲整理者所加，指該詩在己丑本所對應的位置。

蜀（其六）

綿竹歸來本不期，官桑戰後竟能支。山川古蹟悲庸主，天地新聞號太師。約法七章刑自簡，長人五丈兆何奇。明經便有封侯分，好學端須在此時。

西秦（其十四）

持節長安歸義侯，嵻峎山忽豎戈矛[一]。抽身竟把頭銜改，禿髮行看指顧收。符剖金城三月握，火焚寶器一星流。早知日後須銜璧，枉止當年内徙謀。

西涼（其八）

燉煌太守鎮西年，片檄能收十郡全。金鑑一篇諸葛訓，玉門廿載瓞瓜綿。空聞詞

〔一〕嵻，原作「峣」。「峣」蓋「嵻」字之誤。《晉書·乞伏乾歸載記》：「熾磐以長安兵亂將始，乃招結諸部二萬七千，築城於嵻峎山以據之。」兹據校。

賦傳槐樹，不見兵戎勝蓼泉。莫道女流無卓識，後宫惜未制中權。

北燕（其十五）

都督諸軍擁節麾，天門開後换門楣。尊師太學名原正，奪嫡深宫戚自貽。女化男身求耦日，鼠銜馬尾渡江時。試看粉黛俱披甲，教戰吴宫尚未奇。

余素不嫻詞曲，有女郎寄聲索余小調，賦此解嘲

青盼曾邀泮水春，院試時，居停主人有女語同伴，决余必售。又蒙紅粉許詞人。算來多少垂青者，知己還推繡閣真。

佳人愛唱浣溪紗，錯認填詞柳七家。殘月曉風虚度過，漫勞纖手拍紅牙。

枉教平日負詩豪，聲價翻因一曲高。卿若狀頭能見許，新詞何惜鬱輪袍。

題鍾馗畫

金睛睒矚霜花寒，藍袍半曳烏靴寬。開圖啾啾泣山鬼，豎髮衝冠如植竿。丈夫生不建奇節，死當爲國除妖孽。遊魂爲厲豈能容，激得心頭一腔熱。陡然一擊森寒毛，大鬼跳梁小鬼逃。尺腿寸臂啖腥臊，牙邊污血流紅膏。酸風一掃痁亦愈，畫圖從此遍寰宇。我斟神酒神毋辭，請把疑團剖千古。新菌詳《爾雅》，大圭記《考工》。虢州貢硯或可比，商族賜姓將毋同。楊喬李段名皆合，已先天寶稱英雄。況有堯暄宗懿妹，不聞入夢潛感通。何年畫苑圖精魅，疑是魁星與同裔。如何面目共猙獰，一主文衡一不第。雲藍一幅墨痕新，事蹟難論假與真。笑問當年未呈夢，驅邪專責又何神。

答梅卿先生見贈原韻

曾傳神悟識風丁，曾讀文章萬選青。小字占來香海雪，前生修到酒旗星。傳經絳帳推先輩，畫壁紅妝待妙伶。絶調偶然彈一曲，依稀寶瑟鼓湘靈。

漫愁滕薛長相争，有幾雄文似馬卿。作楷逼真松雪體，談詩不假竹雲評。狂歌燕市遊何壯，小住西湖氣更清。怎怪琴堂青眼外，名場到處有逢迎。

君如宗慤馭長風，賤子惟瞻馬首東。臭味芝蘭原不異，詩情水乳況交融。紀昌已費三年射，伯樂何難一顧空。除却吟箋與名字，丰裁曾許幾人同。

記賦牆東艷體詩，樂天從此識微之。逢人每誦巫雲賦，誇我能工楚雨詞。如許熱腸推墨翟，況同低首奉袁絲。二毛各未成潘鬢，韓孟雲龍會有期。

附原作

王廷華

風度低昂陸與丁，教人那不眼垂青。論才共我宜分斗，出世知君早應星。偶或詩狂追李白，只將酒癖遜劉伶。心香一瓣隨園老，能寫佳章仗性靈。

自識墩原不用争，竹卿名詎亞梅卿。久因慕藺傳佳話，謬許推袁得定評。詩畫鄭虔真兩絶，膚神衛玠本雙清。可知市上羊車入，買果嬌娃幾輩迎。

賦出能無拜下風，謝莊也讓秀江東。擲天台句驚孫綽，識豫州名詫孔融。但使千秋身偶置，何難一代目皆空。看君標格吟君什，正與仙同俗不同。

傳聞結社爲吟詩，壇坫風裁想見之。話到流連卿亦物，除將贈答我何詞。尚堪追憶風花月，最好評量肉竹絲。常日朵雲飛不絶，聽琴允否是鍾期。

西巖八景

月臺詩跡

當年觴詠處，回首幾星霜。陳跡留鴻爪，題詩滿蠣牆。秋高孤雁語，臺迴老蟾涼。記取籠紗日，揮毫續短章。

烟寺鐘聲

何處蒲牢吼，蒼茫鎖暮烟。寺籠村靄淡，聲抱佛幢圓。清梵諸天合，微陰浄界連。忽思明月夜，簫管證情禪。

板橋暮雪

是誰當薄暮，蹈雪過横橋。飛白絮千點，昏黄板一條。尋詩驢背穩，沽酒屐聲遥。霜曉看人跡，争如此景饒。

竹苑午風

不減占風鐸，輕颸滿竹林。園丁疑戛玉，亭午好披襟。北苑千竿畫，南薰一曲琴。藤牀高枕者，無夢亦蕭森。

松嵒聽雨

萬木無聲際，松嵒雨忽稠。泉㲺千澗瀑，濤捲四山秋。劍壁人傾耳，琴牀子打頭。鹿田聽縱好，誰與繼清謳。

梅塢觀雲

梅本同高士，雲還似美人。静觀皆自得，相對不嫌頻。蒼狗白衣幻，空山流水春。待他微雪後，相映更精神。

蓼灘垂釣

占得蕭疏景，垂綸坐小磯。釣竿秋水直，蓼岸夕陽肥。風裊絲摇緑，霞明水染緋。漁翁如入畫，應亦寫紅衣。

石榻談棋

夙有手談癖，何嫌置局難。石如將榻設，棋可對枰彈。苔磴雙匳滑，松風一枕寒。平生無敵手，冷眼且旁觀。

卷之四〔一〕

王鹿鳴先生八十壽序〔二〕

夫鷟漿挹斗〔三〕，延齡斟菊井之泉；鳥篆含雲，益壽註桂陽之籍。頌久賡夫難老，籙遞衍以長生。介壽以言，由來古矣。矧我鹿鳴先生，在福則沖，修道養壽，荀卿是諸生祭酒，裴秀爲儒林丈人。恰當攬揆之辰，已届杖朝之日。但論其福星度世，絳雲

〔一〕此卷爲丁巳本《虚白山房駢體文》未入己丑本之内容。

〔二〕此篇又見《鳳林王氏宗譜》卷七《壽序類》，其題作《鹿鳴公八十壽序》，題下有小字「行貞百五府君」。

〔三〕挹，原作「浥」，據《鳳林王氏宗譜》改。

在天，掞張海鶴之姿，粉飾霄虹之句，正恐生申合祝，尚屬諛詞，算亥雖工，終嫌隱語。請表徽言於四座，用傳穆行於平生。

今夫謨觴久酌，始溢文瀾；道筏不登，誰探學海？拄腹或窮於萬卷，讀書空悔於十年。先生系出鳳林，幼誇犀角。當文勝作鄺篇之歲，已正倫舉弟子之員。黄童則江夏無雙，鑣若則秀才第一。燃孝標之炬，書可稱淫；擁杜預之編，左將成癖。今即壽人樂奏，老子圖成。而馬援尚想其據鞍，蛾術難忘夫見獵。東方朔胸原似雪，早誦二十萬言；沈驎士鬢已盈霜，猶寫三千餘紙。其好學有如此者。

世有效次公之醒狂，喜崔顥之輕薄。師門白擲，自詡風流。城闕青衿，居然佻達。是即擅孝穆麒麟之譽，終難挽魏收蛺蝶之譏。先生矩步規行，陶元浴素。問韓康之名字，婦孺心傾；過王烈之門庭，匪徒顔汗。而且天倫最重，世德能承。書以遺孫，公雅克償其祖願；冠而見嫂，文淵永著爲家儀。以視夫戒江蕤之摴蒱，詬陳平之糠覈。頓分霄壤，迥別薰蕕。其篤行有如此者。

且夫情分縑素《白頭吟》，久費周阹；權懾裙釵《黑心符》，可爲殷鑒。古之人晝敲鐵杵，冬給蘆衣。不從王駿之言，空抱伯奇之痛。先生未衰潘鬢，已鼓莊盆。顧炊釜而薪寒，攬簾旌而塵積。勸之者咸以客兒佛婢婚嫁之累方長，暮鸐幺豚淖麋之煩難耐，就使新絃之再續，未爲故劍之旋忘。而先生蒙楚潛吟，匏瓜獨處，竟牀長簟，但漬啼痕，一繭同功，不思續命。遂使參將少題巾之悔，淮南無扢秃之嫌。其卓識有如此者。

夫劍重鏌鎁，必在冶而先躍；玉珍結緑，豈在櫝而長韜？方先生之膺貢選也，以華庶子之年，有鄭廣文之職。假使青氈能就，絳帳宏開，不嫌苜蓿之餐，遠致葡萄之譽，豈不更兩歧秀麥，一縣栽花？而乃家食自甘，宦情久淡；軟紅何處，但欣蘭室之靡幽；鑷白多年，已看桐枝之漸長。卒之孫堪傳硯，幼並遊庠。耀韓起之雙環，舞張華之兩劍。鄭康成孫雖遺腹，竟號小同；許彦伯書已撑腸，無慚大父。聲一爨而共噪，福兩代而同臻。當文孫泮宫甫入之時，正先生璧沼重遊之日〔一〕。一則歲周花甲，李琪已鐫鄉貢之牌；一則辭妙虀辛，元超重據道衡之座。然後知辭榮簪組，結趣

〔一〕此句下《鳳林王氏宗譜》有小字：「先生七十七重游泮水，幼孫國香亦於是年入泮，又與先生當年同棹號，先生東巨八，國香東巨十四，亦一奇事也。」

林泉。原非故縱其蓬心，正以預培其槐蔭。其貽謀有如此者。

綜斯四美，叶以三多。李光尚精鋭如初，高允覺聰强倍昔。摩挲老眼，重欣宿霧之消〔一〕；瀏亮清談，快聽生風之論。鄭氏曰「修德獲報」，荀子曰「美意延年」，先生有焉。某等葭原幸附，梓並相依。菲材敢企於玉賓，蕪句難宣夫金奏。他日經編竹帙，待傳伏勝之書；此時門集蒲輪，擬束申公之帛。〔二〕

家百堂先生八十壽序

夫富乃善人之禄，陰德非僅如耳鳴；壽爲仁者之徵，陽報必當其身受。然捃逸文於殘竹，稽往鏡於懸藜，大抵枯菀間投，平陂遞集。或鶴齡久享而宣子憂貧，或羶行

〔一〕此句下《鳳林王氏宗譜》有小字：「先生七十八，自患内瘴，兩載不能游行，後遇諸暨縣趙西園先生，用針法治之，遂顯亮如初，又一奇事也。」

〔二〕《鳳林王氏宗譜》末題：眷晚生邑庠生金濤、太學生朱錫賞、邑庠生朱錫朋、武生朱錫登、恩貢生朱錫猷、舉人朱錫安、郡廩膳生朱鳳毛頓首拜祝。

能修而王濛不禄。求其跡同楊尹，一生有不惑者三；身備箕疇，五福而已兼其四，則我百堂先生有足述焉。

先生積善成德，飲人以和。延之稱廉慎之門，穆覲無喜愠之色。懷披褐之玉，知我雖希；懸記事之珠，讀書有得。當其陳編剔蠹，暑案搜螢，心醉六經，腸撑萬卷。以王筠獨步之秀，際蘭成射策之年，芹藻生香，菁莪待貢。倘使强臺直上，弱水横飛，簪紅杏於春明，擷金蓮於秋夜，豈不能舉頭見日，置身青雲！而先生志薄專城，才優潤屋，米鹽淩雜，圭撮明聰。女布男錢，盡九光之選；麥奴禾弟，得五土之宜。亦既媲足穀於韋翁，埒新居於樊氏。而蔡謨過慎，脱帶則常以腰舟；劉因素謙，過人則不肯履影。人第見自拘雌節，不慕雄成，若無與乎！公綽之號聰强，齊武之稱沉鷙也。豈知矯思爲矢，子雲雖時勵清修；出手得盧，張瓌曾幼饒豪氣。時則葛人仇餉，勢正鴟張；楚邑争桑，衆思烏合。謬以方升之東日，等諸不競之南風。先生則境判據藜，算操成竹，仿乘雪擒吴之故智，爲疾風掃籜之先聲，不旋瞬間而局定蒼黄，丸消赤白矣。

雖然，能屈而不能伸者，欺魄之行也；知進而不知退者，卑聚之徒也。先生以爲小試鋒鋩，毋窮弩末，元豹有藏身之處，神龍無見尾之譏。爰乃五兩穿雲，一瓢荷月，爲安馬鬣，屢覓牛眠。别營安樂之窩，遂號清和之里。世隆則自成吉兆，景純則共奉神師。往往爲席氏而卜居，代羊公而相墓。峰巒能語，竊幸得此解人；山水有靈，亦當驚爲知己。至於今系綿瓜瓞，實衍椒聊。桂子聯肩，已貢圜橋之秀；蘭孫繞膝，更蜚璧沼之聲。先生乃塵鞅無縈，谷神不敝。興來負手，放懷於臨水登山；醉後談心，相賞在莊襟老帶。占中天之歲月，作平地之神仙。惟其操種福之原，故能提養生之印也。兹者麥秋薦爽，槐夏成陰，年已並於子牙，瑞尚徵於兒齒，將以懸弧之令旦，恭陳祝嘏之徽言。

在先生，似竹虚心，或謝引年之斝；在我輩，附葭久契，可無介壽之觴。敢私竭其管窺，竊自陳其瓦奏。回思亥算，僅踰十載之開樽；倘比申公，猶是三徵之待聘。

陳翁九十壽序〔一〕

粤維疆圉大荒落之歲，月在終陬，律中太簇，爲陳翁九十壽辰。於時吾子君塄，殷兄張丈，康爵斟介眉之酒，躋堂晉序齒之觥，咸授簡於鯫生，俾掞張其鶴算。余謂餌芝餱石，熊經鳥伸，可以延方外之年也，而祝之家庭則已誕；葉語蟬聯，琅書彪炳，可以博聲聞之壽也，而施之長者則不倫。然則望重鄉閭，福隆家衖〔二〕，當伏勝傳經之歲，爲武公納訓之篇，諒必有守真養和、樹德扶善者。而後年登大耋，日遇長贏，敢推幼輿仁軌之原，用代樂府壽人之曲焉。

蓋翁繡水名流，潁川華胄，生而鎮定，長更矜莊。聞王烈之名，匪徒顔汗；接太

〔一〕此篇又見《宗譜》卷六《贈言類》，頁二七。其題作《德成族叔祖大人八旬壽序》，題下有小字「行澤二千百二十二」。行文與此多異，今録作本書附録。

〔二〕衖，原作「衕」，「衕」爲俗字。清吴景旭《歷代詩話》卷七十九：「字書有一字兒倍爲兩字者，如因『衕』字呼弄唐是也。俗語有兩字呼爲一字者，如合『衚衕』爲『衖』字是也。」

邱之論，囂俗心傾。得上舍以蜚聲，向圜橋而捷步。人咸謂銅輪崔烈，可作尚書；貲納相如，將爲郎省矣。而翁財輕築鐔，義重嵩衡；置驛通賓，停觴待客。焕先靈之松桷，丹堊如新；理故鬼之蓬科，樵蘇不採。茅芟徑而羊腸闢，柳臥波而雁齒排。靡不淑風載鮮，義問宏集。故籌不必添海屋，印不必提養生，藥囊不必鍊柏脂，祝辭不必銘松節。而陰德既鳴於耳，陽報自及其身。顔含不信筮書而偏登上壽，李奭屢行善舉而愈覺豐財。所謂美意延年，修德獲報者，非歟！更可異者，才能潤屋，錢不愁荒；慶想充閭，鈴偏未墜。禖祝幾張其麝𣝗，太人難必其熊占。忌之者謂伯道之兒無，慰之者謂商瞿之子晚。迨至年將及艾，夢始徵蘭。志雖厪乎四方，男僅聞其一索。亦只謂析薪能荷，立竹無虞已耳。而乃桂子趨庭，得一夔而已足；桐孫繞膝，竟五鳳之齊飛。負牀見四代之孫，含飴成一家之樂。翁則談猶揮麈，手不扶鳩，豪吻風生，逸情雲上。馬文淵身何矍鑠，鞍未輕離；高伯恭老更聰强，几常虚設。然後知其種之方寸者，皆續命之良田也；其策之後效者，即取懷之左券也。宜其福田屢擴，心地常昭。既徵黄髮之庥，兼得青囊之助。司空圖自營壽藏，幽翫忘疲；柳世隆果得佳城，會心不遠。彼夫眡娗而私壟斷，踸踔以較錙銖，究未聞恒幹常貞、麗褫久享者，何哉？義利之喻殊斯，慶殃之報異耳。某誼叨葭，附心切葵，傾祝延則競效凫，趨介祉則先歌燕，喜相與考降祥之理，推致壽之由。丹熟九還，文成十賫。臨風翹首，應賡緑竹之詩；指日期頤，更上紅桑之酒。

卷之五〔一〕

括囊無咎

咎至徒思委，何由闢易門。缶盈姑讓比，囊括且占坤。韞櫝藏偕密，如瓶守共敦。穎殊錐欲脱，底笑錦空捫。縱遜黄裳吉，誰同赤紱論。露承應有待，風諭已無煩。抱璞欽潛德，緘金想慎言。紫荷簪筆日，鼇禁拜鴻恩。

〔一〕此卷爲丁巳本《虚白山房試帖》未入己丑本之内容。原卷首題作「虚白山房試帖卷之五」，今爲統一體例，删去「虚白山房試帖」六字。

觀我朵頤

志不求温飽，胡爲向我觀？朵頤偏有累，饞口太無端。虎視貪何限，龜靈舍早拌。涎疑逢麴吐，嚼定過門歡。食指頻頻動，凝眸故故看。雉膏應惜費，鵝炙敢嫌殘。當席支空想，談詩解已難。大烹他日事，努力好加餐。

十朋之龜

雀環啣不易，龜寶價難勝。豈止金三品，居然直十朋。公元從遞減，侯子亦同稱。斛比量珠數，樽疑饗酒增。貝雖幺壯異，冉可短長憑。錫百珍逾重，成雙璧共登。吉宜《周易》益，文自《漢書》徵。天府琳琅集，榮恩已早膺。

明目達聰

觀古原憑目，升聞更賴聰。重瞳明較異，三漏達應同。就已侔瞻日，平能繼協風。設旌知則哲，置鼓褎誰充。精鑒璣衡察，元音柷敔通。坎離徵象卦，視聽懋鴻功。龍鳳姿方峙，山河纇並隆。熙朝崇籲俊，翼贊仰皇躬。

惇德允元

莫以澆漓習，而忘信任恩。達尊欽畜德，善長重乾元。自合惇宗切，須同允迪論。禮緣心廣厚，情爲體仁敦。懋乃期無斁，依於矢勿諼。星看聯聚會，風記奉揚言。菲薄端須戒，嫌疑定不存。翹材逢景運，蹌濟邁羲軒。

知人安民

欲副人民望，名言特著皋。知原觀采采，安共樂陶陶。鏡想懸君側，盂看覆爾曹。同寅資勵翼，修己擴恩膏。葵獻輸丹勉，芻求保赤勞。政兼朝野肅，權並智仁操。北極三邊拱，南薰一曲高。皇猷欽哲惠，薄海慶由敖。

以秬鬯二卣

休享情難達，恭將秬鬯陳。百壺雖旨有，二卣特明禋。秠共稱嘉種，椒宜掌鬱人。中尊非祖乙，朋酒自天申。卦象東西列，蟠夔左右均。禮真隆此舉，生已敬如神。黑黍頒雙目，黃流賚及身。文侯兼召伯，相較更殊倫。

柔遠能邇

民依常軫念，保赤仰成周。遠邇沾醲澤，柔能布大猷。海隅窮日出，畿甸燦星稠。燮友箕疇克，賢才内史搜。東郊徵草偃，西土樂薪槱。泄與忘俱泯，安兼格共休。旅獒呈貢處，岡鳳効鳴秋。聖世恩波溥，甄陶遍九州。

竹閉緄縢

檃括如無閉，安能處弛弓？竹柔堪貼緊，緄密務縢工。破節條條直，搓絲縷縷通。弣依黄篋外，檠約素緪中。有韔弨何慮，從繩正恰同。弭彎仍像月，角勁不鳴風。挽想烏號健，韜宜虎韔雄。銷兵逢聖世，群仰載櫜功。

鞞琫有珌

同是容刀鞞，天王製倍嚴。琫真輝的爍，珌更壯觀瞻。雪鋏全裝彩，星芒不露銛。上嵌虹玉潤，下鏤蜃珧尖。捧首晶光迸，横腰寶氣兼。琺殊元士飾，瑒笑漢公添。鞞鞛文雖異，鋒稜曜已潛。比將金錯鞘，品式判洪纖。

允猶翕河

第一驚秋處，其如汎濫何？猶之周四嶽，允矣翕洪河。馬頰清如鏡，龍門静不波。乘槎公竟渡，順軌浪都和。巨派榮光溢，支流瑞采多。桃花堪泛楫，瓠子漫賡歌。頌有安瀾獻，隄無急溜過。宣防辰策授，既道浥偏頗。

公矢魚于棠

魚豈關公事，而勞遠地觀。于棠同矢具，在藻忽投竿。竟弛鯤鮞禁，俄來網罭攢。罶争臨丙穴，鱻愛薦辛盤。貫罷宫人寵，嘗先寢廟餐。射蛟慚肆武，好鶴等偷安。未必忘筌悟，應同斷罟看。批鱗陳直諫，僖伯勖當官。

射麋麗龜

萬騎追奔急，難教絶技施。麋如張以鵠，射早麗於龜。走鋌音方擇，鳴髇矢忽遺。恰當心洞處，恍曳尾藏時。角解猶堪認，腸刳欲錯疑。狼牙腥濺血，麇背透凝脂。雉僅求妻笑，鴻曾怪主欺。都應輸樂伯，一箭退雄師。

鄭昭宋聾

試把昭聾比，應知鄭宋優。勤兵勞子側，奉使誤申舟。命尚狼淵聽，盟偏鹿上求。盲心何用慮，充耳豈相投。時勢誰能識，明聰太不侔。牽羊賢者以，文馬阿翁羞。未露休肩意，徒聞睅目謳。見犀從此去，曾悔孟諸不？

屨及窒皇

一發衝冠怒，匆匆計用兵。不知繩屨脱，正及窒皇呈。豹飾方離席，梟飛已拂棖。衹因青瑣隔，翻覺紫絲輕。野豕銜無跡，銅魚觸有聲。屐疑當户折，屣怪出門迎。寶劍遑磨厲，轈車更設旌。申侯相去遠，陳鄭孰輸征？

杖莫如信

從楚權宜耳，何如信自完。但能符是執，應見杖俱安。守諒推心赤，由衷矢悃丹。豚原誠可格，鳩亦仗無難。欲比肩堪倚，當思血未乾。扶持求相切，風雨悔盟寒。責諸千金重，依筇一例看。豈容陳玉帛，二境作盤桓。

冰以風壯

不道冰凌壯，都歸造化功。凍鏖千點雪，寒老一宵風。虎嘯威方異，狐疑釋已同。肌看姑射皎，力仗大王雄。澤腹凝堅速，天心借助工。鳴冬剛退鷁，語夏可憐蟲。出記花番用，藏宜柜黍豐。兢兢如履薄，長此凜虛衷。

蒲宮有前

知否尋盟客，爻閶擬上公。蒿難裁作柱，蒲已緝爲宮。九節材相稱，三階制特崇。棟無鴟吻望，庭是虎鬚充。編葺非今始，茅茨豈古同。前身曾拜竹，當面恍居桐。戈執儀何怪，屏藩氣早雄。他時成久假，徒費飾詞工。

衣製杖戈

欲使全軍渡，陰霖喚奈何。身先披短製，手更杖琱戈。比瓦能防漏，如矛不待磨。雨憑雙襲避，日擬一揮過。本異貍皮著，兼看鶴膝拖。風裳腰待束，霜刃指頻摩。上有油幢護，旁承畫盾多。焚舟相較此，誰是得人和。

闔門左扉

置閏非陽月，公門禮不同。瑶扉宜闔左，寶座合當中。獸未雙環掩，魚纔一鑰籠。崇階誰沿阼，私事漫由東。棖闑西邊拂，簧翻右向通。堂應虚席待，史獨記言工。居个殊春始，當阿異歲終。觀光逢聖世，闢四擴天聰。

山罍

不作雲雷像，山罍制獨存。周公新祭器，夏后古遺尊。白玉銘逾重，黄金飾轉繁。龜文殊目樣，螺黛想眉痕。形刻蓮花肖，香斟竹葉温。送青春欲笑，浮白渴思吞。真與方壺合，休同小坎論。諸峰刊法物，羅立示兒孫。

壺中實小豆

習武兼修禮，嘉賓試宴娛。中虚防躍矢，豆實好投壺。哨或輸瑩玉，圓疑走顆珠。空空皛氏製，粒粒虎沙鋪。貍首詩方奏，蛾眉類豈殊。但教多馬慶，何用得驍呼。算釋應行爵，籌長各異扶。令辭傳魯薛，堂下戒毋幠。

袂圓應規

欲辨深衣式，圓形製特垂。袷難踰以矩，袂恰應乎規。孔短應殊樣，周旋頗得宜。把來疑瓦合，投去破觚爲。袖拂清風後，衡生滿月時。豹袪乘震執，豻褎體乾持。往吉良思娣，裁成個者誰？如權兼及踝，平直幾曾離。

觀者如堵牆

矍柏休樊圃，相看較射場。非徒觀倚壁，何異進如牆。衆似成都邑，人難限界疆。四圍勞目注，一帶及肩長。負去疑端木，循來豈折桑。正猶當面立，環盡舉頭望。橋擁群方聚，門麾未拒遑。欲知存者鮮，此觶定須揚。

閑遊又送一年春

遊興無多日，閑情似去年。豈期交夏節，又是送春天。糁白楊花細，浮青麥浪圓。者番縈别緒，前度憶離筵。南浦酬詩酒，西堂奏管絃。風光仍易老，烟景却難捐。鶯語催芳餞，鴛文寄短篇。東君如有意，明歲再纏綿。

蓬萊宫在水中央

四面玻璃合，中央户牖開。水非通太液，宫欲認蓬萊。得月光宜早，凌雲氣獨恢。人疑香案吏，境擬曲江臺。舟到嫌風引，廊虚訝浪迴。六橋波裏臥，三島岸邊猜。妙景紅闌繞，新詩白傅裁。吉祥徵壽寓，鳳闕仰崔巍。

人蹈金鰲背上行

第一江山景，登臨興倍豪。橋應題玉蝀，人恍蹈金鼇。鮫室波争擁，龍門浪不高。背曾掀地軸，脚已峙風濤。日月馳烏馭，烟霞快兔毫。螭頭雲晉接，駿足路周遭。錦繡遊逾麗，珊瑚釣漫勞。

手倦抛書午夢長

清興憑書遣，如何入睡鄉？乙編抛偶倦，午院夢方長。線好貓睛測，籤遑蠹尾藏。半牀横白簡，一枕熟黄粱。藕腕空支榻，花陰漸轉廊。蠹纔搜異孔，蝶久化同莊。便豈三壬腹，撑須萬卷腸。醒來渾欲笑，歌韻起滄浪。

松化石

偶入延真觀，仙壇賸舊蹤。一拳堆峭石，百尺化長松。琳館柯終改，璇臺蘚已濃。貪邀奇士拜，悔受大夫封。小字呼飛燕，前身記老龍。骨原撑碧漢，頭解點青峰。歲月徵神算，風霜脱俗容。盤桓何處撫，苔緑掃重重。

雄雞一聲天下白

長夜漫漫裏，雄雞報一聲〔一〕。白開天下曉，紅絢日中明。庭燭猶餘跋，亭郵已斷更。桂輪光乍淡，茅店夢初驚。塒塖翰音透，乾坤曙氣清。警回江總意，喚醒祖生情。動念區凡聖，分途在利名。牀頭三尺劍，起舞任縱横。

〔一〕報，原作「執」。「執一聲」不辭，義烏圖書館所藏丁巳本「執」字「丸」旁之上墨書一「𠬝」，當指「執」應校作「報」，兹據改。

卷之六〔一〕

牽牛借天帝二萬錢下聘賦以「借天帝二萬錢下聘」爲韻

帝壻聯姻，天孫下嫁。紅諾欣傳，青蚨暫假。空想銀鞍之樂，北斗無儲；試求玉杵之資，東皇許借。靈通赤仄，得修因果於佳期；喜報黄姑，好種情根於良夜。

原夫牽牛者，系原帝族，耕藉天田。倚天津兮低俯，臨天海兮遥連。顧驅犢之餘生，未諧伉儷；羡乘鸞之佳偶，早締因緣。不須致意，風姨願割愛河之水；一自情

〔一〕此卷爲丁巳本《虚白山房律賦》未入己丑本之内容。原卷首題作「虚白山房律賦卷之六」，今爲統一體例，删去「虚白山房律賦」六字。

鍾，織女思遊色界之天。然而歡未吹簫，禮先奠幣。錢鏹當儲，錢籠預製。以牽牛職主犧牲，分兼樹藝。囊金有願，未聞黄榜之標；納璧無貲，恐負赤繩之繫。見説天錢甚富，財可通神；祇今聘幣未成，事須求帝。其借也，玉陛陳情，瓊章道意。上界金多，微臣財匱。數白榆之歷歷，借助何難；覩黄紙之紛紛，借資良易。有財可悦，自教鴛侶之成雙；予美誰併，豈慮龜文之寡二。帝乃特賜厚輪，爲償夙願。非鐵葉之盈銖，異銅芽之徑寸。鈎鈴乍啓，證將千佛之名；阿堵親交，書就兩家之券。漫使積逋負去，牘累三千；深蒙大郭攜來，鏹賒二萬。於是雲階設幣，月地張筵。門延喜曜，宴集群仙。杯斟天酒，幣載天船。倩月老以傳書，鮫文遠遞；謝星妃之掌判，鴛牒新聯。居處無郎，帝女受牛郎之聘；神仙納采，天家助豹采之錢。何乃玉鏡纔圓，璇機數罷。歡訂風廊，盟尋月榭。一時之借貸旋忘，萬種之恩情無價。遂致良宵隔絶，燕寢空寒；徒令巧夕綢繆，鵲橋高架。悟離情於舊債，悔無白打之償；牽别緒於經年，難見輜軿之下。客有意慕女牛，情耽吟詠。羡鴛杵之霓裳，覩蟾光之月鏡。匏瓜無偶，應憐夢不同甘；河鼓有知，敢謂貧而非病。看此日針樓登處，遥臆填河；想當年錢庫開時，艷傳下聘。

朝真洞賦以「洞府高深對月開」爲韻

碧落通靈，翠微摶空。高與雲齊，涼憑風送。透天光之一線，景忽開明；接元氣於三關，仙應聚衆。是誰謁帝，清涼誇寶月之臺；到此凝神，呼吸等金星之洞。夫以大化絪緼，元機吞吐。擬象數而難憑，測鴻濛而莫覩。倘使地居湫隘，塵境未離，豈能道證希夷，妙詮可取？而是洞也，寶婺靈鍾，金華秀聚。拔地尋千，去天尺五。低臨雲樹，居然氣逼青霄；高挹烟霞，幾可神遊紫府。其名爲朝真也，境臨法界，人近仙曹。天池雲擁，石室風號。非縮地而身驚直上，豈問天而首待頻搔？倘教心府真淳，習靜據峰巒之勝；祇覺元關洞徹，步虛袪意氣之豪。通消息於天機，精誠可達；占巉嵁之地位，蹤跡原高。每當曉霞乍拂，旭日初臨，虎石蹲而山險，虬松古而林深。人驂朝帝之鸞，高臨風穴；聲聽朝陽之鳳，同託雲岑。真氣彌綸，平旦則自饒道味；洞天幽邃，清晨則盡洗塵心。又如夜霧澄清，晚雲靉靆。石暈黏苔，山痕染黛。下臨無地，鳴地籟而聲雄；峻極於天，閃天風而寒耐。試證圓相於一輪皓月，真氣虛涵；射寒芒於幾點明星，洞門朗對。他若桃洞則紅映山隈，苔洞則青迷林樾。金牛洞久築山房，白鹿洞曾銘石碣。何如此精聚奇峰，秀藏靈窟！朝非王母面天，拜金井之星；朝到群仙心地，比瑤臺之月。則有赤松嘯侶，黃石仙才。步山頭而賞玩，臨峰頂而徘徊。小住洞元，天界之高寒恍合；直探真諦，帝閽之詄蕩應開。請看朝對森嚴，環萬山之林壑；可是真誠感格，豁三徑之塵埃。

梅影賦以「疏影橫斜水清淺」爲韻

積雪微映，寒烟未鋤。枝頭冷逼，水面陽舒。寫癯仙照，疑美人居。即空即色，乍密乍疏。形偏消瘦，態欲淩虛。梅蕾芳菲，梅花幽靜。素表雲鮮，白偎霜冷。非不銀海光迷，瑤臺妝靚〔一〕。雅致目成，清香心領。然皆探嗅其芳姿，尚未描摹夫疏影。影弄新晴，斜陽遠明。林疑花落，蔭訝枝橫。蹈殘雪而讓路，絢晚霞而映莖。徑昏黃

〔一〕妝，原作「粧」，乃「妝」字之俗。

兮扶淡質，室虚白兮訂寒盟。日光纔暗，月色旋加。韻浮砌釦，痕透窗紗。露濃而玉骨疑臥，雲破而冰肌忽遮。星光隱現，風勢微斜。神寒有暈，色浄無瑕。證前身於一輪皓魄，寫逸致於三生緑華。三徑兮暗香，一渠兮流水。解佩兮江妃，淩波兮仙子。驢誤跨兮過橋尋，鶴閑蹈兮臨江視。隔籬而高士襟披，對竹而佳人袖倚。濯仙骨於冰壺，寄芳情于玉沚。銅瓶價重，紙帳寒輕。燈紅朗照，暈碧分呈。傍晶屏兮掩映，臨鏡檻兮淒清。筆未描而態活，燭乍剪而花盈。色香俱妙，韻致如生。巡檐細認，索笑微驚。梅護蒼苔，影籠碧蘚。薄靄初消，凍雲欲卷。騷客臨流，遊人策蹇。隴頭寒意偏深，窗眼芳痕尚淺。一枝贈兮江南春，影與梅兮渾莫辨。

輯佚詩文

品三公像讚行豐千百七十一〔一〕

幼失怙恃，長立門楣。報劉無日，興戴何時。懋遷蘭江，以殖厥基。匪基之殖，德胡能施。子孫蟄蟄，兄弟怡怡。人亦有言，兼者實稀。豈惟兼之，壽考維祺。杖鄉尚齒，舉案齊眉。翁今往矣，高風曷追。

品三公配夏氏安人像贊

順以爲正，罄無不宜。粉和櫛里，裁鈲裂槻。左酒右漿，公悦嫗喜。宜其家人，相我夫子。南陔采蘭，北堂樹萱。螽斯衍慶，烏哺啣恩。彤管揚休，畫圖載筆。向未疑年，誰知八十。

〔一〕以下兩篇均輯自民國己巳重修《山盤朱氏宗譜》卷二《像贊類》。

特授壽昌縣儒學族姪孫鳳毛拜撰

德成族叔祖大人八旬壽序 行澤二千百二十二〔一〕

彊圉大淵獻之歲壯月，爲族叔祖德成先生八十壽辰。於時吾子君甥，殷兄張丈，康爵斟介眉之酒，躋堂晉序齒之觥。咸授簡於鯫生，俾掞張其鶴算。敢藉樂府壽人之曲，以摧幼輿仁軌之原。先生胄葉標華，髫年集祜。生而岐嶷，長更矜莊。剔蠹陳編，搜螢暑案。强臺屢上，弱水終沉。充横舍之生徒，逐圜橋而觀聽。以抱德煬和之品，居迷陽却曲之中。幾疑方輪不行，古調難合；豈知屋能庇夏，臺可登春。二陸同住東西，居然競爽；諸阮雖分南北，儘許通財。文淵刻鵠之書，蒙叟憐蛇之論。與人常吶吶，如没口匏；賢者以昭昭，縣照膽鏡。分潤以甦涸鮒，澮災而救哀鴻。人憐未卜，熊占年將及艾；天遺新來，燕姞夢好徵蘭。已看嬌女之縫裳，旋喜佳兒之索果。

〔一〕本篇輯自民國己巳重修《山盤朱氏宗譜》卷六《贈言類》。

老方得子，孫又添丁。今雖遺挂猶存，抱衾不再，而子牙比壽，近遊尚見其扶藜；兒齒徵祥，健飯不勞於行藥。善人是富，仁者好修。惟其操種福之根，故能提養生之印也。兹者樹護恒春，花香晚節。九秋挹爽，欣看佳景清華；八秩開尊，彌見此翁矍鑠。某等枝原同本，梓久瞻型。或推薛廣之宗豪，或託裴家之宅眷。競凫趨而撰杖，各燕賀以陳詞。此時頌進衢車，好待蒲輪之聘；他日品珍圭璧，待吟菉竹之章。

誥封奉直大夫癸酉科拔貢壽昌縣學教諭加二級姪孫鳳毛頓首拜撰

族姪祖繪姪孫錫廷大綸德楷鍾麟仝頓首拜祝

雨亭公七旬壽序行中五百四十八〔一〕

夫温仁受福，繇占易林；誠信延年，志傳粹語。古來浴素陶元之侶，必有延華駐景之符。何則？心不養者道不全，年彌高者德彌卲也。況乃踐繩以度一鄉，欽素履

〔一〕本篇輯自民國己巳重修《山盤朱氏宗譜》卷六《贈言類》。

之貞；踰矩無慚七十，是從心之候。如我雨亭先生者，生天慧業，平地神仙。以儒林丈人，爲鄉老祭酒。敢援賜也方人之例，用代奚斯俾爾之歌。蓋其至行過人，天性不餙。少時嚴蔭，罕庇靈椿。半世春暉，自憐寸草。祟祖見知於阿伯，冀大吾門；元方共目爲難兄，能諧諸弟。雖鳴機軋軋，曾聞緗素之吟；而立竹森森，早得箕裘之紹。迨至桐孫扶醉，蘭祖分甘。歲屢添丁，年逾週甲。而棘心惘瘁，承歡每樂於扶藜；蔆背敷榮，養志猶殷其戲綵。其至性有如此者。

今夫戚醮求益，非能引年。愴定不煩，乃根穆行。於却曲迷陽之日，而冀煬和抱德之儔。戛乎其難，吾見亦罕。先生太和爲表，與物同春。鄙雄成而畫圓履方，守雌節則深中篤行。嗣宗不臧否人物，維心鏡之常昭；子雲能上下天淵，偏口匏之獨没。其究之包函雲量，淵默雷聲。誠意相孚，婦孺咸知君實；争端自泯，鄉鄰遂化王通。其制行有如此者。

若夫祥金躍冶，非赤堇莫鑄純鈎；逸竹探奇，仗丹鉛以窮書窟。則先生之遭際可得言焉。方其射瓠葉、掇芹英，上序有聲，下儒無色。豈不欲春江跋浪，秋鶚團風？而乃鄭櫟十圍，吴干三折。絶意槐黄之蹈，潛心竹素之遊。或剛日以繙經，或殘編而紬史。或罵鬼搜神之脞説，或散珠横錦之奇文。靡不穿籬穴藩，棄膚存髓。開編而新意有得，掩卷而終身不忘。借他白醉之閑，來消冬學；愛此青燈之味，不減兒時。其植學有如此者。

他若經戀青鳥，歡傾緑蟻。烟霞有癖，陶情或藉於巴菰；博奕猶賢，消夜戲拈夫貫索。夢亦成趣，忙中得閑。此又騷客之雅懷，達人之游藝者矣。兆鰲等維桑叨蔭，仙李蟠根。喜值縣弧，情殷獻斝。黄花晚節，此時欣亥字之書；緑竹歌詩，他日待辰猷之吉。

澤五百二府君暨陳氏孺人墓誌〔一〕

誥封奉直大夫癸酉拔貢生任壽昌縣學教諭加二級族孫鳳毛拜撰

公諱宗堧，字天若，配陳氏，同卒於嘉慶中。至道光乙巳，三子祖絨、四子祖紀偕諸孫謀合葬蔣嶺之麓。其時家門鼎盛，延精於地理者，經年扦之，繪圖刊家乘。孫

〔一〕本篇輯自民國己巳重修《山盤朱氏宗譜》卷九《墓誌三》。

錫朋記其巔末，復鐫聯於墓門，曰：非敢緩也，蓋有待也；惟其有之，是以似之。佳城鬱鬱，其見白日也將不止三千年矣。既而丁益繁，科名益盛。孫錫安舉孝廉、教習、知縣，錫猷恩貢、候選教諭，其餘子衿青青踵相接，而業顧少衰，於是復以蔣嶺爲未吉。錫猷、錫飛輩登山陟原，乃得吉壤於下沓者，諸孫咸從事恐後。遂以光緒辛巳遷葬其所，名其穴爲「土角流金」。噫！其初之葬蔣嶺也，去公之逝已數十年，始營墓兆，鮮不謂孝子仁人之慎於事親，宜如是也。乃數十年後復有吉於蔣嶺者，且離故廬不二里，前後左右皆腴産，墓右爲通衢。孫曾之力田者、趁墟者，趾錯於道。迄今已閲九年，而境順於前，人增於舊，不謂之吉地所致，不可也夫。綜此事之前後，計之幾七八十年，始巘而卒。原初遠而終近，先難而後易，非數十年前之人暗而今明也，此中有天意焉。而遊者方嘖嘖于今之善置其親，此可以勉世之爲人子者，而不得以人定勝天之説概之也。噫！

光緒十五年五月

誥封奉直大夫翰林院編修加四級癸酉科拔貢壽昌縣學教諭加三級鳳毛撰

新玉翁生壙記〔一〕

墓誌之作，子若孫不忍忘祖父之嘉言懿行，藉其文以昭示來許，從未有述青烏之説當之者。近世分卒後爲墓，生前爲壙。而《韻會》云「壙，窀也」，《檀弓》有「及壙紼紼」之文，故知無生卒之别。自司空圖營生壙，日偕親友酌酒賦詩其中，史稱達者。相沿至今，人人自以爲得吉兆。爲之誌者，拾《葬經》之唾餘，附會龍穴，謂富貴昌盛可操券致。而墓誌命名之意於是乎晦，豈古法哉。余族叔祖新玉翁營生壙於某原，屬余誌之。余謂翁方矍鑠，不能爲破例辭。翁笑曰：「吾欲藉子文以傳然。今年八十三，子亦周甲外矣，及今修譜梓諸圖，後猶可於吾身親見之。倘延至重修，子縱在，亦如吾年將告存不暇而奚握翰之能爲？」余瞠無以應。謹記之曰：

翁世居青坑，初亦無所表見。年五十餘，粤匪竄金華，郡縣爲墟。青坑高踞山

〔一〕本篇輯自民國己巳重修《山盤朱氏宗譜》卷九《墓誌三》。

巔，賊蹤不至，諸避難者麕集。全郡克復後，各歸故廬。翁以所居過隘，無可設施，遷於金華澧浦。以賤值購宅一區，園池具備，田若干畝。父子傭耕其中，意豁如也。無何，澧浦人以非土著，凡田廬之毗連，錢債之齟齬，輒相掎齕之。翁據理與抗，不直則訴縣庭，寢饋於雀鼠之争，幾十年無虚日。已而訟清事息，向之日思魚肉者，以其不畏强禦也，咸折節交驩。翁出其緒餘，爲人排解。業日益饒，四子、七孫、二曾孫，夫婦偕老，稱雄一方。年時覓地築兆域，足以自娱。其兄新賨仍在故居，年幾九旬。兄弟白頭相望，不謂之純嘏不可得矣。余故仿昌黎生傳之例，以成表聖生壙之文。舊例也，亦創體也。閲者倘謂《文苑英華》一千卷無此文也，其將何以位置之？

光緒十五年己丑九月

誥封中憲大夫癸酉科拔貢壽昌縣儒學教諭加三級族姪孫鳳毛頓首拜撰

豐百五十八思羅公墓誌〔一〕

同治己巳，吾族修家乘。裒丁計貲，兵燹後疫癘熾作，生齒漸稀。惟族叔孚通家指尚數百，意先世必有隱德培子孫基者，詢之輒遜謝無有。季秋以先人行狀來屬爲誌墓，雖非奇節異行，而撮其崖略，以光諸幽，可爲澆薄者勸。謹按：

公諱思羅，字以禮。兄弟五人，公居五。性愿慤，有事則隨諸兄後。雖筦籥出入，必奉兄命惟謹。家僅中人產，諸兄皆饒心計，分爨時剖毫析芒，謀飽私橐。公既不諳家政，任兄所爲。兄亦以其易與也，相與慫慂抑閼之。以故所得悉磽瘠地，歲入不足供賦稅。公絶不與較，惟督諸子力穡而已。晚年家漸裕，所入贏於同炊。時而諸姪顧漸落，公復時撫卹焉，亦不與較也。昔許武欲成弟名，給以劣產而自取肥者，王曇首褚彥回，惟取圖書皆推財與兄弟。諸兄之取財物，其將成弟名與否？

〔一〕本篇輯自民國己巳重修《山盤朱氏宗譜》卷九《墓誌三》。

雖未可知，公以一鄉泯目，未覩晉宋間事而能安分順命，全手足之情，合前賢之軌，一傳而後，家聲隆隆。吝遇於生前，卒食報於身後。世之兄肥弟瘦、鬩牆致釁，聞此而猶不爽然失、矍然悟者，非夫矣。生平足跡不入城市，寡交遊，故無軼事可書。卒年五十四。娶魏氏，以嘉慶戊寅三月合葬於前園西向。子一，中富。女一。孫七：孚榮，國學生；孚迎；孚通，國學生；孚達；孚造；孚透，國學生；孚迢。曾孫〔一〕

同治八年六月穀旦

族姪孫鳳毛譔

誥封奉直大夫孚十六府君墓圖〔二〕

右墓二十五都缸窑山爲先大夫孚十六府君暨成宜人之塋。先是，有以此山求售

〔一〕原文至「曾孫」止，其後疑有脱。

〔二〕本篇輯自民國己巳重修《山盤朱氏宗譜》卷十《墓誌四》。題下即地形圖，略。

者，府君曰是可營兆也，其人笑置之，府君即以廉價售焉。既登岡陟原，周覽形勢，歸以告大父。大父素究心堪輿，聞之喜。自後府君不過之則已，過必流連登眺，日暮忘返。間與大父論結構之奇，謂醜中有美，無有踰於是者。道光己酉十一月，府君見背。庚戌冬，大父命鳳營兆域。越七年，爲咸豐丙辰，復奉成宜人之柩附之，遵先志也。嗚呼！鳳不肖，不能承先人學業，徒以文章詞賦博時流聲譽，於地理、醫卜有關身世之書，一不探究，性又懶，乏濟勝具，未嘗裹糧從諸君後，爲縋幽鑿險之觀。今距庚戌且四十年，稱美者僅三數人，而摘瑕勸徙者不一而足。其敢藐忠告之言，終信爲滕公之佳城乎。雖然，今之談地理者，譽己而毀人，吉此而凶彼。其始珍若拱璧，富貴可立致也；易一人視之，則疵謬百出，棄之惟恐不速。捫籥叩槃，愈聚訟愈無定論。府君既好之，篤信之深矣，一旦聽時師別求福田利益，恐山川能語，將不止於背先訓之責已也；先儒有言，人子不可不知地理。鳳固已矣，爲優爲絀，且俟諸似續之能知者。

光緒十五年五月誥封奉直大夫癸酉科拔貢壽昌縣學教諭男鳳毛謹識

豐千六百廿八豐銀公助約[一]

立助約人豐銀，緣年老無子，妻室又亡，親房子姪甚稀，無可立繼，念身有病痛，難以久延，爲此會同親族戚友，將陳孟塘田六斗助入山盤。愷一公祠内管業蒙許，將我祖父及本身三代神主入祠。倘後給胙時，任憑衆董理處置。此係出自情願，並無抑勒等情。欲後有據，立下助約存照。

光緒十六年十月　日立助約人豐銀

親族　中榮　雙福　廷全　九成

義子毛仍綏　女婿宋福如

筆　鳳毛　　以上俱有花押

〔一〕本篇輯自民國己巳重修《山盤朱氏宗譜》卷十一《約劑類》。

先大父從周公行述行中四十二〔一〕

先大父諱履郁，字從周。曾祖瑞開公，生二子而蚤世。大父方七歲，育於高祖。越十年，高祖卒，兩世孀居。弟佩士公又穉弱，瘠田二十畝，饘粥弗給。乃廢書習慌，入業設肆焉，取其羸以資事畜。年二十，娶於成，荆布相賓，雍雍如也。二十五歲，嬰弱疾年餘，遂成沈痾，見天日即眩瞀。坐卧一小樓，謝絶世事。先大母扶持抑搔，侍湯藥維謹。内庀家政，綜理孅密。撦拄門户者凡十年，以其餘爲佩士公聘婦。逮病痊，家益落。賣藥自給，甫期年，漸饒裕。佩士公惑婦言，求析居，產稍腴、宅稍完者，悉婦之所得，皆石田老屋，夷然不較也。而先大平〔二〕善持家，大父以儉約教敕家人，自是歷二十五年，家乃大起。大父長身亹立，目長而慈，對面不能見其耳。

〔一〕本篇輯自二〇〇八年重修《山盤朱氏宗譜》卷五。
〔二〕疑「平」當作「父」。

聲清揚遠聞，沖澹寬和，無疾言遽色，終其身不見戚容，與人藹然，有拂逆，情遺理恕。尤善養生，飲食有節，起居有時，飯罷行庭中數十武。隨意觀古書，或吟古今體詩，天機妙發。倦即偃卧木榻，客來求醫者，隨起應之。鳳毛侍左右十餘年，無杪忽差。晚歲目轉明，能作細書。咸豐戊午，年九十矣。秋，族人饗於祠，行燕毛禮，歸晚，猶治具召客，飲啖如恒。夜逾半，忽呼體不適。延醫未至，遲明而殁，八月十七日也。先大母前十三年卒，壽七十有七。道光中，爲曾祖十兆百後山，有渴葬者當其穴售者，曰：「鄰人王某死無瘞所，丐殯，是可遷也。」問有子乎，曰：「有。」呼之前，則遺孤長者，才七歲，家酷貧。先大父惻然傷之，止其遷，而厝曾祖匱於旁，歲時奠焉，閱四十餘年矣。同治己巳，其孤忽踵門求謁，曰：「曩止余遷葬時，君祖慮後人有違言，復與余券，不責余直也。兹事人無知者，慮君亦未之知，顧余敢忘哉！今幸殖肆吴中，貲累巨萬，君祖之賜也，謹以十金償夙直。」鳳毛推先大父意婉謝之。越明年，一親兄弟同舉於鄉，一時視地者麕至，僉以爲吉壤。抑知吾先人設心厚而慮事周，殖德於不知誰何之人，而并未嘗一明其意。乃天若必欲其人之自明之，俾吾子孙之食報者，毋昧所於由來，而庶有以持其後。嗚呼！孰謂善之不可了行耶！先是病廢時，理書自遣，凡卜筮、星命、堪輿之説靡不究，而尤精於醫，不名一家。視疾之陰陽虚實重輕，以意消息，輒應手效，求診者踵相接。一中年婦胸發青筋，按之輒呼謈，命取古塔中堊石濾汗再飲而愈。或問故，曰：「青屬木，堊白屬金，以五行相勝爲之，非尋常藥物所能療也。」王鹿鳴先生病痟，群醫峻補之，日益瘠。先大父曰：「病根未祛，關門逐盜也。」投以藥，不兩月，豐碩如故。東屏叔中年患羸，消補悉不受，將屬纊矣。先大父視之，曰：「非弱也，病在隔閉，煎皁角和諸藥飲之。」一吐，疾若失，更二十餘年而後殁。其他奏效甚衆，然未嘗以自多也。先府君艱於嗣，屢爲亡賴者所侮易。鳳毛始生時，大母欣然曰：「吾十年來，始今日得一飽逮。」府君見背，先大父開八秩矣，而哭不甚哀，曰：「吾留此殘喘以課孫，過戚何爲？」鳳毛至今得以無墜先業，昔時教督之力也。嗚呼！即此亦可覘其學養矣。所著詩、雜文一卷，曰《餘生偶寫》，藏於家。

誥封中憲大夫癸酉拔貢壽昌縣儒學教諭加四級孫鳳毛撰

光緒丙申重修《洞門黄氏宗譜》序〔一〕

吾邑城中著姓，若陳，若樓，若龔，若傅，皆簪纓世族，文通武達，代不壙僚。而文獻黄公獨以服膺朱子特聞。蓋朱子師吾邑劉公子翬，而友金華吕公東萊，故四先生踵起，吾婺遂爲理學淵藪。時方盛行歐蘇譜學，諸先生以宗法既廢，得私譜而葺治之，亦足寓睦族之一端。故每於宗譜，三致意焉。公承其後，立朝居鄉，品學卓然。余嘗讀其遺書，平正純粹，不爲放言高論。子姓之能文者，往往守家法不衰，即今所稱洞門黄氏者也。頃以重修宗譜告竣，屬爲弁言，雖未暇詳閲，而讀文獻公一序，已見其精於譜學矣。夫譜之所以見重者，以能徵信當時，無闕無濫，使後人讀之，某出某系，旁行斜上，朗若列眉，故足貴也。《北史》《唐書》每於高門家世，徵引繁博，頗病其蕪。於是

〔一〕本篇輯自民國丁丑重修《洞門黄氏宗譜》，録文參考《重修金華叢書·三編》第一八四册，上海古籍出版社二〇一三年版。此題經整理者修改，原題作《光緒丙申重修宗譜序》。

狐帶令頭者有之，誥襲汾陽者有之。族愈顯，譜愈淆，幾欲舉千古同姓之人盡附其中而始快。公則謂浦江黄氏，舊譜爲自分甯來歸，而郡志載墓在浦江者，已見《開元十道圖》，則舊譜亦難盡信。惟七世祖徙義烏，系序支屬綦詳，故斷自九世祖以下爲之圖。其譜之遠不可知，疑不能明者悉闕焉。又圖譜之法，親者詳，疏者略。今不以親疏爲間，誠恐諸房不必人人盡有其圖，譜當補之，毋厭其繁。斯言也，由前以觀歐蘇氏之法也，由後以觀充蘇氏之法而彌縫其隙也。夫闕疑爲聖門要旨，而敬宗收族，又禮之大經大法也。公之譜既闕其可疑，而復補其所未備，皆聖賢實事求是之功。迄今承修者，監於成憲，闔族遂無一横議。嗚呼！正學入人之深，即一族已可覩矣，而況其爲大者哉。不佞朱子二十五世孫也，庚寅修家乘，俾大兒一新承乏其間，今讀是編，差幸出門之合轍也。爰取大要著於篇，以見吾郡世族之譜具有師承，非文人之攀附疏舛者比。至於支派之繁，科名之盛，文物之多，前序已詳言之，不復贅董。修爲奠軒其餘，與有勞者例得書。

光緒二十四年二月

誥封中憲大夫癸酉科拔貢朝考二等詢問教職壽昌縣

儒學教諭加五級賞加國子監正銜邑人朱鳳毛拜撰

和芸皋同年京邸見寄三十述懷之作，效長慶體[一]

京國三千里，星霜十四周。忽題紅雪艷，遠寄白雲幽。渴驥雄奔澗，奇鷹俊脱鞲。愛花成眷屬，比柳想風流。好句都霞絢，前生是月修。王筠年最少，樓護筆偏遒。得勢揮雙腕，驚人出一頭。軍纔花縣冠，望已藻宫優。經學勤庚拜，文思軋乙抽。新能别翻樣，豪欲碎搥樓。薦剌曾夸鶚，詞鋒巧刻猴。果看蟾影朗，終聽鹿鳴呦。科目猶初地，男兒此壯遊。長安西笑路，短棹北行舟。雲樹迷螢苑，烟花鬧虎邱。黄沙紛撲面，紅粉厭歌喉。風雪鏖吟鬢，江山豁醉眸。偶逢初度日，翻動故鄉愁。花甲剛輪半，虀辛妙選尤。蒼茫懷石友，迢遞附山郵。賤子芹同採，零丁柞莫櫄。自從芩野遇，重抱棘人憂。己酉鄉試，場中與君寒煊數語，自是三次，丁艱，不復能鄉試矣。薪積平頭滿，鋼成繞指柔。九還功鍊董，三上境同歐。敢詡楊無敵，幾於李不侯。因君鞭快著，引我玉思售。愧把蕪詞寄，先蒙行卷投。蚨憑尊使達，魚被校人

〔一〕本篇輯自民國壬子重修《覺東樓氏宗譜》卷三。

攖。去春，尊紀送硃卷來，並索拙稿，余附餽贐金，後知詩達君所而贐儀被攖。往事資談謔，新詞足唱酬。逼真嫌鶩類，乞巧怕鷃偷。奇乏青霞氣，高慚白雪謳。爲賡蘭譜什，轉憶竹林儔。同試春明去，偏教夏課留。依人三寸管，作客百金裘。家純甫與君同北上，君旋里而純甫留都中。借問書傳雁，何如家汗牛。喜君千里返，佳景一囊收。花鳥容箕踞，風濤恣拍浮。聰明原雪浄，縟旨況星稠。課自研朱慣，才真衣白侔。木雞方待養，金馬豈難求。何日閑過訪，陳編細校讐。對談争艾艾，余與君皆口吃。玩世各油油。王掾癡應愈，安仁髩已秋。同年如可再，攜袂上瀛洲。

咸豐十年秋八月　年小弟朱鳳毛甫草

益千五百八十醉六公像贊〔一〕

昔我見君，裘佩翩翩。今瞻遺照，鬚眉儼然。謂宜身依槐市，壽祝松年。胡三珠

〔一〕本篇輯自民國壬子重修《義烏倍磊陳氏宗譜前集》。

之競爽，竟四秩之難延？玉樓天上，金玦人間。蘭循陔而子采，桐接蔭而孫緜。彼求虎賁不得者，其亦知母而兼父，當視此瑶池之仙。

姻晚生朱鳳毛拜稿

重修務本祠記〔一〕

吾邑聚族而居，子姓數千指，各有大小宗，以妥其先靈，制甚鉅也。咸豐十一年夏，粵匪竄入金華，蹂躪焚燹，廬舍蕩然。皇上御極之二年，蕩滌群穢，兩浙肅清。明年克復金陵，凡公私廨舍祠宇之被毁者，咸以次整葺。而倍磊之務本祠亦於五年冬修竣，其裔孫衮堂屬爲記之。余考其譜牒，舊於麟山之陽建寢室三楹，以祀福堂公。遞乾隆戊申，遷於山前之錦溪濱。衮堂大父百川公董其事，紀顛末於家乘，即今所謂務本祠也。於是距衮堂之重修，已閲八十年矣。嗚呼！此八十年中，孫子繁衍，踵

〔一〕本篇輯自民國壬子重修《義烏倍磊陳氏宗譜前集》卷二。

事增華，俎豆莘莘，昭穆秩如，誠有如前記所云擴充而恢廣之者。庸詎知賊鋒一熾，鄉突匱主，壁甃庖湢之屬，澌滅殆盡，惟存周垣梁柱之不能毁者，望之如廢堠然。既已曠如孑如矣，而闔邑被寇之區，往往瓦礫縱横，遺民寥落。求庇一椽，爲先祖棲神之所，杳不可必。而此獨慨然於祠之荒廢，合衆力以復舊觀。蹟繼於數十年之前，而事復成於一家之手。君子謂衮堂誠能繩武，衆子孫誠能急公。然非福堂公之遺澤歷久未湮，又安見虔劉之不深而瘡痍之易復也？倍磊大宗祠曾燬於嘉靖之礦寇，萬曆間重新之，有記示後。今讀其文，猶想見當年葺修之難。兹役也，時異而事同，援筆記之，俾知成敗之靡常，誠有望乎後起者之善繼也。若徒以修祠晉主，攘爲家督功，微特非余作記之意，其亦非衮堂見屬之誠也夫。

時大清同治七年歲次戊辰荷月吉旦

郡庠生朱鳳毛頓首拜撰

光緒十一年乙酉重修宗譜序〔一〕

世之得爲故家者，豈偶然哉？人見擁膏腴，席貴盛，雲摶水擊，鬱成鼎門，以謂福澤獨長也，而不知質行多聞，皆其詒謀久遠之所致。故家有然，何論世族。余嘗持此説以衡士族多矣，今又得之吾鄉陳氏。

南鄉談族望者，惟田心王氏、倍磊陳氏爲尤著。兩姓皆遷自東陽，居又五里而近朱，皆與世姻，時相過從，雍容爾雅。意先世必有高行隱德，遠出諸姓上者。欲借閲其家乘，不果。今年春，陳氏修譜，司事以首卷來索序，擷之。自唐人序譜所自始，及宋人序遷東陽，凡五篇；自元至正倍磊始修譜，迄國朝咸豐，凡十五修，計序十九篇。其間得姓之古，遷徙之繁，譜法之嚴且備，諸序盡之矣，復何言。且譜學浙東最盛，單門大姓，莫不有譜，即莫不有序，亦莫不有敬宗收族親親尊賢之公。家言雖言，如未嘗

〔一〕本篇輯自輯自民國壬子重修《義烏倍磊陳氏宗譜前集》卷首。

言，且不如勿言。然而余終不能已於言者，何也？昔人謂唐兵凡三變，愈變而愈下；唐文亦三變，愈變而愈上。武衰則文盛，唐之不振以此。夫國與家，理同而事異，固有相反以爲治者矣。譜載《搢紳録》，其初起家，文職者五人，繼以武功顯者七十餘人，繼入國學者百十人，其後以博士弟子，或食餼、或明經者幾贏百人。夫前此既以剿八寶山礦匪得武職矣，何以咸同間粤逆踞村半載，削平後曾未聞斫賊立功？如萬曆時者，豈古今人不相及哉？抑亦文教之入人也深，或能以樽俎爲折衝耳。且夫馬上得天下，猶不可以馬上治之。況於士大夫之處族黨，由武而漸趨於文，浸成美俗。其愿者敦詩説禮，孝弟力田，豪者日漸漬於禮讓中。隱有以消其桀鶩不馴之氣，而猶謂雍容爾雅不得與於每進益上之休也，其誰信之。往時王氏嘗有賦鹿鳴、登玉堂者，安知天不鍾數百年之間氣而以眷王者、眷陳耶？又安知今之秀才、明經不轉瞬而賦鹿鳴、登玉堂，步武於初起家之諸文職耶？國以武備弛而衰，家則以文事修而盛，此身所早見及質諸當世而不爽者，而今尤樂爲陳氏稱道也。暇日得王氏譜而互印證之，益當不河漢余言。若夫勤採輯、精校讎、明體例，皆司事諸君之所素優者，而又奚事喋喋爲？

誥封奉政大夫癸酉科拔貢朝考二等壽昌縣儒學教諭加二級姻愚姪朱鳳毛拜譔

重修環溪王氏宗譜序〔一〕

往余序倍磊陳氏譜，謂南鄉談族望者，輒推倍磊、田心，深以未見田心譜爲歉。今春，其族修譜，裔孫葆生遺賫一册，來索弁言。余讀之，爲著其大者於首簡曰：

古者官有簿狀，家有譜帙。《周禮》之奠世系，良史據之以爲世本，公孫揮所由辨於大夫之族姓也。三代聖人之道，必使尊祖、敬宗、收族，而後天下平。未有族不辨而能崇其宗祖者，未有譜系不明而能合族者。詳其所知而略其所不知，譜法即史法也。《史記》帝堯辨章百姓，鄭君詁百姓爲群臣之父兄。然則非辨之嚴，亦不能章之久也。中古且然，何論近代。此編自叔瑍公纂訂，顔以環溪王氏，始自别於畫溪譜。溯而上之，由東陽畫溪者，元如建公也；由處越而按部東陽，卒葬畫溪者，五季安公也；由討裘甫，子孫因處越中者，唐浙觀察使式公也。此皆世系昭著，故綴於篇。再

〔一〕本篇輯自清光緒十七年《環溪王氏重修宗譜》卷一。

等而上之，惟以太原爲郡望，而不復詳漢以後系圖，誠譜法之最善矣。夫王氏以太原爲郡望，誰不謂然？然有太原之王，有瑯琊之王。如漢之吉、魏之鑒、晉之導、宋之僧綽、齊之儉、梁之騫、後周之褒、隋之鼒、唐之方慶，皆世所稱瑯琊王也。若太原之王，則漢有霸、魏有昶、晉有坦之、元魏有慧龍、北齊有遵業、隋有劭、唐有翃。不知式公之先，果爲劭與翃歟？或出自方慶，不能詳也。不能詳而必如世俗之爲譜者，旁行斜上，附聞人以忍誣其祖，勢不至爲崇韜之於子儀不止。況族大則支派歧出，漢魏之世，又有沛之王如陵者、涿郡之王如商者、上谷之王如次仲者、山陽之王如粲者、東海東萊之王如朗與基者，殆不可勝數。非創畫溪譜之大熙公，斷自式公始，不復爲蔓延之詞，必不能如此之謹嚴；非纂環溪譜之叔璵公，條分縷析，若網在綱，亦不能如此之明以晰。然非重修，諸君之謹守家法，亦安望其歷久而愈光哉！就余所見，五十年之間，有仕於朝，有舉於鄉，有餼於學宫，至青其衿，爲國子生弟子員者，更僕難數。屋廬櫛比，膏腴接畛，食指數萬，雖經咸豐季年之劫而繁盛逾於初。人第羡其昌熾，蕃衍甲於吾鄉。求其故而不得，而不知祖宗詒謀。固得帝堯辨章之義，而合三代敬宗收族之法者，推此意而擴充之，且不難致治平，豈僅以科第箕裘誇一時已也？古史闕文，夫子稱之。流俗之見，顧喜瀆宗。讀環溪一編，其亦可廢。然返乎余故，歷數王氏郡望之榮，而不妄攀附著之，爲修譜者法，其他可略而不書。葆生其求陳氏譜參觀而互證之，各得獨至之詣，庶不漢河斯言也夫。

光緒十六年歲次庚寅三月

誥封中憲大夫癸酉科拔貢壽昌儒學教諭加五級

婣晚朱鳳毛頓首拜撰

金太孺人九旬壽序 行寬七十四〔一〕

昔宣文君揚美經帷，益壽氏垂芳史牒。冬日可愛，淑風載鮮。亦既雙袂共心，六珈偕老。若乃盛年別鵠，晚歲扶鳩。誦柏舟之三章，貞同苦節；祝萱堂之九秩，吉葉甘臨。如王母金太孺人者，可無述與？夫其玉勝徵祥，璇閨毓秀。誠能守女，鍼可

〔一〕以下十二篇均輯自二〇〇八年重修《鳳林王氏宗譜》。

稱神。逮歸學綿公，笙磬同音，珩璜合度。事尊章則燖燔潔瀡，睦先後則共乳均衣。扣約指之環，緣親翰墨；點畫眉之筆，福占屏帷。而芣苢之歌忽來，蓼莪之心彌苦。藥傷獨活，釵竟分飛。斯時也，斷雁風淒，荒雞月縞。一息存而已厭，百身贖而無從。空銜石闕之悲，忍制瓊瑰之淚。徒以瀕衰君舅，痛如母之已亡。藐此遺孤，舍摩敦，其何恃？勉留殘喘，支拄單門。婦可代兒，致盡蘭陔之養；母能兼父，不辭畫荻之勞。細而茜湑擱衣，大而麽錢壯貝。泛交之至，辨以魚龍；横逆之干，等諸蟲豸。靡不臚分得所，晒合咸宜。令嗣華山兄，祖硯能傳，母丸樂嚥。千里絕足，一鳴驚人。始蜚黌序之聲，旋入明經之選。雖氣迷霧市，安樂窩未免潛移；而兵洗天河，逋逃藪何須久匿。於是摒擋塵務，栖遲故園。爹户勸耕，隔窗課讀。春秋佳日，爲高堂扶杖而行；富貴浮雲，有野老荷鋤而語。良朋三五，美醖十千。喜萲背之忘憂，謝棘心之勞苦。太孺人顧而樂之，亦知其有心養志也。今夫旃檀至美，非爇則不香；松柏常青，經冬而愈茂。四時遞嬗而成歲，八極無平而不陂。凡人世所乘除，與乾坤相消息。太孺人知其然也，逆者順應，動以静持。故孫枝屢見其採芹，而子舍忽驚其夢竈。方嘆重棼之焦土，旋欣四代之合飴。哀樂循環，菀枯錯綜。玉雕益潤，金鑠彌光。廿四番花信傳來，但憑春去；七二種藥材嘗遍，自有甘回。史稱王右軍之配郗夫人，九十而神明不衰。今太孺人既與齊年，又同華胄。一則才如詠絮，養堂届鶴髮之期；一則節媲貞筠，綽楔羡龍章之錫。九旬壽域，千載宗風。非具堅貞澹定之懷，其能致旗翼臺萊之壽乎？鳳等居同桑梓，誼託葭莩。久企清芬，欣逢覽揆。望風拜手，鴻文愧萬選之詞；指日期頤，鳳詔錫百齡之福。

誥封中憲大夫癸酉科拔貢朝考二等詢問教職壽昌縣儒學教諭加五級賞加國子監學正銜世愚姪朱鳳毛頓首拜撰

鹿鳴公傳

余幼侍先大父，門庭寂然，無雜賓也，而獨友二人焉，曰：毛先生翼如，王先生鹿鳴。所居各距二三里，歲時致酒，互相招致，毛先生或不時赴，惟鹿鳴先生聞約即來，來必挈長孫華山俱。余每隅坐，竊聽其談論甚悉。今年春，華山來告曰：某與子締三世交，知先祖者莫子若也，今修家乘，惟志傳之文未備，敢以累子。嗚呼！余夙慕先生之文章行誼，微華山言，亦將書梗概藏於家，爲後生則法，矧承其諈諉耶？著爲傳存先生之真，其又奚辭？

先生王姓，諱嘉賓，字鹿鳴，號蘋齋。其先太原祁人，五季時徙會稽。宋鳳翔節度使邠國公，諱彦超，自會稽徙居義烏，遂爲義烏望族。十七歲補弟子員，二十三食餼。屢上省試，俛得復失。道光戊子考充庚寅歲貢，例得授儒學訓導。以子亡孫幼，家居課孫成立，優游林壑者三十餘年，卒年八十二。性聰敏，爲叔父硃川公所鍾愛。督課嚴，寒暑不輟。已而游陳鶴亭先生之門。鶴亭，故邑中名宿，湛深經術，以古文詞課諸弟子。從游者陳初田、東屏傅霖墅諸前輩，皆高才生。先生樸訥少交，年又少，方易視之。及課藝出，裒然舉首，咸適適然驚。再課再舉首，則相率往約陳鼎梅先生，爲厭倒元白計。是時，鼎梅以養疾，不與課，聞招，欣然來至，則與先生迭居上下，亦無以難也。不十年，諸人先後舉孝廉，鼎梅復成進士，而先生以明經終。間與談鄉試時事，猶僂指科目名次，較量文字得失，語娓娓不倦。其文根柢六經，涵泳諸先儒注疏，閎深雄偉，卓然名貴。嘗語人以某經作何解，某注下接何語，吾昨默誦偶忘之，諸少年瞠無以答也。蓋八旬後猷然。幼失恃，育於嫂，終其身事嫂如母。悼亡後，遂不再娶。規行矩步，疾惡若讎。然事過輒忘，不爲怨府。晚年與先大父俱康强無疾。先大父九十時能作小行草，燈下閲細字書。顧善養生，起居飲食皆有節。飯後行樂，不出里門。而先生特健，飯常早起，風日晴美，喜游近村，訪二三知己。或學使案臨，輒襆被至郡城。周覽名勝，遇故人，清談竟日。以故，觀者詢知年歲，咸詫爲地行仙。咸豐戊午夏，偶感微恙，數日，遂不起。嗚呼！余生也晚，僅覯諸先輩於垂暮之秋，然私幸聰强猶昔，少假數年，或可追隨杖履，而今已矣。前年毛先生卒，是夏先生卒，仲秋先大父亦卒。數老人相從地下，如赴夙約者然。獨余與華山，入無貽厥之謀，出無矜式之望，煢煢吊影，同恨終天。兹役也，彌觸舊懷，伸紙輒罷，去者數四。華山視此文，其感嘆又何如也？娶朱氏，子二：學綿、學續，皆早卒。女一，適倍磊街太學生陳清佳。孫二：絲綸，學綿出，即華山也，附貢生；國香，學續出，增貢生。曾孫六人。

時清同治六年歲次丁卯孟夏月上浣之吉

後學郡廩膳生朱鳳毛頓首拜撰

華山公傳 行裕七十三

君諱絲綸，字華山，號奎臨。祖嘉賓，歲貢生。父學綿。早世育於母金孺人，幼爲祖所鍾愛，以養以教，俾至於成人。年二十三補縣學生，二十七循例捐貢。性聰警，爲文沉思深入，恒終日不下筆，俄而洋洋灑灑，立就數百言。高視闊步，視世之尋行數墨者，夷然不屑也。三十二以承重居祖喪，盡禮。服闋，值咸豐辛酉粤逆之亂，奉母避寇山中。比歸，塵務蝟集，不復能殖學。惟延師，課長子耕莘嚴。除師課外，日督臨古貼大小百十字，仿《筆陣圖》，執筆稍不如意，輒夏楚之。以故，耕莘未十歲，客至，出觀所臨字，皆舌撟不能下。君才具開展，有用世意。既不得志於有司，遂究心於醫。其精思亦與作文同，視病起何處，得間入，重用君藥，服者輒愈，名噪一時。長身玉立，眉目疏朗。肥重兼數人，飲啖絶佳。與論當世事，如燭照數計，間出一諧語，滿座粲然。幼與余族叔純甫最善，終身無間言。見余詩文愛之，屬爲其祖傳。復題墓道，命余長子一新題其旁，其時尚諸生也。以同治十三年五月卒。

娶金氏，生子四：長耕莘，次耕玖，次耕禮，幼耕助，長、幼俱縣學生。孫六人。

論曰：昔人有言，「不爲良相，則爲良醫」。嗚呼，豈不信哉！方君之以醫名也，用藥不多，而斬關奪隘，無不應手愈。視諸人則猶豫不決，恭然死矣。恒詫余：「此即吾作文得題旨訣也。」當時不甚措意，今觀諸將之用兵，其猶豫不決，畏首畏尾，與庸醫等，始知君醫術之工也。安得起君於九原，而與之論天下事哉！噫！

誥封奉直大夫内閣中書加四級癸酉科

拔貢署龍游縣儒學加一級愚弟朱鳳毛撰

題鹿鳴遺像小引並讚

嗚呼！此鹿鳴先生之遺像也。先生以戊午歸道山，追憶音容，徒存髣髴。今瞥覩此像，精神拂拂，出楮墨間。如顧虎頭寫真，添毫欲活；又如葉法善攝亡魂，能與生人對語。旁觀且然，況孫曾之世承手澤者耶？生平行述陳東屏先生筆之幀端，余復次爲家傳，兹不贅書，書今日之題真者。

讚曰：

豪眉白鬍，貌何古也。正襟危坐，神可翊也。自我不見者十年，胡爲乎望之儼然，呼之欲語也。尚有典型，誰與之傳阿堵也。願寶之子子孫孫，一展卷如目覩也。

時同治六年歲次丁卯孟夏上浣之吉

晚後學郡廪膳生朱鳳毛頓首拜撰

行寬九十九府君暨陳氏孺人像讚

覩之佼佼，即之於於。託化居業，爲山澤癯。洽比同儕，聯歡群從。排難解紛，談言微中。婉孌嘉耦，聰强古稀。薛圖並畫，梁案難齊。松柏同心，芝蘭繞膝。誰添頰毫，呼之欲出。

時光緒五年歲次己卯臘月

誥封奉直大夫内閣中書加四級癸酉科拔貢

署龍游縣儒學教諭加一級愚弟朱鳳毛拜撰并書

歸太原郡寬七十四節孝金孺人像讚

維竹多節，維松柏有心。植物且然，矧伊人之德之深。人第見孺人之福壽，鍾玉樹與瑶林。抑知其心堅節勁，風雷不能折，霜雪不能侵，待之春藹而律己冰襟，其松柏之茂抑竹之森乎？故九十而神明不衰，爲郗夫人之嗣音。芳徽未沫，視此丹青。

時光緒壬午冬月穀旦

誥封奉政大夫翰林院編修癸酉科拔貢署仙居縣學教諭加三級

通家弟朱鳳毛拜撰

裕廿一府君朱孺人暨允十七朝奉胡孺人像讚

質而不僿，虚以葆真。地行之仙，葛天之民。喬梓難老，渭如析淪。何父開八秩而子僅五旬？疑造物者之無陶甄也。抑知生枯起朽，出肘後以活人，其壽世乃更勝於壽身。況姑恩婦德，藹一室而生春，宜其美鳴鳩之平均也。覩此像者，毋徒嘆虎賁形似，而忘三事之行仁。

時光緒壬午季夏月穀旦

誥封奉政大夫翰林院編修癸酉科拔貢署仙居縣學教諭加三級

愚弟朱鳳毛拜撰并書

裕七十三華山公像讚

豪邁則僧達之累碁，疏放則無功之沈飲，濟人則克明之知醫，攝生則仲任之養性。而元悟高超，則又文苑之景明，書家之方慶。觀晚節之優游，又樂天而知命。吾與之周旋三十年，尚不能測其究竟也，無得而名之，惟以達人爲持贈。

歸太原郡裕七十三金孺人像讚

嘉耦曰妃，内言不出。媞媞碩人，婉婉良匹。公悦嫗喜，逮事重闈。相我夫子，槐市騶騑。女布男錢，梱政是贊。喜葉充閭，順徵舉案。爲定夫人，爲桓少君。母儀雖渺，永式清芬。

誥封中憲大夫癸酉科拔貢朝考二等詢問教職前壽昌縣儒學教諭加五級賞加國子監學正銜

通家弟朱鳳毛頓首拜譔

行恭五朝奉暨陳孺人像讚

昔賢有言，醫經三世。君也善述，守而勿替。居肆能成，遷地亦良。不私錢帛，遂積倉箱。上藥難延，中年遽隕。盤少明珠，琴留孤軫。宛宛良匹，宜其室家。作羹倍謹，式穀無譁。藐此諸孤，何慚羯末。弦朔雖遵，丹青不沫。

時光緒壬午季夏月穀旦

誥封奉政大夫翰林院編修癸酉科拔貢署仙居縣學教諭加三級

愚弟朱鳳毛拜撰并書

祭五節婦文

惟光緒八年壬午十一月朔，癸未越二十日，壬寅之吉，裔孫鎔鏡等以節孝登匾，謹陳清酌庶饈之儀，致祭於先祖考孝二府君邠國公、祖妣顔太夫人、郭太夫人、鄧太夫人暨節孝寬三十六童孺人、寬五十二馮孺人、寬六十三陳孺人、寬百零一陳孺人、裕三十四朱孺人神席前而言曰：

蓋聞桓嫠守節，標行義而門高；巴婦稱貞，築懷清而臺著。凡邀綸綍，共仰徽章。從未有寡婦絲多，盡出同功之繭；湘妃竹好，蔚成連理之枝。旌玉潔之五人，燦璇題於一室者也。惟我祖修齊有則，模楷長昭。雲礽共守其清規，閨閫咸知夫大義。每喜文鸞對舞，偕老常諧。其如黄鵠傷離，覊雌不少。如童孺人、馮孺人、陳孺人、

陳孺人、朱孺人者，幾家别鳳，一曲單凫。或種種華巔，高堂垂暮；或呱呱黄口，雍樹堪憐。非男錢女布以親持，將衣葛負薪其何托。相依爲命，姑婦而同稱未亡；各喪所天，先後則俱傷獨活。一門孤露，二世清風。雖茹荼如飴，豈必冀管彤之耀；而抱璞不炫，終須顯瑶碧之光。詞部採於輶軒，女宗表其綽楔。並題一額，用識同心。鎔等幸覩貞珉，謹蠲吉日，藉兹桂醑，芼以芳蓀。誦祖德之清芬，尚永貽謀於苦節；景母儀之高躅，勝留畫像於甘泉。尚饗。

癸酉科拔貢生世愚姪朱鳳毛拜撰

金太孺人節孝登匾祭文

蓋聞祖宗貽燕翼之謀，非孝則不能繼志；婦女抱鸞吪之痛，有節乃所以維風。故以節顯者，孝必純；以孝聞者，節必著。即此壽增鶴算，縮屋稱貞；况兼寵錫龍光，旌門志盛。雖始茹蓮心之苦，而終回欖味之甘。如金孺人，冰雪凝神，松筠作骨。既諧鳳卜，并戒雞鳴。上奉尊章，旁和妯娌。桓少君奩資縱厚，惟着布裙；袁大舍閫政無愆，尤工綵筆。乃膝下之明珠未剖，而懷中之破鏡旋飛。不難永訣磨笄，長號化石，徒以高堂視膳，弱息扶牀。翁且兼姑，誰司中饋；叔雖娶姒，尚屬同庖。一門藉健婦之持，三黨博諸親之譽。而乃家遭多難，遺姪痛孤。棘手偏勞，荼心益瘁。延師教子，義方慰在地之靈；事舅承歡，遺憾補所天之缺。之女貞而耐久，花仁壽而長生。惟先祖家政肅雍，餘澤尚留其模楷；斯後人閫儀謹飭，承先彌懍夫冰霜。以節全孝而婦職修，以壽完節而女宗表。今者娣黃筮日，重碧浮觴。光我門楣，樹之堂額。念推崇必本於所自，豈祭告而昧厥由來。此時綵舞斑衣，共羡孫枝之衍緒；他日輝增彤管，猶傳祖德之清芬。尚饗。

癸酉科拔貢生世愚姪朱鳳毛拜撰

王桂敏像讚〔一〕

湛然者翁也！神何暇豫，列三雍也。長袖善舞，鄙冬烘也。杞梓琅玕，儲材豐

〔一〕本篇輯自民國丙子重修《鳳林蒲潭王氏家譜》卷十五《行狀》。原題作「敏三百七十五諱桂敏太學生像讚」，此爲整理者所改。

也。胡爲乎不禄，將艾而告終也。對牀期杳，破鏡塵封也。雖然子舍孫枝，歷久而鬱葱者，君所鍾也。謂予不信，其視此□□之遺容也。

光緒十五年己丑冬月

誥封中憲大夫癸酉科拔貢壽昌縣學教諭加四級愚弟朱鳳毛拜撰

王母張太孺人傳〔一〕

夫門標行義，桓嫠之行彌高；臺築懷清，巴婦之名久著。始堅苦節，終得甘臨。然皆丹穴衛身，素封没齒。無事米鹽之凌雜，俾全竹柏之清貞。瘁縱竭於荼心，境未艱其棘手。若乃桐經爨後，冰絃彈寡女之絲；薪是勞生，土銼聽孤兒之曲。如王母張太孺人，尤難能矣！

太孺人者，國學生伯迓公之幼女，九品議敘寬增公之冢婦也。幼嫻儒素，經訓能

〔一〕以下兩篇均輯自民國丙子重修《鳳林蒲潭王氏家譜》卷二十一《節烈》。

諳；長習女紅，鍼神獨擅。年十七，歸縣學生梓公。出自名門，嬪於豪族。華堂蔽日，繡壤連雲。答響影之瑟琴，占上頭之夫壻。未免日中易昃，月缺難圓。青犢方熸，白蜺又集。劫灰飛而焦土燼，紂絶去而澁囊空。年二十六，梓公遽卒。斯時也，弔夢歌離，停辛佇苦。炊偏無米，巧婦難爲。地僅立錐，痛姬增慟。以無告者，稱未亡人。誓地下之相從，擬人間之永訣。徒以白頭姑老，七陶八冶之餘；黄口兒孤，一髮千鈞之繫。勉留殘喘，藉拄單門。於是上奉尊章，旁和妯娌。牽蘿補屋，仰葉添薪。蟾已隱而猶劬，雞未號而早起。雙剪魚腸之快，一燈龜手之皴。靡間昕宵，幾忘冬夏。外則候時轉物，不爽化居；内則女布男錢，無差圭撮。不二十年，田廬廣拓，婚嫁粗完，亦可慰在地之靈，補所天之缺，而太孺人猶欿然其未足也。素明大義，尤嗜詩書。以子國芳九歲遺雛，三遷受訓，策其力學，勖以成名，於光緒七年補博士弟子員。從稟經酌雅之餘，精夕桀重差之術。曾受知於學使祈子禾先生，歷取算學諸書，鈎稽正謬，成《四元注釋》《礮彈要術》若干卷。一編絶學，足厠通儒；三十華年，便針老宿。復請諸戚友，以太孺人懿人懿行聞於學使潘嶧庨先生，錫之旌額曰「節比松筠」。此非義方裕後，閫範垂型，其孰能與於斯乎？

光緒十六年，王氏譜牒告竣，國芳索余駢文，傳其貞操。昔昌黎爲何蕃立傳，司馬與范公撰文，均就生存詳書梗概，今兹創體悉本前修。當年苦茹蓮心，豈望管彤之貽煒；此後甘回蔗境，試看竹素之揚芬！

誥封中憲大夫癸酉科拔貢壽昌縣儒學教諭加五級邑人朱鳳毛拜撰

贈烈女行銓五十一之妻毛氏傳

烈女姓毛氏，同邑俞村人。織素芳齡，説詩妙裔。證來月魄，前生桂窟之仙；修到冰心，終古梅花之骨。年十九，歸蒲潭王氏爲養媳。出鉅鹿之華胄，結慧龍之世姻。待年而杳嫁雖諧，宜室則《桃夭》未賦。王故巨族，其壻如椽者，亦佳士也。蘭芽茁秀，柳緒同長。方將聯寶牒之雙鴛，駕銀河之靈鵲，而紅羊换劫，競避桃源。彩鳳分飛，頓愆花燭。喜鵶兒之軍至，倏蟻賊之群空。同牢則秋以爲期，却扇則春原不老。何意摽梅迨吉，鴻未齊眉；芣苢先歌，龍真出骨。白蜺嬰拂，魂遊紂絶之天；黄鵠傷離，緣盡唐捐之日。烈女則口銜碑石，淚化瓊瑰。匱主親營，塈周預卜。翦皮金之字，殮具藏身；拚羽毒之方，藥囊畢命。苦埋玉樹，遲遲穀旦之差；甘殉瓊枝，負負花朝之過。卒年二十有三，時同治三年二月十六日也。嗚呼痛哉！古有青陵抱恨，丹穴懷清。水惱公而渡河，山望夫而化石。要必曾歌跨鳳，始慟離鸞；若夫良席終虛，病成□綴。嫁衣纔作，身未分明。即今髽髻以終身，足慰藁砧於没齒。而乃鏡鸞一破，蘼螘先驅。非我愆期，及爾同死。斟來鴆酒，三生少續命之湯；僵盡蠶絲，九死結同功之繭。始知事關至性，初非慕節烈之名也；哀發真情，尚何暇死生之計也。非然者，遲回以託觀變，隱悉而稱未亡。無論桃結楚宫，蘭移隋苑，遺甄后之玉枕，唱秋孃之縷衣。而既非殺身以成仁，終不及舍生而取義。况乎女貞作操，更逾嫠婦之悲；夫死同棺，曾表春兒之墓乎？邑人士即以其年月日詳呈花縣，請達楓宸。綽楔行增，輶軒待采。辱諉色絲之作，慚非彤管之書。嗚呼！讀漢史之桓嫠，今亦何殊於昔者；傳華□之女士，後將有取乎斯文。

大清同治五年歲次丙寅秋月之吉

府廩膳生朱鳳毛拜撰

點，爾何如？鼓瑟希，鏗爾，舍瑟而作〔一〕

承師問而作者，可想見從容之度焉。夫子之終問點，以點方鼓瑟也。希而舍，舍而作，不歷見其從容哉！且師弟之周旋，不待證之語默也，即一舉止間而無不曲盡其形容。蓋當隅坐一堂，初未嘗作意於其際，一遇夫諮詢所及，則從容大雅，有流露於舉動之間。而音容如繪者，如點之承問是已。子問由，次當問點，而顧先以求、赤者，蓋點方鼓瑟，不可使其舍而中止也。求與赤既問矣，其能已於問點哉？在子也，未遇知音，殊覺有懷之莫白。而及門環顧，一若於禮、樂、兵、農之外，別具遐心，則揆豁達之襟，期垂問者，原深冀望在點也。偶攄雅抱，適逢古調之方彈。想晤對雍容，豈等諸引商刻羽之流，徒工玩物。則即諮詢之未及安絃者，早悟成虧。何如一

〔一〕本篇輯自顧廷龍編《清代硃卷集成》，臺北成文出版社一九九二年版，頁九三至九七，選拔貢卷，同治癸酉科。

問，點其能已於作哉？獨是問點之時，點之瑟尚未舍也。點之瑟未舍，瑟之音尚未希也。點何以處此鼓瑟哉？師長同堂之日，起居難必其優游。况使抒其抱負之長，則出以矜持，已慚儒雅。稠人晏坐之時，行止不難於順適。而一人以聲音之道，則動而多擾，誰有遺音。而點初不遽作也，其俟瑟之舍而始作也。即瑟亦不遽舍也，其俟鼓之希而始舍也。旁觀者記之，以爲其音蓋鏗爾云。然而點初無容心也，未問之先，瑟方鼓而未强其希，既問之後，鼓適希而何妨於舍？或希或舍，一聽鼓之者之純任自然。而初不以成見參之，預爲可希可舍之地也。餘音不絶，幾如繞梁之遺；雅韻悠然，恍似推琴而起。天機之鼓盪，出以安舒。未嘗有意於希，而既鼓何必不希；未嘗有意於作，而既舍何必不作也。彼以憧擾爲懷者，其能有此自然之流露也哉？然而點亦非任意也。鼓不遽希，必待問而其音漸希。希不遽作，必待問而其人始作。宜希宜作，一視鼓焉者之適如位置，而並不以曠達出之，任其忽希忽舍之時也。聽漸不聞，方歎揮絃之疏越；置而徐起，猶疑在御之悠揚。懷抱之恬和，徵於動作。雖非有心於鼓，而可希則希；雖非有心於舍，而宜作則作也。彼以任適爲懷者，其能幾此位置之適宜也哉。蓋神動天隨，既奏雅於停揮之頃；而神行宜止，復賞音於將撤之初，而點遂與瑟俱遠矣。

段干木踰垣而避之，泄柳閉門而不内，是皆已甚[一]

決於不見者，皆未適乎中者也。夫踰垣閉門，節雖高而近於矯矣。目爲已甚，其尚未愜孟子之心哉。且自有趨附者出一二有志之士，每思得一賢者以定其指歸。夫指歸而果適乎中，豈不甚善。而特慮矯枉過正，往往於不必決絶之處。一若激其不得不決絶之心，在當局尚視爲固然。而自有心人視之，殊覺絶人太甚也。不爲臣不見此適中之道，而非過情之舉也。而或且疑之，是特未見夫不見者也。吾不與子論古人，先與子觀今人。夫鄙夷偃蹇之風，原爲士林所弗尚，儒者壯行有志，非僅以束修自好。故峻丰裁則前席虚懷，豈必闕音於金玉？而奔競梯榮之輩，尤非吾黨所樂聞。儒生抱道在躬，

[一] 本篇輯自顧廷龍編《清代硃卷集成》，臺北成文出版社一九九二年版，頁九七至一〇〇，選拔貢卷，同治癸酉科。

豈屑以出處自輕？至墮大節，則要津裹足。正宜植品於圭璋，吾蓋觀於段干木、泄柳而不見之義益明矣。夫文侯之於干木也，嘗稱其先乎德、富乎義，知己之財勢遠不相遞者。若泄柳之於繆公，其行事雖不少概見，第觀葬親與祭器諸節，蓋亦矯矯獨行者也。之二人者，意必得君行政，卓絶諸國間。乃吾適魏郊，過魯都，欲訪二人之政蹟而闃寂無傳，始知干木之避文侯也，以踰垣聞，而泄柳之不内繆公，且至閉門也。是皆一意孤行者也，是皆韜光匿采者也，何其高也！雖然，何其甚也！且夫策士之縱横，至今亦大可慮耳。競曳裾之習，抵掌侯門；工炙輠之談，侈情華屋。使得耿介自持之士，如段干木、泄柳者，爲之砥柱於中流。士習不因而益勵乎？然而激矣，既爲斯世不可少之人，勿爲斯人不必高之節。儻必硜硜自守，置世事於不聞，是特矯揉闔之風而故爲高尚者也。鑿坏可遁而豐蔀同占，其何以銷聲匿迹也哉？且夫二子之高潔，至今正不數覯耳。與子方爲徒，西河設教；得申詳而友，東魯安居。誠使孤芳自賞之流，有段干木、泄柳者，相與維持乎世教，吾道不從此大光乎？然而過矣，世主不乏好賢之雅，吾儒未必皆國士之真。儻必落落自高，恐逃名之不暇，是徒貞肥遯之志而獨善其身者也。象豈乘墉而情同麾使，其毋乃絶情徑行也哉。蓋至於迫，斯可以見矣。欲知中道，盍觀孔子。

賦得黄侔蒸栗得黄字五言八韻〔一〕

玉色純逾貴，書傳魏帝詳。懸藜慚結緑，蒸栗好侔黄。鷄料冠難比，鵝真額可方。行厨疑爆鼎，瑟瓚欲流漿。蔭自宜嘉穀，炊應勝夢粱。涵輝增菉幣，揣稱似葱珩。元圃光能掩，藍田價不昂。席珍方待聘，特達獻圭璋。

題秋樹讀書圖〔二〕

紅樹醉斜陽，暝烟赴寒緑。微風忽蕩之，紫翠滿林屋。幽人愛清曠，寫此寄靈

〔一〕本篇輯自顧廷龍編《清代硃卷集成》，臺北成文出版社一九九二年版，頁一〇七至一〇八，選拔貢卷，同治癸酉科。

〔二〕本篇輯自《衢州歷史文獻集成》編纂委員會編《衢州歷史文獻集成·方志專輯》第十册民國《龍游縣志》卷四十，中華書局二〇〇九年版，頁二二〇九。

矚。詩興浩然來，長吟手一軸。秋光剪入卷，欲攬不盈掬。添我著畫中，與君相對讀。

附録

附録一

甲申莫春與竹卿同年遇於嚴州，昕夕相聚，笑言頗洽，作詩贈之，兼題其集〔一〕

秀水沈景修蒙叔

寂寞山城把臂來，一編入手抵瓊瑰。身經離亂音流徵，氣得詩書子必才。文字精靈通沆瀣，風塵賞識契岑苔。蠹魚終有成仙日，不枉年年費麝煤。

真珠爲屑玉爲塵，詩格清華鍊冶新。已分功名付兒輩，且拋心力作詞人。貧余一字糧能饋，享爾千金帚自珍。江上錦鱗三十六，相煩問訊苦吟身。

〔一〕本篇輯自民國己巳重修《山盤朱氏宗譜》卷十二《藝文類》附録。

懷竹卿老丈〔一〕

番禺梁鼎芬節堪

當代論耆舊，儒林有典刑。星明壽昌縣，風雅曝書亭。萬卷耽群史，諸生課一經。他時到朱店，摳謁許升庭。

耆舊今存幾，文詞況最工。人閑春草緑，詩好早霞紅。論史悲宗澤，傳經仰晦翁。何時過朱店，奉杖話書叢。

拜星月慢八月二十日，接朱竹卿同年信，知亡友夢溪靈輀於七月十二日出都，由運河達杭，約九月可到，愴然感賦〔二〕

樓杏春

染柳春歸，粲英人去，夢溪自號。同是賤貧兄弟。噩夢才醒，痛巫陽行矣。怎忘

〔一〕本篇輯自民國己巳重修《山盤朱氏宗譜》卷十二《藝文類》附録。

〔二〕本篇輯自民國己巳重修《山盤朱氏宗譜》卷十二《藝文類》附録。

却，昔歲飛觴剪燭，索把征衫料理。驀地驚心，已判生和死。

賸一棺、冷寄長安邸。幸雙旌、漸近江南地。時有武公車朱君效熊，七月初八日卒於會館，十六日即發引回南。猶得歸骨青山，仗朱家風義。祇淒涼伯道偏無子，更伶仃、叔仲渾難，空賸得、撧篴山陽，灑故人清淚。

朱鳳毛傳〔一〕

師五十二，諱鳳毛，字濟美，號竹卿。道光二十七年丁未，學政昆明趙蓉舫先生光歲試取第五名，入郡庠生。二十九年己酉科試一等第十五名，補增廣生。同治三年甲子，學政泰興吴和甫先生存義歲試一等第一名，補廩膳生。科試一等八名。四年乙丑，學政吴和甫先生歲試一等四名。七年戊辰，學政長沙徐壽蘅先生樹銘歲試一等一名。十年辛未，學政丹徒丁濂甫先生紹周歲試一等一名。壬申科試一等一名，考取府學

〔一〕本篇輯自民國己巳重修《山盤朱氏宗譜》卷三十三《紳衿録》。此題爲整理者所加。

拔貢第一名。十三年甲戌朝考二等第四名，引見詢問教職。歷署常山、新昌、龍游、仙居、石門縣學教諭，奉化縣學訓導。光緒元年乙亥，勅授修職郎，誥封奉直大夫翰林院編修加三級。十年甲申，選授壽昌縣學教諭。十五年己丑，晉封中憲大夫四品銜，工部主事，歷遇覃恩加四級。辛卯，潘嶧琴學使奏請賞加國子監學政銜加二級。著有《虚白山房詩集》四卷、《駢文》二卷、《一簾花影樓試帖》一卷、《律賦》一卷，已梓。

《義烏兵事紀略》例言之六〔一〕

黄侗

卷末附録詩詞，非好文也，以洪楊之亂無專書紀載，僅於諸先達詩文稿中散見一二，故雖片紙隻字，凡有關於粤匪者，必盡録之，以當詩史。惟朱竹卿詩謂辛酉九月陷義烏，樓芸皋詞謂辛酉五月廿五日破金華，未免有誤。本編已别爲考正，餘皆原文，不敢妄竄一字。

〔一〕以下四篇輯自黄侗《義烏兵事紀略》一九三二年印本。

咸豐十一年辛酉五月三十日粵匪入寇城陷

黄侗

咸豐八年四月，僞翼王石達開犯衢州，陷壽昌。見《蘭溪光緒志》。又分股入處州、縉雲。四月十二日，陷永康、武義。六月初八日，賊忽退。時邑人尚不甚懼，但聞鄰封有警而已。迨十一年，僞侍王李世賢自樂平江西境爲左宗棠所敗，思圖别竄，偵知浙東守禦空虚，乃糾合匪軍由白沙關入。三月十五日，連陷江山、常山二縣。四月初三日，陷壽昌。賊酋爲徐朗。其大股由常山直下，拂衢城而過。衢鎮總兵李定太聽賊過，不截擊，見《諸暨光緒志》。十七日，陷龍游，知縣龍森死之。四月初七日，總兵張玉良統兵八千駐泊蘭溪，十二日派守備龔占鼇率五百人防龍游，賊至，不戰而遁，城陷。見鄧鍾玉《兩浙軍事日記》。十八日，陷湯溪。見《浦江光緒志》。賊酋爲李尚揚，見《金華志》。十九日，陷金華。十七日，知府王桐赴蘭溪乞援。十八日，張玉良遣參將劉惇元率兵五百，與金華都司安喜合紮通濟橋。十九日，張玉良自率軍援金華。賊目剷天安、劉政宏率衆二千攻通濟橋，官軍潰，城陷，知縣吴瑞龍、教授蔡召南、分郡委員李學紳死之。見《金華光緒志》。又賊陷湯溪時，知府王桐尚置酒演劇，爲其母稱壽，及聞通濟橋砲聲始遁，人疑其通賊。梅花門浮橋拆斷，民不能濟，哭聲震天。義烏門屍積如山，不能通人。有匍匐出者，仍爲賊所屠。見《石古齋文存》。五月十四日，總兵文瑞統兵三千，鄧氏日記作八千。屯金華東鄉孝順鎮，令游擊。曾得勝率兵紮五都曹，即曹宅與民團合。見《浦江光緒志》。時金華、蘭溪、湯溪、武義均已失陷，賊勢甚張，獨義烏未得警報。五月十三日，城南關帝廟尚演劇，觀者如堵。至十四日夜半，聞孝順有大軍至，始驚散。故父老相傳，謂五月十三日賊匪入境者非。二十六日，彗星見。星起紫薇垣斗筐下，與杓相值。三更後，斗轉西旋，星亦隨没。後數夜更移前丈許，根芒蓬勃，其梢稍鋭，至六月下旬始滅。見鄧鍾玉《軍事日記》。二十八日，僞侍王李世賢嗾賊目撫天福、楊金正犯曹宅。先是，賊至曹宅誘戰，曾得勝令官軍引火銜鎗，静伏以待。相持數日，賊亦未敢猝犯。民團謂官軍懦怯，逼令開仗。曾得勝喻以兵力單薄，不宜輕動。民團不聽，獨向前衝擊，賊悉鋭兜撲。曾得勝見勢不支，自率官兵五百人走孝順。民團大潰，傷亡無算。二十九日，曾得勝退至孝順，泣訴於文瑞，謂民團挾制，官軍屢遭凌辱，大營若遇敗挫，必受其害，不如退守義烏，再圖進取。文瑞以義烏無城可守，揭全軍退諸暨。賊踞孝順，即分兵躡追。三十日，義烏陷。見鄧鍾玉《兩浙軍事日記》，《金華志》同。邑固無城不可守，然自金華陷後，時有官軍駐防，嘗築壘於湖清門外里許之上花園，兵無紀律，時出騷擾，民恒苦之。迨三十日，賊追至，防軍亦出戰，列陣於西江橋北岸。賊張左右翼，一由西門童宅河包圍，一由東江橋上游渡江，經趙宅入倉後出官軍後，官軍驚潰，城陷。時有人見縣署前懸首級數十，旁置紅藍頂帽多具，蓋皆防軍將領之陣亡者。知縣甘履祥遁。甘履祥籍貫及到任年月無考，惟性貪黷，聞鄰邑有警，假名團練，剥取民財，飽入私囊，絶無準備。賊至，攜愛姬先遁。寇退復回，展轉數月，城陷，遁回杭州。至諸暨，與新令黄錕遇，即將縣印交卸他去。黄令入境，城已不守，遂匿民家，隨鄉人避亂。鄉人念其爲新令，也不加害，且保護之，居北鄉山谷中，首尾且三載未遭難。寇平，由鄉民擁護入城。時有訓導段堯卿、教諭謝某亦避居北鄉山中，嘗與邑人樓杏春、傅掄元等過從，亟後猶存。已上見傅掄元詩稿、樓杏春詞稿、先大夫《石古齋文存》。賊乘勝追官軍，突過蘇溪楂林，至善坑嶺，爲諸暨訓導韓煜率民團扼之，遂折回。見《諸暨光緒志》及《平浙紀略》，但二書皆言義烏失守在六月初一日，而金華、浦江二志及鄧氏《日記》、本邑樓杏春與先大夫詩文集皆稱五月卅日，今從之，以郡人邑人見聞較切故也。六月初一日，賊忽棄義烏，退回金華。時張玉良、饒廷選方奉省檄，統大軍取蘭溪，賊勢趨重下游，故棄義烏屯金華，見《平浙紀略》。自是賊軍往來無定，勢成流寇，並不踞城，而城中亦無縣令。七月初一日，總兵文瑞由諸暨移紮浦江，總兵吴再升、米興朝先後由東陽移紮義烏。先是，五月二十八日，東陽土匪陳上達殺舉人吴榮誥爲亂。米興朝移師討之。見《平浙紀略》及鄧氏日記。八月二十三日，文瑞以糧援隔絶，揭全軍退杭州。浦江陷，賊目殷天義、徐朗踞之。二十四日，侍王李世賢令賊黨黄呈忠犯諸暨，陳荣犯義烏。二十五日，賊目崇天安、陳荣率黨抵義烏。鄧氏日記作二十六日，《石古齋文存》爲二十五日，今從之。總兵吴再升、米興朝游擊，曾得勝走東陽之廈程馬，義烏復陷。二十七日，賊由義烏陷東陽，副將王邦慶走白峰嶺。二十九日，總兵吴再升等由廈程馬退嵊縣及諸暨之草搭。見鄧鍾玉《兩浙軍事日記》。賊目陳荣既踞義烏，即深溝高壘，爲久居計，邑中自此糜爛。賊毁城内外民房，築砲臺於東南隅煤山頂及城北三里塘等處防守。賊奉天主教，自稱爲天民。國曰天國，王曰天王，兵曰天兵。國字内去「或」書「王」，如「国」。僞官頭銜多冠以天字。如殷天義、劑天燕、崇天安等，名目煩多，不備載。不敬鬼神，不祀祖宗。以人民爲妖物，呼長官爲妖頭，以殺人爲殺妖。賊不薙髮，俗稱長毛，亦名髮匪。賊酋之貴者，首裹紅巾，身披黄褂。其正朔襲用西曆，但亦似是而非。據《蘭溪志》謂賊以同治元年十二月二十一日爲除夕，與《平浙紀略》不同，每月有三十日或三十一日不等。聚賊衆演説，名曰「講道理」。蓋即西俗禮拜。設僞官曰軍帥、師帥、旅帥、卒長、司馬及鄉官之屬，以地方無賴充之。諸無賴平時爲鄉黨所不齒者，至是皆趾高氣揚，恃勢報復，殘害良善，折辱縉紳，無所不至。賊既踞城，四出劫掠，踞賊陳荣，其「荣」字不從「炏」，從「艹」。余從友人朱暢園家見其木質僞印，長約一尺，闊五寸，四邊有龍紋，中書宋體字，其文曰「太平天國開國勳臣九門御林崇天安陳荣」。見人即殺，逢屋即焚，名曰「打先鋒」。通衢大道，設局收税，名曰「擺卡」。肩挑手挈，瑣屑貨物，無不苛以重税。或弗與，即奪之，并指爲奸細。市鎮及大村落皆屯兵，名曰「打館」。兵數十人、數百名不等。每鄉設軍帥一人，旅帥若干人。卒長、司馬、鄉官之屬，無定額。流氓地棍，皆假旄節令。鄉官編户口，給門牌，每户索銀幣四圓，或勿順，焚其廬。令人民供米粟、財帛，名曰「進貢」。邑境舊分八鄉，賊并爲四。自一都至六都爲東鄉，以左營軍帥黄某領之。廿一都至廿八都爲南鄉，以前營軍帥丁某領之。十四都至二十都爲西鄉，以右營軍帥某領之。七都至十三都爲北鄉，以後營軍帥某領之。城中設中營軍帥一人，節制四鄉，權力頗大，以無賴諸生洪某充之。捕里胥，繕糧册，知民間貧富，余見其東鄉糧册上蓋僞印，長約四寸，闊五寸，四邊有花紋，中書宋體字曰「左營軍帥黄」。富户迫令納款，必盡獻所畜而後已。有私藏被偵知，輒處以極刑。謂非此不足以示儆也，劓鼻刖足、剖心刳腹，備極殘酷。而尤以「點天燈」爲最慘，其法以綿絮裹人，外束以布，中灌油，狀如蠟燭倒植之。爇火使然，先灼其趾，次及脛，次及股，次及腹，其人猶能呼號，灼至心，乃死。擄得婦女年輕者，衆賊輪姦。有親屬同被捕，必令旁立視其行淫，敢有怒色，即殺之。遇貞烈婦女不從，賊以鐵器灼火，烙其下體致之死。獲孕婦，輒剖腹取胎以爲樂。慘毒情狀，筆難盡述！然此猶僅及於富户也。居數月，貧民亦遭害。壯丁擄爲輸卒，脱逃被捕，重則殺之，輕則刺字。刺其面作「太平天國」四字。賊惡書，見民間有書籍，輒擲之廁中。如是者久之，民不堪其虐，無貧富皆竄居深山，原野中無人烟。賊知民散，無可得食，乃張僞示，甘言招撫，名曰「安民」。鄉愚無知，初亦信之。及旋里，焚殺如故，民仍驚竄。賊計窮，乃召無賴爲向導，深山窮谷，賊蹤皆至，名曰「搜山」。山中居民畏其鋒，日間伏巖穴，夜始出而覓食。賊知之，嘗於夜間伏山徑竊聽，聞人聲即馳捕。民無晝夜皆屏息，小兒啼，恐爲所聞，有掩死者。賊踞邑中僅一載許，而人民之死於難者十八九。罪惡滔天，忍無可忍，於是西南兩鄉民團迭起，東鄉花溪亦聚健兒數百人，相與殺賊。惜烏合之衆，進退失律，爲賊所屠。其他諸鄉亦未聞有抵抗者。

同治元年壬戌五月，南鄉二十八都紳士朱鳳毛、朱芑田等集民團殺賊，西鄉團兵響應

黄侗

咸豐三年，粤匪陷南京，朝廷即令各直省舉辦民團。惟其時道路阻絶，消息不靈，金陵雖陷，賊氛尚遠，邑人不甚戒懼。迨八年、十年，逼近鄰境，團事始重。八年，陷永康、武義；十年，陷嚴州、杭州。然不久即退，團兵亦散。間有存者，具文而已。城中有團練總局，鄉間各設分局。其領袖皆就地紳士爲之，既不訓練，又無紀律，益以不肖官吏假名斂錢，道路側目。咸豐十年，有客民過境，夜宿東江橋，某紳指爲奸細，捕殺二十三人，聞者冤之。迨金華失守，乃鳥獸散。賊軍深入，無人抵抗。闔邑生靈，如几上肉、釜中魚，任賊烹割而已。至是浙江巡撫左宗棠攻衢州、龍游急，僞侍王李世賢檄義烏，據賊陳荣赴援。陳爲粤産，貳於李，不受徵發，且聚諸粤賊於邑境，號曰花旗，圖反

嗌。花旗爲石達開部曲，今從李世賢。寇金華者與湖北賊不合，意見甚深〔一〕。時別賊李仁壽世賢姪，自處州敗回。屯永康三十里坑，與廿八都鄰界。日游騎過山抄掠。五月十一日，二十八都村勇譟逐之，賊駭走。是時村勇尚未成軍。當事恐不能支，遂申約束，別火伍，嚴斥候，塹要隘，禡纛於三山廟，廿八都正式民團自此始，紳士朱鳳毛先毀家，鄉人效之。朱芑田爲參軍。兵威大振。與永康賊相持四十餘日，賊屢受創，幾不能軍。永康爲楚賊，義烏爲粵賊，楚粵二軍自相攜貳。越月，城中踞賊陳荣遣其假子某時人稱三公子。窺上陽，團勇截擊於溪灣，殲其十三騎。上陽、溪灣皆二十八都村名。先是，賊見團勇矯捷，深忌之，乃陽爲助戰，時團兵正與永康賊相持。陰約武義賊自南山入，擬前後挾攻，以圖撲滅。不虞武義賊先敗，陳後至，遂殲焉。檢其行囊，有僞印一，僞軍書二，始灼其奸。急部署各勇夤夜分襲赤岸、佛堂、倍磊三賊壘，賊不虞團兵掩襲，悉驚竄。由是江以南無賊蹤。然陳荣踞城自若，外賊之往來踵相接也，乃築長壘爲堅守計，而時出擊經過及遠屯之賊，以固其圉。七月，有悍賊數千踞雅墅街，鄉人惡其逼，乃分團勇

〔一〕北，原作「南」，後被點去，旁書一「北」字，茲據改。

爲前後隊迭擊之。此敗彼進，自旦至暮，賊不得休，喪精鋭且盡，遂宵遁。而西鄉團兵亦先後殺賊，屢獲勝仗。閏八月初三日，約西團合攻縣城，城賊陳荣竄嚴州。九月、十月，他賊由諸暨上竄，陸續不絶，十月十二日，有賊兵屯蘇溪。二十一日，搜山至六都外葛。見傳掄元詩稿。城中尚屯有楚賊二三百人。十一月，巡撫左宗棠圍龍游久，分遣布政使蔣益澧蹙賊於湯溪。官軍鋒鋭甚，賊懼，廣徵僞梯王練業坤自湖州，僞戴王黄呈忠、僞首王范汝增自紹興，各率衆數十萬援龍游與湯溪。按：鄧氏日記云，三僞王於十一月十九日抵金華，二十一日至湯溪之酤坊開化村白龍橋一帶。道出義烏而慮西鄉民兵襲其後，輒屯大隊於田心、倍磊間，横亘數十里。南團恐兵力薄，不能抗，乃約西團合攻倍磊，别督勇剿田心。蓋倍磊爲西南兩鄉之衝，賊踞此爲巢穴。兩鄉約夜襲其營，江水盛漲，濟師失期。西團先登，陷伏中。賊遂分道深入。南團亦設二伏以待，倉猝不得發。會天大霧，咫尺不辨，砲聲起，四山轟應，賊不察虚實，遽驚潰，然二伏亦散匿未出。其自北道來者，於十六日迎擊於三丫塘，大破之，圍乃解。是役也，幾瀕於危，屬有天幸。南團雖無恙，而西團遂爲所殲矣。賊休兵五日，始進援湯溪。然其後隊猶屯金華澧浦諸村，意未忘我也。恐我軍襲其後。十二月初七日，賊大舉踰大嶺，團勇扼嶺巔，不得入，乃旁攻鮎魚嶺以撓我。鏖戰移時，幾敗矣，適援軍至，賊始退而併力。大嶺之北最高者曰虎車山，賊先據之。我以偏師猱行，拊其背，壓賊軍。而賊陣勢不得合併，乃震駭，潮湧而下，顛崖墜壍，屍枕籍山谷間。俘十餘人以歸，自是賊不復覬覦矣。見《拙庵叢稿》。按先大夫《石古齋文存·崇義祠碑記》書後云，當是時，吾邑民團有二，一南一西。南團者，二十八都一地耳，非合一鄉而團之也。顧山勢曲折回抱，有隘可守，而又有竹卿聘君先毁産，人多效之，糧足氣壯。故二十八都團聞於時。西團則不然。平原廣野而地又當衝，賊之由越攻衢者道必經，且居民貧瘠，餉無由出。其獲賊也尤奇，一二人或三四人握刀臥溝間，賊過之，躍而刺其馬，馬踣人倒，攫其金貲以走，而以首上功級五千。及賊率隊至，則耕氓饁婦莫與對仗也。以故，賊經吾邑者，畏南團如虎，而視西團如蜂焉。西與南以倍磊爲界，當三僞王之大股來竄也，兩團各有戒心，約爲唇齒而夜劫賊營。會天霪雨，後期，西團遂陷於賊，死傷枕籍。噫！孰非吾邑忠義之士乎！惜無人表彰其姓氏，以邀祀典也。則夫歆饗於崇義祠者，不可謂不幸矣。

二年癸亥正月十三日賊遁，十七日肅清

黄　侗

二年正月，巡撫左宗棠督率諸將連克龍游、湯溪、金華、蘭溪各城，軍威大振。賊失重險，枝葉披離，腹心震懾，無意戀戰。正月十二日，金華踞賊劉政宏知湯溪攻克，遂率黨啓旌孝門，即義烏門。向義烏遁。義烏踞賊同遁。時三僞王潰兵百餘萬，亦由義烏竄走諸暨，連燒民房，火光燭天，狂奔七晝夜不絶。至十七日，闔境肅清。互見《平浙紀略》、鄧氏日記、《金華光緒志》暨樓杏春詞鈔等書。二十五日，浙江布政使蔣益澧追賊抵義烏，見樓杏春詞鈔。見城内無居民，惻然傷之。遂命前鋒先行，前鋒爲總兵高連陞，副將熊建益。已則暫駐城中，略規善後，留三日始去。時有邑令黄錕，由九都人民傅順貴山傅人。招鄉勇百餘名擁之入城，見先大夫《石古齋文存》。而城中署廨已燬，民居亦多被焚，因覓得小舟一艘，泊城南下傅埠。居數日，蔣公至訪，知有縣令，急召入城，乃一鳩形鵠面之餓夫。恐其孱弱不勝任，撤之，别委林翀爲縣令。林公，湖南人，聞係蔣益澧幕友。邑中既有守宰，遂傳檄四境，招撫流亡，而人民多未信，時杭州未復。及見四城門懸有巡撫左宗棠、布政使蔣益澧辦理善後檄文，始陸續歸附。然溝壑餘生，匍匐而至，亦皆喘息僅存矣。同治二年二月初四日，左宗棠在嚴州營次，奏云：人物凋敝，田土荒蕪，白骨黄茅，炊烟斷絶。現届春耕之期，民間農器毁棄殆盡，耕牛百無一存，穀荳雜糧種子無從購覓。殘黎喘息僅屬者，晝則緣荒畦廢圃之間擷野菜爲食，夜則偎枕破壁頽垣之下就土凷以眠。昔時温飽之家，大半皆成餓殍，憂愁至極。并其樂生哀死之念，而亦無之。有骨肉死亡在側，而漠然不動其心者，哀我人斯，竟至於此！此皆左公目擊情形入告朝廷者。見《平浙紀略》。當奉省檄設善後局，局在金山嶺頂渭川公祠。先伯祖仲元公嘗董其事。仲元公，諱洵亨，廩生。同事尚有多人，姓名俟考。左公所頒善後事宜有十二條，皆當時切要之圖。見《平浙紀略》。而吾邑爲經費所限，未能悉遵，僅擇其最要者舉辦四事。一曰埋屍。兵燹之後，屍骸暴露，血肉腐爛，穢氣薰天，觸之輒成疫癘。除由善後局顧工埋葬外，令人民掩屍，一具給錢百文，限一月肅清。乃愈埋愈多，凍死餓死不絶於道。至五六月間，疫癘盛行，死者尤衆，致掩埋局半年不能撤。二曰施粥。辛酉之變，適當農時新穀未登，舊穀被掠。賊令鄉官勒民間，每鄉供穀四萬擔，燭四萬斤，缺一即屠殺，見傅掄元詩稿。壬戌夏秋，屠僇尤甚。二年以來耕稼盡廢，樹皮草根食且盡，甚至有煮土爲羹者。東北鄉山谷中有土，色白，狀類麥粉，可煮羹充飢，名觀音粉，言其能救苦救難也，西鄉亦有。蔣公益澧追賊過境，見而哀之，爲留軍米百餘石作急賑。繼由巡撫左公撥捐款二百緡，爲開辦善後經費。時蘭溪富民毛象賢認捐米六千石，先繳洋銀一萬零三千元，銀一百三十九兩，分給蘭溪、湯溪、浦江、義烏、武義、永康、龍游、建德、桐廬、分水、淳安、壽昌、新城、昌化、於潛、富陽、諸暨等縣買米煮賑。按：此由左宗棠奏追，「洋商革道楊坊捐款」案内節録。毛象賢當亦洋商之流，或寄居上海，得免於難，否則蘭溪亦遭兵燹，何以有此巨富。事見鄧氏日記。爰於城廂内外設粥廠數處，按户給票，按票施粥，存活頗多。

三曰清鄉。巨寇雖除，餘孽未盡。邑中無賴從逆既久，習爲殘暴，焚殺劫奪，尚有所聞。幸縣令林公由戎幕起家，治法尚嚴，聞有盜警，輒親往督捕，所率衛隊皆湘中健兒。時城西隅有劇盜陳青、陳防兄弟二人，甚猖獗，居民患之。林公率兵圍捕。盜知官兵至，急遁入城西繡湖蘆葦中，追者不知去向。公乃躍立馬背遠望，知賊所在，遂棄馬飛步入蘆葦中擒之。每獲賊，輒割耳，重者戕其足趾，置囹圄中。創痕復，又釋之。人問其故，則曰：若輩亦燹後遺民，逼而爲盜，義烏經此大亂，人口鋭減，不宜再殺，倘能改過，未始不可爲良民也。無賴聞之，多感化。四曰招墾。刀兵之後，疾疫爲災，死亡過多，土地荒廢。巡撫左公急向江西、皖南各省購買耕牛數千頭，穀籽數萬斛，給發金、衢、嚴已復州縣，省垣未克，故不及。補助春耕。吾邑賊氛已靖，得沾大惠。遂由善後局勸導鄉民，如有願領牛隻、穀籽從事種植者，準其就地開墾，業主不得争執。當時業主亦無争執，非畏法也，蓋以地廣人稀，無力開闢耳。是年秋收又歉，嘗有故家子弟，殘喘僅存，四體不勤，匍匐求食，竟致圖飽一飯報以腴田百畝者，千金之産數日立盡。悲夫！

無知氏曰：

粵匪之亂，在咸豐初年，逆燄方張，不可向邇。楊秀清之徒揭竿而起，由桂而湘，由湘而鄂、而皖、而金陵，其鋒不可當也。迨咸豐末年，僞都内亂，東北二王自相屠僇，楚賊、粵賊水火不容，天王無術統馭，南京根本動摇。其在外省騷擾者已成流寇，各省疆吏果能就地防堵，節節截剿，粵匪不足平也。石達開入蜀，爲川督駱秉璋所擒，其明徵也。我浙江遭難最後，而被禍亦最烈，推原禍首，則浙江諸將不能辭咎焉。

按：咸豐十一年，僞忠王李秀成、僞侍王李世賢統烏合之衆，徘徊江皖間，爲左宗棠、鮑超所敗。殘餘賊匪窮蹙無歸，勢將別竄。旋聞浙東無備，遂乘虛而入，由白沙關入。冀延殘喘。其時衢州總兵李定太擁兵八千，軍實充足，如能迎頭痛擊，則我浙可無兵災。乃計不出此，攖城固守，聽賊掠過不出一兵，任其陷江山，陷常山，連陷壽昌，我浙上游重險盡爲所有，而金、嚴二府勢難獨存矣。是時浙江巡撫王有齡分遣水陸二軍迎戰。其由桐廬、富陽溯流而上者爲提督張玉良，其由諸暨、浦江遵陸而行者爲總兵文瑞及曾得勝、米興朝諸人。及張玉良至蘭溪，按兵不動，日以搜刮民財爲事，甚且縱兵搶掠蘭溪民團，屢請出戰，非惟不許，且與爲仇。龍游、湯溪爲金華門户，兵家在所必争。張玉良僅遣龔占鰲率五百人防守，賊至不戰而遁。龍游既失，湯溪隨陷，金華府城遂不保矣。文瑞亦有兵八千，初駐孝順，其前鋒曾得勝紮曹宅，與民團不合，賊至亦不戰而退。由孝順而義烏而諸暨而紹興，於是金、衢、嚴三府盡爲賊有。衢州僅府城未失，餘皆陷。蓋金、衢、嚴居浙江上游，上游既失，建瓴之勢即成，規取省垣易如反掌。十一月，杭城陷，巡撫王有齡殉難，張玉良、文瑞死於亂軍之中。夫玉良、文瑞何足惜，所可憫者吾浙數千萬人民同遭蹂躪，積屍城阜，流血成渠。事雖起於洪、楊，罪實歸於諸將。玉良等之肉其足食乎！後左宗棠、蔣益澧克復浙江，亦由衢而金，由金而嚴，先據上游再規省城，其用兵之路與粵匪無異。嗚呼！國家養士數百年，同受國恩，同執兵柄，左蔣二公何其勇，張文諸將何其怯！此豈兵力有强弱歟？亦人格有高下耳！

《粟香四筆》抄評虛白山房詩[一]

金武祥

義烏朱蓉生侍御一新刊其尊人濟美學博鳳毛虛白山房稿，持以見贈，詩格在中晚唐之間，浙中樊榭、穀人嗣響也。《夜泊散步》云：

日落萬峰寒，門掩一村静。犬聲吠過橋，隔林露燈影。長隄偶然立，愛此清絶景。惜無素心人，一賞秋懷冷。回首忽流光，片月上松頂。[二]

《王子獻〈鏡湖醉月圖〉》云：

[一] 本篇輯自金武祥《粟香四筆》卷五，見《續修四庫全書》第一一八三册，頁八七至八八，影印光緒十七年刻本。

[二] 見《虛白山房詩集》卷四。

對月不飲負月何，水中醉月清光多。鏡湖水月兩清絶，問誰擕酒相經過。湖中主人本狂客，當日酒仙推第一。眼花但知眠井底，浮觴幾見酬明月。中流一葉何翩然，有人豪飲鯨吸川。舉頭忽見冰輪圓，快酌一斗飛天邊。老蟾瞪視流饞涎，聳身同入壺中天。酒酣大笑抱月眠，玉妃屢唤不肯旋。凌波顧影争娟娟，白也觴月將千年。今之作者仙乎仙，遠山空濛枕烟睡。半隄衰柳扶殘醉，把酒還應醉問天。拔劍何須狂斫地，王郎乘興方御風。何時移入雲屏中？不知是水是烟是潑墨，但覺月光酒氣一片涵秋空。此遊欲奪賀老席，此圖落落留陳迹。江湖載月幾酒狂，一聲長嘯寥天碧。〔一〕

《夜泊崑山不寐》云：

本無愁可遣，不寐覺愁生。絲亂忽千緒，柝遒將五更。空江聞艣過，遠岸數雞鳴。記取今宵路，離懷繞古城。〔二〕

〔一〕見《虚白山房詩集》卷二。

〔二〕見《虚白山房詩集》卷三。

《閑中作》云：

清閑恰與性相宜，紅日當窗睡起遲。八口有緣都聚首，一年無日不開眉。婦知客到能謀酒，兒報花開解賦詩。莫管蹉跎且行樂，西風吹鬢欲成絲。〔一〕

《西湖》云：

九曲橋通六角亭，一亭纔過一橋横。遊人不辨來何處，但覺空明鏡裏行。〔二〕

《詠柳》云：

粉牆一片緑雲遮，隔斷紅樓不見花。祇有書聲遮不得，累人遥指問誰家。〔三〕

摘句五言云：

雪釀降酒力，風吼攪燈魂〔四〕；

〔一〕見《虚白山房詩集》卷一。
〔二〕見《虚白山房詩集》卷三，題作《西湖雜詩》。
〔三〕見《虚白山房詩集》卷三，題作《柳》。
〔四〕見《虚白山房詩集》卷三，題爲《雪夜宿衢州》。

樹低斜隱月，江遠澹生烟〔一〕；
曉風平野峭，殘雪亂山明〔二〕；
斷磬荒村寺，疏燈隔岸樓〔三〕；
冷官眉宇古，循吏子孫賢〔四〕。

七言云：

青年遊子離家慣，白髮佳人曠代無〔五〕《落花》；
樓閣凌空山似畫，星河倒影水同揺〔六〕；

〔一〕見《虚白山房詩集》卷三，題爲《舟曉》。
〔二〕見《虚白山房詩集》卷四，題爲《珠溪早行》。
〔三〕見《虚白山房詩集》卷一，題爲《舟夜》。
〔四〕見《虚白山房詩集》卷四，題爲《李文甫小照》。
〔五〕見《虚白山房詩集》卷一，題爲《落花》。
〔六〕見《虚白山房詩集》卷一，題爲《秋夜偕同人攜酒登西巖玩月》。

一路水聲喧到寺，幾家茅屋俯臨溪〔一〕；
滿庭風月閑無價，隔岸江山畫不如〔二〕；
富貴可求須福命，屈伸能當即英雄〔三〕；
山川興廢增陳迹，婚宦消磨老俊才〔四〕。

皆可傳之句也。

虛白詩最工發端。《雨泊》云：

溼雲忽迷空，遠峰青不見。樹影漸模糊，寒翠黏一片。〔五〕

《桐江舟中》云：

〔一〕見《虛白山房詩集》卷一，題爲《遊齊雲寺道中作》。
〔二〕見《虛白山房詩集》卷四，題爲《寄懷宋時樵丈》。
〔三〕見《虛白山房詩集》卷四，題爲《留别洪申培》。
〔四〕見《虛白山房詩集》卷四，題爲《題寓齋壁》。
〔五〕見《虛白山房詩集》卷一。

沫濺一篙圓，劃破琉璃鏡。返照閃江光，金紫摇不定。〔一〕

《出常山東郭》云：

春色忽到眼，欣然破羈愁。嫩晴媚林壑，翠滴不可收。〔二〕

皆造王孟勝境。其憂時感事，如《聞道》五首及《竹山門歌》《南山殺賊歌》，則又似浣花，篇長不備録。

濟美先生經咸同兵亂，亦多沈痛之作。如：

城郭銷春色，乾坤隱殺機〔三〕；

赤眉滋蔓兵無力，白骨撑麻鬼亦愁〔四〕；

〔一〕見《虚白山房詩集》卷一。

〔二〕見《虚白山房詩集》卷三，題爲《出常山東郭村落，風景可愛，徘徊久之》。

〔三〕見《虚白山房詩集》卷二，題爲《過社旬餘燕猶未至》。

〔四〕見《虚白山房詩集》卷二，題爲《懷純甫》。

不信人生真到此，未知天意竟〔一〕何如〔二〕；
撥亂有權難委數，養癰貽誤竟成災〔三〕；
無以家爲拌殺賊，不如歸去夢還鄉〔四〕；
脱身出險略喘息，瞪視無語蒼天高〔五〕。

其《書金華兵事》十一首亦可當詩史也。

〔一〕竟，己丑本《虛白山房詩集》作「究」。
〔二〕見《虛白山房詩集》卷二，題爲《辛酉六月紀事》。
〔三〕見《虛白山房詩集》卷二，題爲《萑苻》。
〔四〕見《虛白山房詩集》卷二，題爲《讀佩甫近詩感賦》。
〔五〕見《虛白山房詩集》卷二，題爲《贈陳佩甫時有處州之行》。

附録二　朱鳳毛年譜

己丑　道光九年　一歲

八月十六日丑時，朱鳳毛生。父親朱雀時年三十九歲，朱鳳毛爲其獨子。

丙午　道光二十六年　十八歲

十一月初五，長子朱一新生

丁未　道光二十七年　十九歲

學政昆明趙蓉舫歲試取第五名入郡庠生，考試期間寓何氏家。

己酉　道光二十九年　二十一歲

己酉科一等第十五名，補增廣生。是年與樓杏春同科鄉試。

十一月十一日巳時，父朱雀卒。

按：朱雀生於乾隆五十六年十月廿六日寅時。

庚戌　道光三十年　二十二歲

十一月十三日，次子朱懷新生。

辛亥　咸豐元年　二十三歲

太平天國運動爆發。

十一月，作《朱錦堂哀詞》。

按：朱元官，字錦堂，朱鳳毛族人，「從祖」。

壬子　咸豐二年　二十四歲

作《重修務本祠記》。

癸丑　咸豐三年　二十五歲

某夜，子一新讀書畢，朱鳳毛命其對七言，句須工整，否則須受罰。作《張氏海棠歌》。

乙卯　咸豐五年　二十七歲

科試作《一月三捷賦》，獲第四名。

科試作《畫橋碧陰賦》，再獲第四名。

四月廿一日申時，母成氏卒。

按：成氏生於乾隆乙卯五月十五日。

丁巳　咸豐七年　二十九歲

《虛白山房詩草》序言謂：「道光壬寅，余年十四，喜爲應試詩賦，於好古今體詩也尤至。咸豐丙辰，得詩四百有奇，删存如左，如雞肋，然食雖無味，棄則可惜。同人多有嗜痂之癖，鈔胥不暇，聊以梓本代鈔，非敢云稿也。」由此，咸豐七年，朱鳳毛將其虛白山房之詩文集六卷刊印，含《虛白山房詩草》三卷、《虛白山房駢體文》一卷、《虛白山房試帖》一卷、《虛白山房律賦》一卷。

戊午　咸豐八年　三十歲

八月十七日寅時，祖父朱履郁卒。

按：朱履郁生於乾隆己丑十二月廿五日辰時。

己未　咸豐九年　三十一歲

樓杏春遣人送其硃卷至朱鳳毛處。

庚申　咸豐十年　三十二歲

八月，作《和芸皋同年京邸見寄三十述懷之作，效長慶體》。

辛酉　咸豐十一年　三十三歲

五月二十八日，太平軍李世賢所部攻克金華，五月三十日，陳榮等進抵義烏，兵亂四起。朱鳳毛安排家小避居山裏，自己留守家中。

壬戌　同治元年　三十四歲

五月，朱鳳毛等組建的義烏南鄉民團成立。

癸亥　同治二年　三十五歲

正月，太平軍退出義烏。朱鳳毛作《喜聞官軍復郡城四首》。

甲子　同治三年　三十六歲

歲試作《擬謝惠連雪賦》，學政泰興吴存義取爲一等一名，補廩膳生。科試一等八名。

乙丑　同治四年　三十七歲

學政吴存義取爲歲試一等四名。

丙寅　同治五年　三十八歲

秋，爲《鳳林蒲潭王氏家譜》作《贈烈女行銓五十一之妻毛氏傳》。

丁卯　同治六年　三十九歲

孫朱萃祥（朱一新子）正月初一未時生。

四月，爲《鳳林王氏宗譜》作《鹿鳴公傳》《題鹿鳴遺像小引並讚》。

戊辰　同治七年　四十歲

六月，爲《義烏倍磊陳氏宗譜》作《重修務本祠記》。

子朱一新就讀金華麗正書院。

歲試作《許文懿公自省編賦》，第二名。

歲試作《金華懷古賦》，再取第二名。

《山盤朱氏宗譜·紳衿録》謂是年「學政長沙徐壽蘅先生樹銘歲試一等一名」。

己巳　同治八年　四十一歲

六月，作《豐百五十八思羅公墓誌》。

庚午　同治九年　四十二歲

朱一新、朱懷新同肄業杭州詁經精舍。二人鄉試同榜中舉。

辛未　同治十年　四十三歲

朱一新朝考落第，留京至同治十二年，在此期間皆課徒自給。

歲試作《求茂才得遷固賦》，學政丹徒丁紹周取爲一等一名。

壬申　同治十一年　四十四歲

科試作《周穆王瑶華載書賦》，取一等一名。

科試作《更香賦》，再取第一名。

考取府學拔貢第一名。

癸酉　同治十二年　四十五歲

癸酉科作《點，爾何如？鼓瑟希，鏗爾，舍瑟而作》《段干木踰垣而避之，泄柳閉門而不内，是皆已甚》《賦得黄侔蒸栗》。

甲戌　同治十三年　四十六歲

朱一新落第，納資爲内閣中書舍人。

朱鳳毛三月入都參加廷試，作《甲戌三月廷試入都作》，朝考二等第四名。作《七月三日乾清宫引見恭紀》。授校官。仲秋，父子二人共乘船回鄉。

朱鳳毛入都前作《〈平望宋氏重修宗譜〉序》。

十一月，作《樓贈翁暨陳太宜人祔主祭文》。

乙亥　光緒元年　四十七歲

赴常山任教諭。子朱一新進京供職。

勅授修職郎，誥封奉直大夫翰林院編修加三級。

丙子　光緒二年　四十八歲

朱一新恩榜進士，殿試二甲，朝考一等，授翰林院庶吉士，回鄉。

朱鳳毛作《懷新春闈卷堂備，書此勉之》。

丁丑　光緒三年　四十九歲

朱一新升散館，又考列一等，授編修。

己卯　光緒五年　五十一歲

重陽日，朱一新偕友人遊北京西山，淋雨受寒發病，日夜喧聒，發「民窮財盡，屢爲洋人所欺」之憂憤。時朱懷新在京，設法陪伴兄長回鄉療養。

十二月，爲《鳳林王氏宗譜》作《行寬九十九府君暨陳氏孺人像讚》。

庚辰　光緒六年　五十二歲

朱一新病愈，返京。

七月，作《重刻〈傅大士語録〉序》。

辛巳　光緒七年　五十三歲

作《樓芸皋五十壽序》。

壬午　光緒八年　五十四歲

夏，朱一新在京復患濕疾，幾殆，朱懷新爲其延醫，久治始愈。

夏，爲《鳳林王氏宗譜》作《裕廿一府君朱孺人暨允十七朝奉胡孺人像讚》《行恭五朝奉暨陳孺人像讚》。

冬，爲《鳳林王氏宗譜》作《歸太原郡寬七十四節孝金孺人像讚》。

甲申　光緒十年　五十六歲

沈景修作《甲申莫春與竹卿同年遇於嚴州，昕夕相聚，笑言頗洽，作詩贈之，兼題其集》。

吴京培作《題竹卿年伯詩文稿》。

吏部選授壽昌縣學教諭。

丙戌　光緒十二年　五十八歲

朱一新八月十四日上《豫防宦寺流弊疏》，八月二十七日上《明白回奏疏》劾李蓮英，觸怒慈禧，改官候補主事。朱鳳毛致書，告以「天子所命官一也，毋悻悻去朝廷，毋以敢言自負」。

丁亥　光緒十三年　五十九歲

是年，梁鼎芬開始刻《端溪叢書》。

作《德成族叔祖大人八旬壽序》。

八月，朱一新抵廣州。

戊子　光緒十四年　六十歲

朱一新主講端溪書院。

己丑　光緒十五年　六十一歲

朱一新秉鐸廣東端溪書院，與弟朱懷新檢校父朱鳳毛於光緒十四年之前所作詩文，於是年付梓，包括《虚白山房詩集》四卷、《虚白山房駢體文》二卷、《一簾花影樓試帖律賦》二卷。是年二月，梁鼎芬於廣雅書院清佳堂爲《虚白山房詩集》作序。是年前後，梁鼎芬據朱一新刻本（己丑本）重刻《虚白山房詩集》四卷，編入《端溪叢書》。

五月，作《澤五百二府君暨陳氏孺人墓誌》。

九月，作《新玉翁生壙記》。

冬，朱一新主講廣雅書院。

冬，爲《鳳林蒲潭王氏家譜》作《王桂敏像讚》。

朱鳳毛晉封中憲大夫四品銜，工部主事，歷遇覃恩加四級。

朱懷新己丑會試，賜進士出身。

是年作《陳子宣〈甕中天傳奇〉序》。

庚寅　光緒十六年　六十二歲

三月，作《重修環溪王氏宗譜序》。

作《馮倬雲六十壽序》。

十月，作《豐千六百廿八豐銀公助約》。

辛卯　光緒十七年　六十三歲

潘嶧琴學使奏請賞加國子監學政銜加二級。

壬辰　光緒十八年　六十四歲

三月，以病辭官歸里，作《壬辰三月，乞病還山，留别諸同人》。

甲午　光緒二十年　六十六歲

六月，朱一新題詞朱鳳毛所建成之「約經堂」：「辛勤以有此廬，但願子孫能世守；民物若環一室，未知懷抱向誰開。」又云：「此九世祖亦政堂舊址也。咸豐季年，大人以重值得之，遂移居焉。歲久牆柱倚側，遇大風雨，岌岌動摇。兩大人極思更建。歲戊子，余主講端溪，次年移主廣雅，節縮修羊以成兩大人之志。庀材鳩工，兩年始就。復一年而甫獲安居，蓋成事若斯之難也，後人其念之哉。甲午六月鼎甫識。」

七月二日，朱一新去世，年僅四十九歲。朱懷新考慮到事起倉促，恐家中接到消息有意外之變，家書便以「絶而復甦，僅右手風痹，不能作字」（《哭一新》）爲言，寛慰其父。朱鳳毛於十一月得朱一新去世之確切消息，慟作《哭一新》五十首。詩《聞兩粤人士以一新栗主入嶺學祠感賦》《檢一新殘帙，有「抗疏傳經兩無據」七字，爲足成之》《閲一新去年六月二十八日所寄信，淒然成此》蓋於是年所作。

大女婿陳元治卒。長女已先陳元治卒數年。

丙申　光緒二十二年　六十八歲

朱懷新任嘉應州鎮平縣知縣。

戊戌　光緒二十四年　七十歲

二月，作《光緒丙申重修洞門黄氏宗譜序》。

朱懷新卒於廣東鎮平縣，年僅四十九歲。

己亥　光緒二十五年　七十一歲

傅維森於廣東端溪書院刊行《端溪叢書》。

庚子　光緒二十六年　七十二歲

六月，朱鳳毛「自訂己丑以後詩以爲續集，手抄成帙」（一九五八年朱鳳毛曾孫朱敘芬鈔本《虚白山房詩續集》卷末識語），惜今已亡佚。

七月十二日寅初，朱鳳毛去世，年七十二。

戊戌　一九五八年

朱鳳毛曾孫朱敘芬補鈔朱鳳毛光緒十五年以後創作的詩文，附入己丑本《虛白山房詩集》，爲《虛白山房詩續集》，並在《虛白山房詩續集》書末作《朱敘芬識語》，説明輯佚情況。同時，在己丑本《虛白山房詩集》書前補入梁鼎芬等人所作序言、題詞。此經綴補的版本現藏國家圖書館。